HEYNE <

JANA LUKAS

Die alte Schule am See

WO DU DAS GLÜCK
FINDEST

ROMAN

WILHELM HEYNE VERLAG
MÜNCHEN

Sollte diese Publikation Links auf Webseiten Dritter enthalten, so übernehmen wir für deren Inhalte keine Haftung, da wir uns diese nicht zu eigen machen, sondern lediglich auf deren Stand zum Zeitpunkt der Erstveröffentlichung verweisen.

MIX
Papier aus verantwortungsvollen Quellen
FSC® C014496
FSC www.fsc.org

Penguin Random House Verlagsgruppe FSC® N001967

1. Auflage
Originalausgabe 10/2022

Redaktion: Diana Mantel
Printed in Germany
Umschlaggestaltung: zero-media.net, München,
unter Verwendung von Trevillion Images
(Drunaa, Lee Avison); FinePic®, München
Satz: Uhl + Massopust, Aalen
Druck und Bindung: GGP Media GmbH, Pößneck
ISBN: 978-3-453-42628-3

www.heyne.de

Prolog

www.diegutefeeamsee.de

HOME MEIN SERVICE KONTAKT&ANFRAGEN DEUTSCH ENGLISCH

HERZLICH WILLKOMMEN, WELCOME, BIENVENUE UND NATÜRLICH SERVUS!

SCHÖN, DASS SIE DA SIND!

- Suchen Sie jemanden, der Ihr Haus betreut, wenn Sie im Urlaub sind?
- Der die perfekte Feier für Sie organisiert?
- Dafür sorgt, dass die Location geschmückt und das Essen wunderbar ist?
- Dass alle Gäste glücklich sind und Sie alles entspannt genießen können?
- Wünschen Sie sich eine leidenschaftliche Dienstleisterin mit den besten Kontakten, die mit Ihnen gemeinsam plant, entwirft und umsetzt?

→

- Was für ein Glück! Sie haben mich gefunden! Ihre Wunscherfüllerin und Luxusbetreuerin. Ich arbeite rund um den Starnberger See und habe jahrelange Erfahrung im Concierge-Bereich. Ein »Nein« gibt es bei mir nicht (solange Ihr Wunsch nicht illegal oder unmoralisch ist). Ich bin absolut zuverlässig, flexibel, souverän und erfinderisch. Ich liebe Herausforderungen jeglicher Art, und am wichtigsten: Ich freue mich auf Sie!

Bis bald, Ihre »gute Fee am See«,

Jule Hansen

1

Die kühle Luft des Morgens hing wie ein zarter Schleier über der Seepromenade. Jule Hansens Füße trafen im Rhythmus von Kanye Wests *Stronger* auf den Asphalt, der bald von der Sonne aufgeheizt und von unzähligen Füßen bevölkert werden würde. In Flip-Flops. Birkenstocks. Und Trackingsandalen mit Tennissocken. Aber im Moment waren es nur Jule und ihre knallpinken Asics. Ihre Muskeln brannten. Die Lunge pumpte im steten Rhythmus ihres Atems Sauerstoff durch ihren Körper. Sie ließ die auf dem Wasser schaukelnden Boote des Segelvereins hinter sich und nickte einem älteren Paar zu, das seinen Hund Gassi führte.

Jule verlangsamte ihr Tempo nicht, als ihr Handy in der Tasche ihrer Laufshorts zu vibrieren begann. Sie lief am *H'ugo's Beachclub* vorbei und zwinkerte einem der Hausmeister zu, der vor dem Eingang fegte. »Hansen – Die gute Fee am See«, meldete sie sich einen Moment später, nachdem sie Kanye West mit einem Fingertippen auf ihr Headset den Saft abgedreht und den Anruf angenommen hatte.

»Jule«, tönte ihr Name in einem schweren chinesischen Akzent in ihr Ohr.

»Tian«, grüßte sie den persönlichen Assistenten eines chinesischen Industriellen, der zu ihren Stammkunden gehörte.

»Sie rufen an, um mich nach den Karten für die Schwanensee-Premiere zu fragen.« Was unnötig war. Sie hatte den Wunsch des superreichen Asiaten problemlos erfüllen können und hätte Tian Liu die Reservierungen gemailt, sobald sie zu Hause gewesen wäre. Aber sie verstand, dass der junge Mann sichergehen wollte, dass alles funktionierte, bevor sein Boss einen Fuß in seinen Privatjet setzte.

»Das freut mich zu hören«, antwortete er mit seiner schweren, tiefen Stimme, die so gar nicht zu seinem Alter von Mitte zwanzig passen wollte. »Können Sie mir die Unterlagen mailen?«

»Sie finden sie in spätestens einer halben Stunde in Ihrem Postfach. Einen schönen Tag, Tian, und guten Flug nach München. Wenn ich noch etwas für Sie und Ihren Boss tun kann, lassen Sie es mich wissen.«

»Xièxiè«, sagte er und wiederholte seinen Dank dann auf Deutsch. Mit einem »Auch Ihnen einen schönen Tag«, beendete er das Gespräch.

»Dieser Tag ist jetzt schon perfekt«, murmelte Jule und ließ Kanye weiterrappen. Sie lief an den kleinen Bootshäusern vorbei, in denen die ortsansässigen Fischer Tret- und Elektroboote an Touristen verliehen. In einer dieser Hütten, die auf Stelzen über das Wasser gebaut worden waren, befand sich eine der coolsten Bars der Stadt.

Ihre Füße trugen sie weiter am Ufer des Starnberger Sees entlang. Das Wasser glitzerte silbern unter den frühen Sonnenstrahlen, und drei Entendamen glitten wild schnatternd über das Wasser. Jule grinste, als sie an ihnen vorbeilief. *Ein bisschen wie Felicia, Lina und ich*, dachte sie. Dann winkte sie Carlo zu. Der Barista, der den kleinen Caféstand an der

Anlegestelle der Ausflugsschiffe hatte, trat mit einem Pappträger mit vier Kaffeebechern aus der Seitentür, als er sie entdeckte.

Jule wurde langsamer und blieb schließlich vor dem rundlichen, gut gelaunten Italiener stehen. »Ciao, Carlo.«

»Ciao, Bella. Eine kleine Stärkung für dich und deine Freunde«, sagte er und überreichte ihr die Kaffeebecher mit einem strahlenden Lächeln.

»Danke, Carlo. Du weißt, dass das nicht nötig ist«, antwortete sie, nahm den Kaffee aber entgegen. Weil der Barista sonst beleidigt wäre. Und weil sie seinen Cappuccino mindestens so sehr liebte wie den, den ihre Freundin Felicia zubereitete.

Carlo legte die Hand auf sein Herz. »Du hast mich gerettet, Bella. Ich werde für immer in deiner Schuld stehen. Dieser Tag wird wundervoll. Genieß ihn!«

»Das werde ich«, versprach Jule und verfiel in den leichten Trab, in dem sie immer das letzte Stück ihrer sieben Kilometer langen Joggingstrecke zum Auslaufen zurücklegte. Ein Tempo, bei dem sie keinen Tropfen Kaffee verschütten würde. »Dir auch einen schönen Tag. Mögen die Touristen in Massen an deinem Stand anstehen, bevor sie auf die Ausflugsschiffe strömen.« Sie winkte dem Barista über die Schulter zu und lief in Richtung der Unterführung, die unter den Bahngleisen hindurchführte. Carlo war ein Fan von ihr, seit sie vor ein paar Monaten die Siebträgermaschine in seiner Cafébar mit ein paar Handgriffen wieder zum Laufen bekommen hatte, nachdem diese ihren Dienst verweigert hatte. Seitdem hatte sie bei Carlo ein lebenslanges, kostenloses Koffein-Abo.

»Hey, Jule«, riss sie eine Stimme aus ihren Gedanken. Peter Hummel stand vor seinem Laden *Blütenpracht* und winkte sie zu sich herüber.

»Peter.« Jule machte einen kleinen Schlenker in seine Richtung und überquerte die Straße. »Wie geht es dir?«, fragte sie. »Und dem Drucker?« Vor ein paar Tagen hatte er gestreikt, als Jule gerade eine Bestellung im Laden abgeholt hatte. Es war nicht weiter schwierig gewesen, ihn neu einzurichten. Sie hatte die Rechnung schließlich gebraucht. Und ja, okay, sie konnte an keinem kaputten Gegenstand vorbeigehen, ohne nicht wenigstens zu versuchen, ihn zu reparieren.

»Schnurrt wie ein Kätzchen«, bestätigte Peter, dass er die Einstellungen nicht wieder völlig durcheinandergebracht hatte. Er zog eine leuchtend gelbe Gerbera aus einem Eimer neben der Tür und reichte sie ihr mit einer angedeuteten Verbeugung. »Ich wollte dir nur schnell einen schönen Tag wünschen.«

»Danke.« Jule joggte auf der Stelle und nahm die Blume entgegen, die sie an die viktorianische Blumensprache erinnerte, die eine große Rolle in der Liebesgeschichte ihrer Freunde Felicia und Ben gespielt hatte. Eine Gerbera – die erste Blume, die Ben seinem Herzblatt geschenkt hatte – stand für Freundschaft und dafür, dass mit den Menschen um einen herum alles schöner wurde. Genau dafür stand ihr neues Zuhause, die alte Schule am See, in das sie vor ein paar Wochen eingezogen war. Und dafür standen ihre neuen Nachbarn, die längst zu Freunden geworden waren. Peter hatte also instinktiv die richtige Blüte ausgesucht. »Ich muss weiter, bevor der Kaffee kalt wird«, entschuldigte sie sich bei dem Blumenhändler. »Ich melde mich diese Woche noch bei dir wegen ein paar extravaganter Sträuße, die eine meiner Kundinnen für ihr Haus haben möchte.«

Jule legte das letzte Stück zurück und schob dann mit einer Hand eine Seite des schmiedeeisernen Tores auf, das zu der alten Villa im Knittl-Stil führte, die jahrzehntelang eine Schule beherbergt hatte – und seit Kurzem Jules Wohnung und Büro. Lange Zeit hatte am linken Torflügel nur das Schild gehangen, das auf die *Küchennachhilfe*, Felicias Kochschule, hingewiesen hatte. Inzwischen war darunter eine Tafel mit der Aufschrift *Ben Lindner – Landschaftsarchitekt* angebracht und daneben das Schild von Linas Nanny-Service und ihr eigenes Logo der *Guten Fee am See*. Denn genau das war ihr Job als Privat-Concierge: Wünsche erfüllen. Am liebsten solche, die unmöglich schienen. Denn was wäre das Leben ohne Herausforderungen?

Jule trabte um das Haus herum auf die kleine Terrasse, die hinter der Hausmeisterwohnung lag, in der Felicia lebte. Und die meiste Zeit Ben, auch wenn er im ersten Stock eine eigene Wohnung hatte. »Guten Morgen«, rief sie und stellte den Pappträger mit dem Kaffee auf den Bistrotisch. Die Gerbera steckte sie vorübergehend in die kleine rote Gießkanne mit den weißen Punkten, die an der Natursteinmauer stand, die den Sitzplatz vom Rest des Gartens trennte. Felicia zog auf dem Mäuerchen Kräuter in kleinen Töpfen, und obwohl sie sonst alles tötete, was grün war, schienen diese Pflanzen nachsichtig mit Jules Freundin zu sein – und sich hartnäckig an das Leben zu klammern.

»Morgen.« Felicia klappte ihren Laptop zu und legte ihn neben sich auf die verwitterten Holzdielen. »Kaffee von Carlo?«, fragte sie und zog einen der Becher aus der Halterung. Sie trug Leggins und eine Tunikabluse, und ihre wilden roten Locken waren auf ihrem Kopf zu einem unordentlichen Knoten zusammengefasst. Ein gutes Indiz dafür, dass Felicia heute von zu Hause aus arbeiten würde, statt im Hosenanzug und sittsam geglätteten Haaren in die Steuerkanzlei nach München zu fahren, in der sie angestellt war.

»Er hat mir regelrecht aufgelauert.« Jule grinste. »Ich konnte mich nicht dagegen wehren.«

»Und die Blume?«, wollte Felicia mit Blick auf die Gerbera wissen.

»Aus dem *Blütenpracht*.« Als ob ihre Freundin sich das nicht denken konnte.

»Passt zum Auftritt des Postboten«, verkündete Lina, die mit einem Tablett aus dem Haus kam, auf dem sie Schüsseln, Müsli und Milch balancierte. »Guten Morgen«, sagte sie, als sie das Tablett neben die Becher auf den Bistrotisch stellte und den *Starnberger Merkur* darunter hervorzog. »Er hat uns die Zeitung bis hinter das Haus gebracht, aus lauter Dankbarkeit über das Flicken seines Fahrradreifens neulich.«

»Wie nett von ihm.« Jule zog ebenfalls einen Kaffeebecher aus der Halterung, nippte daran und stellte ihn dann auf die Mauer, um noch ein paar Dehnübungen zu machen.

Lina bediente sich ebenfalls am Kaffee. Vermutlich hatte sie bereits die erste Fuhre Kinder in der Stadt verteilt. Ihren Nanny-Service erreichten meist schon früh am Morgen die ersten Notrufe, bei denen es um kranke Kinder oder Eltern ging. Probleme, für die sie Lösungen finden musste. Jemandem wie Lina raubte so etwas allerdings nie die gute Laune. Wahrscheinlich war sie schon allein deshalb gut drauf, weil die großen, bunten Blumen auf ihrem Kleid so fröhlich aussahen. Genau wie die Flechtfrisur, zu der sie ihre langen blonden Haare zusammengefasst hatte.

Bens Hund Poldi stürmte an ihr vorbei und ließ sich neben Elfriede, der großen orangefarbenen Hauskatze – und Poldis großer Liebe – auf den Boden fallen. Er war pudelnass, also hatte er wahrscheinlich wieder die Enten im See erschreckt. Ben folgte seinem Hund etwas langsamer den Pfad vom See herauf. Er trug Boardshorts und ein zerknittertes T-Shirt. Auf Schuhe hatte er verzichtet, und seine Haare hatten nach dem Aufstehen sicher noch keinen Kamm gesehen. »Morgen«, sagte er in die Runde, küsste Felicia auf die Schläfe und angelte sich den letzten Kaffeebecher aus dem Pappträger. »Hast du heute wieder deinen Verehrer-Club abgeklappert?«, fragte er Jule grinsend.

»Hey!« Jule boxte ihn gegen den Oberarm. »Ich kann nichts dafür, dass ich viele Freunde in der Stadt habe, die mich gerne mal mit einer netten Aufmerksamkeit überraschen.«

»Die dich lieben«, korrigierte Felicia.

»Und anbeten, weil du jedes Problem für sie löst«, ergänzte Ben. »Ich mag deine Taktik.« Lina schnipste mit dem Finger gegen die Gerbera und schwenkte ihren Kaffeebecher. »Wie es schon der Joker sagte: Wenn du gut in etwas bist – mach es nie umsonst!«

*

Chris Thalbach drückte die Taste, mit der er das Tempo erhöhte. Das Laufband im Büro seiner Maisonettewohnung in München war nicht gerade sein Lieblingssportgerät, denn wie die meisten anderen Läufer zog er das Joggen unter freiem Himmel vor. Aber gerade war wieder einer dieser Tage, an dem sich die Besprechungen bis in den Abend hineingezogen hatten – und noch nicht vorbei waren.

Er scrollte auf dem Tablet, das er auf der Ablage vor sich aufgebaut hatte, weiter durch die E-Mails, die über Bluetooth an den großen Monitor an der Wand vor ihm übertragen wurden, und las die Wünsche seiner Kunden konzentriert, ohne das Tempo zu verlangsamen.

Erst als er die sieben Kilometer hinter sich gebracht hatte, die er nach Möglichkeit dreimal pro Woche lief, und alles gelesen hatte, was sich in seinem Postfach befunden hatte, drosselte er die Geschwindigkeit. Er trank einen Schluck Wasser und angelte sich eines der Schokobons, die in einer Schale neben seinem Tablet auf der Ablage standen. Ernährungsexperten würden jetzt wahrscheinlich die Augen verdrehen, aber bis Chris Zeit haben würde, etwas Richtiges zu essen, würde es noch eine Weile dauern. Er angelte nach seinem Handtuch, rieb sich den Schweiß aus dem Gesicht und hängte es sich um den Nacken. »Hey, Siri«, sagte er und trank noch einen Schluck Wasser. »Ruf Miles an.«

»Ich rufe Miles King Handy an«, antwortete sie prompt.

Sein Kumpel – und Kollege – nahm seinen Anruf am anderen Ende der Welt nach dem zweiten Klingeln entgegen. »Chris, mein Freund«, sagte er mit seinem deutlichen amerikanischen Akzent. Chris bot ihm immer wieder an, Englisch zu sprechen, aber Miles hatte drei Jahre in München verbracht und legte großen Wert darauf, sein Deutsch nicht zu verlernen. »Rufst du mich schon wieder an, während du auf dieser Treadmill bist?« Wenn ihm allerdings ein deutsches Wort fehlte, ersetzte er es einfach durch seine Muttersprache, statt lange darüber nachzudenken. »Geh in diesem Englischen Park laufen«, begann er seine übliche Leier.

»Englischer Garten«, korrigierte Chris.

»Anyway. Du darfst dich nicht immer in diesem Büro verschanzen und gleichzeitig arbeiten und Sport machen. Ich wette, du isst schon wieder diese Bons. So wirst du nie eine Frau finden, mein Freund.«

Chris konnte sich ein Grinsen nicht verkneifen und gönnte sich noch ein zweites Schokobon. »Schon möglich. Lass uns zum Geschäft kommen, bevor ich dich ausfrage, wie es Pam und den Kids geht«, versuchte er das Gespräch wieder auf den Grund seines Anrufes zu lenken. In seinem Arbeitszimmer verschanzt, mit Siri als einziger Gesellschaft, würde er wirklich keine Frau finden. Da er aber auch keine Zeit für eine Beziehung hatte, war das völlig egal. Immerhin war es auch heute schon wieder halb zehn Uhr am Abend. Die Zeitverschiebung zwang ihn, die Gespräche mit seinen amerikanischen Geschäftspartnern immer erst spät zu führen. Vermutlich würde es keine Frau besonders lustig finden, mit dem Abendessen zu warten, bis er irgendwann Feierabend machte. Oder das Essen gleich durch Süßigkeiten ersetzte.

»Also gut«, lenkte Miles ein. »Ich habe schon auf deinen Anruf gewartet. Hast du die Antwort von Carter Perry zu deinem Angebot gelesen?«

»Gerade eben.« Chris joggte locker weiter und griff nach noch einem Schokobon. »Damit lässt sich arbeiten, auch wenn wir noch ein bisschen mehr rausholen sollten. Ich habe eine Werbekampagne im Kopf, die Perry gefallen dürfte, wenn er bereit ist, das Budget noch ein bisschen anzuheben.«

»Wenn ihn jemand davon überzeugen kann, dann du«, sagte Miles. Chris hörte, wie er durch ein paar Papiere blätterte. »Er landet am Donnerstag in München. Vermutlich nicht nur mit seiner Frau, sondern mit einer ganzen Entourage. Soweit ich weiß, ist die Gruppe zu sechst. Ist das ein Problem?«

»Nein, das bekomme ich hin. Ich werde Perry in mein Wochenendhaus am Starnberger See einladen und ihn mit einer perfekten Präsentation von den Socken hauen.« Chris schaltete die Geschwindigkeit noch ein wenig weiter herunter und ging im Schritt weiter. »Und dann leiern wir ihm hoffentlich das größere Budget aus dem Kreuz.«

»Hm.« Miles schwieg für einen Moment. »Du hast mein Memo über Perrys Extravaganzen bekommen?«

»Du meinst eher die Extravaganzen seiner Frau. Ja, habe ich bekommen.« Chris wickelte noch ein Schokobon aus – sein Abendessen hatte er inzwischen definitiv ersetzt. »Alle seine Frauen waren anspruchsvoll.«

»Ja«, stimmte Miles ihm zu. »Aber die aktuelle Mrs. Perry schlägt sie alle. Um Welten«, fügte er nach einer bedeutungsschweren Pause an.

»Kein Problem«, sagte Chris. Er hatte längst aufgehört, sich über die Spleens und Ticks seiner Kunden Gedanken zu machen. Als er neu gewesen war in der Werbebranche, hatte er oft staunend festgestellt, dass es nichts gab, was es nicht gab. Dass es keinen Wunsch gab, der nicht geäußert werden konnte – und wurde. Solange es um eine Kampagne, Pitches und kreative Arbeit ging, war er bereit, sich kopfüber in die Arbeit zu stürzen und jeden Traum seiner Kunden wahr werden zu lassen, so absurd er auch war. Wenn es um die persönlichen Bedürfnisse ging, kam er oft genug an seine Grenzen. Umso dankbarer war er, vor ein paar Wochen eine Frau kennengelernt zu haben, die genau diese Probleme für ihn lösen konnte: Jule Hansen – *Die gute Fee am See*. »Ich habe da jemanden, der sich um die Bedürfnisse meiner Gäste kümmert.«

Chris schaltete das Laufband aus. Er hatte seine ersten Schritte in der Werbung an Miles' Seite in den USA gemacht. Was einer der Gründe war, warum er amerikanische Firmen so gut verstand. Er konnte sein Wissen mit dem verbinden, was der europäische Markt verlangte – und wie er es verlangte. Seine Firma – *Deep Blue Horizon* – war die beste Wahl, wenn es darum ging, amerikanische Produkte auf dem europäischen Markt zu etablieren.

Miles schnaubte. »Jemanden, der all diese Sonderwünsche im Blick hat? Angefangen vom schwarzen Geschirr und dem goldenen Besteck bis hin zu … was weiß ich alles?«, sparte er es sich, die Details aufzuzählen.

»Ja, mach dir keine Sorgen.« Als er Jule Hansen zum ersten Mal gesehen hatte, auf dem Empfang von Rupert Freiherr von Lemberg, hatte er sie vom ersten Moment an interessant gefunden. Dieser unauffällige Hosenanzug. Die dunklen Haare, die in einen tief in ihrem Nacken sitzenden Knoten geschlungen waren. Und vor allem diese klugen, bernsteinfarbenen Augen, denen nichts zu entgehen schien. Fast hätte er einen der Ratschläge seines Kumpels Miles befolgt und sie auf einen Drink eingeladen. Doch dann hatte er begriffen, dass sie diejenige war, die diese ganze Party vorbereitet hatte. Und am Laufen hielt. Sie hatte ihm mit einem professionellen Lächeln ihre Karte in die Hand gedrückt, als er sie angesprochen hatte. Chris würde lügen, wenn er behauptete, dass nicht wenigstens für den Bruchteil einer Sekunde Enttäuschung durch seine Gedanken gejagt war. Doch dann hatte er begriffen, was es bedeutete, eine Privat-Concierge zu beschäftigen. Das war viel mehr wert als sein persönliches Vergnügen. »Ich habe jemanden an der Hand, der jeden einzelnen Sonderwunsch der jungen Mrs. Perry erfüllen wird.« Eine Frau, in deren Wortschatz es das Wörtchen »Nein« nicht gab.

2

Jule tippte den Sicherheitscode in das Display neben dem Tor und wartete, bis sich der rechte Flügel weit genug geöffnet hatte, dass sie hindurchfahren konnte. Sie stellte ihren Jimny neben der Doppelgarage ab, in der im Moment neben einem Motorrad nur ein E-Bike, ein Mountainbike ohne Trethilfe und ein paar weitere Sportgeräte wie Paddleboards und ein Kanu untergebracht waren.

Sie zog ihre Handtasche vom Beifahrersitz und hängte sie sich über die Schulter. Dann hievte sie die Box mit dem speziell für dieses Wochenende benötigten Geschirr und Besteck aus dem Kofferraum und folgte dem gekiesten Weg zu dem flachen modernen Bungalow, der Christian Thalbach als Wochenendhaus diente. Normalerweise entsprachen ihrem Geschmack eher Häuser mit Geschichte, ein paar Makeln und einer eigenen Persönlichkeit. So wie die alte Schule, in der sie wohnte, die einer Knittl-Villa nachempfunden war und die keine gerade Wand zu haben schien. Überraschenderweise mochte sie Thalbachs Wochenendhaus trotzdem. Die Mauern hätten kalt und abweisend gewirkt, wären sie nicht komplett mit hellem Holz verkleidet gewesen. Ein Detail, das Jule gut gefiel. Vielleicht lag es aber auch an dem Übermaß an technischem Schnickschnack, der hier verbaut worden war und mit dem sie so gern herumspielte. Vielleicht waren es die atemberaubenden Glaswände, die den Wohnbereich zum See hin offen wirken ließ. Oder die Olivenholzböden, auf die die Sonne goldene Flecken malte, als Jule den großen Wohnbereich betrat.

Sie war bereits am Tag zuvor hier gewesen, um sich mit dem Caterer zu besprechen, der leider nicht ihre Freundin Felicia war. Wenn Christian Thalbach weiter mit Jule zusammenarbeiten sollte, würde sie ihn früher oder später von der Qualität der *Küchennachhilfe* überzeugen. Aber erst einmal hatte sie den Auftrag so angenommen, wie Marie-Luise Gessler, die Assistentin von Herrn Thalbach, ihn ihr angeboten hatte. Die Frau hatte am Telefon geklungen, als ob sie nicht mehr viele Jahre von der Rente trennten. Aber sie hatte genau gewusst, was sie wollte – und wie sie es wollte. Ihre resolute Art war Jule sofort sympathisch gewesen.

Jule stellte die Kiste auf dem lang gezogenen Küchentresen aus Beton ab und drehte sich zu der Fensterfront um. Über dem See wehte ein leichter Wind, der die Wellen gegen das Ufer trieb. Die Sonne stand aber trotz allem hoch am Himmel und versprach ein warmes Wochenende. Christian Thalbach und seine Gäste würden eine fantastische Zeit am Starnberger See verbringen. Nur Thalbachs Bootssteg war Jule ein Dorn im Auge … das morsche Holz erinnerte fast ein wenig an den Steg hinter der alten Schule, den ihre Freunde und sie erst vor Kurzem repariert hatten. Das erbärmliche Stück Holz passte auf jeden Fall kein bisschen zum Rest des Anwesens. Aber das ging sie nichts an, erinnerte sie sich selbst daran, dass Gedanken wie diese sie schon mehr als einmal in Schwierigkeiten gebracht hatten. Entschlossen drehte Jule sich wieder um und nahm das Geschenk, das sie ihren Kunden gerne als kleine Aufmerksamkeit hinterließ, aus der Transportkiste, bevor sie die Teller und das Besteck auspackte. Sie würde auf jeden Fall dazu beitragen, dass die nächsten Tage für ihren Kunden unvergesslich wurden.

Der offene Raum wurde durch einen frei stehenden Kamin aus Flusssteinen in einen Wohn- und einen Essbereich unterteilt. Der Glaseinsatz, der erlaubte, das Feuer von allen Seiten zu betrachten, würde an kühlen Herbst- oder stürmischen Winterabenden für jede Menge Gemütlichkeit sorgen. Das Grau der Steine passte perfekt zu dem der Küchentheke, über der drei große Messinglampen im Industrial Style hingen. Die modernen, klaren Linien waren mit ein paar rustikalen Elementen kombiniert worden, um den Raum trotz seiner Schnörkellosigkeit warm und behaglich wirken zu lassen. Jule vermutete, dass das eher das Werk eines Innenarchitekten als Christian Thalbachs war. Denn so schön dieses Haus auch war, Persönliches fand sich hier nicht.

Jule schaltete eine ihrer Gute-Laune-Playlists auf dem Handy ein, ließ sie über ihr Headset laufen und begann, die Teller und das Besteck zu spülen, bevor sie es noch einmal aufpolierte und dann Baumwollhandschuhe anzog, um keine Fingerabdrücke zu hinterlassen, als sie es auf dem vom Caterer bereits vorbereiteten Esstisch platzierte.

Sie wackelte zu Sias *Unstoppable* ein bisschen mit den Hüften, als plötzlich zwei Dinge gleichzeitig geschahen: Die Jalousien vor der riesigen Glasfront beschlossen offenbar, dass die Sonne hell genug schien und es Zeit wurde herunterzufahren, damit sich der Raum nicht zu sehr aufheizte. Und … sie war nicht mehr allein.

Erschrocken fuhr sie herum – und erkannte Christian Thalbach, der hinter ihr stand. Und den sie fast mit einer der goldenen Gabeln aufgespießt hätte.

Er machte einen Satz nach hinten, während Jule die Hand auf ihr wild schlagendes Herz presste. »Herr Thalbach!«, keuchte sie.

Er antwortete etwas, das sie nicht verstand, weil Sia gerade begann, zum letzten Mal darauf hinzuweisen, dass es nichts gab, was sie stoppen konnte.

Jule zog das Headset herunter. »Verdammt! Sie haben mich zu Tode erschreckt!«, konnte sie sich nicht bremsen zu sagen. »Was machen Sie hier?«

Einen stummen Moment lang standen sie sich in dem dämmrigen Raum gegenüber. Dann klappten die Lamellen der Jalousien auf und fluteten den Raum wieder mit Licht. Thalbach zog den rechten Mundwinkel zum Ansatz eines sarkastischen Grinsens hoch. »Ich wohne hier«, erinnerte er Jule daran, in wessen Haus sie stand. »Und ich habe Sie nicht engagiert, damit Sie mich erstechen.«

»Dass Sie hier wohnen, ist mir klar.« Jule wurde sich bewusst, dass sie die Hand mit der Gabel noch immer abwehrend vor sich hielt, und ließ sie langsam sinken. »Ich frage mich, was Sie jetzt schon hier wollen. Frau Gessler hat nicht erwähnt, dass Sie anwesend sein würden.« Jule betrachtete ihn einen Moment. Bisher hatte sie Christian Thalbach nur im Anzug gesehen. Einmal bei der Gemäldepräsentation des Freiherrn von Lemberg. Und ein zweites Mal bei der Abendschein-Hochzeit, einem der Society-Highlights dieses Sommers am Starnberger See, die im Garten der alten Schule veranstaltet worden war. In Jeans, einem weißen Hemd mit hochgekrempelten Ärmeln und Sneakers sah er wie ein ganz normaler Typ aus und kein bisschen wie ein millionenschwerer Werbeagenturbesitzer. Die Ringe unter seinen Augen und die blonden Haare, die in alle Richtungen abstanden, als wäre er in den letzten Minuten nicht nur einmal hindurchgefahren, ließen ihn ein wenig überarbeitet aussehen. Aber diese dunklen Augen … die waren in der Lage, sein Gegenüber in seinen Bann zu ziehen. Jule hatte das bereits bei Lemberg gemerkt. Sie hatte seine Blicke gespürt, bevor sie gewusst hatte, wer er war. Als ihr schließlich klar geworden war, wer da vor ihr stand und im Begriff war, sie auf einen Kaffee oder ein Glas Wein einzuladen, hatte sie blitzschnell entschieden. Gegen einen Moment, in dem sie der gegenseitigen Anziehung nachgegeben hätten, denn mehr hätte es zwischen ihnen sicher nicht gegeben. Für eine Geschäftsbeziehung, die ihr junges Unternehmen weit bringen konnte. Und Geschäftspartner waren für eine Liaison tabu. Ganz automatisch unattraktiv. Sie gehörten für Jule zu der Sorte Mann, die sie persönlich kein bisschen anziehend fand. Dieses sarkastische, aber trotzdem sexy Lächeln von gerade eben zu bemerken, bedeutete schließlich nicht automatisch, dass er ihr gefiel. Seine inzwischen wieder missbilligend zusammengepressten Lippen erinnerten sie daran, dass sie den Hausherren störte, der offenbar erwartet hatte, dass sie längst verschwunden war, wenn er hier auftauchte. Mit einer bedachten Bewegung legte sie die Gabel neben den letzten Teller und zog die Handschuhe aus. Dann griff sie nach ihrem Handy, schaltete die Playlist aus und warf einen Blick auf die Uhr auf dem Display. »Ich entschuldige mich, wenn ich Sie gestört habe«, sagte sie und hob die Geschirrbox von der

Kücheninsel, bevor sie sich wieder zu ihrem Auftraggeber umdrehte und sich abermals seinem intensiven Blick stellte. »Ich bin jetzt weg, und alles ist vorbereitet. Der Champagner ist kalt gestellt, und der Caterer kommt in zwei Stunden, um das Essen anzurichten.« Sie lächelte. Professionell. Und so, wie sie auch jeden anderen Kunden anlächeln würde. »Ich wünsche Ihnen und Ihren Gästen ein wundervolles Wochenende am See. Wenn Sie noch etwas brauchen, wissen Sie ja: *Die gute Fee am See* kümmert sich darum.« Mit diesen Worten drehte sie sich um und ging, Thalbachs bohrenden Blick im Nacken. Er hatte sich nicht die Mühe gemacht, etwas zu sagen. Und sie sollte das nicht von ihm erwarten. Aber es störte sie, dass er ihr einfach nur nachstarrte und ihm nicht einmal ein höfliches »Danke« über die Lippen bekam. Andererseits hatte sie schlecht gelaunte Miesepeter schon immer zu ihren Lieblingskunden gezählt. Ganz einfach, weil sie der Versuchung nicht widerstehen konnte, sie mit ihrer Arbeit so zu begeistern, dass sie ihre schlechte Laune ablegten – und manchmal sogar ihre Grundeinstellung änderten. Christian Thalbach war definitiv ein Kandidat aus dieser Kategorie. Eine echte Herausforderung.

*

Chris gab Siri den Befehl, der erst das Tor zu seinem Grundstück und dann die Garage öffnete. Er kam von einem Besuch bei seiner Mutter und hatte das Gefühl, dass ihm im nächsten Moment der Kopf platzen würde. Alles, was er wollte, war Ruhe. Und wenigstens noch für eine Stunde in seinem abgedunkelten Schlafzimmer liegen und die Augen schließen, bis diese verdammten Kopfschmerzen verschwanden, bevor er versuchen musste, Carter Perry von seinem Werbekonzept für Europa zu überzeugen.

Für einen Moment blieb er in seinem Tesla sitzen, lehnte sich zurück und atmete tief durch. Das Garagentor fuhr hinter ihm herunter und verbreitete für einen Moment ein angenehmes Dämmerlicht, bevor sein intelligentes Haus bemerkte, dass er da war, und das Licht aufflammen ließ. Eine Helligkeit, die ihn vor Schmerz die Augen zusammenkneifen ließ. Sein Wunsch nach Ruhe und Dunkelheit würde ebenfalls nicht in Erfüllung gehen. Der Jimny von Jule Hansen, der neben seiner Garage stand, war nicht zu übersehen gewesen. Nicht nur wegen des Logos der *guten Fee am See* auf der Fahrertür, sondern vor allem wegen der unerträglich grellen gelb-grünen Lackierung des Wagens. Was wollte sie hier? Seine Assistentin MaLu hatte doch einen klaren Auftrag erteilt, der nicht beinhaltete, dass die Concierge jetzt noch hier herumlungerte.

Im Auto sitzen zu bleiben würde ihm allerdings auch nicht helfen. Er musste Frau Hansen wegschicken und versuchen, in seinem Haus eine Kopfschmerztablette zu finden. Also stieg er aus, schloss den Tesla an die Ladestation an und programmierte die Ladezeit über sein Handy, bevor er die Garage durch die Seitentür verließ. Das Haus, das er nur an den Wochenenden benutzte, lag wie ein höhnisches Grinsen des Schicksals vor ihm. Er hatte es nicht für sich gebaut, sondern für seine Mutter. Technisch auf dem neuesten Stand. Mit einer Photovoltaikanlage auf dem Dach und einer Smarthome-Steuerung, mit der er seine Mutter auch aus München hätte unterstützen können, wenn sie mit der

Technik nicht zurechtgekommen wäre. Das Haus war barrierefrei und umweltfreundlich. Die Raumplanung offen, sah man von den drei Schlafzimmern ab, die eher Gästesuiten glichen. Chris war sich sicher, seine Mutter hätte sich hier wohlgefühlt. Zumindest hatte sie den Luxus, mit dem er sie hier umgeben konnte, mehr als verdient nach den harten Jahren, die hinter ihr lagen. Aber sie war nie hier eingezogen. Nur einmal hatte sie ein Wochenende in dem Haus verbracht. Als sein Gast. Chris' Blick glitt zu der Werkstatt hinüber, die er sich im Nebenraum der Garage eingerichtet hatte. Mehr als ein Gast würde seine Mutter in diesem Haus nie mehr sein.

Chris rieb sich über die Schläfen, als könne er den Schmerz, der in seinem Schädel tobte, wegmassieren. Er kniff die Augen gegen das grelle Sonnenlicht zusammen und blickte zum See. Der Steg könnte ein bisschen mehr Aufmerksamkeit vertragen, dachte er nicht zum ersten Mal. Sobald er etwas Zeit erübrigen könnte, würde er ihn reparieren. Aber das konnte warten. Der Rasen leuchtete in einem satten Grün. Die Mischung aus großen Laub- und Nadelbäumen, die hinter dem Haus aufragten, schirmten es perfekt gegen neugierige Blicke ab. Ein Pluspunkt, den Carter Perry zu schätzen wissen würde.

Mit langsamen Schritten ging Chris auf sein Haus zu und drückte seinen Daumen auf das Touchpad neben dem Eingang. Mit einem leisen Klicken öffnete sich die Tür. Chris lauschte in die Stille, die ihn empfing. Dann hörte er das leise Klappern von Geschirr und folgte dem Geräusch in den offenen Wohn- und Essbereich.

Jule Hansen war eine Erscheinung, das hatte er bereits

bei ihrem ersten Treffen gedacht. Sie in seinem Haus anzutreffen, ohne dass sie sich dessen bewusst war, war allerdings noch einmal etwas völlig anderes. Ein bisschen fühlte er sich wie ein Stalker, als er ihr dabei zusah, wie sie zu einer Melodie tanzte, die nur sie in ihrem Headset hören konnte. Sie hatte ihre Haare zu einem glatten, hohen Pferdeschwanz zusammengebunden, der fröhlich hin- und herwippte. Ihre langen Beine steckten in engen Jeans, die sie mit schwarzen Absatzstiefeletten und einem schwarzen Blazer mit aufgekrempelten Ärmeln kombiniert hatte. Chris seufzte und rieb sich abermals über die schmerzende Schläfe. Er konnte ja nicht ewig hier rumstehen und sie anstarren. »Frau Hansen?«

Keine Reaktion.

Chris sprach sie noch einmal an. Offenbar hatte sie die Musik so laut aufgedreht, dass sie ihn nicht hörte, während sie das Besteck polierte, das sich Perrys aktuelle Ehefrau zu schwarzen Tellern gewünscht hatte. Er trat näher, um ihr auf die Schulter zu tippen, und zuckte ein wenig zusammen, als seine Smarthome-Steuerung genau in diesem Moment die Jalousien herunterfuhr. Allerdings erschreckte er sich nicht so sehr wie seine Concierge, die mit einem kleinen Aufschrei zu ihm herumfuhr – und Chris zwang, einen Satz nach hinten zu machen, damit sie ihn nicht mit der goldenen Gabel erwischte, die sie in der Hand hielt. Einen Moment standen sie sich stumm im dämmrigen Licht des Raumes gegenüber. Mit dem Öffnen der Jalousien kehrte nicht nur Licht in sein Haus zurück, sondern auch Leben in Jule Hansen. Was ihn daran erinnerte, dass er eigentlich allein sein wollte. Er musste dringend mit seiner Assistentin darüber sprechen, wie sie die Termine des Personals legte, damit es ihm nicht auch noch den letzten Nerv raubte, den seine Kopfschmerzen noch übrig gelassen hatten.

Sein Gegenüber war offenbar nicht begeistert, dass er weder zu Small Talk aufgelegt war, noch überhaupt das Bedürfnis hatte, mit ihr zu diskutieren. Aber Chris wollte einfach nur, dass sie verschwand. Als endlich die Tür hinter ihr zufiel und nichts zurückblieb außer Ruhe und einem Hauch ihres Duftes, der ihn an Zitrusfrüchte erinnerte, atmete er erleichtert auf. Jetzt würde er nach der dringend benötigten Kopfschmerztablette suchen und die Zeit bis zum Eintreffen seiner Gäste damit verbringen, seinen Körper, der ihn gerade im Stich ließ, wieder unter Kontrolle zu bekommen. Soweit er sich daran erinnerte, hatte die Innenarchitektin, die das Haus eingerichtet hatte, den Erste-Hilfe-Kasten im Gästebad deponiert. Chris zog die Tür vorsichtig auf, weil er wusste, dass der Türknauf locker war. Eigentlich müsste er den heute noch reparieren, bevor Perry kam, damit dieser das Ding nicht plötzlich in der Hand hielt. Überrascht bemerkte Chris, dass der Knauf bereits festgeschraubt worden war. Aber wer …? Seit er das letzte Mal hier gewesen war, hatten sich nur die Putzfrau, der Caterer und seine Concierge hier aufgehalten. Seine Putzfrau würde keine Reparaturen an seinem Haus vornehmen. Der Caterer sicher auch nicht.

Chris drehte sich auf dem Absatz um und war mit ein paar schnellen Schritten an der Haustür. »Frau Hansen!«, rief er, noch während er die Tür aufriss.

Sie hatte die Hand bereits am Türgriff ihres Wagens. Doch diesmal fuhr sie nicht zusammen wie in seinem Wohnzimmer. Sie wandte ruhig den Kopf zu ihm um, ihre Augen hinter einer Pilotenbrille verborgen. »Herr Thalbach«, gab sie zurück. Deutlich leiser als er. Und im Gegensatz zu ihm kein bisschen aufgebracht.

»Haben Sie den Türknauf an der Gästetoilette angeschraubt?«

Sie stellte die Kiste, in der sie offenbar das Geschirr transportiert hatte, in ihren Wagen und kam zu Chris zurück. Anders als er würde sie nicht über das halbe Grundstück brüllen, um mit ihm zu reden. »Ja«, sagte sie, als sie ihn erreichte, »ich habe den Türknauf festgeschraubt. Als ich mich gestern mit dem Caterer getroffen habe, habe ich das Haus noch einmal überprüft und nachgeschaut, ob der Kühlschrank gefüllt ist und die Betten frisch bezogen sind.« Sie legte den Kopf schief und schenkte ihm ein schmales Lächeln. »Wenn man eine Tür öffnen möchte und den Knauf in der Hand hält, ist es für mich eine Frage der Selbstverständlichkeit, ihn wieder hinzuschrauben«, sagte sie, und Chris hatte das deutliche Gefühl, dass sie mit ihm sprach, als erkläre sie einem kleinen Kind, wie die Dinge liefen.

Chris warf einen Blick zu seiner Werkstatt hinüber. Sie hatte doch nicht etwa in seinen Sachen herumgeschnüffelt? »Und welches Werkzeug haben Sie benutzt?«, wollte er wissen.

Unmerklich reckte sie das Kinn und klopfte mit der flachen Hand auf ihre riesige Handtasche. »Ich habe alles, was ich brauche, dabei.«

Chris' miese Laune kochte über. Er hatte sich seit Wochen vorgenommen, die Tür zu reparieren, war aber einfach nicht dazu gekommen. Und dann tauchte diese Frau einfach so hier auf und löste das Problem, ohne zu fragen, ob er das wollte. »Ich habe Sie nicht beauftragt, den Knauf anzuschrauben«, knurrte er.

Jetzt wurde ihr Lächeln breit und echt. »Deshalb stelle ich es Ihnen auch nicht in Rechnung. Herr Thalbach?« Sie kramte in ihrer riesigen Handtasche und fischte ein kleines Erste-Hilfe-Set heraus, aus dem sie einen Tabletten-Blister zog. »Nehmen Sie eine Paracetamol. Oder besser gleich zwei.« Sie trennte zwei Tabletten ab und griff nach seiner Hand. Bevor Chris etwas dagegen tun konnte, hatte sie die Tabletten auf seine offene Handfläche gelegt und schloss seine Finger darum. Einen Moment hielt sie seine Hand in ihrer. Kühl und glatt lag ihre Haut auf seiner. Was sich irgendwie … beruhigend anfühlte. »Das hilft gegen Ihre Kopfschmerzen.« Wieder dieses Lächeln. »Und gegen Ihre Laune. Gute Besserung.« Sie ließ los und wandte sich zum Gehen. »Und wenn Sie irgendetwas brauchen«, ergänzte sie über die Schulter und wiederholte dann ihren Slogan, »fragen Sie einfach *Die gute Fee am See.*«

*

Jule atmete tief durch, als sich das Tor von Thalbachs Anwesen hinter ihr schloss. Ihr Kunde war nicht gut drauf gewesen. Sie hatte einen Moment gebraucht, um zu begreifen, dass er nicht per se genervt gewesen war von ihr, sondern unter einem Migräneanfall oder zumindest starken Kopfschmerzen gelitten hatte. Das war unverkennbar gewesen, so oft wie er sich unbewusst über die Schläfen gerieben hatte und vor dem Licht zusammengezuckt war. Natürlich war er viel zu sehr Mann, um das zuzugeben.

Allerdings änderte das nichts an der Frage, ob sie wieder einmal über das Ziel hinausgeschossen war, als sie den Türgriff der Gästetoilette repariert hatte. »Ach was«, sprach sie sich selbst Mut zu und ignorierte das flaue Gefühl in ihrem Magen. Thalbach hatte überreagiert, weil es ihm nicht gut ging. Jeder Kunde war froh, wenn sie Probleme sah und anging. Ihr Job war es schließlich, das Leben anderer zu erleichtern. Trotzdem blieb dieses unangenehme Ziehen in ihrem Bauch. In dem Luxus-Hotel, in dem sie bis vor ein paar Monaten angestellt gewesen war, war sie ein paar Mal zu oft ungebeten zur Tat geschritten, um zu helfen. Deshalb bemühte sie sich, nicht mehr so instinktiv zu handeln. Spätestens seit die Gattin eines russischen Oligarchen ausgeflippt war, weil sie im Bad einen tropfenden Abfluss repariert hatte und nur noch die untere Hälfte von Jules Körper aus dem Unterschrank des Waschbeckens herausgeschaut hatte, obwohl sie eigentlich nur ein paar Theaterkarten in der Suite hatte deponieren wollen, versuchte sie, ihre Kunden nicht zu sehr zu überraschen. Sie hatte nur helfen wollen. Aber ihr guter Wille hatte sie ihren Job gekostet. Ein reparierter Türknauf hingegen war nun wirklich kein Grund, sich aufzuregen. Jule beschloss, nach Hause zu fahren und die Verunsicherung abzustreifen, die sie seit ihrem Rauswurf im Hotel bei Situationen wie dieser immer überkam. Vielleicht würde sie einfach noch eine Runde joggen, um diese innere Anspannung abzubauen, die an ihren Nerven zehrte.

Jules Freunde hatten offenbar eine andere Vorstellung davon, wie man seine Anspannung an einem warmen Sommerabend loswurde. Als sie ihren Wagen an der alten Schule abstellte, konnte sie bereits das Lachen und die Musik hinter dem Haus hören. Sie nahm immer zwei der knarzenden Stufen auf einmal. Hinauf in den zweiten Stock, wo ihre Wohnung und ihr Büro lagen. Ein Blick aus dem Fenster bestätigte ihre Vermutung: Die ganze Schul-Gang hatte sich am Strand versammelt: Felicia und Ben, Lina und Bens Cousin Sam. Jule schlüpfte in ein Tanktop, Shorts und Flip-Flops. Dann schob sie ihr Tablet in eine Hülle voller bunter, glitzernder Schmetterlinge, um ihre Stimmung ein bisschen aufzuhellen, griff nach ihrem Handy, ohne das sie nirgends hinging, und gesellte sich zu ihren Freunden.

Sie hatten es sich wirklich gemütlich gemacht, stellte Jule fest. Ein paar Picknickdecken waren um ein Lagerfeuer drapiert. In einer kleinen Zinkwanne waren Bier und Weißwein auf Eis gelegt, und aus einer kleinen Bluetooth-Box erklang Musik. Dem aktuellen Titel nach musste jemand die Playlist eingeschaltet haben, die sie für die alte Schule angelegt hatte und in der sich die Lieblingssongs aller Hausbewohner befanden. Da im Moment Whitney Houston voller Inbrunst vor sich hin trällerte, war gerade einer von Felicias Lieblingssongs dran. Jule würde sich ein Glas Weißwein einschenken und dieses Lied genau wie der Rest ihrer Freunde einfach ertragen. Es konnte schließlich nur besser werden. Und da Felicia und Ben eng umschlungen am Strand tanzten, war es das Opfer definitiv wert. Wobei, Felicia und Ben schienen sowieso ständig miteinander zu tanzen.

Als sie die kleine Party erreichte, hielt Lina ihr bereits ein Glas gekühlten Wein entgegen. »Du kannst dir gar nicht vorstellen, wie sehr ich das brauche«, sagte Jule, nahm ihrer Freundin das Glas ab und trank einen großen Schluck.

»Ärger mit einem Kunden?«, fragte Lina.

»Nicht wirklich.« Jule trank noch einen Schluck und ignorierte das unangenehme Kribbeln in ihrem Magen. »Ich hatte nur mit einem übel gelaunten Brummbären zu tun, der mich ein bisschen gefordert hat.« Sie legte Lina den Arm um die Schultern und blickte über den See, während sie noch einmal tief durchatmete. Auf gar keinen Fall würde sie Christian Thalbach und seine schlechte Laune in die alte Schule und zu ihren Freunden holen. »Ich hoffe, die Musik wird noch besser«, rief sie Ben und Felicia zu, die sich gerade voneinander lösten und Hand in Hand zu ihnen herüberkamen. Die beiden strahlten so verliebt, dass sich Jule gar nicht sicher war, ob sie die Musik, zu der sie getanzt hatten, überhaupt gehört hatten.

Sie spürte den winzigen Stich in ihrem Herzen, den der Anblick dieses verliebten Pärchens ihr versetzte, und zwang sich, nicht die Hand zu heben und über diese Stelle zu reiben. Es war keine Eifersucht. Zumindest nicht im klassischen Sinne. Sie gönnte ihren Freunden, was sie hatten. Aber manchmal, in Momenten wie diesem, sehnte sie sich danach, ebenfalls zu lieben. Entschlossen kippte sie den Rest des Weines auf ex und schenkte sich nach. Die Liebe hatte keinen Platz in ihrem Leben. Sie war nicht der Typ Frau, der sein Herz verschenkte. Nicht mehr. Lina war diejenige unter ihren neuen Freundinnen, die sich danach sehnte, eine Beziehung zu führen, zu heiraten und eine Familie zu gründen. Das hatte sie neulich nach einem Gin Tonic zu viel verraten. Aber Jule hatte ganz andere Ziele. Sie wollte als Privat-Concierge voll durchstarten – und sie war auf dem besten Weg. Christian Thalbach mochte sie anknurren, weil sie seine Tür repariert hatte. Aber sobald er wieder klar denken konnte, wäre er ihr dankbar, dass sie ihm diese Aufgabe abgenommen hatte. Denn genau das war es, worum es in ihrem Job ging: anderen das Leben leichter zu machen.

Lina ließ sich neben sie fallen. »Mit ›mein Tanzbereich – dein Tanzbereich‹ ist da jedenfalls nicht viel«, sagte sie lachend.

»Ha!« Jule zeigte mit dem Finger auf ihre Freundin. »Den kenne ich! Das ist aus *Dirty Dancing*.«

»Du wirst ja immer besser.« Lina prostete ihr mit ihrem Weinglas zu. Beim Thema Filmzitate war Lina einfach unschlagbar.

Jule sah sich um, nachdem sie mit Lina angestoßen hatte. Ben und Felicia diskutierten darüber, welcher Song als Nächstes laufen sollte. Sam saß auf dem Bootssteg und ließ die Füße über dem Wasser baumeln, während er telefonierte. Nur zwei Bewohner der alten Schule fehlten. »Wo sind Poldi und Elfriede?«, fragte Jule. Die große orangene Katze, die sich für die Hausherrin hielt, und Bens etwas tollpatschiger Schäferhundmischling, der die Diva anbetete, waren vom ersten Moment an ein Herz und eine Seele gewesen. Aber in der Regel waren sie dort zu finden, wo auch ihre Menschen waren.

Ben seufzte und nickte mit dem Kinn in Richtung des Rosenpavillons, den er in diesem Frühjahr hinter riesigen Hecken und Büschen gefunden hatte und an dem noch die alten Sorten emporrankten, die auch auf der Roseninsel zu finden waren.

Jule folgte seinem Blick und verschluckte sich an dem Wein, von dem sie gerade genippt hatte, als sie anfing zu lachen. Hund und Katze saßen einträchtig nebeneinander im Pavillon und schauten auf den See hinaus. Es hatte den Anschein, als sähen sie zusammen dabei zu, wie die Sonne hinter die gezackte Linie der Berge am Horizont sank. »Die beiden sind wirklich das hübscheste Paar in der alten Schule«, zog Jule ihre Freunde auf.

Felicia legte ihren Kopf an Bens Schulter und grinste ihn an. »Sieht so aus, als müsstest du dich bald auf die Suche nach einem Trauzeugen für deinen Hund machen.«

3

Chris sog den unverwechselbaren Duft nach Wasser, Sonne und klarer Luft tief ein. Das Treffen mit Carter Perry war anstrengend gewesen, auch wenn Chris seine Kopfschmerzen mit Jule Hansens Paracetamol-Spende in den Griff bekommen hatte. Der Unternehmer war eine schwer zu knackende Nuss. Aber Chris war einen Schritt weiter, auch wenn er den Abschluss noch nicht in der Tasche hatte. Nicht zuletzt dank eines Fläschchens Zitronen-Rosmarin-Sirup, den seine Concierge als kleinen Gruß in Chris' Kühlschrank hinterlassen hatte. Die blutjunge Mrs. Perry hatte das Zeug entdeckt und voller Begeisterung in ihren Champagner gekippt. Und offenbar war für die Verhandlungen alles von Vorteil, was Melody Perry glücklich machte. Chris war Jule Hansen wirklich zu Dank verpflichtet. Und vielleicht war er auch ein wenig zu hart zu ihr gewesen, weil sie, ohne zu fragen, etwas erledigt hatte, was er sich bereits seit Wochen vorgenommen hatte. Aber sie hatte wirklich gute Arbeit geleistet. Er würde MaLu bitten, ihr seinen Dank zu übermitteln, weil er die Concierge wahrscheinlich nicht noch einmal persönlich zu Gesicht bekommen würde.

Aber jetzt war es höchste Zeit, die Arbeit wenigstens für ein paar Stunden zur Seite zu schieben und das Leben zu geließen. Momente wie dieser kamen in seinem Alltag viel zu kurz, woran Miles ihn erst neulich erinnert hatte. Er wusste, dass sein Freund recht hatte und er sich hin und wieder eine Auszeit gönnen musste, wenn er nicht auf direktem Weg in einen Burn-out schlittern wollte. Deshalb hatte er sich mit seinem alten Kumpel Lorenz Wolfstetter zum Segeln verabredet. Die Zeit auf dem See hatte Chris schon immer geerdet. Seine Eltern und Großeltern waren fantastische Segler gewesen. Schon als kleines Kind hatte er stundenlang auf einem Boot liegen und dem Wasser dabei zusehen können, wie es vom Bug geteilt wurde.

Chris hob die Hand zum Gruß, als Lorenz seine kleine Jacht an den Bootssteg manövrierte, und balancierte dann über die etwas angeschlagenen Bohlen auf das Boot zu.

Lorenz schlug ihm in einer kräftigen Bewegung auf den Rücken, als Chris an Bord sprang. Seine Art der Begrüßung. »Gut, dich zu sehen, Mann«, sagte er und nickte dann mit dem Kopf in Richtung Bootssteg. »Du weißt, dass du dieses morsche Teil in Ordnung bringen musst? Die Behörden verstehen bei ungepflegten Stegen keinen Spaß.« Er schnippte mit den Fingern. »Zack ist die Lizenz weg.«

»Ich weiß.« Chris rieb sich über den Nacken. Noch so eine Aufgabe, die er seit einer Ewigkeit vor sich herschob. Weil er in seinem Alltag keine Zeit dafür freischaufeln konnte. Und weil er an einem Sonntag wie heute die Kreissäge nicht anschmeißen durfte. »Ich kümmere mich darum, sobald ich dazu komme.«

Lorenz steuerte das Boot vom Anleger weg. »Ich kann dir eine gute Firma empfehlen«, schlug er vor.

Chris schüttelte den Kopf. »Ich mach das selbst.«

Lorenz warf ihm einen Seitenblick zu, nickte dann aber einfach nur, statt ihn davon überzeugen zu wollen, den Steg lieber von Profis restaurieren zu lassen. Er kannte Chris. Und er kannte Chris' Geschichte. Es gab Dinge, die musste er einfach selbst in Angriff nehmen. »Hast du deine Mutter besucht?«, wollte er prompt wissen.

Chris richtete den Blick auf die Bergkette, die wie eine Barriere zwischen dem See und dem leuchtend blauen Horizont lag. »Hm«, murmelte er. »Am Freitag.«

»Geht es ihr gut?« Lorenz steuerte das Boot auf den See hinaus.

Der Wind griff in das Segel und schob sie vorwärts. Ein Gefühl von Ruhe und Freiheit breitete sich in Chris aus, wie immer, wenn er auf dem Wasser war. Ein Gefühl, das es ihm auch erlaubte, sich für seine Mutter zu freuen, auch wenn es ihm das Herz brach. »Sie hat glücklich gewirkt.«

Lorenz zuckte mit den Schultern. »Dann ist sie es auch«, sagte er schlicht. Ganz der gute Barkeeper, der er war. »Ich habe gehört, Jule Hansen arbeitet jetzt für dich«, erinnerte er Chris daran, dass Starnberg ein großes Dorf war, in dem der Tratsch schneller die Runde machte, als ein Boot brauchte, um nach Tutzing zu segeln.

»Du kennst sie?«, fragte Chris statt einer Antwort.

»Kennen?« Lorenz lachte, was ganz automatisch dazu führte, dass sich Chris' Magen auf unangenehme Weise zusammenzog. Ein völlig irrationales Gefühl, das sich aber nicht leugnen ließ. Sein Kumpel und die Concierge waren doch nicht etwa … »Jule hat mir schon mal echt den Arsch gerettet, als ich ein Problem in der Bar hatte«, fuhr Lorenz fort. »Wenn du jemanden brauchst, der die Kohlen aus dem

Feuer holt, ganz egal, wie heiß sie sind, dann ist sie genau die Richtige.«

Chris atmete tief durch, und das merkwürdige Gefühl verschwand. »Ich habe auch den Eindruck, dass sie wirklich gut ist. Ich arbeite allerdings noch nicht lange mit ihr zusammen. Wie hast du sie kennengelernt?« Lorenz war eher nicht der Typ, der sich eine Concierge leisten konnte – und wollte.

Lorenz holte zwei Starnberger Hofbräu aus der Kühlbox am Heck des Bootes, öffnete sie und reichte eine Flasche an Chris weiter. »Du weißt doch, wie das ist: Geschäftsleute. Früher oder später kennt man jeden in der Gegend. Jule hat in diesem Fünf-Sterne-Hotel drüben auf der anderen Seeseite gearbeitet und dann beschlossen, in Starnberg ihren eigenen Concierge-Service aufzuziehen. Ich kann dir sagen, das Wort ›Nein‹ gibt es für diese Frau nicht.«

Chris nickte und trank einen Schluck. Das hatte er selbst schon bemerkt.

»Du weißt ja, wie das ist«, fuhr Lorenz fort. »Eine Geschäftsgründung braucht Zeit, Energie und Geld. Jule war auf der Suche nach günstigen Wohn- und Geschäftsräumen. Genau zu der Zeit hat Felicia Sommerfeldt Wohnungen annonciert. Ihr gehört dieses alte Schulhaus am See. Sie kennst du vielleicht nicht, aber ihr Freund, Ben Lindner, war in der Schule ein paar Klassen unter uns.«

»Ben Lindner«, überlegte Chris laut. »War nicht sein Cousin früher hinter deiner kleinen Schwester her?«

»Nein. Sam Lindner und Marie sind wie Hund und Katze. Aus irgendeinem Grund, den ich nicht verstehe, kann man die beiden nicht in die Nähe des anderen lassen, ohne dass sie die Krallen ausfahren. Die haben früher alle in dieser grauenvollen Punkband gespielt: Die *Scheißwürste*.«

Chris nickte. Er erinnerte sich nur ganz dunkel an die Band. Und Ben Lindner hatte er in seiner Schulzeit auch nicht wirklich wahrgenommen. Aber damals hatte er auch sonst nicht viel um sich herum mitgekriegt. Er hatte versucht, auf ein brillantes Abitur hinzuarbeiten und in jeder freien Minute gejobbt, um seine Mutter und sich über Wasser zu halten. Die meisten Starnberger in seinem Alter wussten nicht einmal, dass er hier aufgewachsen war. Sie hielten ihn für einen waschechten Münchner, der mit dem goldenen Löffel im Mund geboren worden war. Es machte ihm nichts aus, so gesehen zu werden, schließlich öffnete es ihm jede Menge Türen. »Diese alte Schule kenne ich. Da hat doch die Abendschein-Hochzeit stattgefunden.« Jetzt erinnerte sich Chris, dass er auch Felicia Sommerfeldt kennengelernt hatte. Sie hatte auf der Vernissage des Freiherrn von Lemberg gecatert, und bei der Abendschein-Hochzeit hatte er sie auch gesehen.

»Ja, genau.« Lorenz stieß mit seiner Schulter gegen Chris'. »Ich hatte ganz vergessen, dass du jetzt in diesen Kreisen verkehrst.«

Chris lachte. »Ich verkehre nicht mit ihnen. Ich arbeite für sie.« Aber in gewisser Weise hatte sein Freund recht. Er hatte über die Jahre viele Kontakte in die Welt der Schönen und Reichen geknüpft. Und die waren ihm auch wichtig, weil das für ihn der Beweis war, dass er es ganz nach oben geschafft hatte. Etwas, was er sich als Fünfzehnjähriger nicht hätte träumen lassen. Trotzdem war das nichts, womit er angab.

»Sollen wir im Nordbad Tutzing anlegen und uns eine Currywurst Seeluxe gönnen?«, fragte Lorenz.

»Gute Idee.« Das Restaurant, in dem man über dem Wasser sitzen und vor allem mit dem Boot direkt anlegen konnte, servierte die beste Currywurst weit und breit. »Ich wollte sowieso noch etwas mit dir besprechen.«

»Das klingt ernst.« Lorenz warf ihm abermals einen Seitenblick zu.

Chris grinste ihn an. »Das kommt darauf an, ob du Wettkämpfe immer noch so ernst nimmst wie früher.«

Lorenz zog die Augenbrauen hoch.

»Hab ich mir gedacht«, antwortete Chris auf diese Geste. »Ich habe mir überlegt, beim *Fischerstechen* mitzumachen und brauche noch einen Ruderer. Bist du dabei?« Diese Idee war Chris ganz spontan gekommen. Um nicht zu sagen, überstürzt. Aber Miles hatte recht. Er musste mehr raus. Eines der Highlights am Starnberger See, das nur alle fünf Jahre stattfand, war genau das Richtige, um Spaß zu haben, das Leben zu genießen. Und gegen ein bisschen Wettkampf, so ganz nebenbei, war sowieso nichts einzuwenden. »Also, kann ich auf dich zählen?«

Lorenz biss sich nachdenklich auf die Unterlippe. »Ich würde gern sagen, ich bin zu alt für diesen Scheiß. Überlass das den jungen Kerlen, die kein Problem damit haben, in Klamotten baden zu gehen. Aber verdammt, ich habe tatsächlich Lust, da noch mal mitzumischen.«

»Pff.« Chris trank einen Schluck Bier. »Ich habe nicht vor, in Klamotten baden zu gehen.«

*

Hinter Jule lag ein ruhiges Wochenende. Ihre Kunden hatten nicht besonders viele Wünsche gehabt, die erfüllt werden mussten. Sie hatte die Zeit genutzt, ihre Buchhaltung auf den neuesten Stand zu bringen und die nützlichen Informationen, die sie in den letzten Tagen über ihre Kunden gesammelt hatte, in ihr Cardex einzutragen – ihr Tablet, in der sie alle Vorlieben, Extravaganzen und sonstigen Details ihrer Klienten eingetragen hatte. Sie erlaubte niemandem, auch nur die Finger in Richtung dieses Geräts auszustrecken, das ihre Freunde deshalb das Geheimniskrämer-Tablet nannten.

Aber jetzt wurde es Zeit für eine Joggingrunde. Bevor sie sich mit Felicia und Lina zum Rosamunde-Pilcher-Abend traf, wollte sie den milden Sommertag draußen genießen und sich noch ein bisschen die frische Luft um die Nase wehen lassen. Sie wechselte in ihre Laufklamotten, setzte ihr Headset auf und trabte die Treppen hinunter, während sie ihre Playlist aufrief. Sie nahm Poldi mit, weil ihm Bens Meinung nach ein bisschen Sport guttun würde. Schließlich lungerte er in letzter Zeit hauptsächlich neben Elfriede auf der Terrasse herum, statt wie sonst durch die Gegend zu rennen, zu schwimmen und die Enten auf dem See zu jagen.

Mit dem Hund an ihrer Seite lief Jule zum Anleger der Ausflugschiffe und schlug dann die Richtung zum Jachtclub ein. Die Sonne glitt langsam in Richtung Horizont. Die meisten Tagestouristen hatten die Stadt bereits verlassen. Nur diejenigen, die auf dem Weg in ein Restaurant oder eine Bar noch einen kleinen Spaziergang machten, bevölkerten die Strandpromenade. Jule war schon fast auf Höhe des Jachtclubs, als ihr Handy klingelte. »Jule Hansen – Die gute Fee am See«, meldete sie sich, nachdem sie das Gespräch mit einem Knopfdruck auf ihrem Headset angenommen hatte.

»Jule? Ich bin's.«

»Mama?« Jule regulierte die Lautstärke ein wenig nach unten, weil ihre Mutter am Handy immer ziemlich laut sprach. »Ist alles in Ordnung?« Sie telefonierte zwar regelmäßig mit ihren Eltern und schickte ihrem kleinen Bruder hin und wieder eine WhatsApp, aber sie konnte an den Vibrationen in der Stimme ihrer Mutter hören, dass sie aufgeregt war.

»Nicky …«, sagte Jules Mutter Hanne, machte eine bedeutungsvolle Pause und atmete dann tief durch.

»Was ist passiert?« Jules Schritte stockten, bevor sie sich wieder fing. Ihr Bruder lag vermutlich nicht nach einem traumatischen Unfall im Koma auf der Intensivstation – in diesem Fall hätte ihre Mutter noch mal ganz anders geklungen. »Hat er etwas angestellt?«, schob sie nach, weil die Wahrscheinlichkeit recht hoch war, dass sich Niclas in Schwierigkeiten gebracht hatte. In letzter Zeit schien das öfter vorzukommen. Jule war sich nicht sicher, inwieweit er sich wie ein typischer Sechzehnjähriger verhielt, oder ob er hin und wieder über das Ziel hinausschoss.

»Wir mussten ihn vorhin bei der Polizei abholen.« Hanne gab einen empörten Laut von sich. »Stell dir das vor! Bei der Polizei! Schon wieder!«

Jule verlangsamte ihr Tempo. Dieses Gespräch schien ein längeres zu werden, und ihre Mutter forderte ihre Aufmerksamkeit. »Nicky wurde festgenommen?«

»Man konnte ihm nichts nachweisen. Aber trotzdem mussten wir ihn auf der Wache abholen«, erzählte ihre Mutter. »Er war wieder mit diesen furchtbaren Jungs unterwegs, diesen … Gangstern.« Hanne sprach das Wort aus, als hätte Jules kleiner Bruder sich einer Gang in Chicago angeschlossen. »Sie haben Graffiti an das Haus des Bürgermeisters gesprüht. Und natürlich wurden sie erwischt. Um es noch mal zu betonen: das Haus des Bürgermeisters!«

»Dann war Nicky dabei, hat aber nicht gesprayt?«, fragte Jule schnell, bevor sich ihre Mutter darüber ausließ, dass sie und ihr Vater den Bürgermeister doch kannten und das unglaublich peinlich war.

»Ja, so ist es wohl gewesen. Er hatte keine Sprühdosen bei sich, und auf seinen Kleidern waren keine Farbpartikel. Dabei hätte er beim Fußballtraining sein sollen, das er einfach geschwänzt hat.«

Jule überholte ein junges Pärchen mit einem großen Schäferhund, der neugierig zu Poldi herübersah. Aber ihr Begleiter schaute stur gerade aus und zog ein wenig an der Leine, um vorwärtszukommen. Jule hatte den Eindruck, Poldi versuchte, so schnell wie möglich zu Elfriede zurückzukommen. Sie lächelte den Leuten zu und redete erst weiter, als sie an ihnen vorbeigelaufen war, schließlich wollte sie nicht für jemand gehalten werden, der mit sich selbst sprach. »Habt ihr mit Nicky geredet? Was sagt er?«, fragte sie ihre Mutter dann. »Es muss doch einen Grund geben, warum er sich plötzlich mit diesen Gangstern herumtreibt«, benutzte sie Hannes Bezeichnung für die Jungs, mit denen Nicky sich angefreundet zu haben schien.

»Da liegt ja das Problem. Er redet nicht mehr mit uns. Wir haben wirklich alles versucht …« Jules Mutter seufzte resigniert. »Es ist die Pubertät. Du warst so anders damals. Um dich haben wir uns nie Sorgen machen müssen.«

Weil ich schlauer war als mein kleiner Bruder und mich nicht habe erwischen lassen, dachte Jule. Sie war nicht so dämlich gewesen, Graffiti an das Haus des Bürgermeisters zu sprayen. Aber sie hatte genug Blödsinn angestellt in dieser Zeit. Genau genommen hatten ihre Eltern gar nicht mitbekommen, was sie so getrieben hatte. Schließlich war ihr kleiner Bruder damals gerade erst zur Welt gekommen, und Hanne und Fietje hatten alle Hände voll zu tun gehabt mit dem Baby. Solange Jules Noten gestimmt hatten, hatten sie ihr so ziemlich alles durchgehen lassen. »Ich glaube, ihr könnt nur etwas ändern, wenn ihr mit ihm redet. Wenn ihr herausfindet, was ihn quält. Sonst wird er vielleicht demnächst derjenige sein, der die Spraydose in der Hand hält.«

»Genau. Jemand muss mit ihm reden. Da kommst du ins Spiel«, sagte ihre Mutter prompt.

»Was?« Jule blieb abrupt stehen? »Ich?«

Die nächsten Worte hörte sie nicht, weil jemand von hinten in sie hineinlief.

»Au, verdammt! Vorsicht! Hier laufen noch andere Leute.« Jule fuhr herum – und blickte in Christian Thalbachs dunkle Augen, die unwillig zusammengepresst waren. »Hast du keine Augen im Kopf?«, entfuhr ihr der erste Gedanke, der ihr durch den Kopf ging. »O … ähm … Entschuldigung«, stammelte sie, als ihr bewusst wurde, wen sie da vor sich hatte. »Ich wollte Sie nicht … das Du tut mir leid.«

Sein rechter Mundwinkel hob sich zu diesem halben Lächeln, das sie schon öfter an ihm bemerkt hatte. »Kein Problem. Jetzt, wo du mich schon geduzt hast, lass uns doch dabei bleiben. Chris.«

Jule blickte auf die Hand, die er ihr entgegenstreckte.

»Jule«, erwiderte sie und wurde sich bewusst, dass sie ihre Mutter am Telefon hatte.

»Jule? Hallo? Ist etwas passiert?«, tönte Hannes Stimme schon wieder aufgeregt durch das Headset. »Hallo?«

»Ich muss auflegen, Mama«, sagte sie.

»Aber du rufst deinen Bruder an, ja?« Eine fiese Taktik, weil Jule jetzt keine Zeit mehr blieb, mit ihrer Mutter zu diskutieren und ihr zu erklären, dass es gar keinen Sinn machte, dass ausgerechnet sie mit ihm sprach.

»Ich ruf ihn an«, versprach sie, drückte den Anruf weg und zog das Headset vom Kopf. »Also, noch mal Entschuldigung«, sagte sie dann zu ihrem Kunden, der sie neugierig ansah.

Dann ging er in die Hocke und hielt Poldi die Hand hin. »Hallo, wer bist du denn?«, fragte er, als der Hund interessiert an Thalbachs Handrücken schnupperte. Nachdem er festgestellt hatte, dass sich nicht mit einem Leckerli rechnen ließ, setzte er sich und betrachtete sein Gegenüber mit schief gelegtem Kopf.

»Das ist Leopold, von allen Poldi genannt«, stellte sie den Hund vor. »Ich habe mich kurz erschrocken und bin einfach stehen geblieben, statt einen Schritt zur Seite zu machen«, fuhr sie fort, nachdem Chris den Hund zwischen den Ohren gekrault hatte und sich wieder erhob. »Du hast dich doch nicht verletzt oder so?«

»Nein.« Wieder dieses halbe Lächeln. »Ist mit dir auch alles okay?«

Nein, war es nicht. Ihr Bruder rebellierte auf die pubertärste Form gegen ihre Eltern, und ihr war die Rolle der Vermittlerin zugefallen. Aber das war nicht, was Christian Thalbach meinte. »Alles in Ordnung«, sagte sie und vermied es, über die Stelle an ihrem Rücken zu reiben, wo sein Körper gegen ihren geprallt war.

Einen unbehaglichen Moment lang standen sie sich unschlüssig gegenüber. Jule war normalerweise nie um Small Talk verlegen – aber im Moment war ihr Gehirn wie leer gefegt. Was nicht an Christian Thalbach lag. Oder zumindest nicht daran, dass er in seinen Laufshorts und dem Funktions-Shirt wirklich … sportlich … aussah. Okay, wem machte sie hier eigentlich etwas vor? Er sah heiß aus. Aber im Moment schwirrte ihr der Anruf ihrer Mutter durch den Kopf. Die Sorgen, die sie sich genau wie ihre Eltern um ihren Bruder machte.

»Wirklich alles in Ordnung?« Chris wies auf ihr Headset. »Du hast ausgesehen, als hättest du eine schlechte Nachricht bekommen.«

Jule stieß ein freudloses Lachen aus. »Familienangelegenheiten«, sagte sie und setzte sich wieder in Bewegung. »Kannst du dich noch daran erinnern, wie du mit sechzehn gewesen bist?«

Thalbach fiel in ihr Tempo ein und gab ein schnaubendes Geräusch von sich. »Meine Teenagerjahre?« Er verzog das Gesicht, was Jule zum Lachen brachte. »Ich bemühe mich wirklich sehr, nicht daran zurückzudenken.«

»Geht mir genauso.« Jule warf ihm einen Seitenblick zu. Ihr Klient war wirklich sportlich. Seine Bewegungen wirkten entspannt und flüssig. »Ich bin erstaunt, dass du noch hier bist. Ist das Wochenende gut gelaufen?«

»Ja.« Er beschleunigte, um vor ihr an einer Gruppe kichernder Mädchen vorbeizujoggen, und wurde wieder langsamer, um auf sie und Poldi zu warten. »Das Dinner war sehr erfolgreich. Vielen Dank noch einmal für die Organisation. Wenn ich mal etwas mehr Zeit habe, versuche ich das ganze Wochenende in Starnberg zu verbringen, so wie jetzt. Ich war heute mit einem alten Freund segeln, was ich ewig schon nicht mehr gemacht habe. Und jetzt laufe ich noch eine Runde, weil es viel schöner ist, dabei an der freien Luft zu sein, statt auf dem Laufband im Büro, während man mit seinen Geschäftspartnern in den USA oder Hongkong spricht.«

»Das kann ich verstehen. An einem so fantastischen Abend hält einen nichts drinnen. Ich muss da vorn abbiegen«, sagte sie und wies zu dem Weg, der in Richtung Stadt zurückführte, während Chris Thalbach genau an seinem Haus ankommen würde, wenn er weiter geradeaus lief.

»Dann trennen sich unsere Wege hier. Ich wünsche dir einen schönen Abend«, verabschiedete Chris sich.

»Das wünsche ich dir auch. Genieß die Zeit am See. Und noch einmal Sorry für das Laufhindernis vorhin.« Jule hob die Hand zum Gruß und bog rechts ab.

»Wir sehen uns«, hörte sie ihren Klienten hinter sich rufen und dann nur noch seine rhythmischen Schritte auf dem Asphalt.

Jule drehte sich noch einmal um und sah ihm nach. Er hatte einen echt lässigen Laufstil und war ziemlich schnell. In diesem Moment blickte er ebenfalls zurück und hob die Hand zu einem Winken. Mist. Beim Starren erwischt. Jule hob ganz automatisch ihre Hand und schaute wieder nach vorn, bevor sie noch stürzte. Wer hätte gedacht, dass Chris Thalbach sie an einem Sonntagabend am See über den Haufen rennen würde und ihr nach ihrer kleinen Schimpftirade das Du anbot. Nur um dann auch noch ein Stück mit ihr gemeinsam zu joggen. Die Gedanken, die sie sich nach ihrem Zusammenrasseln am Freitag gemacht hatte, waren offenbar völlig unbegründet gewesen. Der Druck, der seit dem Zwischenfall auf ihrem Magen lastete, auch wenn sie die Gedanken daran zur Seite geschoben hatte, hob sich. Was sie plötzlich leichter und schneller laufen ließ. Und ihr einen missmutigen Blick von Poldi einbrachte, der sein Tempo ebenfalls erhöhen musste.

Jule joggte zur alten Schule zurück. Am Strand hinter dem Haus ließ sie Poldi von der Leine, der sich sofort auf die Suche nach seiner Katzenfreundin machte. Sie dehnte sich und setzte sich dann im Schneidersitz auf den Steg, der zu Felicias Bootshaus führte. Dann wählte sie die Nummer ihres Bruders. Er ließ es dreimal klingeln, bevor er sie wegdrückte. Mit einem Seufzen probierte sie es noch einmal. Diesmal wurde sie gleich zur Mailbox weitergeleitet. »Ruf mich mal an, Nicky«, sagte sie und schrieb ihm den gleichen Text als WhatsApp, nur für den ziemlich wahrscheinlichen Fall, dass er sich nicht die Mühe machen würde, ihre Nachricht abzuhören.

Dann legte Jule ihr Handy zur Seite und blieb einfach sitzen, um den Anblick der Sonne zu genießen, die hinter die Berge kippte.

4

Die ganze nächste Woche und das darauffolgende Wochenende lag nicht viel Arbeit für Jule an. Sie war für ihre Kunden von sechs Uhr morgens bis Mitternacht erreichbar. Sobald ihre Firma genug gewachsen wäre, um mindestens einen weiteren Concierge einzustellen, würde *Die gute Fee am See* rund um die Uhr für ihre Kunden da sein. Bis dahin war es Jules Routine, morgens um sechs ihr Handy einzuschalten und die Nachrichten und Mails zu sichten, die eingegangen waren, während sie geschlafen hatte. Sie machte sich an diesem Dienstagmorgen nicht die Mühe, zu dieser ersten Bestandsaufnahme das Bett zu verlassen. Nur wenn sie akut gebraucht wurde, stand sie auf und erledigte sofort, um was sie gebeten wurde. An einem Morgen wie diesem, an dem lediglich jemand darum bat, Karten für ein ausverkauftes Theaterstück zu besorgen, legte sie ihr Handy zur Seite und kuschelte sich entspannt in die Kissen, um noch ein wenig vor sich hin zu dösen.

Als sie das nächste Mal aufwachte, stand die Sonne bereits höher am Himmel. Jule strampelte ihre Decke zur Seite und setzte ihre nackten Füße auf die kühlen, knarzenden Bodendielen ihrer Wohnung. Sie schaltete die Kaffeemaschine ein und verschwand kurz im Bad. Dann warf sie eine Kapsel in die Maschine und ließ den ersten Kaffee des Tages in die Tasse mit dem Aufdruck *Wunscherfüllerin* laufen, den ihre Kollegen im Hotel ihr zur letzten Weihnachtsfeier geschenkt hatten. Kurz bevor sie nach dem »Oligarchen-Eklat« wie sie es nannte, von der Hotelleitung gebeten worden war zu kündigen. Sie hatte gewusst, was sie tat, schließlich war das nicht der erste Siphon, an den sie sich wagte. Und das kleine Leck gleich selbst zu beseitigen war einfacher, als einen Fachmann zu rufen, auf den man ewig warten musste. So hatte zumindest sie das gesehen. Dass die Oligarchen-Ehefrau vor Schreck aufkreischen und einen Riesenwirbel veranstalten würde, hatte Jule schließlich nicht ahnen können.

Sie schüttelte den Kopf, um die bittere Erinnerung zu vertreiben. Dann zog sie die Tasse unter der Maschine hervor, gab einen Schuss Milch hinein und trat ans Fenster neben ihrer winzigen Küchenzeile. Von hier aus blickte man auf den See, der Ausblick der übrigen Fenster ging auf die Stadt. Ihre Wohnung war ein wenig alt und hätte eine Renovierung vor ihrem Einzug durchaus vertragen können. Aber dafür war kein Geld da gewesen. Viel wichtiger waren die anderen, unschlagbaren Argumente, die für die alte Schule gesprochen hatten. Jule bewohnte alleine den zweiten Stock voller Dachschrägen und frei liegender Dachbalken, um die ihre Freundin Lina jede Menge Lichterketten gewickelt hatte, während Lina und Ben ihre Räume im ersten Stock hatten und Felicia in der Hausmeisterwohnung im Erdgeschoss lebte, in der sich auch die Kochschule, ein Saal, den sie alle nur den Gerümpelraum nannten, und eine kleine Bücherei befanden. Jule hatte hier oben ihre Wohnung und die Basis der *guten Fee am See* einrichten können. Zu einer unschlagbaren Miete. Ziemlich zentral in Starnberg gelegen. Mehr brauchte sie nicht.

Mit der Tasse in der Hand trat sie durch die Verbindungstür aus ihrem Wohn-, Schlaf- und Essbereich in ihr Büro, das hauptsächlich aus einem großen Schreibtisch und offenen Regalbrettern bestand, zu denen sie die etwas unebenen, frei liegenden Balken umfunktioniert hatte. Sie blieb vor dem Metallregal stehen, das sie mit Bens Hilfe aus dem Keller hier hochgeschleppt hatte und in dem sie ihre Erinnerungen aufbewahrte.

Während sie an ihrem Kaffee nippte, strich sie mit den Fingerspitzen über die gekreuzten goldenen Schlüssel, die auf einem kleinen Samtkissen lagen, seit Jule sie nicht mehr jeden Tag ans Revers ihrer Hoteluniform steckte. Sie waren das Zeichen, mit dem sie ihre Zugehörigkeit zu *Les Clefs d'Or*, einer exklusiven Concierge-Vereinigung, gezeigt hatte. Jule hatte es geliebt, dort Mitglied zu sein. Und sie hatte ihren Job im Hotel geliebt. Das Unmögliche möglich machen. Den Gästen ein Lächeln ins Gesicht zu zaubern und sie einen perfekten, sorgenfreien Aufenthalt in Starnberg genießen zu lassen, war ihr größtes Vergnügen gewesen. Sie war dankbar, dass *Les Clefs d'Or* ihr eine stille Mitgliedschaft erlaubt hatten, solange sie in keinem Hotel arbeitete. Dazu durfte sie ihre goldenen Schlüssel zwar nicht tragen, aber sie konnte weiterhin von dem unglaublichen Kollegen-Netzwerk profitieren, das für eine Concierge unerlässlich war. Noch immer wurde sie von ehemaligen Hotelgästen angerufen, die sich auf ihren Service verließen und sie darum baten, Reisen in Deutschland für sie zu planen und die Unterkünfte für sie herauszusuchen, die perfekt für sie waren. Es war Gold wert, dass sie dann einfach nur den Hörer in die Hand nehmen, ihre Concierge-Kollegen anrufen und die Wünsche und Vorlieben der Gäste weitergeben konnte.

Inzwischen war sich Jule allerdings sicher, dass sie nicht mehr zur Arbeit in ein Hotel zurückkehren würde. Zumindest wenn sie ihre Selbstständigkeit nicht gegen die Wand fuhr. Sie war gefragt, und ihre Privat-Klienten waren begeistert von ihrer Arbeit und empfahlen sie gerne und oft weiter. Genug zu tun gab es für sie in Starnberg auf jeden Fall, und sie liebte es, eigenverantwortlich zu arbeiten. Als man ihr nahegelegt hatte, das Hotel zu verlassen, hätte sie sich all das gar nicht vorstellen können. Sie war am Boden zerstört gewesen. Regelrecht verzweifelt. Einen Ausweg aus diesem Dilemma hatte sie überhaupt nicht erkennen können. Nach einigen schlaflosen Nächten war sie so weit gewesen, wieder auf einem Kreuzfahrtschiff anzuheuern, wie sie es in der Vergangenheit schon mal getan hatte. Doch dann hatte ein ehemaliger Hotelgast sie angerufen und sie gebeten, eine Halskette zu den ganz besonderen Ohrringen zu besorgen, die sie ihm vor einem Jahr vermittelt hatte. Der Auftrag hatte sie überrumpelt. Und der Gedanke, der sich an diesen Job angeknüpft hatte, war ihr wie ein Blitz in ihren Körper gefahren. Sie liebte ihren Job als Concierge. Aber wenn das Hotel sie rauswarf, sie aber in Starnberg bleiben wollte, konnte sie privat arbeiten. Um sie herum gab es genügend Menschen, die dankbar waren, wenn sie ihnen zeitraubende Aufgaben abnahm. Mit einer Vision, die dazu geführt hatte, dass sie sich mit Feuereifer auf ihr neues Ziel fokussiert hatte, war auch die Leidenschaft für ihren Job und die Liebe zu den Herausforderungen zurückgekehrt. Was konnte schon schiefgehen? Wenn es nicht funktionieren sollte, konnte sie immer noch auf einem Kreuzfahrtschiff anheuern. Aber es hatte funktioniert. Verdammt gut sogar.

Jule ließ sich hinter ihren riesigen Schreibtisch fallen, der uralt und zerkratzt war – und den sie über alles liebte. Sie würde sich anziehen, sobald sie mit den ersten Kunden telefonieren würde. Schon allein deshalb, weil sie glaubte, professioneller zu klingen, wenn sie sich auch professionell fühlte. Aber noch konnte sie ein paar Momente im Pyjama verbringen. Sie scrollte durch die sozialen Medien und notierte sich ein paar Trends, die gerade auf TikTok und Instagram die Runde machten, in ihrem Cardex, das passend zu Jules Pyjama-Shorts eine pinkfarbene Hülle mit roten Herzen trug. Zwar gehörte sie selbst eher zu denjenigen, deren Account nur selten ein Update erhielt, aber als Informationsquelle waren die sozialen Medien mittlerweile nicht mehr wegzudenken. Auf ihrem Handy ploppte eine Nachricht ihrer Mutter auf, die einmal mehr wissen wollte, ob Jule mit ihrem Bruder gesprochen hatte. Von Nicky hingegen auch nach über einer Woche: nichts. Sie versuchte noch einmal, ihn zu erreichen, landete allerdings auch dieses Mal auf seiner Mailbox.

Jule beschloss, ihren Bruder erst einmal nicht weiter zu nerven. Sie würde nichts bei ihm erreichen, wenn er sich stur stellte, also leerte sie ihren Kaffee und kehrte in ihren Wohnbereich zurück, um sich ein Frühstück zuzubereiten. Mit einem Seufzen nahm sie die Cornflakespackung aus dem Schrank, kippte eine Portion in eine Schüssel und schüttete Milch drüber. Sosehr sie sich um andere kümmerte, bei sich selbst vergaß sie das hin und wieder, besonders das Einkaufen und Auffüllen ihrer Vorräte. Sie könnte allerdings bei einem ihrer Nachbarn schnorren, ließ sie sich durch den Kopf gehen. In der Kochschule ließ sich immer etwas Leckeres finden, aber im Moment hatte sie keine Lust, diese Schwäche einzugestehen und sich damit aufziehen zu lassen.

Sie überlegte gerade, ob sie mit ihrem Müsli nach unten gehen und es auf der kleinen Terrasse hinter dem Haus essen sollte, als ihr Handy klingelte. Jule warf einen Blick auf das Display. »Larissa, guten Morgen«, grüßte sie die Angestellte der Stadtverwaltung, als sie den Anruf angenommen hatte. Larissa Angerer gehörte zum Kreis der Personen, die Jule auf dem Laufenden hielten oder im Falle eines Problems helfen konnten – und das auch schon das eine oder andere Mal getan hatten.

»Jule, hi«, rief ihr Gegenüber fröhlich ins Telefon.

»Hast du den Friseurgutschein schon eingelöst, den ich dir neulich geschickt habe?« Jule erhielt regelmäßig alle möglichen Einladungen, Theater-, Konzert- oder Kinokarten. Gutscheine. Geschenke. Zu viele, um sie selbst alle zu nutzen. Aber sie musste einen neuen Münchener Star-Coiffeur nicht selbst testen, um zu erfahren, ob er gut war. Und abgesehen davon erhielten kleine Geschenke die Freundschaft.

Larissa seufzte. »Das war himmlisch. Ich habe mich gefühlt wie die Königin von England«, schwärmte sie.

Jule lachte. »Ich hoffe, sie haben dir nicht die gleiche Frisur wie der Königin von England verpasst. Also kannst du den Laden weiterempfehlen?« Wenn Larissa zufrieden war, würde Jule den Laden in ihr Portfolio aufnehmen.

»Ich sehe eher wie Herzogin Kate aus. Also die coolere

Version von ihr.« Larissa kicherte. »Ich kann diesen Schuppen also auf jeden Fall empfehlen. Aber warum ich eigentlich anrufe«, wechselte sie das Thema, »ich habe da was mitbekommen und dachte, das interessiert dich vielleicht.«

»Okay.« Neugierig stellte Jule ihre Müslischüssel zur Seite und lehnte sich gegen den Küchentresen.

»Du hast mich doch mal gebeten, dir Bescheid zu geben, wenn ich davon höre, dass die Inspektoren vom Baurechtsamt Bootsstege überprüfen.«

»Ja.« Das war schon eine Weile her. Als Jule in die alte Schule eingezogen war, hatte sie sich ernsthafte Sorgen um den Steg gemacht, der zum Bootshaus des Anwesens führte. Er war so morsch gewesen, dass sie jedes Mal, wenn Poldi mit Anlauf darübergesprintet war, um ins Wasser zu hechten, befürchtet hatte, dass sich das Holz unter den Pfoten des Hundes pulverisierte. Die Stadtverwaltung verstand absolut keinen Spaß mit ungepflegten, maroden Stegen. Wenn etwas nicht ihren Vorstellungen entsprach, bekam man ruck, zuck die Lizenz entzogen.

Glücklicherweise hatten die Bewohner der alten Schule das traurige Stück Holz ausgebessert, als es darum gegangen war, die Abendschein-Hochzeit auszurichten. Seitdem mussten sie sich keine Gedanken mehr darum machen, bei einer Inspektion durchzufallen. Jule hatte lediglich vergessen, Larissa Bescheid zu geben, dass sie diese Information gar nicht mehr brauchte.

»Die Inspekteure sind wieder unterwegs. Im Moment sind sie aber noch eine ganze Ecke weg von der alten Schule. Sie haben ganz im Süden von Starnberg angefangen, beim Hofer-Grundstück, wenn dir das etwas sagt.«

»So ungefähr.« Eine grobe Vorstellung, wo dieses Anwesen lag, hatte Jule. »Danke dir.«

»Gern geschehen. Ich wünsch dir …«

»Warte mal!« Jule richtete sich gerade auf, als ihr ein Gedanke durch den Kopf schoss. »Das Hofer-Grundstück ist doch in der Nähe von Christian Thalbachs Wochenendhaus, oder?«

»Dieser gut aussehende Werbetyp aus München? Ähm, ja … das ist ungefähr drei Grundstücke weiter.«

»Und die Inspekteure bewegen sich in diese Richtung?«

»Jepp. Morgen oder übermorgen werden sie sich seinen Steg ansehen«, bestätigte Larissa, was Jule vermutet hatte.

»Danke, Larissa. Du hast mir wirklich geholfen. Dein nächster Drink im *Bootshaus* geht auf jeden Fall auf mich.« Jule beendete das Gespräch. Der ruhige Start in den Tag war vergessen, denn eines war sicher: Wenn das Baurechtsamt einen Blick auf Chris' morsche Holzkonstruktion warf, dann war er seinen Steg los. Und zwar für immer. Ganz abgesehen davon, dass so ein Steg einfach zu einem Seegrundstück gehörte, würde es den Wiederverkaufswert des Wochenendhauses senken. Und wie sie wusste, neigten die Reichen und Schönen ja dazu, Immobilien zu erwerben und wieder zu verkaufen.

Jule klappte ihr Cardex wieder auf und stellte fest, dass sie weder eine Handynummer von Chris noch von seiner Assistentin Marie-Luise Gessler hatte. Sie suchte die Visitenkarte heraus, auf der ebenfalls nur die Erreichbarkeit der Werbeagentur und eine allgemeine E-Mail-Adresse angegeben waren. Die Telefonate, die sie mit Frau Gessler geführt hatte, waren offenbar genauso von Chris' Firmensitz bei Jule eingegangen. Also wählte sie seine Nummer im Büro und machte sich nebenbei eine Notiz, bei Gelegenheit sowohl seine als auch Frau Gesslers persönliche Erreichbarkeit zu erfragen. So empfindlich wie er auf den reparierten Türknauf reagiert hatte, wollte sie lieber kein Risiko eingehen, wenn es um weitere Instandsetzungen auf seinem Grundstück ging.

»Deep Blue Horizon«, meldete sich die höfliche Stimme einer Frau, die klang, als wäre sie in Jules Alter. »Wie kann ich Ihnen helfen?«

»Jule Hansen – *Die gute Fee am See*. Guten Tag. Könnten Sie mich bitte mit Herrn Thalbach verbinden?« Sie hatte das Handy auf Lautsprecher gestellt und begann, sich anzuziehen, während sie darauf wartete, durchgestellt zu werden.

»Das tut mir sehr leid. Herr Thalbach ist nicht im Haus«, erwiderte die Empfangsdame der Werbeagentur.

»Wann ist er denn zurück?« Ein bisschen Zeitpuffer blieb schließlich noch.

»Er ist zurzeit auf einer Geschäftsreise. Wir erwarten ihn erst in ein paar Tagen wieder in München.«

Okay, so viel Zeit blieb ihnen dann doch nicht. »Könnte ich stattdessen mit Frau Gessler sprechen?«

»Wie Sie sich denken können, wird Herr Thalbach von seiner persönlichen Assistentin begleitet.« Ein Hauch Ungeduld schlich sich in die Stimme ihres Gegenübers. »Kann ich Sie mit jemand anderem verbinden? Wenn Sie mir sagen, welches Anliegen Sie haben, finde ich den richtigen Ansprechpartner für Sie.«

»Nein danke. Das wird nicht nötig sein.« Jule wollte schließlich keine Werbekampagne, sie wollte die Erlaubnis, sich um den alten Steg kümmern zu dürfen. Sie war sich sicher, von der Rezeptionistin weder die Handynummer ihres Chefs noch die seiner Assistentin zu bekommen. »Könnten Sie einen der beiden bitten, mich zurückzurufen? Jule Hansen – *Die gute Fee am See*«, wiederholte sie vorsichtshalber noch einmal. »Es ist wirklich wichtig.«

»Selbstverständlich. Wenn ich sonst noch etwas für Sie tun kann?«

»Nein danke. Auf Wiederhören.« Jule beendete das Gespräch und schlüpfte in ihre Flip-Flops. Einen Moment blickte sie unschlüssig auf ihr Handy. »Was soll's«, murmelte sie dann und begann, Schreinereien in Starnberg zu googeln. Selbst wenn es ein oder zwei Stunden dauern würde, bis Thalbach sie zurückrief, würde er ihr grünes Licht für die Reparatur geben müssen. Sie konnte also genauso gut bereits anfangen, einen Handwerker zu suchen.

Gegen Mittag ließ sich Jule ernüchtert in ihren Schreibtischstuhl zurücksinken. Sie hatte keinen Schreiner gefunden, der so kurzfristig ein Projekt einschieben konnte, auch wenn sie beteuert hatte, dass die Reparatur eigentlich kein großer Aufwand war. Chris und Frau Gessler hatten ebenfalls nicht zurückgerufen. Es wurde Zeit, ihre Pläne neu zu justieren. Einen Verlust des Steges würde sie jedenfalls nicht hinnehmen.

Sie brauchte den Rat ihrer Freunde – wofür sie glücklicherweise nur ein Stockwerk nach unten gehen musste. Neben dem ehemaligen Rektorenzimmer der Schule, in dem inzwischen stilvolle Whiskey-Tastings abgehalten wurden, befanden sich Linas und Bens Wohnungen. Dazwischen lag das ehemalige Lehrerzimmer, das sie zu einem geselligen

Treffpunkt der Hausbewohner umfunktioniert hatten – oder besser gesagt: zu einer Art kitschigen Chillout Lounge (auch wenn sie es würdevoll »Raum der Begegnung« nannten). An der Tafel, die hier noch immer an der Wand hing und die Lina und Jule mit bunten Lichterketten eingerahmt hatten, stand in hübschem Handlettering: *Weintrinker sind die besseren Menschen*. Linas Werk. Darunter hatte Bens Cousin Sam irgendwann in seiner nicht ganz so schönen Schrift *Gin-Trinker aber auch. Und Biertrinker sowieso*. ergänzt. Auf einem alten Lehrerpult thronte ein beleuchteter Globus, der sich langsam um die eigene Achse drehte und dabei Ländergrenzen präsentierte, die sich zum Teil schon vor ein paar Jahrzehnten verschoben hatten. Das hässliche Muster der beiden Sofas, die sich gegenüberstanden, verschwand unter bunten Quilts, die Lina genäht hatte. Ergänzt wurde der Sitzbereich von einem Turnbock, dem irgendwann die Beine ein wenig gestutzt worden waren. Das Highlight des Lehrerzimmers waren allerdings die beiden großen Wandkarten, die neben der Tafel hingen. Auf der Weltkarte – auf der es ebenfalls noch Staaten wie die DDR oder die UDSSR gab – hatten alle Hausbewohner mit farbigen Nadeln die Länder markiert, in denen sie schon gewesen waren. Was einen ziemlich bunten Mix ergeben hatte, auch wenn die meisten Pins von Ben stammten, der als Landschaftsarchitekt bereits die halbe Welt gesehen hatte. Daneben baumelte das viktorianische Blumenalphabet, mit dem Ben Felicias Herz erobert hatte, an einem Kartenständer. Eine Geste, die so romantisch gewesen war, dass völlig klar war, dass diese Karte dort hängen bleiben würde.

Jule ging am Lehrerzimmer vorbei, klopfte an Bens Tür

und steckte auf sein »Herein« hin den Kopf in den großen Raum, der ihm gleichzeitig als Wohnung und Büro diente. »Hey«, sagte sie. »Hast du einen Moment Zeit für mich? Ich brauche einen Rat.«

»Klar, kein Problem.« Ben stand von seinem Schreibtischstuhl auf und streckte sich. »Ist sowieso Zeit für eine Pause. Licie ist heute im Homeoffice. Wie wäre es, wenn ich sie überrede, uns einen Krug Zauberwasser zu machen, und wir uns hinter dem Haus in die Sonne setzen?«

»Das klingt nach einem verdammt guten Plan.« Und das nicht nur, weil die sommerliche Limonade, deren Rezept Felicia einfach nicht herausrückte, fantastisch schmeckte. Ihre Freundin arbeitete neben ihrer Kochschule nach wie vor für eine Münchner Steuerkanzlei und fuhr mehrmals in der Woche in die Stadt. Wenn sie heute zu Hause war, hatte Jule also eine Ratgeberin mehr. »Ich klopf mal an Linas Tür. Vielleicht hat sie auch Zeit.«

Die hatte Lina, bevor sie sich darum kümmern musste, dass ein Kind seine vegane, glutenfreie Mahlzeit in den Kindergarten geliefert bekam, und so trafen sich die Freunde ein paar Minuten später bei einem Krug Zauberwasser auf der kleinen Terrasse hinter der Kochschule.

»Was ist los?« fragte Felicia, nachdem sie allen eingeschenkt hatte.

»Ich stecke in einem Gewissenskonflikt.« Jule nippte an ihrem Drink, ließ den Geschmack nach Zitrusfrüchten, Minze und Holunderblüte auf ihrer Zunge explodieren und erzählte ihren Freunden von dem Bootssteg. »Ich könnte natürlich noch einmal versuchen, Thalbach zu erreichen. Aber langsam läuft mir die Zeit davon. Deshalb frage ich mich, wie sauer er werden kann, wenn sein Steg gerettet wird. Dieses Haus und das ganze Grundstück sind wunderschön. Es wäre eine Schande, wenn der Steg am Ende abgerissen werden müsste.«

»Ich denke, das leuchtet jedem ein. Ich würde mir nicht so viele Sorgen machen, dass er das in den falschen Hals bekommen könnte«, sagte Lina.

»Ich brauche euer Feedback, damit ich mir sicher sein kann, dass ich mir das Ganze nicht schönrede«, brachte Jule auf den Punkt, was ihr am meisten durch den Kopf ging. »Ich glaube, nach dem Desaster im Hotel habe ich mein Gefühl dafür verloren, wann meine Hilfe noch erwünscht ist und wann ich zu weit gegangen bin.« Sie ließ sich auf ihrem Stuhl zurücksinken. So offen hatte sie das noch nie ausgesprochen – oder sich überhaupt eingestanden. »Die meisten Leute sind dankbar, wenn man ihnen unter die Arme greift …«

»Ich war es auf jeden Fall«, bestätigte Felicia ihr und drückte Jules Hand. »Ohne dein Engagement und deine Ideen hätte ich gar nicht gewusst, was ich machen soll. Ohne euch alle«, schloss sie auch die anderen mit ein, bevor sie sich wieder Jule zuwandte. »Du bist eben jemand, der ein Problem sieht und es anpackt. Und das mögen die meisten Menschen an dir.«

»Und trotzdem ist bei anderen Vorsicht geboten.« Jule lächelte in die Runde. »Ich glaube aber, ihr habt recht. Chris kann mir wirklich dankbar sein, wenn ich mich so für ihn einsetze.«

»Aber das ist nur die Hälfte deines Problems«, stellte Ben fest. »Sich dazu durchzuringen, den Steg reparieren zu lassen, ohne das Go deines Kunden zu haben, ist das eine. Aber irgendjemand muss die Instandsetzung ja auch vornehmen.«

Jule legte den Kopf schief und lächelte Ben breit an. »Genau«, sagte sie und ließ das Wort einen Moment wirken. »Ich habe mir ein paar YouTube-Videos angesehen. Und wir haben ja auch zusammen unseren Steg repariert. Also dachte ich, du könntest mir vielleicht helfen, falls du heute noch ein wenig Zeit erübrigen könntest.«

»Vielleicht könnte ich das. Und vielleicht könnte ich auch Sam anrufen, damit er mir hilft«, sagte Ben und grinste.

»Fantastische Idee.« Mit Bens Cousin wären sie noch schneller fertig. »Wir werden Thalbach das natürlich in Rechnung stellen, ihr musst also nicht umsonst arbeiten.« Sie machte sich in ihrem Cardex eine Notiz, herauszufinden, wie hoch sie den Stundenlohn für ihre Freunde ansetzen konnte. »Ich hatte nur die Befürchtung, das Ganze nicht hinzubekommen, bevor die Inspektion anrückt«, fuhr sie dann fort.

»Keine Sorge. Das schaffen wir«, beruhigte Ben sie.

»Gut. Du musst nicht einmal für Material sorgen. Es gibt auf dem Grundstück eine fantastische Werkstatt, und Holz habe ich auch gesehen.« Erleichtert trank Jule einen Schluck Zauberwasser.

»Ich muss mich heute Mittag noch um ein paar Kids kümmern, aber danach kann ich euch auch zur Hand gehen. Ich könnte das Streichen übernehmen«, bot Lina an.

»Bei mir wird es zeitlich leider etwas knapp.« Felicia verzog entschuldigend das Gesicht. »Ich muss die Abrechnung, an der ich sitze, heute auf jeden Fall noch fertig bekommen. Aber ich könnte im Anschluss mit einer kleinen Stärkung zu euch rüberkommen«, schlug sie vor.

Jule legte der Freundin den Arm um die Schultern und lehnte den Kopf an ihren. »Eine Stärkung von Licie Sommerfeldt – wer kann da schon Nein sagen. Leute, ihr seid der Hammer«, sagte sie in die Runde. »Das wird ein richtiges Projekt à la ›alte Schule‹.« Und davon hatten sie schon einige gemeistert. Der Gerümpelraum – wie sie ihn nannten –, den sie in einen wunderschönen Dinner- und Ballsaal verwandelt hatten. Der Garten, der sich unter Bens Anleitung von einem grünen Dschungel in ein Vorzeigeobjekt für *Home & Garden* verwandelt hatte. Die Schul-Gang wusste, wie man die Dinge anging. Mit ihren Freunden an ihrer Seite machte sich Jule keine Sorgen, dass sie das Projekt nicht rocken würde.

*

Chris war einmal zu Carter Perry nach New York geflogen und anschließend zu Gesprächen nach London, Madrid und Rom. Als schließlich die Tür seines Apartments in München hinter ihm ins Schloss fiel, hätte er sich am liebsten auf sein Bett fallen lassen und zwei Tage durchgeschlafen. Was nicht nur am Jetlag lag, der ihn inzwischen seit Tagen verfolgte, sondern auch an den intensiven Besprechungen, die ihm einen Großteil seines Schlafes geraubt hatten.

Stattdessen packte er erst seinen Koffer aus und dann eine kleine Reisetasche, um München schon wieder zu verlassen. Er nahm den riesigen, bunten Blumenstrauß entgegen, den ihm ein Bote von seinem bevorzugten Floristen geliefert hatte, und machte sich auf den Weg nach Starnberg. Das Wochenende, das vor ihm lag, würde alles andere als angenehm werden. Aber es gab Dinge, die musste man ertragen, ob man wollte oder nicht. Zumindest das Training für das *Fischerstechen*, zu dem er sich für Sonntagnachmittag mit Lorenz verabredet hatte, war ein Lichtblick. Der Himmel war schon fast unnatürlich blau, und der See glitzerte wie eine silberne Decke unter dem Sonnenlicht. Es wäre also nicht allzu schlimm, wenn sein Freund ihn beim Training für das Turnier vom Boot schubsen würde.

Als das Tor zu seinem Anwesen aufschwang, schloss Chris für einen Moment die Augen und atmete tief durch. Auch wenn noch eine unangenehme Aufgabe vor ihm lag, fühlte es sich doch immer ein bisschen wie Heimat an, wenn er hierher kam. *Weil es dein Zuhause ist*, wisperte eine Stimme in seinem Kopf. *Selbst wenn du es gerne verdrängst*. Chris öffnete die Augen wieder und schob den Gedanken zur Seite. Mit seiner Herkunft würde er sich noch früh genug auseinandersetzen müssen. Jetzt würde er erst einmal die Blumen ins Wasser stellen und dann … vielleicht war das der richtige Moment, sich mit einem kalten Bier auf die Terrasse zu setzen und für eine Stunde die Seele baumeln zu lassen.

Er stellte den Tesla vor der Garage ab, griff nach dem Strauß und seiner Reisetasche und betrat sein Haus, das ihn kühl und still empfing. Genau so, wie er es mochte. Wahrscheinlich gab es irgendwo schicke Vasen für seine Blumen, aber er machte sich nicht die Mühe, nach einer zu suchen, sondern stellte sie einfach in einen Wasserkrug. Dann nahm er ein Starnberger Hofbräu aus dem Kühlschrank, öffnete es und schob die Terrassentür auf.

Er ließ den Blick über den gepflegten Rasen gleiten, die Uferlinie des Sees – und blieb an seinem Steg hängen. Oder dem, was sein Steg hätte sein sollen. »Das darf doch wohl nicht wahr sein«, knurrte er und lief, das Bier noch in der Hand, über die Wiese.

5

»Jule Hansen – *Die gute Fee am See*. Was kann ich für Sie tun?«

»Hier spricht Christian Thalbach.« Er starrte noch immer auf die nagelneuen, hellen Bohlen, die auf dem deutlich dunkleren Unterbau seines alten Stegs lagen.

»Chris, hi.« Sie klang so gut gelaunt, dass er sich automatisch vorstellte, wie ihr Pferdeschwanz fröhlich hinter ihr herhüpfte. So, wie er es getan hatte, als sie über die Strandpromenade gejoggt war. Das letzte Mal, dass er ihr begegnet war.

Er schob den Gedanken zur Seite und konzentrierte sich auf die Wut, die durch seine Adern pulsierte, bemühte sich aber um einen neutralen Ton. »Könntest du es einrichten, zu mir zu kommen?«

»Ja klar, gerne«, gab sie zurück. »Das trifft sich gut. Frau Gessler hat mich gebeten, ein paar Sachen von der Reinigung abzuholen und bei dir vorbeizubringen. Ich bin in fünf Minuten da.«

Fünf Minuten, die sich verdammt lang anfühlten und neben der Wut jede Menge andere Gefühle durch Chris' Körper schwappen ließen. Emotionen, die er ausgerechnet heute kein bisschen gebrauchen konnte. Nicht bei dem Besuch, der noch vor ihm lag. Er blickte in sein inzwischen leeres Bier und widerstand dem Bedürfnis, sich eine zweite Flasche zu öffnen, als Jules Jimny neben der Garage hielt und sie mit einem Winken heraussprang.

Chris sah ihr dabei zu, wie sie einen Stapel Bettwäsche und Handtücher aus ihrem Wagen nahm und sich dann noch zwei Kleidersäcke über den Arm hängte. »Ich bring die Sachen ins Haus«, rief sie ihm zu und steuerte auf die Tür zu.

Chris könnte am Steg auf sie warten, aber … Entschlossen hielt er ebenfalls auf das Haus zu und betrat es durch die Terrassentür. Er stellte seine leere Bierflasche auf den Küchentresen und folgte Jule in den Hauswirtschaftraum. Sie hatte die Kleidersäcke an die Tür gehängt und begonnen, die Handtücher und die Bettwäsche in die Schrankfächer zu räumen.

»Noch mal hallo«, sagte sie und lächelte ihn an. »Wenn ich weiter für dich arbeiten soll, musst du mir unbedingt deine Handynummer geben. Ich habe …«

»Du hast den verdammten Steg repariert«, fuhr er sie an. »Das warst doch du, oder? Mir würde zumindest sonst niemand einfallen, der auf so eine Idee kommen würde.«

Jule nahm einen neuen Stapel Handtücher und räumte sie seelenruhig in den Schrank. »Weil ich deinen Türknauf wieder angeschraubt habe? Oder warum komme nur ich auf diese Idee?« Sie verschwand hinter der großen Schranktür und tauchte einen Moment später wieder auf. Ohne ihn anzusehen, griff sie nach den Bettlaken.

»Du warst es doch, oder?«, beharrte Chris.

»Wenn du dich bei mir für meine Hilfe bedanken willst, klar. Falls du vorhast, mich weiter anzuschreien, sag ich einfach: Ich habe keine Ahnung, wovon du sprichst.« Sie warf ihm einen Seitenblick unter hochgezogenen Augenbrauen zu. »Vielleicht war es ja eine gute Fee.«

Chris schnaubte. »Die gute Fee vom See wahrscheinlich.«

»Tatsächlich wäre ein Danke angebracht. Meine Freunde und ich haben dir den Arsch gerettet – wenn ich es so drastisch ausdrücken darf.« Jule schob einen Stapel Kopfkissenbezüge in den Schrank und schloss die Tür. »Ohne uns hättest du nämlich inzwischen keinen Steg mehr.« Sie würdigte ihn keines weiteren Blickes und griff nach den Kleidersäcken, die an der Tür hingen. »Deine Assistentin war mir jedenfalls dankbar, als ich vorhin mit ihr gesprochen habe.« Jule ging einfach an ihm vorbei – und in sein Schlafzimmer.

»Meine Assistentin?« Chris folgte Jule. Er hatte keine Ahnung, was MaLu mit seinem Bootssteg zu schaffen hatte. »Hast du mein Werkzeug benutzt?«, fragte er ihren Rücken, als sie ihn einfach ignorierte und den Kleidersack öffnete, um seinen Anzug herauszunehmen und in seinen Schrank zu hängen.

Jule fuhr zu ihm herum. »Natürlich haben *wir*«, sie betonte auch noch, dass sie sich nicht allein um den Steg gekümmert hatte, »deine Werkstatt benutzt. Dein Werkzeug. Und dein Holz, das du ja offenbar schon hattest anliefern lassen.« Sie funkelte ihn an. »Vor Monaten.«

»Das geht dich nichts an! Ich kann mein Holz jahrelang hinter der Werkstatt liegen lassen, wenn ich das will. Das ist einzig und allein meine Sache.«

Jule sah ihn einen Moment schweigend an, dann drehte sie sich um und hängte die Hemden aus seinem zweiten Kleidersack in den Schrank. Eine Reaktion, die Chris das Gefühl gab, dass er sich wie ein kleiner Junge benahm, dem das Spielzeug weggenommen worden war. Als Jule fertig war, drehte sie sich zu ihm um. »Ich wollte dir nur helfen, okay?«, sagte sie. Ihr Lächeln, ihr gesamter Gesichtsausdruck waren neutral. Fast als hätte sie einen Schalter umgelegt und beschlossen, ihn nicht noch weiter auf die Palme zu bringen. »Wir haben deinen Steg nicht repariert, weil uns langweilig war und wir das schon immer mal ausprobieren wollten. Ich habe einen Tipp bekommen, dass er vom Baurechtsamt kontrolliert werden sollte. Wenn die Inspektoren das morsche Ding gesehen hätten, das du da stehen hattest, hättest du dich für immer davon verabschieden können. Und ich wette, deine Gäste legen gern mal mit einem Segelboot bei dir an.« Sie schnippte mit den Fingern. »Das hättest du vergessen können.«

Chris wusste, dass mit dem Baurechtsamt nicht zu spaßen war. Die Wut auf Jule verblasste ein wenig, machte dafür aber dem Ärger Platz, den er auf sich selbst hatte. Viel zu lange hatte er die Ausbesserungen vor sich hergeschoben. Immer wieder hatte er sich die Reparaturen vorgenommen, dann aber nicht die Zeit dafür gefunden, weil in der Agentur irgendetwas zu regeln war. Und vielleicht, ganz tief in ihm, weil er sich wünschte, diese Arbeiten gemeinsam mit seinem Vater machen zu können. Was genauso lächerlich war wie die Tatsache, dass er sich überwinden musste, überhaupt nur einen Schritt über die Schwelle seiner Werkstatt zu setzen. Jetzt hatte eine Concierge die Sache einfach in die Hand genommen und das Problem gelöst. Sie hatte schließlich keine Probleme, seine Werkstatt zu benutzen. Seine Werkzeuge. Weil er nicht dazu in der Lage gewesen war. »Du hättest mich um Erlaubnis fragen müssen«, hielt er an seiner Wut fest, statt sich endlich bei Jule zu bedanken.

Sie lächelte ihn an, schnappte sich die Kleidersäcke und trug sie in den Wäscheraum zurück, wo sie sie an ihren Platz hängte. Für Chris bedeutete das, ihr einmal mehr hinterherlaufen zu müssen. »Genau da lag das Problem«, sagte sie, als sie wieder in den Flur trat und die Tür hinter sich zuzog. »Deshalb habe ich vorhin gesagt, dass es gut wäre, deine Handynummer zu haben. Zumindest wenn ich weiter für dich arbeiten soll. Ich habe nämlich versucht, dich zu erreichen. Aber deine Rezeptionistin hatte gesagt, dass Frau Gessler und du auf Geschäftsreise wart. Ich habe um deinen Rückruf gebeten, aber bis heute nichts von dir gehört.«

Chris versuchte sich daran zu erinnern, ob er die Bitte um Rückruf erhalten hatte. Ihm waren jeden Tag stapelweise Notizzettel hingelegt worden, mit der Bitte, sich um dieses oder jenes zu kümmern. Ständig baten jede Menge Leute um Rückruf. Es war durchaus möglich, dass die Notiz untergegangen war. Immerhin hatte sie nichts mit einer der Werbekampagnen zu tun, an der seine Firma arbeitete. »Woher wusstest du, dass der Steg überprüft werden wird?«, fragte er.

Jule zog die Augenbrauen nach oben und verschloss mit einem imaginären Reißverschluss ihre Lippen. »Quellenschutz. Ich behalte meine Informanten für mich. Aber eines kann ich dir verraten: Das war Rettung in letzter Sekunde.« Sie griff in die Innentasche ihres Jacketts und holte einen Umschlag mit dem Logo der Stadtverwaltung heraus. »Dein Steg hat die Überprüfung bestanden.«

Er starrte auf das Kuvert. »Wie bist du da rangekommen?«

»Sagen wir, meine Quellen sind einzigartig. Ich bin davon ausgegangen, dass du nicht selbst zur Stadtverwaltung fahren willst, um dir deine Bescheinigung abzuholen.«

Bevor Chris etwas darauf antworten konnte, hängte sie sich ihre riesige Handtasche über die Schulter und wandte sich zum Gehen. »Meine Freunde haben übrigens nicht umsonst gearbeitet«, sagte sie über die Schulter, als sie bereits an der Tür war. »Ich stelle dir die Reparatur in Rechnung.«

Im nächsten Moment fiel die Tür hinter ihr ins Schloss, und Chris war allein. Er lehnte sich neben dem Hauswirtschaftsraum an die Wand, schob den Umschlag in die Gesäßtasche seiner Jeans und rieb sich mit den Händen über das Gesicht. Irgendwie hatte er bei einer Auseinandersetzung mit Jule Hansen immer das Gefühl, den Kürzeren zu ziehen. Sie ließ ihn am Ende immer stehen und gab ihm das Gefühl, derjenige zu sein, der etwas falsch gemacht hatte.

Mit einem Seufzer stieß er sich von der Wand ab und kehrte in den Wohnbereich zurück. Sein Blick fiel auf den Blumenstrauß. Bevor er sich weiter mit Jule beschäftigen würde, musste Chris sich einer ganz anderen Herausforderung stellen.

*

»Du hättest mich um Erlaubnis fragen müssen«, äffte Jule ihren Kunden nach, als sie durch das Tor des Anwesens fuhr. »So ein aufgeblasener Kerl«, sagte sie zu ihrer Reflektion im Rückspiegel. Dann atmete sie tief durch und konzentrierte sich auf den Verkehr. Er hatte nicht gut ausgesehen, gestand sie sich ein. Erschöpft. Mit riesigen Augenringen. Dreitagebart. Und einem zerknitterten Hemd. Sie hatte den Blumenstrauß, der auf dem Küchentresen gestanden hatte, nicht übersehen können. Wahrscheinlich war er auch heute noch mit Kunden verabredet, die es zu bezirzen galt.

Eigentlich hatte sie gar keinen Grund, sich über Christian Thalbach zu ärgern. Sie hatte vorhin mit seiner Assistentin telefoniert, die darum gebeten hatte, die Wäsche in der Reinigung abzuholen. Eigentlich eher der Job einer Haushälterin, aber Kundenbindung war das A und O. Bei der Gelegenheit hatte sie Frau Gessler davon erzählt, dass sie den Steg repariert hatten und Jule weder sie noch Chris hatte erreichen können. Chris' Assistentin hatte ihr sofort ihre Handynummer geschickt, um in Zukunft besser erreichbar zu sein. Im Gegensatz zu ihrem Chef war Frau Gessler wild entschlossen, auch künftig mit Jule zusammenzuarbeiten, und hatte sich für das schnelle Eingreifen zur Rettung des Bootsstegs bedankt. Und da offenbar sie diejenige war, die sich um die Organisation von Chris' Arbeits- und Privatleben kümmerte, war Jules Befürchtung, gefeuert zu werden, nicht mehr so hoch wie nach ihrem ersten Zusammenstoß mit dem Werbeagenturbesitzer.

Sie war ehrlich genug zuzugeben, dass es sie wurmte, dass Chris sich nicht für ihre und die Hilfe der Schul-Gang bedankt hatte. Aber okay, er hatte wirklich mitgenommen gewirkt. Und irgendwie schien er es persönlich zu nehmen, dass sie sein Werkzeug benutzt hatten. Als ob seine Werkstatt ihm wichtiger wäre als der Steg.

Jule bog zur alten Schule ab. Chris konnte sauer sein, wie er wollte: Sie hatte mit der Rettung seines Stegs wirklich viele Punkte auf ihrem Karmakonto gesammelt. Sie ließ den Wagen vor dem Haus ausrollen, schnappte sich ihre Handtasche vom Beifahrersitz und stieg aus. Gerade wollte sie die

Autotür zuschlagen, als sie eine Gestalt auf der Treppe hocken sah. »Nicky?«, fragte sie ungläubig.

Ihr kleiner Bruder hob den Kopf von seinen Knien und starrte Jule trotzig entgegen.

Vielleicht hatte sie doch nicht so viel gutes Karma gesammelt, wie sie gerade noch gedacht hatte.

*

Die Seniorenresidenz *Panoramablick* in Tutzing erinnerte an eine herrschaftliche Villa aus dem neunzehnten Jahrhundert, auch wenn sie erst vor etwa zwanzig Jahren gebaut worden war.

Chris stellte den Tesla auf dem Besucherparkplatz ab und stieg mit dem Blumenstrauß in der Hand aus. Das *Panoramablick* war eine der exklusivsten Adressen in der Gegend. Im Sonnenschein leuchteten die Mauern so weiß, dass Chris die Augen zusammenkneifen musste, als er auf den Eingang zulief.

Hinter dem Empfangstresen saß Frederike und schenkte ihm ein breites Lächeln, als sie den Blumenstrauß in seiner Hand sah. »Hallo, Herr Thalbach. Heute ist der große Tag, nicht wahr?«

»Hallo, Frederike.« Einen Moment überlegte Chris, ob er fragen sollte, wie es seiner Mutter Helene heute ging, doch dann entschied er, sich lieber überraschen zu lassen. »Wissen Sie, ob das mit der Torte geklappt hat?«

Sie senkte ihren Blick auf den Computerbildschirm vor sich. »Ja. Das hat reibungslos funktioniert. Ihre Mutter ist im Garten. Sobald Sie bei ihr sind, veranlasse ich, dass die Überraschung gebracht wird.«

»Vielen Dank, Frederike.« Chris verließ das Gebäude durch den Vordereingang und ging in den Park. Hier gab es unzählige Möglichkeiten, es sich gemütlich zu machen und bei schönem Wetter draußen zu sitzen. Angefangen von der großen Café-Terrasse über verschiedene Pavillons, die über das gesamte Gelände verteilt waren, bis hin zu kleinen, ruhigen Orten wie dem, den seine Mutter am meisten liebte: ein Bistrotisch mit Stühlen unter einem Sonnensegel, mitten auf der Wiese neben einem bunt blühenden Beet. Und genau dort fand Chris seine Mutter. Allein, den Blick verträumt auf die Farben gerichtet. Sie wirkte noch kleiner und schmaler als bei seinem letzten Besuch. Wahrscheinlich bildete er sich das nur ein, aber auch die Runzeln in ihrem Gesicht schienen tiefer geworden zu sein. Man konnte aber noch immer sehen, was für eine schöne Frau sie einmal gewesen war. Ihr weißes Haar saß in einem perfekten Bob, der ihr Gesicht einrahmte. Zu einer dunkelblauen Bluse trug sie die Perlenkette, die Chris' Vater ihr vor über vierzig Jahren geschenkt hatte, und ihre Fingernägel waren in einem zarten Rosa lackiert.

Chris kämpfte mit den widerstrebenden Gefühlen, die ihn in ihrer Gegenwart immer überkamen. Langsam ging er auf sie zu.

Helene sah einem Schmetterling nach, der über dem Blumenbeet davontrudelte. Als ihr bewusst wurde, dass sie nicht mehr allein war, hob sie den Blick und lächelte Chris an, was ihn einen Moment das Atmen vergessen ließ. Dann fiel ihr Blick auf den Strauß in seiner Hand, und ihr Lächeln wurde noch breiter. »Sind die für mich? Ich liebe Blumen«, sagte sie, als er vor ihrem Platz stehen blieb.

»Ja, die sind für dich. Alles Liebe zum Geburtstag.« Chris beugte sich herunter und küsste sie auf die Wange.

Als er sich wieder aufrichtete, kamen bereits zwei Angestellte auf sie zu. Eine der Frauen trug eine Vase, in die sie die Blumen steckte, sobald sie den Tisch erreichte. Die andere balancierte ein Tablett mit zwei Stück Torte und zwei Tassen Kaffee. »Schauen Sie, Frau Thalbach. Was für eine Überraschung.«

Helenes dunkle Augen blitzten vor reinem Vergnügen auf. »Schwarzwälder Kirsch«, sagte sie und seufzte genüsslich. »Mein Lieblingskuchen.«

Chris atmete erleichtert auf. Das war ein guter Anfang für diesen Besuch. »Ich weiß.« Deshalb hatte er ihn für ihr gemeinsames Kaffeetrinken bestellt.

»Ja?« Skepsis schlich sich in ihren Blick. »Woher wissen Sie das?«

Chris behielt sein Lächeln bei, auch wenn sich sein Herz zusammenzog. Die beiden Angestellten der Seniorenresidenz entfernten sich. Aus den Augenwinkeln konnte Chris die mitleidigen Blicke sehen, die sie ihm zuwarfen.

Er wollte seiner Mutter erklären, wer er war, doch in diesem Moment lehnte sie sich vertraulich zu ihm herüber. »Ich bin Helene«, sagte sie. »Ich habe heute Geburtstag. Und die hier«, sie strich über ihre Perlenkette, »hat mir mein Franz geschenkt. Sie sollten ihn kennenlernen.« Suchend blickte sie sich um. »Ich weiß gar nicht, wo er bleibt. Er müsste jeden Moment da sein.«

Chris schluckte. Er behielt sein Lächeln bei, während er zuhörte, wie seine Mutter mit ihm über die Blumen und das Wetter plauderte. Mit einem Fremden, der gerade erst in ihrer Welt aufgetaucht war. Der als Fremder wieder verschwand. Und an den sie sich schon bei seinem nächsten Besuch nicht mehr erinnern würde.

Als Chris zwei Stunden später nach Hause zurückkehrte, waren alle seine Emotionen erschöpft. Die Wangen schmerzten von dem Lächeln, zu dem er sich seiner Mutter gegenüber gezwungen hatte.

Für einen Moment blieb er unschlüssig vor der Garage stehen. Dann umrundete er das Gebäude und betrat die Werkstatt. Er war schon eine Weile nicht mehr hier drin gewesen. Der Raum sah aus wie immer. Nur ein paar Späne auf dem Boden und der Geruch von frisch gesägtem Holz wiesen darauf hin, dass hier vor Kurzem gearbeitet worden war. Chris drehte sich einmal um die eigene Achse, nahm das Bild der Werkzeuge in sich auf, die genau so ordentlich und in der gleichen Reihenfolge wie früher bei seinem Vater aufgehängt waren.

»Was mache ich hier eigentlich?«, murmelte er und verließ die Werkstatt wieder. Für einen kurzen Moment hatte er heute geglaubt, dass seine Mutter ihn vielleicht doch erkannt hatte. Damit musste er, verdammt noch mal, aufhören. Sie würde genauso wenig aus ihrer Demenz in seine Welt zurückfinden, wie Chris noch einmal mit seinem Vater an dieser Werkbank stehen würde.

Er ging ins Haus und holte sich noch ein Bier aus dem Kühlschrank. Der Abend war mild, und Chris schob die Terrassentüren auf. Mit dem Bier in der Hand ging er zum See hinunter und trat auf seinen neuen Steg. Er war akkurat und solide gebaut. Chris lief bis zum Ende, setzte sich und ließ die Beine über dem Wasser baumeln. Die Anspannung, die seit seiner Ankunft in München heute Mittag an ihm gezerrt hatte, wich abgrundtiefer Erschöpfung. Er wollte einfach hier draußen sitzen bleiben, in der Stille des Abends und mit dem See unter sich. Aber eine Sache musste er noch erledigen.

Er zog sein Handy aus der Tasche und rief sein E-Mail-Programm auf. *Liebe Jule*, schrieb er. *Für meine Reaktion auf den reparierten Steg heute Nachmittag möchte ich mich entschuldigen.* Chris hob den Blick und blickte über das Wasser in Richtung der Alpen. Nachdenklich klopfte er mit dem Handy gegen sein Kinn, auf der Suche nach den richtigen Worten. *Ich war etwas überrumpelt und deshalb nicht besonders höflich. Aber ich bin selbstverständlich dankbar für deine Hilfe. Und die deiner Freunde*, ergänzte er. *Schick die Rechnung für die Reparatur bitte an mein Büro. Viele Grüße, Chris.*

Er las den Text noch einmal durch. Für eine Entschuldigung war das wahrscheinlich keine Glanzleistung. Aber besser bekam er das im Moment nicht hin. Sein Finger schwebte bereits über dem Sende-Button, als er ihn noch einmal zurückzog und seine Handynummer ergänzte. Jule hatte ihn darum gebeten, um ihn bei Problemen jederzeit erreichen zu können. Und er wollte ihr zeigen, dass er sie auf jeden Fall weiter als Concierge beschäftigen wollte. Weil sie verdammt gute Arbeit leistete. Abgesehen von ihren eigenwilligen Aktionen. Und selbst dann war das, was sie tat, einfach perfekt. Er legte sein Handy zur Seite und strich mit den Fingerspitzen über das Holz, in dem noch die Wärme dieses Tages hing.

6

»Was, um Himmels willen, machst du hier, Nicky?« Jule blieb vor den Treppenstufen stehen, auf denen ihr Bruder hockte.

»Nic«, korrigierte er sie. Mit einer Stimme, die tiefer und erwachsener klang, als sie sie in Erinnerung hatte. Und mit einem Blick, der die ganze Verachtung Erwachsenen gegenüber zum Ausdruck brachte. Soweit Jule das beurteilen konnte. Denn Niclas' dunkle Haare, die an den Seiten kurz waren, hingen ihm neuerdings so weit ins Gesicht, dass sie seine Augen fast nicht sehen konnte.

»Das beantwortet meine Frage nicht. Was machst du hier?« Jule ließ den Blick über den Rucksack ihres Bruders wandern, betrachtete den prall gefüllten Seesack, den er neben sich abgestellt hatte.

Statt einer Antwort zuckte Niclas nur mit den Schultern. Jule hatte in letzter Zeit so oft versucht, ihn zu erreichen. Er hatte weder auf ihre Anrufe noch auf die WhatsApp reagiert, die sie ihm geschickt hatte. Dafür saß er jetzt vor ihrem Haus. Was bedeutete, dass irgendetwas passiert sein musste. »Wissen Mama und Papa, dass du hier bist?«, fragte sie.

Die Frage führte zumindest zu einer Reaktion. Niclas verdrehte die Augen und stieß den abgrundtiefen Seufzer unverstandener Sechzehnjähriger aus. »Ist doch egal«, brummte er.

Bevor Jule es verhindern konnte, verdrehte sie die Augen ebenfalls. »Wir wissen beide, dass es das nicht ist. Jetzt komm erst mal rein, dann rufen wir zu Hause an.« Jule hatte nicht den Eindruck, dass ihre Eltern wussten, dass sich Niclas in Süddeutschland aufhielt. Sie konnte nur hoffen, dass er nicht abgehauen war und ihre Mutter gerade vor Sorgen fast umkam. Wobei sie sich in diesem Fall sicher längst gemeldet hätte.

Jule wartete die Nicht-Antwort, die sie von ihrem Bruder bekommen würde, gar nicht erst ab und schnappte sich seinen Rucksack. Er folgte ihr die Treppe hinauf, was den Eindruck erweckte, als trampele eine Horde Büffel durch die Prärie. Es wäre wirklich kein Wunder, wenn gleich einer ihrer Mitbewohner den Kopf aus seiner Wohnung steckte, um zu sehen, wer so einen Lärm veranstaltete.

»Komm rein«, sagte Jule, als sie die Tür zu ihrer Wohnung öffnete. Sie stellte den Rucksack ihres Bruders neben ihr Garderobenregal. Er ließ seinen Seesack einfach mitten im Zimmer auf den Boden plumpsen. »Verrätst du mir jetzt, was los ist?«, fragte sie ihn noch einmal. »Wie bist du überhaupt hierhergekommen?«

»Zug«, antwortete er, als wäre jedes weitere Wort der Anstrengung zu viel.

»Dann können wir ja wohl froh sein, dass du wenigstens nicht durch ganz Deutschland getrampt bist.« Jule füllte ein Glas Wasser am Spülbecken ihrer Küchenzeile und hielt es ihrem Bruder hin.

Niclas ignorierte das Wasser und zog stattdessen eine

Dose Red Bull aus der Seitentasche seines Rucksacks. Der Duft nach flüssigen Gummibärchen füllte den Raum, als er sie öffnete. »Bist ganz schön abgestiegen, seit du im Hotel rausgeflogen bist«, sagte er, nachdem er sich einmal um die eigene Achse gedreht und ihre Wohnung in Augenschein genommen hatte. Niclas kannte nur ihr großes, modernes und völlig schnörkelloses Zimmer, das sie in der Mitarbeiterunterkunft des Hotels bewohnt hatte.

Jepp, die schiefen Wände, hohen Decken und das knarzende, zerkratzte Parkett unter ihren Füßen war etwas völlig anderes. Allerdings nicht weniger schön, nur auf eine andere Art. »Ich bin nicht rausgeflogen. Ich habe gekündigt. Meine Entscheidung«, verteidigte sie sich. »Nicht, dass es eine Rolle spielen würde. Ich ruf jetzt jedenfalls Mama an.« Sie schob die Flaschen mit dem Zitronen-Rosmarin-Sirup, den sie als kleines Präsent für ihre Kunden angesetzt hatte, zur Seite und lehnte sich gegen den Küchentresen. Dann zog sie ihr Handy aus der Tasche und scrollte durch ihre Kontakte.

Gerade, als sie wählen wollte, klopfte es an ihrer Tür. »Jule? Bist du da?«, rief Ben.

»Ja, komm rein«, rief sie. Früher oder später würde sie Niclas sowieso ihren Freunden vorstellen. Warum also nicht gleich?

»Oh, du hast Besuch.« Ben blieb in der Tür stehen, als er ihren Bruder entdeckte.

»Ben, das ist mein Bruder Niclas«, stellte sie ihn vor.

»Moin.«

Jule war erleichtert, dass ihr Bruder sich zumindest an die Grundregeln der Höflichkeit erinnerte.

»Hi. Schön, dich kennenzulernen.« Ben hob die Hand zu

einem Gruß. »Eigentlich bin ich vorbeigekommen, um dich zu fragen, ob du mit uns essen willst, Jule. Wir haben Cateringreste. Aber ihr habt wahrscheinlich andere Pläne.«

»Nee, das ist cool.« Niclas schob sich an Jule vorbei und hielt auf Ben zu. »Ich bin echt am Verhungern.«

Ben zuckte mit den Schultern. »Na, dann wirst du wohl mitessen.«

Im nächsten Moment waren die beiden verschwunden, und Jule hörte sie auf der Treppe, auf dem Weg nach unten, miteinander reden. Statt ihnen zu folgen, ließ sie sich auf ihre kleine Couch sinken und zog ihr Handy hervor. Kopfschüttelnd betrachtete sie das Chaos, das ihr Bruder in den wenigen Minuten, die er erst hier war, angerichtet hatte. Sein Seesack stand mitten im Raum. Daneben lag seine Jacke auf dem Boden und seine Schuhe, die er sich einfach von den Füßen getreten hatte. Die halb leere Red-Bull-Dose stand auf ihrem Sideboard neben seiner Bauchtasche, die er normalerweise diagonal vor dem Oberkörper trug.

Ben würde für den Moment schon mit Niclas klarkommen. Es war erst einmal wichtiger herauszufinden, was ihr kleiner Bruder überhaupt in Starnberg verloren hatte, schließlich sollte er im Moment in Kiel sein. Im Haus ihrer Eltern. Zumindest nahm sie das an.

Jule wählte die Nummer ihrer Mutter, stellte das Handy auf Lautsprecher und streckte sich auf ihrer Couch aus.

»Jule! Ist was passiert?« Die Begrüßung, mit der ihre Mutter jeden ihrer Anrufe annahm, auch wenn sie sich regelmäßig bei ihren Eltern meldete und nicht nur, wenn es Probleme in ihrem Leben gab. Die löste sie lieber alleine.

»Sag du's mir«, antwortete sie ihrer Mutter.

»Was meinst du?« Hanne klang verdutzt.

Jule fand es besser, erst einmal bei ihren Eltern nachzufragen, ob überhaupt schon aufgefallen war, dass ihr Bruder nicht zu Hause war. Ihre Mutter neigte schließlich zu leichten Überreaktionen und viel Drama. »Wo ist Nicky im Moment?«, fragte sie deshalb.

Hanne seufzte. »Ich wollte dich sowieso in den nächsten Tagen wegen ihm anrufen. Ich hatte ja gehofft, dass du zu ihm durchdringst, aber das hat ja leider auch nicht funktioniert.«

»Weil Nicky meine Anrufe und Nachrichten ignoriert hat«, verteidigte Jule sich.

»Jedenfalls hatten wir keine andere Wahl«, fuhr Hanne fort.

Als ihn zu Jule nach Starnberg zu schicken? »Was meinst du damit?«

Wieder dieses abgrundtiefe Seufzen. »Am Freitag war der letzte Schultag.«

Jule erinnerte sich daran, dass die Ferien in Schleswig-Holstein deutlich früher begannen als in Bayern. Und dass die Schüler am letzten Schultag vor den Ferien gern mal ein bisschen ausflippten. »Was hat er angestellt?«

»Er war wieder mit dieser Gang unterwegs. Diesmal mit einem gestohlenen Auto. Unter Alkoholeinfluss. Mit gefälschten Ausweisen«, zählte Jules Mutter auf. »Natürlich sind sie in eine Polizeikontrolle geraten. Das war jetzt das fünfte Mal, dass wir Nicky auf dem Revier abholen mussten.«

Jule richtete sich auf. »Was? Wessen Auto war das? Ist Nicky gefahren?«

»Es hat dem Bruder von einem dieser Jungen gehört. Der, der gefahren ist, hatte nicht einmal einen Führerschein. Zum Glück ist Nicky nichts passiert, aber er saß mit im Wagen und hatte praktisch eine Alkoholvergiftung. Bis er am nächsten Tag ausgenüchtert war, haben Papa und ich beschlossen, dass wir andere Saiten aufziehen müssen, um ihn wieder unter Kontrolle zu bringen.«

»Was heißt das?« In Jule machte sich das flaue Gefühl breit, dass die Idee ihrer Eltern vielleicht nicht ganz so super war. Und dass sie dazu geführt hat, dass ihr Bruder in Starnberg aufgeschlagen war.

»Es war das einzig Richtige«, hörte Jule ihren Vater leise im Hintergrund schimpfen. Er hasste es zu telefonieren. Wenn er in der Nähe war, konnte es allerdings passieren, dass er einen Kommentar vor sich hin brummte.

»Wir haben ihn in einem *Teenager Brat Camp* angemeldet«, führte ihre Mutter aus, was Fietje für »das Richtige« hielt.

»Was?« Jule starrte ihr Handy an, als hätte sie sich verhört.

»Ein Camp für schwer erziehbare Jugendliche«, erklärte ihre Mutter.

»Was das ist, weiß ich auch«, erwiderte Jule. »Die Frage ist, ob es eine gute Entscheidung war, Nicky in ein Bootcamp zu stecken.«

»Im ersten Moment war er auch nicht besonders begeistert davon«, gab Hanne zu. »Aber dann hat er begriffen, dass es so nicht weitergeht. Er wird die Ferien in diesem Camp verbringen und hoffentlich etwas fürs Leben lernen. Immerhin war er vernünftig genug zu begreifen, dass er nicht darum herumkommt.«

»Tja.« Jule ließ sich gegen die Sofalehne sinken. »Offenbar hat er es nicht ganz so gesehen, wie ihr glaubt. Er ist in diesem Camp nicht angekommen. Stattdessen saß er eben vor meiner Tür.«

Für einen Moment, der sich zog wie Kaugummi, herrschte Stille zwischen Jule und ihrer Mutter. Dann räusperte sich Hanne, und Jule hörte, wie sie flüsterte: »Hast du das mitbekommen?«, womit sie vermutlich ihren Vater meinte. Dann richtete sie sich wieder an Jule. »Er ist in Starnberg?«, fragte sie leise. »Aber wie …? Wir haben ihn heute persönlich dort abgeliefert.«

»Das frage ich mich auch. Er muss aus dem Camp abgehauen sein. Hat euch niemand benachrichtigt?«

»Nein. Ich … wir … oh, verdammt! Wir haben ihn gar nicht direkt im Camp abgeliefert. Er hat uns gebeten, ihn allein reingehen zu lassen, weil das echt peinlich wäre, wenn seine Eltern ihn wie ein Kleinkind begleiten. Die Formulare hatten wir schon online ausgefüllt, also …«

Jule gab einen ungläubigen Laut von sich. »Dann hat er gewartet, bis ihr weg gewesen seid und sich dann in den nächsten Zug in Richtung München gesetzt.« Offenbar hatte ihre Mutter bei der Frechheit und Dreistigkeit ihres kleinen Bruders wirklich nicht übertrieben. »Jetzt ist er jedenfalls hier.«

»Ich muss mit Papa reden. Wir setzen uns ins Auto und kommen ihn holen«, schlug Hanne vor. »Aber wahrscheinlich können wir erst morgen losfahren, heute ist es schon so spät. Nicky kann doch so lange bei dir bleiben, oder?«

»Natürlich bleibt er erst mal hier.« Jule stand auf und blickte aus dem Fenster auf den See hinunter. »Jetzt, wo er mir nicht mehr entwischen kann, kann ich ja endlich mal ein

Gespräch mit ihm führen. Vielleicht kann ich ihm ja ein bisschen Vernunft eintrichtern.«

»Dein Wort in Gottes Ohr. Und Jule, sag Nicky, dass er mich nachher noch anrufen soll. Oder Papa«, trug ihre Mutter ihr auf.

»Das mache ich. Bis später, Mama.« Jule war sich nicht sicher, ob ihr Bruder bereit war, mit ihren Eltern zu reden. Wahrscheinlich eher nicht. Aber das würde sie herausfinden. Erst einmal wollte sie selbst ein ernsthaftes Wörtchen mit ihm reden. Sie steckte das Handy ein und ging ins Erdgeschoss der alten Schule. Bei diesem herrlichen Wetter saßen ihre Freunde sicher hinter dem Haus.

Als sie um die Hausecke bog, sah sie Niclas am Tisch lümmeln. Da alle anderen Hausmitbewohner ebenfalls anwesend waren, hatte die Vorstellungsrunde wahrscheinlich schon stattgefunden.

»Was gibt's denn Leckeres?«, fragte Niclas gerade.

»Für dich erst mal einen fünften Teller, wir essen schließlich nicht aus dem Topf«, gab Ben mit einem überraschend strengen Ton zurück. So kannte Jule den Landschaftsarchitekten gar nicht. »Da ist die Küchentür. Dahinter findest du Geschirr und Besteck.«

Niclas blieb auf seinem Stuhl sitzen und fixierte Ben. Wie ein stummer Machtkampf, ging es Jule durch den Kopf. Dann rappelte sich ihr Bruder zu ihrer Überraschung tatsächlich auf und schlurfte in Richtung Küche davon.

Lina und Felicia blickten ihm nach und sahen dann erst Jule und dann Ben an. »Magie«, flüsterte Lina und grinste. »Ich bin ja oft streng und setze den Kids Regeln. Aber ich habe noch niemanden gesehen, der das mit den Augen kann.

Gibst du Kurse für diesen Blick, Ben? Ich könnte das durchaus bei manchen renitenten Kindern – und vor allem Eltern – brauchen.«

Ben lachte. »Das ist einfach Talent.«

Als Niclas mit einem Teller, Besteck und einem Glas aus der Küche zurückkam, wies Ben mit dem Kinn auf einen anderen Stuhl als den, auf dem Jules kleiner Bruder gerade noch gegammelt hatte. »Du kannst dich hierhin setzen.« Und wieder gehorchte Niclas.

Jule ließ sich auf den Platz ihrem Bruder gegenüber fallen und fixierte ihn unter hochgezogenen Augenbrauen. »Ich habe Mama angerufen«, ließ sie ihn wissen. »Wir haben einiges zu besprechen. Besonders, warum du hier bist.«

Niclas verdrehte die Augen. »Kann ich nicht einfach mal meine Schwester besuchen? Es ist ja nicht so, als ob du dich oft bei uns blicken lässt.«

»Das ist nicht das Thema. Und du weißt ganz genau, dass das hier kein geschwisterlicher Besuch ist.«

Niclas warf ihr einen finsteren Blick zu. Dann häufte er sich ein paar der Häppchen auf den Teller und lehnte sich zurück.

»Wir freuen uns jedenfalls, dass du hier bist«, versuchte Felicia sich wie immer daran, Frieden zu stiften und die Laune oben zu halten. »Was machst du denn so? Hast du irgendwelche Hobbys?«

»Fußball«, gab Niclas mit vollem Mund zurück.

»Ah, Fußball.« Ben legte seine Hand auf Felicias Stuhllehne und wickelte sich eine ihrer Locken um den Finger. »Hab ich mit sechzehn auch gespielt. Coole Zeiten waren das. Ich wette, du spielst im Sturm.«

»Vorderes Mittelfeld«, sagte Niclas und warf noch ein paar weitere Häppchen auf seinen inzwischen wieder leeren Teller.

*

Chris war noch nicht oft in Lorenz' Bar gewesen. Wenn er es schaffte, ein Wochenende in Starnberg zu verbringen, dann war er dankbar über die Ruhe, die er sich viel zu selten gönnte. Und wenn er ganz ehrlich zu sich war, arbeitete er selbst dann meistens. Aber heute fühlte er sich rastlos. Ganz abgesehen davon, dass er befürchtete, in seinem Selbstmitleid zu ertrinken, falls er noch länger auf seinem nagelneuen Steg sitzen bleiben und in sein Bier starren würde. Miles hatte ihn erst neulich daran erinnert, dass er dringend unter Leute musste. Er musste zwar keine Frau aufreißen, wie sein Freund fand, aber wenigstens auf einen Drink konnte er ausgehen.

Das Bootshaus, die Kneipe seines Schulfreundes, war eine der angesagtesten Locations an der Starnberger Uferpromenade. Sie lag inmitten der Reihe von Bootshäusern, in denen Boote an Touristen verliehen oder Fische verkauft wurden. Von außen sah die Bar aus wie alle anderen der gedrungenen, bunt gestrichenen Häuschen, die über dem Wasser schwebten und von der Promenade aus nur über Stege erreicht werden konnten. Doch im Inneren hatte Lorenz ein paar Visionen umgesetzt, bei denen es Gästen, die das Lokal zum ersten Mal betraten, die Sprache verschlug.

Chris war schon ein paar Mal hier gewesen, und trotzdem war er immer wieder beeindruckt von der Bar, die bei den

Touristen genauso beliebt war wie bei den Einheimischen. Hinter dem Tresen gab es nicht wie sonst so oft in einer Bar eine verspiegelte, chromglänzende Wand. Nein, die Flaschen und Gläser standen hier in alten Buffetschränken, die alle schon ein Leben gehabt hatten, bevor sie hier gelandet waren. Wie alle Bootshäuser verfügte auch Lorenz' Kneipe über einen Steg, der auf das Wasser hinausging und bei den Gästen sehr beliebt war. Hier war zwar kein Platz für Tische und Stühle, aber überall waren Sitzkissen auf den Holzplanken verteilt, die bei diesem Wetter heiß umkämpft waren. Die Leute waren ganz verrückt danach, an einem warmen Sommerabend hier draußen zu sitzen, die Füße im Wasser baumeln zu lassen und einen Cocktail unter dem Sternenhimmel zu genießen.

Am spektakulärsten waren allerdings der Boden und die Rückwand des *Bootshauses*, die komplett aus Glas bestanden. So konnte man nicht nur einen uneingeschränkten Blick auf den See genießen, man konnte auch an einem der Tische sitzen, was sich anfühlte, als schwebe man über dem Wasser.

Chris war eher der Typ für die Bar. Mit dem indirekten Licht, das sowohl hinter den Schränken als auch aus dem unter der Decke hängenden Boot strahlte, wirkte der Raum fast mystisch.

Lorenz nickte ihm nur kurz zu, als Chris sich auf einen der Hocker am Tresen setzte. Hier waren noch ein paar Plätze frei, ansonsten brummte der Laden aber ziemlich. »Bin im Stress«, sagte sein Freund und schob ein frisch gezapftes Starnberger in seine Richtung.

»Kein Problem.« Chris trank einen Schluck. Ihm war es in erster Linie darum gegangen, diesen Abend nicht allein in seinem Haus zu verbringen. Unter Menschen zu sein fühlte sich nicht ganz so einsam an, auch wenn man selbst nicht dazugehörte. Er drehte sich so, dass er die Gäste der Bar beobachten konnte.

Ein paar Minuten später betraten zwei Männer die Bar und setzten sich ein paar Plätze von Chris entfernt an den Tresen. Sie waren gekleidet wie er selbst, in Jeans und T-Shirts. Einer von ihnen trug einen Man Bun, der andere hatte zwar einen ziemlichen Haarmopp auf dem Kopf, um sie zusammenzubinden waren sie aber noch zu kurz. Lorenz blickte auf und nickte auch ihnen zur Begrüßung zu. Er stellte zwei frisch gezapfte Starnberger auf die Plätze neben Chris. »Kommt mal rüber, Jungs«, rief er den beiden zu. »Das ist Chris«, stellte Lorenz ihn vor, als die beiden sich von ihren Plätzen erhoben und herüberkamen. »Chris, das sind Ben und Sam. Ben ist ein Nachbar von Jule.«

Die Männer begrüßten sich. »Du kennst Jule?«, fragte Ben – der Typ mit den ungezähmten Haaren – dann nach und schwang sich auf den Platz neben Chris.

»Ja. Sie arbeitet für mich«, antwortete Chris.

»Moment mal.« Der andere, Sam, beugte sich an Ben vorbei und wies mit dem Finger auf ihn. »Chris? Du bist doch der Typ, dessen Bootssteg wir ausgebessert haben.«

Lorenz, der gerade einen Gin Tonic mixte, blickte auf. »Ist das alte Ding endlich repariert?«, fragte er und zog überrascht die Augenbrauen hoch. »Dann solltest du den Jungs aber einen ausgeben.«

»Das mache ich auf jeden Fall. Jägermeister?« Sam und Ben nickten, und Chris bestellte drei Kurze. »Vielen Dank für eure Hilfe.« Als Lorenz die Gläser vor ihnen abstellte, prostete Chris den beiden zu. »Ich war ganz schön überrascht, als ich die Reparatur heute gesehen habe«, beschönigte er den Wutanfall, den er Jule gegenüber gehabt hatte.

»Das kann ich mir vorstellen.« Sam grinste. »Jule hat dir das Ding im letzten Moment gerettet. Ein Tag länger und du könntest jetzt vom Ufer aus ins Wasser waten.« Er trank einen Schluck von seinem Bier. »Schöne Werkstatt hast du.«

»Danke.« Chris gab Lorenz ein Zeichen, noch drei Jägermeister und eine Runde Bier zu bringen. »Ich komme nur viel zu selten dazu, sie zu nutzen. Hey, Marie«, grüßte er Lorenz' Schwester, die in diesem Moment aus der Küche kam und mit einem Blick auf die Bestellbons ebenfalls begann, Getränke einzuschenken und die Gläser auf Tabletts zu platzieren.

»Chris, hey.« Sie lächelte ihm zu. »Schön, dich mal wieder zu sehen. Hast dich ja ziemlich lange rar gemacht. Ben«, grüßte sie seinen Sitznachbarn mit einem Lächeln, das sich in einen genervten Gesichtsausdruck verwandelte, als ihr Blick an Sam hängen blieb. »Sam.« Sie zog den Mundwinkel zu einem sarkastischen Lächeln nach oben. »Wie schön, dich zu sehen.«

Sam imitierte ihr Lächeln mit einem »So was von gleichfalls.«

Ben konnte sich ein Lächeln nicht verkneifen, das er hinter seinem Bier versteckte. Offenbar war dieser Umgang üblich zwischen den beiden. »Du kennst Marie?«, fragte er, und Chris bemerkte, dass Sam zwar so tat, als tippe er auf seinem Handy herum, aber ganz genau zuhörte.

Chris blickte zwischen dem Mann und Marie hin und her. Die beiden verhielten sich wirklich merkwürdig. »Klar kenne ich Marie«, beantwortete er Bens Frage. »Sie ist schließlich die kleine Schwester meines besten Schulkumpels.« Er grinste. »Sie war früher eine ganz schöne Nervensäge.«

»Ist sie heute noch«, brummte Sam.

Ben sah Chris überrascht an. »Dann bist du in Starnberg zur Schule gegangen? Ich dachte, du stammst aus München.«

»Das denken die meisten. Ich wohne ja auch schon seit Jahren in München. Aber ich bin hier aufgewachsen.« Chris wunderte sich allerdings nicht, dass die Männer sich nicht an ihn erinnerten. Sie waren in der Schule ein paar Jahre unter ihm gewesen. Bis er fünfzehn gewesen war, hatte er sich nicht für die Kids interessiert, die jünger gewesen waren als er selbst. Und dann hatte sich sein Leben einmal um hundertachtzig Grad gedreht – nach dem Tod seines Vaters war nichts mehr gewesen wie zuvor. Das Schicksal hatte ihm die Entscheidung abgenommen, wie er sein Leben gestalten wollte. Er hatte ein klares Ziel vor Augen gehabt, und darauf hatte er hingearbeitet. Die Dinge, für die sich andere Jugendliche interessiert hatten, hatte es von diesem Moment an für ihn nicht mehr gegeben. »Ihr seid in dieser Band gewesen, in der Marie auch gespielt hat, oder?« Er erinnerte sich dunkel, dass Lorenz das bei ihrem Bootsausflug neulich erwähnt hatte.

Ben stöhnte, und Sam sah von seinem Handy auf und verdrehte die Augen.

»Die *Scheißwürste*«, nannte Sam den Namen der Punkband, in der Lorenz' Schwester Sängerin gewesen war.

»Wirklich lange waren wir nicht dabei«, sagte Ben lachend. »Wir haben schnell gemerkt, dass wir die Mädchen mit einem Boot auf dem See mehr beeindrucken konnten als mit mir am Schlagzeug und Sam am Bass.«

Eine Erinnerung blitzte in Chris' Kopf auf. Bei einem Auftritt der Band war er gewesen. Das musste mindestens dreizehn oder vierzehn Jahre her sein. Bens Haare waren damals schon nicht zu zähmen gewesen, allerdings waren sie zusätzlich in zig unterschiedliche Farben gefärbt gewesen. Sam hatte einen Irokesenschnitt gehabt. Auf jeden Fall erklärte diese mehr oder wenige musische Vergangenheit, warum Ben unbewusst den Takt der Musik aus den Boxen mit seinen Fingern auf dem Tresen mittrommelte. Es war immer wieder erstaunlich, wie sich die Kreise schlossen. Jetzt war Ben der Nachbar der Concierge, die für Chris arbeitete. Er hob den zweiten Jägermeister, den Lorenz vor ihnen abgestellt hatte, zum Toast. »Noch einmal vielen Dank für den reparierten Steg«, sagte er.

»Wie gesagt: Gern geschehen.« Sam kippte seinen Kurzen. »Aber es war wirklich hauptsächlich Jules Verdienst. Sie hat alles organisiert.« Er zuckte mit den Schultern und grinste. »Aber so ist sie nun mal. Wir nennen sie immer unseren kleinen General.«

Chris nickte. Er verstand nur zu gut, was Sam meinte. Es schien nicht wirklich möglich zu sein, diese Frau zu stoppen. »Sie scheint das Bedürfnis zu haben, alles zu reparieren«, sprach er aus, was ihm an Jule aufgefallen war.

»O ja«, bestätigte Ben. »Was das betrifft, lässt du sie am besten einfach machen und passt auf, dass du ihr nicht in die Quere kommst.« Die Männer lachten.

Chris trank noch einen Schluck Bier. Woher Jule diesen Reparierzwang wohl hatte? Ihm wurde bewusst, dass er gern noch mehr über diese Frau, die etwas von einem Wirbelsturm hatte, wissen wollte. Ganz abgesehen davon, dass er die Dinge, die in seinem Haus kaputt gingen, auch selbst wieder in Ordnung bringen wollte. Trotzdem konnte er nicht abstreiten, dass Jule ihn faszinierte. Ben und Sam auszufragen war allerdings keine Option. Offensichtlich standen die Concierge und sie sich nahe. Er blinzelte. Während er seinen Gedanken nachgehangen hatte, war die Unterhaltung um ihn herum unbeirrt weitergegangen.

Lorenz kam zu ihnen herüber und räumte die leeren Schnapsgläser weg. »Wie sieht's aus?«, fragte er Sam und Ben. »Macht ihr beim Fischerstechen mit?«

»Nein.« Ben schüttelte den Kopf. »Ihr etwa?«

»Wir haben es vor«, sagte Chris. »Allerdings müssen wir echt noch ein bisschen trainieren.«

»Wir haben letztes Mal mitgemacht«, erzählte Sam.

»Und sind in der ersten Runde rausgeflogen«, ergänzte Ben.

»Ja, aber es war trotzdem witzig«, widersprach Sam. »Wir hatten uns als Hühner verkleidet. Warum auch immer. Weißt du noch, warum wir uns für diese bescheuerten Kostüme entschieden hatten?«, fragte er Ben.

Ben lachte und trank einen Schluck Bier. »Das habe ich erfolgreich verdrängt. Ich weiß nur, dass du es nicht geschafft hast, das Gleichgewicht zu halten.«

»Ich hätte mich oben gehalten.« Sam boxte Ben gegen den Arm. »Wenn du das Boot still gehalten hättest.«

Marie, die gerade die leeren Gläser an einem Tisch hinter ihnen abgeräumte, hatte ihre Unterhaltung offenbar mitgehört. Sie stieß ein »Pff« aus und balancierte ihr Tablett auf einer Hand an ihnen vorbei. »Gleichgewicht hat man, oder man hat es nicht«, sagte sie mit einem Seitenblick in Richtung Sam und trug die Gläser zum Spülbecken hinter dem Tresen.

Chris biss sich auf die Innenseite der Wange, um nicht laut zu lachen. Sam und Marie waren wirklich eine eigene Comedy-Show. Er genoss diesen Abend. Das hätte er sich nicht vorstellen können, als er nach dem deprimierenden Besuch bei seiner Mutter auf dem Steg vor seinem Haus gesessen hatte.

*

Nach dem Essen hatte sich die Tischrunde aufgelöst. Jule nutzte die Chance, dass sie sowieso bereits im Garten der alten Schule standen, und wies auf das Bootshaus. »Willst du dir das mal ansehen?«, fragte sie ihren Bruder. Wenn es etwas gab, das sie beide gleichermaßen liebten, dann waren es Boote oder überhaupt auf dem Wasser zu sein.

Niclas zuckte mit den Schultern, setzte sich aber ebenfalls in Bewegung, als Jule zum Seeufer hinunterlief. Die Holzbohlen des Steges vibrierten bei jedem Schritt unter ihren Füßen. Gemeinsam mit ihrem Bruder lief sie bis zu der kleinen Plattform, von der man ins Bootshaus gelangte, das sich auf Stelzen neben dem Steg duckte. Zum See hin war das Gebäude offen, und an den Innenseiten des Schuppens führten schmale Stege über dem Wasser zu der Plattform, die den hinteren Teil des Schuppens bildete. Unter der Decke hing ein altes Holzboot, von dem Jule sich nicht sicher war, ob es noch seetüchtig war.

»Alter, das ist echt cool«, stellte Niclas fest, nachdem er sich ausführlich im Bootshaus umgesehen hatte.

Jule ging wieder nach draußen und setzte sich im Schneidersitz auf die kleine Plattform. Wenn die Temperaturen so blieben, konnten sie bald von hier aus ins Wasser springen und im See schwimmen.

Niclas ließ sich neben sie fallen und betrachtete die gezackte Linie der Alpen, die den Horizont bildete. »Ist schon ziemlich cool hier. Nicht so platt wie bei uns in Kiel«, sagte er.

Jule sah ihn von der Seite an. Seine Haare waren ihm schon wieder so weit in die Stirn gefallen, dass sie seine Augen verdeckten. »Warum hast du so viel Mist gebaut, dass Mama und Papa dich in ein Erziehungscamp stecken wollen?«

Ihr Bruder antwortete nicht.

»Nicky?«, bohrte Jule nach.

»Du sollst mich nicht Nicky nennen. Ich bin kein Kleinkind«, fauchte er, und Jule merkte, wie sich der Zugang, den sie gerade noch zu ihm gehabt zu haben schien, schloss.

»Das ist keine Antwort auf meine Frage, Niclas«, konnte sie sich trotzdem nicht verkneifen.

Ihr Bruder beschloss offenbar, dass er genug Berge gesehen hatte. Er ließ sich nach hinten fallen und starrte in den wolkenlosen Himmel. Ohne ein Wort zu sagen. Das war eine seiner Spezialitäten. Wenn er nicht reden wollte, hatte man keine Chance, ihn davon zu überzeugen, den Mund aufzumachen.

Jule ließ sich ebenfalls nach hinten fallen und lehnte ihren Kopf gegen seinen. »Egal was es ist, wir finden eine Lösung für die Probleme«, versprach sie ihm leise – und hoffte, dass sie die Wahrheit sagte. Niclas war schon immer wild und selbstbewusst gewesen. Aber so tief wie zurzeit hatte er sich noch nie in Schwierigkeiten manövriert.

7

Jule hatte die Nase bereits am nächsten Morgen gestrichen voll von ihrem Bruder. Oder besser gesagt, gegen Mittag. Sie hatte von Ben eine Isomatte und einen Schlafsack ausgeliehen und Niclas in ihrem Büro ein Bett bereitet. Als sie morgens aus dem Haus gegangen war, hatte er noch tief und fest geschlafen.

Sie hatte den Vormittag über dafür gesorgt, dass die extravaganten Blumenwünsche einer ihrer Kundinnen erfüllt wurden und eine andere Klientin von ihrer Lieblingsboutique die aktuelle Kollektion einer Nachwuchsdesignerin zum Anprobieren nach Hause geschickt bekommen hatte. Außerdem hatte sie einen Antiquitätenhändler beauftragt, nach der Erstausgabe einer sehr seltenen Zeitung zu forschen, die eine weitere Kundin ihrem Mann zum Geburtstag schenken wollte, und hatte dafür gesorgt, dass ein Pudel einen Termin bei einem ausgebuchten Hunde-Star-Friseur bekommen hatte.

Gegen Mittag kehrte sie zur alten Schule zurück, um von ihrem Büro aus weiterzuarbeiten. Ihren Bruder konnte sie nirgends entdecken, aber als sie die Tür zu ihrem Büro öffnete, lief sie gegen eine Wand aus Dunkelheit und Teenagerausdünstungen. »Verdammt, Nicky!«, schimpfte sie und schaltete erst das Licht an, bevor sie die Rollos hochzog und die Fenster öffnete, um frische Luft hereinzulassen.

»Mach das aus«, brummte ihr Bruder und zog sich das obere Ende des Schlafsacks über das Gesicht.

»Hier stinkt es wie im Biberpuff. Und es ist Mittag. Höchste Zeit aufzustehen.«

»Alter! Ich habe Ferien.«

»Wenn du in das Bootcamp zurückkehrst, hast du definitiv keine Ferien mehr. So viel ist schon mal sicher.« Jule blickte sich in ihrem Büro um, das aussah, als hätte eine Bombe eingeschlagen. Zwei Teller, die offensichtlich von einem ersten und einem zweiten nächtlichen Snack stammten und von drei – drei! – Gläsern ergänzt wurden. Überall lagen die Klamotten ihres Bruders herum. »Hier sieht es aus, als hättest du eine wilde Party gefeiert, während ich nebenan seelenruhig geschlafen habe. So geht das nicht, Nicky.«

Er hatte sich inzwischen aufgerichtet. »Nic«, fuhr er sie an.

Jule ignorierte den Einwurf. »Das hier ist mein Büro. Ich muss arbeiten. Und das kann ich kaum, wenn es hier so aussieht und du bis in die Puppen pennst.«

»In dieses scheiß Camp gehe ich auf keinen Fall. Ich bin sechzehn. Ich lasse mich nicht zu so was zwingen.«

»Vielleicht hättest du dich dann auch wie ein Sechzehnjähriger verhalten sollen und nicht wie ein kleines Kind, das nur Blödsinn im Kopf hat.« Jule wurde bewusst, dass Niclas seine Stimme erhoben hatte und sie daraufhin ebenfalls zu schreien begann. Sie hob die Hand zu einer entschuldigenden Geste. »Sorry, ich wollte nicht laut werden. Aber Nic«, versuchte sie, an die erwachsene Version ihres kleinen

Bruders zu appellieren, für die er sich hielt. »Du musst mir sagen, was du willst.«

Niclas starrte auf seine Füße. »Ich kann doch den Sommer über hierbleiben«, sagte er, ohne aufzublicken. »Es geht doch sowieso nur darum, dass Mama und Papa mich loswerden wollen.«

Jule setzte sich neben ihren Bruder auf die Isomatte. »Du kannst nicht hierbleiben, Nicky.« Für einen Moment wirkte er so verloren, dass er sich nicht mal über seinen Spitznamen beschwerte. Jule hätte ihn am liebsten in eine Umarmung gezogen, so wie damals, als er noch ein kleiner Junge gewesen war und das geliebt hatte. Doch sie spürte, dass das im Moment zu viel für ihn wäre. Also stieß sie ihn nur mit der Schulter an. »Unsere Eltern wollen dich doch nicht loswerden. Es geht um die Sachen, die du ausgefressen hast. Das weißt du ganz genau.« Jule machte eine Pause, um den nächsten Worten mehr Nachdruck zu verleihen. »Sie machen sich Sorgen um dich und wissen nicht, wie sie damit umgehen sollen. So ein Camp kann doch auch ganz witzig sein«, versuchte sie die Realität ein wenig zurechtzubiegen. »Dort wird bestimmt viel Sport gemacht. Und Sport magst du doch.«

Niclas warf ihr einen Seitenblick zu. »Du hörst dich aber schon selber reden, oder? Du weißt genauso gut wie ich, dass das scheiße ist. Wie Knast, den ganzen Sommer über.«

Was ja durchaus Gründe hat, dachte Jule, behielt den Gedanken aber wohlweislich für sich. »Hier kannst du jedenfalls nicht bleiben«, sagte sie noch einmal.

Niclas reagierte, indem er die Arme vor der Brust verschränkte wie ein trotziger Dreijähriger. »Tja, dann …«

Jule wartete vergeblich auf den Rest des Satzes. Stattdessen warf ihr Bruder ihr noch einen Seitenblick unter den langen Haarsträhnen zu, die ihm in die Augen hingen, und ließ sich dann nach hinten fallen. Er zog seine Kopfhörer zwischen ein paar Klamotten hervor, die auf dem Boden lagen, setzte sie auf und schloss die Augen. Niclas war wirklich alles, nur nicht erwachsen.

Jule presste die Lippen zusammen, damit ihr nicht entschlüpfte, was sie von seiner versteckten Drohung hielt. Sie würde sich jedenfalls nicht von einem auf Krawall gebürsteten Teenager manipulieren lassen, nahm sie sich fest vor, als sie sich aufrappelte, um die Sachen zusammenzusuchen, die sie für ihre Arbeit brauchte. Mit ihren Unterlagen, ihrem Handy und dem Cardex zog sie sich ins Lehrerzimmer im ersten Stock der alten Schule zurück, während ihr Bruder weiter ihr Arbeitszimmer blockierte.

Sie beendete gerade das Gespräch mit einer Fluggesellschaft, bei der einer ihrer Klienten einen Privatjet ordern wollte, um seine Frau zum zehnten Hochzeitstag mit einem Kurztrip nach Paris zu überraschen, als Lina mit je einer Tasse Kaffee in der Hand hereinkam.

»Ich hab gehört, dass du hier bist«, sagte Lina, nachdem Jule ihr Handy zur Seite gelegt hatte. »Was ist mit deinem Arbeitszimmer?«

»Blockiert von einem jugendlichen Stinkebiber«, fasste Jule den Ist-Zustand zusammen.

»Oh, oh.« Statt Jule wieder allein zu lassen, nachdem sie die Tasse vor ihr abgestellt hatte, machte Lina es sich auf ihrem Lieblingsplatz, dem Turnbock mit den abgesägten Beinen, gemütlich und nippte an ihrem Kaffee. »Die Kacke …

dampfet … gar sehr! Was?«, fragte sie, als Jule sie nur anstarrte. »Das ist aus *10 Dinge, die ich an dir hasse*.« Mit einem Seufzen zuckte sie die Schultern. »Ihr seid solche Banausen. Allesamt. Teenagerfilm – passt zu Teenagerverhalten. Finde ich jedenfalls.«

Jule war dankbar, dass sie von Schritten im Flur unterbrochen wurden und sie darauf nicht antworten musste. Lina und ihre Filmzitate – da konnte niemand mithalten.

Im nächsten Moment blickte Felicia um die Ecke. »Hey, hier bist du«, sagte sie zu Jule. Sie trug einen Krug ihres heiß begehrten Zauberwassers ins Zimmer und stellte ihn auf dem Couchtisch ab. »Ich wollte nach Nic und dir sehen«, erklärte sie, als sie drei Gläser aus dem Schrank nahm. »Aber so wie es aussah, hat er noch geschlafen.«

»Oder schon wieder«, murmelte Jule.

Ihre Freundin schenkte ihnen Limonade ein, verteilte die Gläser und setzte sich dann auf die Couch Jule gegenüber. »Das Auftauchen deines Bruders hat dich ganz schön überrascht.« Das war keine Frage, das war eine Feststellung.

Jule wurde unter den neugierigen Blicken ihrer Freundinnen bewusst, dass sie sich ziemlich zugeknöpft gab, wenn es um ihre Vergangenheit ging. Aber sie gehörte nun mal zu den Leuten, die nicht gern über das sprachen, was hinter ihnen lag. Aber Jule hatte in den letzten Wochen auch mitbekommen, wie Felicia gegen einen Teil ihrer Familie – ihre Eltern und ihren Großcousin – gekämpft hatte, um das Lebenswerk eines anderen Familienmitgliedes – ihrer Großtante Leona – zu retten. Ben und sein Cousin Sam standen sich so nahe, dass sie Brüder sein könnten. Und Lina, die vier jüngere Geschwister hatte und das Familienleben über alles liebte, konnte es gar nicht erwarten, den Mann ihrer Träume zu finden und ebenfalls Kinder zu bekommen. Es war an der Zeit, wenigstens über das zu reden, was wie ein rosa Elefant mit ihnen im Raum stand – oder wie ein Stinkbiber in ihrem Büro pennte. »Mein Bruder hat in der letzten Zeit so viel Mist gebaut, dass es nur eine Frage der Zeit ist, bis er erwischt und angezeigt wird. Bis jetzt ist er immer mit einem blauen Auge davongekommen. Deshalb hielten meine Eltern die Idee für gut, ihn den Sommer über in ein Bootcamp zu stecken. Ihr wisst schon: Erziehung, Respekt, Drill von früh bis spät.« Jule seufzte und entschied sich für einen großen Schluck Zauberwasser gegen ihren trockenen Hals, bevor sie nach dem Kaffee griff, den Lina ihr gebracht hatte.

»Licie?«, hörten sie Ben aus dem Hausflur rufen.

»Im Lehrerzimmer«, rief Felicia und stand auf, um ein viertes Glas zu holen, das sie Ben, gefüllt mit ihrem Zauberwasser, reichte, als er dreckig und verschwitzt den Raum betrat.

»Danke.« Ben küsste Felicia vorsichtig, um den Schmutz von ihr fernzuhalten, und leerte dann das Glas zur Hälfte. »Ah, das tat gut. Hallo, zusammen.« Er winkte in die Runde. »Ist das hier eine Nachbarschaftsversammlung?«

»Nein, Jule erzählt uns gerade, wie ihr Bruder bei uns gelandet ist. Seine Eltern wollten ihn in ein Erziehungscamp stecken«, klärte Felicia ihn auf.

Ben lehnte sich in den Türrahmen, wahrscheinlich um nicht noch mehr Dreck in den Raum zu schleppen, und wies mit dem Glas in der Hand auf Jule. »Sorry, ich wollte dich nicht unterbrechen. Erzähl ruhig weiter.«

Irgendwie hatte Ben recht. Die Flucht aus ihrem Büro

in das Lehrerzimmer war innerhalb kürzester Zeit zu einer Nachbarschaftsversammlung geworden. »Wie gesagt, meine Eltern haben entschieden, dass er in dieses Camp soll, um sich daran zu erinnern, wie man sich an die Regeln hält. Sie haben ihn sogar höchstpersönlich hingefahren. Nur dass Nicky dann abgehauen ist, statt die Bootcamp-Ferien überhaupt erst anzutreten.«

»Er ist auf direktem Weg zu dir gekommen?«, fragte Lina.

»Ja, und er bildet sich ein, er könne den Sommer über hierbleiben«, ergänzte Jule ihre Erzählung um die Diskussion, die sie erst vor ein paar Stunden mit ihrem Bruder geführt hatte.

»Oh.« Ben verzog das Gesicht. »Er wird es dir übel nehmen, wenn du ihn wieder wegschickst.«

Jule rieb sich über das Gesicht bei dem Gedanken an die unterschwellige Drohung ihres Bruders. »Genau das ist mein Problem. Wenn ich ihm sage, dass er gehen muss, baut er wahrscheinlich direkt den nächsten Scheiß und haut vielleicht richtig ab.«

»Dann lass ihn doch bleiben.« Lina hob entschuldigend die Hände, als Jule sie anstarrte. »Es wäre auf jeden Fall eine Möglichkeit, über die du nachdenken könntest.«

»Wie soll das gehen? Ich muss arbeiten. Ich werde Nicky nicht sechs Wochen mein Büro überlassen, damit er den ganzen Tag verpennt und alles in sein Teenagerchaos stürzt.«

»Du könntest die Alternative zum Bootcamp sein.« Felicia biss sich nachdenklich auf die Unterlippe. »Ganz so einfach darf er es natürlich nicht haben. Schließlich wollten eure Eltern auch, dass Niclas in diesen Ferien etwas fürs Leben lernt.«

»Also lassen wir ihn lernen, indem er arbeitet«, ergänzte

Lina die Idee. »Wir haben doch genug kleine Aufträge und Arbeiten hier im Haus, die er erledigen kann. Vom Kartoffeln schälen in der Kochschule über Gartenarbeiten, die Ben ihm überträgt. Bis hin zu Botengängen für dich, Jule«, zählte sie auf. »Ich lasse mir bestimmt auch noch etwas einfallen für ihn.«

Ben lachte. »Du meinst, wir decken ihn einfach mit Arbeit ein, damit er nicht auf dumme Gedanken kommt? Gute Idee, finde ich. Wenn du mich fragst, Jule, kann er bleiben. Aber ich schließe mich den anderen an. Wenn Nic hierbleiben will, muss er sich das verdienen.«

Jules Herz weitete sich bei dem Angebot, das ihre Freunde ihr – und vor allem ihrem Bruder – gerade machten.

Lina war bereits aufgesprungen und hatte *Nic's To-do-Liste* an die alte Tafel geschrieben und angefangen, Aufgaben darunterzuschreiben.

Jule legte die Hand auf ihr Herz. »Ihr würdet mich da echt unterstützen? Danke.« Wieder einmal flutete das Gefühl ihren Körper, dass es absolut richtig gewesen war, in dieses Haus zu ziehen. »Ich werde mit Nicky reden und ihm von eurem Angebot erzählen. Wenn er es nicht annimmt, befördere ich ihn höchstpersönlich ins Bootcamp.« Sie grinste in die Runde. »Glaubt bloß nicht, dass es einfach wird oder mein kleiner Bruder sich plötzlich an die Regeln hält, nur weil wir sie aufstellen«, warnte sie ihre Freunde.

Lina drehte sich lachend an der Tafel um. »Keine Sorge. Ich bin Expertin für Teenagergeschwister. Das kriegen wir schon hin.«

*

Die Jalousien stoppten die grellen Sonnenstrahlen und zerschnitten sie in schmale Streifen, die auf dem hellgrauen Teppichboden lagen. Manchmal hatte Chris das Gefühl, dass der Firmensitz von *Deep Blue Horizon* etwas von einer geheimen Agentenzentrale hatte, wie bei MacGyver oder Knight Rider. Von außen ein Jugendstil-Haus in der Münchener Innenstadt, das mit allen hübschen Klischees seines Baus im Jahr 1905 aufwartete: geschwungene Linien, verspielte Formen und florale Ornamente, mit denen man zu Beginn des zwanzigsten Jahrhunderts versucht hatte, das Natürliche in die Stadt zu holen. Das Innere des Hauses bestand inzwischen aus hochmodernen Büros und Besprechungsräumen, mit Smartboards an den Wänden, ausgeklügelter Präsentationstechnik und einem Kaffeeautomaten, für den man ein eigenes Studium brauchte. Die Arbeitsplätze seiner Mitarbeiter waren mit der aktuellen Technik ausgestattet. Was nicht nur daran lag, dass Chris selbst gerne mit allem herumspielte, was neu war. Seine Werbeagentur stand an der Spitze und war bereits mehrmals als eine der besten Europas ausgezeichnet worden. Und gute Arbeit konnte man nur leisten, wenn die Ausstattung stimmte – und man das beste Personal hatte.

Aber manchmal konnte man sich in seinen Mitarbeitern auch täuschen – und absolut falschliegen. Chris saß an seinem Schreibtisch und wartete, bis sich die Tür hinter Saskia Berger schloss. Erst als er allein war, stützte er die Ellenbogen auf die Tischplatte und legte für einen Moment den Kopf in die Handflächen. Sexuelle Belästigung am Arbeitsplatz. Er fuhr sich durch die Haare und legte dann den Kopf gegen die Sessellehne zurück, der sich im Moment ein bisschen so anfühlte, als könnte er sich nicht selbst auf Chris' Hals halten. Als er die Firma gegründet hatte, hatte er sich auf jede Menge Probleme eingestellt – und sie im Laufe der Zeit gelöst. Aber dass einer seiner Mitarbeiter eine Kollegin belästigen könnte … das hatte er natürlich nicht auf dem Schirm gehabt.

Chris blickte auf das Foto, das ihn mit seinen Eltern auf einem Segelboot auf dem Starnberger See zeigte, als er vielleicht zwölf oder dreizehn gewesen war und er genau wie seine Eltern glücklich in die Kamera lachte. Er konnte sich an jenen Sommer erinnern, als wäre es gestern gewesen. Kreischende Möwen, die versuchten, ihm die Pommes aus der Schale zu klauen. Der warme Wind auf braun gebrannter Haut und der Duft der Kokos-Sonnencreme, die seine Mutter so gern benutzt hatte und der auch er nicht entkommen war. Das Foto wirkte wie ein Ausschnitt aus seinem Leben, als seine Welt noch in Ordnung gewesen war. Jetzt stand es als einziges Bild auf seinem Schreibtisch und erinnerte ihn daran, dass es nie wieder so schön werden würde wie damals.

Ein Klopfen holte Chris aus seinen Gedanken. Die Tür wurde aufgeschoben, bevor er »Herein« sagen konnte. Was grundsätzlich nur seine Assistentin MaLu machte, die zwei Tassen Kaffee in sein Büro balancierte und die Tür mit der Hüfte wieder zuschob. Mit einem aufmunternden Lächeln stellte sie eine der Tassen vor ihm ab und setzte sich mit der anderen in der Hand auf den Besucherstuhl vor seinem Schreibtisch, wo gerade noch seine Angestellte gesessen und ihm ihr Herz ausgeschüttet hatte. Über den Rand ihrer Kaffeetasse hinweg sah sie ihn an und zog die Augenbrauen hoch. »Denk nicht mal dran«, warnte sie ihn, als sie die Tasse wieder absetzte.

»Woran?«, fragte Chris, obwohl ihm klar war, worauf MaLu hinauswollte, und griff ebenfalls nach seiner Tasse.

»Dir die Schuld daran zu geben.«

Theoretisch gesehen hatte seine Assistentin mit Sicherheit recht, aber was war mit der Verpflichtung den Menschen gegenüber, die er in seiner Firma eingestellt hatte? »Ich bin derjenige, der ihn eingestellt hat«, brachte Chris die Fakten auf den Punkt, dass er dafür verantwortlich war, dass Florian Mayer bei *Deep Blue Horizon* arbeitete und damit überhaupt erst die Möglichkeit bekommen hatte, Saskia Berger zu bedrängen.

»Du bist dafür genauso wenig verantwortlich wie für den Tod deines Vaters und die Demenz deiner Mutter.« Niemand schaffte es, Chris die Fakten so um die Ohren zu hauen wie MaLu. Und er würde das auch von niemandem außer ihr dulden. »Wichtig ist doch nur«, fuhr sie fort und beugte sich ein wenig vor, um ihren Worten noch mehr Eindringlichkeit zu verleihen, »welche Konsequenzen du daraus ziehst.«

Beim völlig überraschenden Tod seines Vaters hatte Chris schnell gewusst, welche Konsequenzen er ziehen würde. Er hatte gar keine Wahl gehabt. Als Fünfzehnjähriger, mit einer Mutter, die ihr Leben lang Hausfrau und Mutter gewesen war – und das mit Hingabe –, hatte Chris die Rolle des Mannes im Haus übernehmen müssen. Ob er gewollt hatte oder nicht. Sein Plan war es gewesen, neben der Schule zu jobben und trotzdem einen bestmöglichen Abschluss hinzubekommen. Sich um Stipendien zu bewerben, zu studieren und hoffentlich irgendwann genug Geld zu verdienen, um seine Mutter und sich auch weiterhin über Wasser zu halten.

Als dann vor ein paar Jahren die Demenz seiner Mutter diagnostiziert worden war, hatte ihm das ein weiteres Mal die Füße weggezogen. Aber dieses Mal hatte er wenigstens mit einem Teil der Konsequenzen besser umgehen können. Dem Sohn hatte die Situation das Herz gebrochen, der Geschäftsmann in ihm war aber inzwischen in der Lage gewesen, Helene die beste Betreuung zukommen zu lassen, die er hatte kriegen können.

»Du kannst nicht in die Gehirne deiner Mitmenschen blicken. Und Gedanken lesen kannst du auch nicht. Das Einzige, was jetzt zählt, ist, dass du das Richtige tust.« MaLu zog ihr Handy aus der Tasche und tippte eine Notiz. »Ich werde deinen Anwalt anrufen und ihn bitten, sich mit dir in Verbindung zu setzen.«

Chris betrachtete die kleine, resolute Frau. Ihre dunklen, schlichten Hosenanzüge saßen immer perfekt. Ihr Haar, das noch braun gewesen war, als sie sich kennengelernt hatten, trug sie inzwischen in einem strengen, grauen Knoten. Ihr einziger Schmuck war eine geerbte Perlenkette und ihr schlichter Ehering. MaLu hatte nur noch zwei Jahre bis zur Rente, und Chris keine Ahnung, wie er ohne sie klarkommen sollte, wenn sie die *Deep Blue Horizon* verließ. Sie war schon in der Firma, für die er gleich nach seinem Studium in den USA gearbeitet hatte, angestellt gewesen. Als er sein eigenes Unternehmen gegründet hatte, war sie mitgegangen – und erleichterte ihm seitdem sein Leben. Ohne MaLu wäre er aufgeschmissen. Sie war für Chris fast eine Art Muttterersatz und immer eine gute Ratgeberin, auf deren Meinung er zählte. Außerdem kannte er sie mindestens so gut wie sie ihn. »Was ist, wenn Saskia nicht die Einzige ist, die Florian bedrängt hat?«, fragte er, nicht sicher, ob er ihre Antwort hören wollte.

MaLu seufzte. »Ich werde mich umhören. Aber ich glaube nicht, dass noch eine Mitarbeiterin belästigt wurde.« Sie schenkte Chris ein aufmunterndes Lächeln. »So schlimm diese Situation auch ist, sie zeigt doch auch, dass das Arbeitsklima bei *Deep Blue Horizon* stimmt. Wenn Saskia Berger auch nur eine Sekunde das Gefühl gehabt hätte, dass du sie nicht ernst nehmen oder ihr nicht glauben würdest, wäre sie nicht zu dir gekommen. Damit, glaube ich, hast du Schlimmeres verhindert. Und wenn du meine Meinung hören willst: Genau deshalb glaube ich nicht, dass es mehr Opfer gibt. Denn sie wären genauso zu dir gekommen wie Saskia.«

»Ich kann es nur hoffen. Trotzdem ist das eine verdammte Scheiße!« Chris schloss die Augen. Ein Skandal wegen sexueller Belästigung in der Agentur war das Letzte, was er jetzt gebrauchen konnte, gerade jetzt, wo er mit Carter Perry in Verhandlungen stand. Viel schlimmer als das war allerdings, dass eine Frau, die unter seiner Obhut stand, so behandelt worden waren. »Okay«, sagte er, zog an seinem Schreibtisch die zweite Schublade von oben auf und legte eine Handvoll Schokobons auf den Schreibtisch. Eines reichte er an MaLu weiter und löste dann die Folie von einem zweiten. »Wir machen Folgendes: Du rufst die Anwälte an, und ich sage für dieses Wochenende alles ab und kümmere mich um die Angelegenheit.«

»Nein.« MaLu schüttelte den Kopf, eine eiserne Entschlossenheit im Blick, die Chris von ihr nur zu gut kannte. »Du sagst überhaupt nichts ab. Dieses Wochenende ist das *Fischerstechen*, auf das du dich jetzt lange genug gefreut hast.

Also wirst du auch daran teilnehmen – und der nächste Fischerkönig werden. Ich rufe die Kavallerie, aber ich bin mir sicher, an diesem Wochenende wird nichts mehr passieren. Und wenn sich die Lage weiterentwickelt, halte ich dich auf dem Laufenden.« Sie packte ihren Schokobon aus und schob ihn sich in den Mund. »Jetzt solltest du jedenfalls endlich sehen, dass du loskommst. Und, Chris, lass dich überraschen, wenn du nach Starnberg kommst.«

»Was soll das heißen? Was für eine Überraschung?« Chris hasste Überraschungen. Genau genommen hasste er alle Situationen, in denen er nicht die Kontrolle hatte.

MaLu lächelte. »Das werde ich dir natürlich nicht verraten. Aber ich bin mir sicher, du wirst begeistert sein.«

8

Jules Bruder blieb in Starnberg. Er hatte erstaunlich wenig an den Bedingungen auszusetzen gehabt, die die Bewohner der alten Schule ihm genannt hatten. Jule traute Niclas zwar noch nicht ganz über den Weg, er hatte sich schließlich nicht über Nacht von einem Bootcamp-Kandidaten in einen Engel verwandelt. Es würde noch Probleme geben, aber zumindest in den ersten Tagen hatte sich Niclas lammfromm verhalten. Ihre Eltern davon zu überzeugen, ihn in der alten Schule zu lassen, war viel schwieriger gewesen. Sowohl Niclas als auch Jule wurden ständig mit Kontrollanrufen und Nachrichten ihrer Mutter genervt. Wobei es Jule schon ziemlich lustig fand, wie ihr kleiner Bruder sich zwang, die Anrufe anzunehmen – denn nicht ranzugehen war keine Option, wenn er in Starnberg bleiben wollte. Ihr Vater meldete sich zwar nicht bei ihnen, aber Jule kannte ihn gut genug, um zu wissen, dass er sich mit gerunzelter Stirn alles haarklein von ihrer Mutter berichten lassen würde.

Jule und ihre Nachbarn hatten Niclas ein paar Aufträge gegeben, die er die Woche über erledigt hatte. Sie hatten nichts auszusetzen gehabt. Dafür hatte Jules Bruder ziemlich gemeckert, als er als fahrbaren Untersatz Felicias Fahrrad überlassen bekommen hatte, während die Freundin auf ihren alten Volvo Olof umgestiegen war. Das Rad war nicht nur ein Damenrad und echt alt, es verfügte außerdem am Lenker und auf dem Gepäckträger über zwei hübsche Körbchen, an denen Plastikblumenranken hingen. Auf Niclas quälenden Gesichtsausdruck hin hatte Ben ihm mit einem Augenzwinkern erklärt, dass einen Mann nichts maskuliner wirken ließ, als zwischen einem Haufen Blumen zu stehen. Er müsse es ja schließlich wissen. Die Skepsis in Niclas' Blick hatte er damit allerdings nicht vertreiben können.

Ben war überhaupt ein Glücksgriff für den Umgang mit ihrem Bruder. Er und Sam hatten sogar einen Männerabend veranstaltet und Niclas, der sich sofort total erwachsen gefühlt hatte, auf ein Bier ins *Bootshaus* mitgenommen. Und auch sonst hatte ihr Bruder offenbar schon Freunde gefunden. Als Jule neulich von einem Termin gekommen war, hatte er mit ein paar Kids auf dem Bootssteg hinter der alten Schule gesessen, die eine kleine Jacht am Steg festgemacht hatten. Ihrer Kleidung und dem Boot nach konnte man davon ausgehen, dass sie keine Gangster waren – wie ihre Mutter es nennen würde.

Für heute hatte Jule einen besonderen Auftrag von Marie-Luise Gessler erhalten. Chris Thalbachs Assistentin hatte sie gebeten, sich um eine Überraschung für ihren Chef zu kümmern. Er hatte sich offenbar eine Fitnessstation für sein Wochenendhaus gekauft, die er in einem bislang leer stehenden Gymnastikraum aufstellen wollte. Seine Assistentin bat jetzt darum, dass das Gerät aufgebaut wurde, damit Chris es gleich nutzen konnte, wenn er das Wochenende am See verbrachte.

Wenn es um Aufträge für Chris ging, war Jule inzwischen allerdings sehr vorsichtig. Sie hatte sich zweimal bei Frau Gessler rückversichert, ob es für ihren Chef wirklich in Ordnung war, wenn sie sich um den Aufbau kümmerte. Für diesen Job brauchte sie keine Firma engagieren, Niclas' Hilfe und die passenden YouTube-Videos reichten völlig. Nachdem Frau Gessler ihr den Auftrag noch einmal per Mail bestätigt hatte, hatte Jule ihren Bruder ins Auto gepackt und war zu Chris' Haus gefahren.

»Alter!«, war alles, was Niclas herausbrachte, als sie auf das Grundstück fuhr und er den Blick über das Haus und den See schweifen ließ. Erst nachdem er ausgestiegen war und die Umgebung inspiziert hatte, kam er grinsend zu Jule zurück. »Das ist mal ne Hütte. In so was müsstest du wohnen, statt in dem alten Kasten.«

»Na klar. Ich überfalle gleich am Montag eine Bank und dann ziehe ich um«, gab Jule trocken zurück.

Ihr Bruder zuckte mit den Schultern. »Hättest dich halt nicht im Hotel feuern lassen dürfen. Dann hättest du dir einen reichen Knacker abstauben können, und so was hier wäre kein Problem.«

Jule warf ihm einen Blick aus zusammengekniffenen Augen zu. »Ich wurde nicht gefeuert. Ich habe gekündigt«, korrigierte sie ihn zum gefühlten tausendsten Mal. »Und eine Concierge, die etwas auf sich hält, fängt nichts mit einem Hotelgast an. Oder mit einem Kunden.« Oder mit jemandem, mit dem sie zusammenarbeitete. Oder am besten mit gar niemandem, ergänzte sie im Stillen. Geflissentlich ignorierte sie das unangenehme Zusammenziehen ihres Magens, das bei diesem Thema nie ausblieb. »Und merke dir eins, Nicky: Wir nennen unsere Klienten nicht reiche Knacker, verstanden?«

»Mein Name ist nicht Nicky«, gab ihr Bruder genervt zurück.

Jule zog die Augenbrauen hoch und grinste ihn an. »Und ich wurde nicht gefeuert. Wir sind quitt, würde ich sagen.« Sie boxte ihm gegen den Arm. »Na los, lass uns nach dem Fitnessmonster schauen.«

»Kann ich hier noch in den See springen, wenn wir fertig sind?«, fragte Niclas, auf dem Weg zur Haustür.

»Du kannst zu Hause in den See springen.« Jule gab den Code ein, der die Tür öffnete, und schaltete die Alarmanlage aus.

»Hier ist es doch viel cooler«, widersprach Niclas.

Jule drehte sich zu ihm um, nicht sicher, ob er sie gerade verkohlen wollte. »Es ist derselbe See.«

»Ja, aber hier ist es cooler«, beharrte Niclas.

Jule musste sich zusammenreißen, um sich von der Logik eines Sechzehnjährigen nicht dazu bringen zu lassen, die Augen zu verdrehen. »Von mir aus spring hier in den See.«

»Echt jetzt?« Niclas' Blick war genauso skeptisch wie sein Tonfall.

»Klar. Dann kannst du direkt bis zur alten Schule schwimmen«, ergänzte Jule und lachte.

»Alter! So nicht witzig!«, sagte ihr kleiner Bruder und verdrehte die Augen genau so, wie Jule es sich das gerade verkniffen hatte.

Gut gelaunt machte sie sich auf die Suche nach der Fitnessstation, ihren Bruder auf den Fersen.

Zwei Stunden später schaltete Niclas das YouTube-Video aus, das Jule auf ihrem Tablet hatte laufen lassen. »Das ist doch Mist«, fasste er die Video-Aufbauanleitung zusammen. »Das kriegen wir ohne dieses dämliche Video viel besser hin.«

»Ich mag diese Anleitungen eigentlich. Die sind wirklich hilfreich.« Bis auf dieses eine Mal, als Jule in dem Hotel, in dem sie gearbeitet hatte, versucht hatte, die Heizungsanlage mit so einem Video wieder richtig einzustellen. Aber abgesehen von diesem einen Mal, das ihr eine Abmahnung eingebracht hatte …

»Pff«, gab Niclas von sich. »Das muss hier drüben dran. Dann drehen wir das ganze Ding auf die Seite und bringen die Teile da unten an. Ist doch alles ganz logisch.«

Jule legte den Kopf schief und betrachtete den Teil, den sie bereits aufgebaut hatten, und die Elemente, die noch fehlten. Was ihr Bruder sagte, klang tatsächlich logisch. »Okay. Lass es uns so machen.« Sie bückte sich nach dem Schraubendreher und reichte ihn an Niclas weiter. Er machte sich ans Werk, als würde er seit fünf Jahren nichts anderes tun, als so ein Fitnessmonster zusammenzubauen. Ob ihm klar war, dass sie hier eine Gemeinsamkeit hatten? Niclas schraubte mindestens so gern an Dingen herum wie Jule selbst. Sie hatte als Kind viel Zeit in der Werkstatt ihres Vaters verbracht und mit ihm herumgebastelt. Für die älteren Nachbarn hatten sie Küchengeräte repariert, die sie geliebt hatten und nicht wegwerfen wollen. Sie hatten Modelle von Flugzeugen und Schiffen gebaut. Und einen extrem coolen Wagen für ein Seifenkistenrennen – das Jule gewonnen hatte. Sie hatte diese Nachmittage mit ihrem Vater, der nie viel sprach, sehr geliebt. Erst später war ihr klar geworden, dass das bedeutet hatte, dass ihre Eltern nicht besonders viel Zeit miteinander verbrachten, weil sich ihr Vater permanent in seiner Werkstatt vor der Realität versteckt hatte. Doch dann wurde ihr Bruder geboren, und Jule hatte als typischer Teenager sowieso nicht mehr besonders viel Lust, die Wochenenden in der dämmrigen Werkstatt zu verbringen. Aber das Bedürfnis, an Dingen herumzuschrauben, war ihr geblieben – genau wie ihr Bruder es im Blut zu haben schien. »Bist du oft mit Papa in der Werkstatt?«, fragte sie, als sie eine der Armstützen an Niclas weiterreichte.

»Pff.« Niclas ging in die Knie, um das Teil anzuhalten. »Die Werkstatt ist Papas Heiligtum. Da hat keiner Zutritt. Überhaupt macht in diesem Haus keiner irgendwas mit irgendwem«, war seine kryptische Antwort.

Bevor Jule fragen konnte, was er damit sagen wollte, hörte sie, wie die Haustür geöffnet wurde.

Niclas hob den Kopf. »Kommt noch jemand?«, wollte er wissen.

»Ich habe keine Ahnung. Frau Gessler hat nichts davon erwähnt, und die Haushälterin war schon da. Vermutlich ist es Chris. Herr Thalbach«, korrigierte sie sich, damit ihr Bruder nicht auf die dumme Idee kam, ihren Klienten einfach zu duzen. »Ich schau mal nach. Kommst du einen Moment ohne mich klar?«

»Jepp. Ist ja nicht mehr viel. Wenn das der Typ ist, dem die Hütte gehört, hat es mit der Überraschung seiner Assistentin nicht ganz geklappt«, stellte Niclas fest und schob sich die Haare aus dem Gesicht. »Aber er kann das Fitnessmonster auf jeden Fall schon benutzen – und den Rest irgendwann selbst dranschrauben.«

Ja, irgendwann, dachte Jule. Wenn er das so hinbekam wie alles andere im Haus, das er *irgendwann* mal reparieren wollte, würde er noch in zehn Jahren auf einem halb fertigen Gerät trainieren.

Sie verließ den Gymnastikraum und konnte der Stimme ihres Klienten folgen, der offenbar telefonierte. Und zwar ziemlich aufgebracht, wenn sie die Wut, die in seinen Worten mitschwang, richtig deutete. Vielleicht wäre es sinnvoller gewesen, sich zurückzuziehen und seine Laune neben dem Fitnessmonster auszusitzen. Aber er musste ihren Wagen neben der Garage stehen gesehen haben. Es war also nur richtig, sich kurz zu zeigen, bevor sie wieder zu ihrem Bruder zurückkehrte.

Chris stand vor der Glasfront, die sein Wohnzimmer vom Rest der Welt trennte. Den Blick auf den See hinaus, die rechte Hand in der Tasche seiner Anzughose, mit der Linken hielt er sein Handy ans Ohr. »Es ist mir egal, ob er sich um seine kranke Mutter kümmert, einen dreibeinigen Hund hat oder Vogelbabys rettet …«

Jule trat in den Raum, und er sah ihre Spiegelung in der Scheibe. Als er zu ihr herumfuhr, hob sie die Hand zu einem Winken und deutete in Richtung Gymnastikraum. Sie wollte sich schon wieder umdrehen und gehen, doch Chris hob ebenfalls die Hand, um sie aufzuhalten. »Das interessiert mich nicht«, knurrte er in sein Handy, nachdem er kurz zugehört hatte. »Ich will, dass er entlassen wird. Fristlos.« Das Lachen, das er von sich gab, klang hart, und Jule bekam eine Gänsehaut. Sie wusste natürlich, wer Christian Thalbach war. Sie hatte ihn gestresst erlebt. Sportlich. Und sauer, weil sie etwas getan hatte, was nicht seinen Vorstellungen entsprochen hatte. Aber trotzdem hatte sie nie den knallharten Geschäftsmann im Kopf gehabt, der jetzt vor ihr stand. »Das Wort Abfindung braucht er nicht einmal in den Mund zu nehmen«, fuhr er fort. »Ich will, dass er rausfliegt. Auf der

Stelle.« Wieder hörte er einen Moment zu, ohne seinen wütenden Blick von Jule zu lösen. »Ja, machen Sie das. Wir hören uns.« Er nahm das Handy vom Ohr und beendete das Telefonat. »Möchte ich wissen, was du schon wieder hier verloren hast?«, fragte er Jule und lockerte gleichzeitig seinen Krawattenknoten.

»Ähm … ich …« Ein unangenehmer Schauer kroch ihr über den Rücken. Chris hatte noch immer diese eisige Kälte im Blick. »Also …« Es verschlug ihr selten die Sprache, aber gerade hatte sie das Gefühl, dass es keine gute Idee von Frau Gessler war, die Fitnessstation ohne Chris' Wissen aufzubauen.

»Hey, was ist los? Wie lange dauert das denn noch? Oh, hi.« Bevor Jule es verhindern konnte, stand ihr Bruder mitten im Raum. Sie selbst war schon nicht besonders professionell gekleidet mit ihren Jeans, Sneakers und einem Polohemd, aber Niclas setzte dem Ganzen die Krone auf mit seinen Jogginghosen, dem T-Shirt und den abgewetzten Turnschuhen. Seine Haare hingen ihm wirr in die Augen.

Chris musterte ihren Bruder von Kopf bis Fuß, bevor sein Blick an dem Schraubenschlüssel in seiner Hand hängen blieb. »Und wer bist du?«, fragte er mit einer Stimme, die viel zu ruhig klang für den Ärger, der noch immer in seinem Gesicht zu lesen stand.

Jules Bruder schien das auch zu bemerken. Wenn man selbst ständig für Probleme sorgte, konnte man einen solchen Blick wahrscheinlich sehr gut interpretieren. »Ich bin Nic«, sagte er und warf ihr einen Blick zu. »Ich bin Jules Bruder, und wir haben das Fitnessmonster aufgebaut.« Noch ein Seitenblick. »Die Fitnessstation«, benutzte er die richtige Bezeichnung. »Ein paar Teile fehlen noch, aber du kannst sie schon benutzen.«

»Sie können sie schon benutzen«, zischte Jule in Richtung ihres Bruders.

Aber es war bereits zu spät. Chris hatte das Wohnzimmer mit ein paar langen Schritten verlassen und war auf dem Weg in den Gymnastikraum.

»Scheint nicht der Typ zu sein, der Überraschungen mag«, murmelte Niclas.

Jule schluckte. Frau Gesslers Idee war wirklich nach hinten losgegangen. »Hör zu, ich muss kurz mit Herrn Thalbach sprechen.« Sie fischte ihre Autoschlüssel aus der Hosentasche. »Kannst du am Auto auf mich warten? Ich komme gleich.«

»Kein Problem.« Niclas tauschte die Schlüssel gegen den Schraubenschlüssel und warf sie in die Luft, als er sich zur Haustür umdrehte.

»Und, Nic?«

»Hm?« Er drehte sich noch einmal zu Jule um.

»Am Auto warten«, ermahnte sie ihren Bruder vorsichtshalber noch einmal. »Nicht in den See springen.«

»Jaja, sonst kann ich zur alten Schule schwimmen.« Er grinste und hob zwei Finger zum Salut an die Stirn.

*

Chris betrachtete die fast komplett zusammengebaute Fitnessstation, die er sich geleistet hatte. Es war höchste Zeit gewesen, dass der Gymnastikraum einen Zweck bekam. Das Fit Beast, wie er es insgeheim nannte, war genau richtig für das Training, das er sich vorstellte. Aber es war – wieder einmal – ein Gerät, das er selbst hatte aufbauen wollen. Vielleicht mit Lorenz' Hilfe, wenn sein Freund Lust gehabt hätte. Aber er wollte, verdammt noch mal, nicht in sein Haus kommen und über Jule Hansen stolpern, die mal wieder eigenmächtig an seinem Eigentum herumgeschraubt hatte.

Ihr schien zumindest bewusst zu sein, dass sie – wieder einmal – eine Grenze überschritten hatte, so kleinlaut, wie sie hinter ihm in den Raum geschlichen kam.

»Ich sammele nur mein Werkzeug zusammen, und dann lass ich dich in Ruhe. Sorry für meinen Bruder. Er eignet sich mehr hinter den Kulissen, als dass man ihn auf die Leute loslassen kann.« Jule versuchte sich an einem entschuldigenden Lächeln und bückte sich, um ihr Handwerkszeug in eine pinkfarbene Werkzeugkiste zu packen. Als sie den Deckel zuklappte und sich mit der Box in der Hand aufrichtete, wich sie seinem Blick aus. »Ich denke, den Rest schaffst du allein. Aber wenn du Hilfe brauchst: Dann weißt du ja, *die gute Fee am See* ist immer für dich da.«

Sie war nervös, wurde Chris klar. Je länger er schwieg, desto unwohler fühlte sie sich in seiner Gegenwart.

»Also, ich geh dann jetzt.« Einen Moment stand sie unschlüssig vor ihm, dann wandte sie sich mit einem »Ich wünsche dir ein schönes Wochenende« zur Tür um.

»Jule«, hielt er sie zurück.

Sie blieb stehen, drehte sich aber nicht um.

»Ich hatte gedacht, ich hätte mich beim letzten Mal klar ausgedrückt. Ich will nicht, dass du meine Sachen reparierst. Ich will nicht, dass du meine Sachen aufbaust. Ich will nicht, dass du noch einmal irgendetwas in meinem Haus anfasst, ohne dass ich dich ausdrücklich darum gebeten habe.« Er wartete zwei Herzschläge lang, bis sie sich langsam zu ihm umdrehte. »Wenn wir uns darauf nicht einigen können, muss ich mir einen neuen Concierge-Service suchen.«

»Und ich will«, sagte sie mit Nachdruck, »dass du dich besser mit deiner Assistentin absprichst. Abgesehen davon musst du dir keine Sorgen machen.« Sie schluckte und hob ihre freie Hand in einer ergebenen Geste. »Ab jetzt mache ich nur noch Dienst nach Vorschrift. Versprochen. Ich garantiere dir, dass ich nichts mehr mache, womit ich nicht ausdrücklich beauftragt wurde.« Dann nickte sie ihm knapp zu und drehte sich wieder um, ohne seine Antwort abzuwarten. »Schönes Wochenende, Chris«, wiederholte sie mit einem letzten Blick über die Schulter und verschwand im nächsten Moment im Flur.

Er hörte die Haustür hinter Jule ins Schloss fallen. Langsam ging er ihr nach und sah durch das Fenster neben der Tür, wie sie ihren pinkfarbenen Werkzeugkasten über den Rasen zu ihrem kleinen Suzuki schleppte. Ihr Bruder lehnte mit vor der Brust verschränkten Armen am Kotflügel und wartete auf sie. Am liebsten hätte Chris ihm zugerufen, seiner Schwester gefälligst beim Schleppen ihres Werkzeuges zu helfen. Aber die beiden gingen ihn nichts an, erinnerte er sich wieder daran, dass Jule nur seine Concierge war. Seine *übergriffige* Concierge. Obwohl die Erwähnung seiner Assistentin ihm zu denken geben sollte. Er zog sein Handy aus der Tasche und wählte MaLus Nummer.

»Chris, guten Abend«, meldete sie sich nach dem zweiten Klingeln. »Wie ist das Gespräch mit dem Anwalt gelaufen?«

»Der Anwalt?« Chris brauchte einen Moment, bis ihm klar

wurde, was sie meinte. Die sexuelle Belästigung. Vor lauter Ärger über Jule Hansen hatte er doch glatt seine wirklichen Probleme vergessen. »Er sagt, es sieht gut aus. Wir können Florian Mayer nicht nur sofort rauswerfen, er wird sich auch um die Anzeige bei der Polizei kümmern und Frau Berger begleiten, wenn sie ihre Aussage macht.« Er seufzte. »Und natürlich auch jede andere Mitarbeiterin, falls sich noch jemand melden sollte.«

»Das klingt gut. Siehst du, du hättest dein Wochenende ganz umsonst geopfert.« Er konnte das Lächeln in der Stimme seiner Assistentin hören. »Wie findest du die Überraschung?«

Chris rieb sich über die Stirn. Sie hatte es erwähnt, fiel ihm siedend heiß ein. Eine Überraschung. Verdammt, er wusste, warum er so etwas hasste. »Du hast *Die gute Fee am See* beauftragt, die Fitnessstation aufzubauen?«

»Die Spedition hatte sich gemeldet und mitgeteilt, dass das Gerät eher geliefert wird, als von ihnen zuerst angegeben. Da hatte ich die Idee, das Ding gleich zusammenbauen zu lassen. Dann kannst du dich an diesem Wochenende ganz auf das *Fischerstechen* konzentrieren.«

Und Chris hatte Jule dafür runtergemacht. Scheiße! »MaLu, du weißt doch, was ich von dieser Art von Überraschung halte.« Er legte den Kopf in den Nacken und atmete tief durch.

Einen Moment schwieg seine Assistentin, bevor sie fragte: »Was hast du angestellt?«

»Angestellt habe ich überhaupt nichts«, verteidigte er sich.

»Chris?« Hatte er vor ein paar Stunden noch gedacht, dass MaLu für ihn fast wie eine Mutter war? Sie hatte jedenfalls die Instinkte einer. Zumindest, wenn es um ihn ging.

»Ich habe Frau Hansen dabei überrascht, wie sie die Station zusammengebaut hat. Aber ich habe nicht daran gedacht, dass du sie vielleicht beauftragt haben könntest.«

»Und du warst unhöflich?«, wollte sie prompt wissen.

»Ich war direkt«, relativierte er. »Ich habe ihr gesagt, dass sie die Finger von meinen Sachen lassen soll.« Nachdem sie mitbekommen hatte, wie er am Telefon davon gesprochen hatte, einen Mitarbeiter zu feuern. Und dann hatte er ihr sprichwörtlich die Pistole auf die Brust gesetzt.

»Ich hoffe, du hast Frau Hansen nicht vergrault. Ich habe selten eine kompetentere Concierge erlebt.« MaLu brachte es, wie immer, auf den Punkt.

»Nein, habe ich nicht.« Hoffte Chris zumindest. Aber Jules zurückgezogene Schulter und ihr gerecktes Kinn hatten bei ihm eher den Eindruck erweckt, dass sie nicht hinwarf. Sie würde auch weiterhin für ihn arbeiten. Sich aber von jetzt an mit Sicherheit genau an seine Vorgaben halten – oder zumindest noch einmal nachfragen, bevor sie sich an Dingen zu schaffen machte, die sie nichts angingen. »Keine Sorge, ich habe hier alles im Griff, MaLu«, versicherte er ihr diese Tatsache mindestens so sehr wie sich selbst. »Ich muss jetzt Schluss machen.«

»Gut. Ich wünsche dir ein schönes Wochenende und toi, toi, für das *Fischerstechen* morgen. Du würdest einen guten Fischerkönig abgeben. Also schubse alle anderen von ihren Booten.«

Chris legte auf und blieb für einen Moment in der Stille seines Hauses stehen. Langsam wurde es zur Tradition, dass er sich wegen irgendetwas bei Jule Hansen entschuldigen musste. MaLus Überraschung hatte er über den ganzen

Ärger in der Firma einfach vergessen. Aber wahrscheinlich würde seine Concierge ihm demnächst wieder beim Joggen über den Weg laufen, und er konnte ihr erklären, dass er nichts von dem Auftrag gewusst hatte, den seine Assistentin ihr erteilt hatte. Aber immerhin hatte er noch einmal deutlich gemacht, dass sie die Finger von seinen Sachen lassen sollte. Was mit Sicherheit kein Fehler war.

Chris ging zum Kühlschrank und warf einen Blick hinein. Wie immer, wenn er seinen Besuch für das Wochenende ankündigte, hatte seine Haushälterin ihn gut gefüllt. Er könnte sich einfach ein Bier auf der Terrasse gönnen. Oder … Chris schloss die Tür wieder und machte sich auf den Weg zu seiner Werkstatt, um seinen eigenen Werkzeugkoffer zu holen. Erst einmal würde er das Fitness Beast fertig zusammenbauen.

9

Das *Prinz-Luitpold-Fischerstechen* war eine große Sache in Starnberg. Die örtlichen Fischer kämpften schon seit 1907 um den begehrten Wanderpokal, der ihnen noch heute von einem Mitglied der Wittelsbacher überreicht wurde. In der Gruppe der Fischer durften nur diejenigen starten, deren Familien diesen traditionellen Beruf am See noch immer ausübten. Aber zu dem Wettkampf der Sportfischer durfte sich jeder melden, der Spaß daran hatte, mit einer Lanze vom Boot geschubst zu werden. Chris konnte sich noch daran erinnern, wie er als Kind begeistert an der Uferpromenade des Sees gestanden und die Teilnehmer in der Bucht des alten Undosa-Strandbades angefeuert hatte. Damals hatte er es gar nicht erwarten können, endlich sechzehn zu werden, um selbst mit einer Lanze bewaffnet auf eines der Flachboote zu steigen.

Als er dann sechzehn gewesen war, hatte er längst keine Zeit mehr für Freizeitvergnügen irgendeiner Art gehabt. Aber beim vorletzten Fischerstechen vor zehn Jahren hatten Lorenz und er die Zeit gefunden, mitgemacht und waren immerhin fünfte geworden. Dieses Jahr hatten sie sich fest vorgenommen, es bis aufs Treppchen zu schaffen.

»Das ist Wetter für Champions.« Lorenz war über den

Lärm der Blasmusik kaum zu verstehen, als sie im Zug der Gladiatoren, begleitet von den Schiedsrichtern und Mitgliedern des Starnberger Trachtenvereins, durch die Stadt zum See unterwegs waren.

Chris grinste ihn an. Ein Himmel in den Farben Bayerns, leuchtend blau mit ein paar weißen Wattewölkchen, und der strahlende Sonnenschein passten perfekt zu diesem Tag. »Jepp. Warm genug, dass sich unsere Gegner nicht den Arsch abfrieren, wenn sie im Wasser landen.« Er hatte seine fast drei Meter lange Lanze, in deren Spitze ein Tennisball steckte, geschultert, Lorenz eines der Ruder ihres Bootes. Der Festplatz am Undosa war voller Menschen, die ihnen begeistert zujubelten, so wie er es als kleiner Junge getan hatte.

Chris genoss alles, was um ihn herum geschah. Für einen Tag spielte die Firma keine Rolle, und er konnte die bevorstehende Entlassung seines Mitarbeiters zur Seite schieben. Er würde heute nicht daran denken, dass seine Mutter ihn nicht erkennen würde, wenn er sie am nächsten Tag besuchen ging. Dieser Tag gehörte einfach nur ihm.

*

Jule genoss den Trubel an der Uferpromenade in vollen Zügen. Sie zog ihre Pilotenbrille vom Kopf und setzte sie sich auf die Nase, bevor sie nach dem Bier griff, das Ben ihr reichte. Inzwischen lebte sie lange genug in Starnberg, um das letzte *Fischerstechen* vor fünf Jahren erlebt zu haben. Sie mochte die Volksfeststimmung, den Wettkampf und vor allem die gute Laune sowohl der Gäste als auch der Teilnehmer des *Fischerstechens*, ganz gleich, ob sie im Wasser landeten oder es eine Runde weiter schafften. Der Duft von Bratwurst, Zuckerwatte und See wirbelte gemeinsam mit der fröhlichen Blasmusik, die die Leute klatschen und schunkeln ließ, um sie herum. Die Zuschauer des Spektakels waren nicht weniger bunt zusammengewürfelt als die Teilnehmer des Wettkampfes. Touristen in Radlerhosen, die während einer Radtour hier haltgemacht hatten. Mitglieder des Trachtenvereins, die ihre Trachten voller Stolz trugen. Und junge Mädchen in ihren Ultraminis und Cropped Tops. Dazwischen Gruppen wie Jule und ihre Freunde, die sommerliche Freizeitkleidung trugen.

Am meisten freute sich Jule, dass sie diesen für die Stadt wirklich besonderen Tag mit ihren Freunden verbringen konnte. Und mit ihrem kleinen Bruder. Sie stieß mit Ben, Felicia, Lina und Niclas an und trank gerade einen Schluck, als sich Sam, ebenfalls ein Bier in der Hand, zu ihnen durchdrängelte. »Ich bin doch nicht zu spät, oder?«, fragte er und umarmte Jule und ihre Freundinnen, bevor er Ben und Niclas in einer typisch männlichen Begrüßung auf den Rücken schlug.

»Es geht gerade erst los«, beruhigte Ben ihn.

»Die Gladiatoren kommen.« Lina stellte sich auf die Zehenspitzen, um besser sehen zu können. »Gladiatoren, ich begrüße euch!«, rief sie und winkte gut gelaunt.

Jule lachte. »Ein Filmzitat?«, fragte sie die Freundin.

Lina antwortete ihr mit einem Grinsen. »Was glaubst du denn? Und mal ehrlich, Russell Crowe war doch als Gladiator mindestens so heiß wie diese Jungs hier.«

Jules Bruder nippte neben ihr gespielt lässig an seinem Bier, aber sie konnte genau spüren, dass er auf den Wettkampf gespannt war. Beim Frühstück hatte er darüber philosophiert, dass er ja einspringen könnte, falls irgendein Teilnehmer ausfiel und Ersatz gebraucht wurde. Sechzehn war er schließlich. *Und schubsen konnte er vermutlich auch*, hatte Jule im Stillen ergänzt. Immerhin wurde der Preis vom »König oder so« verliehen. Ben hatte ihn ausgelacht und ihm verraten, dass die Preisverleihung nur durch ein Adelsgeschlecht durchgeführt wurde und die Wittelsbacher keine Könige, sondern Herzöge waren. Und dass Niclas außerdem keine Chance hätte, jetzt noch einen Startplatz zu ergattern. Aber er hatte ihm den Floh ins Ohr gesetzt, sich in fünf Jahren jemanden zu suchen, der mit ihm startete, und sich ein Flachboot zu besorgen, mit dem er in den Wettkampf gehen konnte. Die Idee drehte seitdem Runden in Niclas' Kopf.

»Ist das nicht der Typ, für den wir gestern das Fitnessmonster aufgebaut haben?«, fragte Niclas neben ihr und wies mit dem Bier in der Hand auf den Gladiatorenzug, der von noch mehr Blasmusik und Mitgliedern des Trachtenvereins begleitet, ins Undosa marschierte. »Und daneben, das ist doch der, dem die Bar gehört.«

Jule nickte. »Lorenz«, sagte sie, weil ihrem Bruder der Name des Besitzers des *Bootshauses* nicht mehr einzufallen schien. Er trug Tracht und hatte ein Ruder über die Schulter gelegt, also war er der Steuermann im Boot. Chris hingegen trug neben dunkelblauen Boardshorts ein T-Shirt, auf das Luitpolds Bild und ein Pelzkragen aufgedruckt waren und eine Plastikkrone. Das sah ganz witzig aus, aber von einem Mann, der eine Werbeagentur besaß, konnte man das schließlich auch erwarten. Mit diesem Outfit hätte Jule sogar ohne die Lanze, die er trug, gewusst, dass er derjenige war, der beim *Fischerstechen* als der Schubser antrat – wie sie es nannte.

»Das ist dieser Christian Thalbach?« Lina folgte ihm und Lorenz mit den Blicken, und Jule wurde bewusst, dass die Freundin die Einzige in ihrer Runde war, die Chris nicht kannte. »Verdammt. Der ist eindeutig heißer als Russell Crowe«, sagte sie und nippte an ihrem Bier, bevor sie sich Luft zufächelte.

Jule ignorierte den Ausbruch. Schließlich war es völlig egal, dass Chris gut aussah. Als ihr Klient nahm sie so etwas überhaupt nicht wahr. Fast nicht wahr, verbesserte sie sich insgeheim. »Habt ihr gewusst, dass die beiden mitmachen?«, fragte sie ihre Freunde.

Sam nickte. »Sie haben davon gesprochen, als wir Chris neulich in der Kneipe getroffen haben. Haben wir das nicht erzählt?«

»Nein, habt ihr nicht. Ist aber auch egal. Ich bin sowieso für die Jungs aus meinem alten Hotel«, sagte Jule, fest entschlossen, nicht noch einmal in Chris' Richtung zu blicken.

Dieser Mann hatte dafür gesorgt, dass sie sich die halbe Nacht schlaflos von einer Seite auf die andere gedreht hatte. Seine Ansage war deutlich gewesen, und sein Blick hatte Bände gesprochen. Ganz abgesehen davon, dass Jule gar keine Chance gehabt hatte wegzuhören, als er einfach am Telefon veranlasst hatte, dass einer seiner Mitarbeiter gefeuert wurde. In diesem Moment war ihr eines bewusst geworden: Sie musste, so wie sie es ihm versprochen hatte, Dienst nach Vorschrift machen, wenn sie ihren Job nicht auch noch verlieren wollte. Sie würde nicht mehr aus der Reihe tanzen. Sie würde außerdem keine Aufgaben von seiner Assistentin annehmen, ohne sich höchstpersönlich bei Chris zu versichern, dass er diesen Auftrag auch wirklich erledigt haben wollte. *Die gute Fee am See* lief zwar inzwischen richtig gut, aber sie konnte es sich nicht erlauben, einen Klienten zu verprellen. Schon gar keinen mit so vielen Kontakten wie Christian Thalbach, der sie Gott und der Welt weiterempfehlen konnte. Und wenn er es hasste, dass jemand etwas für ihn tat, was er nicht explizit verlangte, dann würde sie ihre Finger stillhalten, so schwer ihr das auch fallen mochte, und ihn höchstens darauf hinweisen, dass etwas nicht funktionierte.

»Es geht los!« Niclas versteckte seine Aufregung hinter dem großen Schluck Bier, den er trank. Er sah dabei zu, wie die ersten Teams auf dem Wasser ihre Boote in Position brachten. Dann glitt sein Blick zu einer Gruppe Teenager, die ein Stück weiter standen und ihm zuwinkten.

»Sind das nicht die, die neulich an unserem Steg angelegt haben?«, fragte Jule ihn, als sie die Kids entdeckte.

Niclas zuckte die Schultern. »Kann sein.«

»Kann sein?« Jule lachte. »Hau schon ab. Den Wettkampf kann man von da drüben mindestens so gut sehen wie von hier.« Sie stieß ihm mit dem Ellenbogen in die Rippen. »Na los.«

Sie sah ihrem Bruder nach, wie er zu seinen neuen Freunden hinüberging und ganz typisch mit einer Ghetto-Faust begrüßt wurde. Dann drehte sie sich wieder um und sah dabei zu, wie ihre früheren Kollegen aus dem Hotel zwei Studenten aus dem Rennen schubsten. Chris und Lorenz waren offenbar als Nächstes dran, denn sie ruderten auf den See hinaus – und auf ihre Gegner zu.

*

Chris suchte sich einen festen Stand auf dem gerade einmal sechsundzwanzig Zentimeter breiten Brett, das unter seinem Gewicht schwankte, weil es einen ganzen Meter über das Boot hinausragte, und nickte Lorenz zu, um ihm zu signalisieren, dass er bereit war für das nächste Duell. Bis jetzt hatte er sein Gleichgewicht immer halten können und hatte mit der fast drei Meter langen Lanze den Wettkampf für zwei Studenten und zwei Jungs vom Jachtclub beendet. Ihr nächster Gegner war ein Team von der Brauerei.

Chris hatte den Eindruck gewonnen, dass die beiden sich mit jeder Menge Bier auf ihren Einsatz vorbereitet hatten, und nahm an, dass sie leichte Gegner wären. Er nutzte die gleiche Taktik, die sich bei den anderen Durchgängen bewährt hatte, wog die Lanze in den Händen, bevor er die Finger fest um das Holz schloss, ein Stoß nach links andeutete, nur um seinen Kontrahenten dann gegen die rechte Schulter zu stoßen. Er hörte das Jubeln der Zuschauer, die Elektrobeats, die aus den Lautsprechern erklangen, nachdem sie die Blasmusik abgelöst hatten. Seine Lanze prallte gegen die Schulter seines Gegenübers – der sich keinen Millimeter bewegte. Wie eine deutsche Eiche. Oder ein 50-Liter-Bierfass.

Für den Bruchteil einer Sekunde war Chris überrascht. Ein Moment, der seinem Gegner allerdings ausreichte, in einer blitzschnellen Bewegung zuzustoßen. Chris, der sich selbst noch in der Vorwärtsbewegung befand, geriet aus dem Gleichgewicht und konnte den nächsten Stoß, der ihn gegen den Brustkorb traf, nicht mehr abwehren.

Er kam noch mal aus dem Gleichgewicht – und fiel. Für den Bruchteil einer Sekunde segelte er auf das Wasser zu, machte sich bewusst, dass er verloren hatte. Im nächsten

Moment explodierte Schmerz in seinem Kopf und nahm ihm die Luft zum Atmen: Chris' Fuß hatte sich irgendwie zwischen dem Brett, auf dem er stand, und dem Bootsrumpf verhakt und blockierte seinen Fall. Er spürte, wie sich sein Knie verdrehte, bevor er mit voller Wucht auf den Bootsrand krachte – und dann ins Wasser stürzte.

Chris bewegte sich nicht. Für einen Augenblick kühlte das Wasser den Schmerz. Er ließ zu, dass er immer weiter sank. Mit geschlossenen Augen trieb er dem Grund des Sees entgegen. Er blendete alles um sich herum aus. Hörte auf zu denken, bis seine Lunge zu brennen begann und das Verlangen zu atmen übermächtig wurde. Einen Moment hielt er es noch aus, dann benutzte er nur seine Arme und schwamm mit kräftigen Zügen zurück in Richtung der Sonne, die ihre Strahlen durch das Wasser schickte. Als er die Oberfläche durchbrach, holte er keuchend Luft. Schon im nächsten Moment griffen Arme nach ihm, zogen ihn an Bord eines Bootes. Nicht das Flachboot, mit dem Lorenz und er zu ihrem Wettkampf angetreten waren – es war die Wasserwacht, schoss es ihm gemeinsam mit einem neuen stechenden Schmerz durch den Kopf, als sein linkes Bein, das sich irgendwie instabil anfühlte, bewegt wurde. Nur einen Millimeter, aber genug, um ihn Sternchen sehen zu lassen. Was Chris die Gewissheit brachte, dass Lorenz und er nicht nur aus dem Wettkampf gekickt worden waren, sondern dass er wirklich am Arsch war. Scheiße!

Die Wasserwacht transportierte ihn zum Steg, wo er – unter den neugierigen Blicken unzähliger Zuschauer – an das Rote Kreuz übergeben wurde. Wenigstens ersparten sie ihm den erniedrigenden Transport auf einer Bahre, sondern hakten ihn links und rechts unter und ließen ihn auf dem rechten Bein zu ihrem Zelt hüpfen, das sie am Rande des Spektakels aufgebaut hatten.

Vor dem Zelt erwartete ihn Lorenz, der mit besorgtem Blick hin- und hertigerte. Deutlich ruhiger als sein Freund stand Jule Hansen neben dem Zelteingang. Sie trug Jeans, die an den Knien zerrissen waren, dazu ein schlichtes weißes T-Shirt mit einem weiten Ausschnitt, der ihr über die rechte Schulter rutschte. Ihre dunklen Haare waren heute offen und ihre Augen hinter einer verspiegelten Pilotenbrille nicht zu erkennen. Chris könnte sich jetzt fragen, was Jule hier verloren hatte, aber in diesem Moment bewegte er sein linkes Bein beim nächsten Hüpfer leicht und musste sich darauf konzentrieren, das weiße Blitzen hinter seinen Lidern wegzublinzeln und die Zähne zusammenzubeißen, um nicht vor Schmerz zu stöhnen.

»Chris! Verdammt! Da bist du ja!« Lorenz stürmte auf ihn zu und blieb vor ihm stehen, als wären die beiden Sanitäter, die ihn stützten, Bodyguards. »Sie haben mir gesagt, dass ich hier auf dich warten soll.«

»Jetzt bringen wir den Patienten erst mal ins Zelt.« Der rechte Sanitäter wies Lorenz mit dem Kinn an, einen Schritt zur Seite zu machen, was sein Freund nach kurzem Zögern auch tat.

»Aber wir können doch mitkommen?«, fragte Lorenz, als sie Chris in das Zelt bugsierten.

»Das entscheidet der Patient.«

Chris warf Jule einen Seitenblick zu, als er an ihr vorbeihüpfte. Sie hatte noch immer nichts gesagt, aber ihre Präsenz fühlte sich irgendwie … gut … an. Wesentlich beruhigender als Lorenz' Aufregung. »Kommt von mir aus mit rein«, presste er zwischen zusammengepressten Zähnen hervor. Wieder eine Bewegung seines Beines und weiße Blitze vor seinen Augen. »Und kann ich irgendwas gegen diese beschissenen Schmerzen bekommen?« Wenn das noch eine Weile so weiterging, würde er anfangen, um eine Tablette oder Spritze zu betteln.

»Keine Sorge, darum kümmern wir uns gleich«, versprach der Sani links von ihm.

Noch ein paar Hüpfer und Chris wurde auf einer Liege abgesetzt. Der Schmerz, der abermals durch seinen ganzen Körper zu schießen schien, ließ ihn zischend ausatmen. Lorenz stellte sich abwartend neben ihn, während Jule sich im Hintergrund hielt. Sie hatte ihre Sonnenbrille abgenommen, fiel Chris auf. Ihr Blick war mitfühlend, aber nicht so panisch wie der seines Freundes. Als die Sanitäter ihren Behandlungskoffer neben Chris aufklappten, legte Jule ihre Hand auf Lorenz' Schulter und zog ihn ein Stück nach hinten, damit die Jungs vom Roten Kreuz ihre Arbeit machen konnten.

»Was ist Ihnen lieber? Spritze oder Pille?«, fragte ihn ein dritter Rotkreuzler, der sich zu den beiden Sanitätern gesellte und laut dem Aufnäher auf seinem Polohemd Arzt war. Offenbar deutete er Chris verständnislosen Blick richtig. »Ich kann Ihnen ein paar hochdosierte Ibuprofen geben, aber bis die wirken, dauert es ein bisschen. Alternativ injiziere ich Ihnen ein Schmerzmittel. Was ich empfehlen würde, weil ich mir Ihr Bein gleich ansehen werde.«

Chris verzog das Gesicht und sah, dass Lorenz es – vermutlich aus reiner Sympathie – ebenfalls verzog. Jule hingegen legte den Kopf ein wenig schief, als wolle sie wissen, ob er Manns genug war für die Spritze. Nicht dass er besonders auf Nadeln stand. Aber auf Schmerzen stand er definitiv noch weniger. Und bis die Tabletten anschlugen … »Ich nehme die Spritze«, sagte er und schluckte.

Der Arzt klopfte auf seinen Handrücken. »Das sieht doch gut aus«, murmelte er. »Wir legen Ihnen gleich eine Venenverweilkanüle. Dann können wir jederzeit Schmerzmittel nachgeben, wenn es nötig sein sollte«, erklärte er.

Und es würde nötig sein, dessen war Chris sich sicher. Er sah zur Seite, als der Arzt die Injektion vorbereitete und seinen Handrücken mit einem Alkoholtupfer desinfizierte. Chris spürte den leichten Schmerz, als die Kanüle gelegt wurde, und ließ den Blick weiter durch das Zelt schweifen, bis er abermals an Jule hängen blieb, die abwartend neben Lorenz stand. Es war definitiv besser, sich den Kopf darüber zu zerbrechen, was sie hier wollte, statt bei seiner eigenen Behandlung zuzusehen. Hatte sie Lorenz begleitet, weil die beiden befreundet waren? Oder wollte sie wissen, wie es ihm ging? Überraschenderweise gefiel ihm der Gedanke, dass sie sich Sorgen um ihn gemacht haben könnte. Was Blödsinn war, wies er sich selbst zurecht. Er war einfach nur schon so lange allein, dass er für diese Art von Emotionen empfänglich war. Mitgefühl ließ niemanden kalt. Vor allem, wenn die angenehme Betäubung des Schmerzmittels einsetzte und man sich ein kleines bisschen so fühlte, als wäre man auf Drogen, fand Chris.

Die Schmerzen ebbten schnell zu einem dumpfen Pochen ab, und er konzentrierte sich wieder auf den Arzt, der gerade dabei war, Chris' Bein in Augenschein zu nehmen. Der Vorteil seines Wettkampf-Outfits war, dass der Doc nur die

Boardshorts ein Stück nach oben schieben musste, um sich das Knie anzusehen, das bereits ordentlich geschwollen war und begann, sich zu verfärben. Allerdings war es ziemlich unangenehm, dass seine Klamotten klatschnass waren.

»Das werden wir stilllegen«, sagte der Arzt, »und kühlen.« Er richtete sich auf und notierte etwas auf einem Klemmbrett, das er aus seiner Einsatztasche zog. »Sie werden um einen Besuch in der Notaufnahme nicht herumkommen. In Ihrem Knie ist vermutlich einiges kaputt, also fahren die Kollegen Sie in die Klinik. Sie brauchen ein MRT, und dann sehen wir weiter.«

»Erst einmal braucht er etwas Trockenes zum Anziehen.« Alle Blicke richteten sich auf Jule, die sich eine Decke von einer anderen Liege geschnappt hatte und sie Chris hinhielt. »Was?«, fragte sie und blickte in die Runde. »Hat hier niemand Wechselklamotten dabei?«

Allgemeines Kopfschütteln war die Antwort.

»Wir haben unser Zeug im Jachtclub«, erklärte Lorenz. Eindeutig zu weit weg.

»Und wir sind auf so etwas nicht vorbereitet«, ergänzte einer der Sanitäter. »Aber keine Sorge, im Krankenhaus wird man etwas Trockenes für Sie finden.« Er nahm Jule die Decke ab und legte sie Chris um die Schultern. »Aber Ihre Freundin hat recht. Wir kühlen das Bein und sorgen dafür, dass der Rest Ihres Körpers nicht auskühlt.«

»Jule ist …« *nicht meine Freundin*, wollte Chris die Annahme des Sanis richtigstellen, doch er wurde von einem »Hallo?« vor dem Zelt unterbrochen.

Im nächsten Moment tauchte der nasse Kopf von Chris' Duell-Gegner auf. »Hey.« Er machte ein betroffenes Gesicht, als er die Schiene und die Kühlpads sah, in die Chris linkes Knie inzwischen verpackt war. »Scheiße, Mann.« Hinter ihm tauchte sein Wettkampfpartner auf, zwischen sich hielten die beiden Männer einen Kasten Bier. »Das tut mir echt leid. Ich wollte nicht, dass du so beschissen fällst.«

Chris zuckte die Schultern. »Das war nicht deine Schuld.« Genau genommen wusste er selbst nicht, wie das hatte passieren können.

»Na ja.« Der Typ gab seinem Kumpel ein Zeichen, und sie stellten den Bierkasten neben dem Zelteingang ab. »Wir haben gedacht, wir bringen dir noch was gegen die Schmerzen vorbei. Aus unserer Brauerei.«

»Danke, das ist …«, begann Chris.

»Definitiv etwas, was Sie sich bis nach den Untersuchungen aufheben müssen«, grätschte der Arzt ein.

Chris grinste. »Auf jeden Fall die beste Behandlung, die ich mir im Moment vorstellen kann.«

Sein Gegner grinste zurück, offenbar erleichtert, dass Chris ihm nicht die Schuld an seinem Sturz gab. »Soll auch heilende Wirkung haben«, behauptete er. »Und glücklich macht es sowieso.«

»Entschuldigung. Darf ich mal durch?« Einer der Sanitäter quetschte sich an den beiden vorbei, die den Eingang blockierten. »Ihr Krankentransport ist jetzt da. Wir können«, sagte er zu Chris.

»Ja, wir müssen auch wieder, sonst kommen wir zu spät zur nächsten Runde«, verabschiedeten sich Chris' Gegner. »Gute Besserung. Und lass dir das Bier schmecken.«

Während die beiden verschwanden, hakten die Sanitäter Chris links und rechts unter und halfen ihm auf. »Los geht's.

Will jemand von Ihnen mitfahren?«, fragten sie und sahen ganz automatisch Jule an. Ach ja, richtig, weil sie dachten, sie sei seine Freundin. Chris überlegte sich, ob er sich die Mühe machen sollte, das Ganze richtigzustellen. Doch angesichts des neuen Schmerzes, den die kleinste Bewegung durch sein Knie schießen ließ, und der Schweißperlen, die sich auf seiner Stirn bildeten, brachte er nicht mehr die Energie dafür auf.

»Ich begleite dich«, bot Lorenz an. »Wir sind schließlich ein Team.«

»Gute Idee.« Jule nahm Chris die Decke wieder ab, die von seinen Schultern zu rutschen begann, und drückte sie Lorenz in die Hand. »Nimm die mit, damit Chris sie sich im Krankenwagen wieder umhängen kann«, kommandierte sie. Dann warf sie Chris einen durchdringenden Blick zu. »Muss er im Krankenhaus bleiben?«, fragte sie die Sanitäter.

Der Mann nickte. »Wahrscheinlich schon.«

»Wenn du willst, kann ich dir ein paar Wechselklamotten bringen«, schlug sie Chris vor.

»Super Idee«, sagte Lorenz.

Doch Jule ignorierte seinen Freund und sah Chris unverwandt und abwartend an. Sie wollte sein »Go«. Nach ihrer letzten Auseinandersetzung und ihrem Versprechen, nur noch Dienst nach Vorschrift zu machen, würde sie keinen Fuß in sein Haus setzen, ohne dass er sie ausdrücklich darum bat. »Das wäre nett«, brachte er hervor.

»In Ordnung.« Jule trat einen Schritt zur Seite, um den kleinen Tross durchzulassen.

»Vergiss nicht, das Bier mitzunehmen«, rief Lorenz ihr über die Schulter zu. Typisch Kneipenwirt. Chris hätte die Augen verdreht, wenn er dafür noch die Energie aufgebracht hätte. Und Jule tat hinter ihren Rücken vermutlich genau das.

*

Jule sah vom Zelt des Roten Kreuzes aus zu, wie Chris in den Krankenwagen verfrachtet und weggefahren wurde. Erst als der Rettungswagen außer Sicht war, atmete sie tief ein und wieder aus und presste die Hand auf ihren Brustkorb, hinter dem sich ihr Herzschlag langsam beruhigte. Chris hatte ihr einen verdammten Schrecken eingejagt, als er mit dem Fuß hängen geblieben, dann auf sein Knie gestürzt und schließlich ins Wasser gefallen war – aus dem er eine ganze Weile nicht mehr aufgetaucht war. Ein Raunen war durch die Menge der Zuschauer gegangen, und die Jungs von der Wasserwacht hatten sich schon bereit gemacht, in den See zu springen, um Chris nachzutauchen, als er wieder an der Oberfläche erschienen war.

»Scheiße«, hatte Ben neben ihr gemurmelt. »Das Knie ist im Arsch.«

Jule hatte den Rest ihres Bieres getrunken und ihre leere Flasche an Sam weitergereicht. Sie musste keine Ärztin sein, um Ben recht zu geben. »Chris ist mein Klient. Ich muss schauen, ob ich irgendwas für ihn organisieren kann oder er Hilfe braucht.«

Felicia drückte ihre Hand, als hätte sie gespürt, dass Jule fast das Herz stehen geblieben war, als Chris seinen Abgang gemacht hatte. »Soll jemand von uns mitkommen?«, fragte sie.

Jule schüttelte den Kopf. »Nein. Da drüben ist Lorenz.«

Sie zeigte zum Steg, an dem Lorenz gerade das Flachboot festmachte und von Bord ging. »Ich häng mich an ihn.«

Gemeinsam mit dem Barbesitzer hatte sie am Rotkreuz-Zelt gewartet, bis sie Chris gebracht hatten. Nass und blass und mit wirklich schlimmen Schmerzen hatte er versucht, Haltung zu bewahren. Lorenz hatte es nicht gerade einfacher gemacht. Aber Jule war erleichtert, dass er Chris in die Klinik begleitete. Chris konnte im Moment einen Freund wirklich gebrauchen, während sie ihm ein paar Klamotten holte. Im Krankenhaus würden sie ihm wahrscheinlich ein Flügelhemd anziehen. Chris wäre also mit Sicherheit froh, wenn er ein paar eigene Jogginghosen und T-Shirts tragen konnte.

»So was ist immer ein ganz schöner Schock«, hörte Jule eine Stimme hinter sich. Erschrocken fuhr sie herum und sah sich einem der diensthabenden Sanitäter gegenüber.

Sie lächelte. »Herr Thalbach ist nicht aus Zucker. Er wird es vermutlich überleben.«

»Die Chance besteht tatsächlich«, scherzte ihr Gegenüber. Dann wurde er ernst. »Wenn man Zeuge eines solchen Unfalls wird und davon ausgeht, dass in diesem Knie so ziemlich alles kaputt sein dürfte, zieht es einem alles zusammen.«

Da musste Jule ihm recht geben. Aber sie wollte sich nicht noch einmal mit den Details des Unfalls auseinandersetzen. »Haben Sie gesehen, dass Ihre Zeltplane hinter der Patientenliege einen Riss hat?«, fragte sie stattdessen. Die Beschädigung war ihr schon aufgefallen, als Chris noch auf der Pritsche gekauert hatte.

Der Sanitäter seufzte und zuckte die Schultern. »Ja, das wissen wir. Aber man kann eben nur mit dem Material arbeiten, das man hat. Und wir haben im Moment nur dieses Zelt.«

»Dann sollten Sie es reparieren.« Jule öffnete ihre Handtasche. »Ich hab da was …«, murmelte sie und kramte nach dem Duct Tape. Als sie die Rolle Superklebeband hervorzog, konnte sie sich ein triumphierendes Lächeln nicht verkneifen.

»Sie sind wohl auf alles vorbereitet?« Der Sani grinste.

»Wenn ich helfen kann«, erwiderte sie und lachte ebenfalls.

Gemeinsam klebten sie den Riss so ab, dass zumindest keine Patienten nass wurden, falls es regnen sollte.

»Fantastisch«, lobte der Sani und rieb sich die Hände, als Jule das Klebeband wieder wegsteckte. »Wie kann ich mich revanchieren?«, fragte er. »Kann ich dir einen Kaffee ausgeben?« Wer zusammen ein Rot-Kreuz-Zelt rettete, durfte sich auch duzen.

»Das ist nett, danke. Aber Koffein würde mir wahrscheinlich im Moment nicht guttun.« Jules Blick fiel auf den Bierkasten. »Aber wenn du den vielleicht zu mir nach Hause tragen könntest?«

»Kein Problem. Ich sag nur schnell dem Doc Bescheid, dass ich kurz weg bin.«

Fünf Minuten später folgte Jule dem Sanitäter, der Chris' Trostbier schleppte, zur alten Schule.

Chris' Haus, das sie kurze Zeit später betrat, war so still, dass sie für einen Moment das Gefühl hatte, in einer Kathedrale zu stehen. Als sie das benutzte Frühstücksgeschirr auf der Kücheninsel sah, war der Bungalow wieder das, was er eigentlich war: das Zuhause eines Junggesellen. Jule stellte ihre Handtasche neben den Tresen und räumte den Bierkasten, den Chris' Gegner ihm geschenkt hatten, in die Speisekammer. Sie nahm ein paar Flaschen heraus und stellte sie in den Kühlschrank. Wenn Chris wieder zu Hause war, würde er mit Sicherheit ein kaltes Bier auf seiner Terrasse trinken wollen.

Als sie den Kühlschrank öffnete, unterzog sie ihn einer Inspektion. Sie wusste nicht, wie lange Chris im Krankenhaus bleiben musste, also überprüfte sie, welche Lebensmittel verderblich waren. Dem Geschirr nach hatte das Frühstück ihres Klienten aus Rührei mit Bacon bestanden. Jule verpackte die angerissene Speck-Packung und legte sie in den Gefrierschrank. Alles andere war noch eine Weile haltbar.

Da Jule sowieso schon in der Küche stand, spülte sie Pfanne, Teller und Kaffeetasse ab und wischte die Krümel vom Tresen, an dem er offenbar im Stehen gefrühstückt hatte. Was Jule durchaus verstehen konnte, als sie den Kopf hob und auf den See hinausblickte, der glatt und ruhig vor ihr lag. Schöner konnte man einen Tag nicht beginnen. Wenn das ihr Haus wäre, würde sie jeden Morgen ihre erste Tasse Kaffee genau hier trinken.

Sie lächelte über sich selbst. Schließlich würde sie nie so ein Haus besitzen. »Spinnerin«, murmelte sie und ging zum nächsten Punkt ihrer Mission über. Im Hauswirtschaftsraum hatte sie neulich beim Aufräumen der Sachen aus der Wäscherei ein paar Koffer entdeckt. Sie wählte den Handgepäck-Trolley aus, der für ein paar Nächte im Krankenhaus reichen würde, und rollte ihn in Chris' Schlafzimmer. Zwar war sie bereits in diesem Raum gewesen, hatte aber nie darüber nachgedacht, dass das der Rückzugsort ihres Klienten war. Doch jetzt, als sie in seinen persönlichen Sachen nach den Dingen suchen musste, die er in der Klinik brauchen würde, sah sie das Zimmer mit anderen Augen. Es war in gedeckten Farben gehalten. Ruhiges Blaugrün an der Wand hinter dem Bett. Dunkelblaue Laken. Und auch hier bestand die Wand aus Glas und gab einen atemberaubenden Blick auf den See frei. Chris sah morgens nicht nur als Erstes diese Aussicht, er konnte von hier sogar direkt auf die Wiese treten und zum Steg hinuntergehen, falls ihm nach dem Aufwachen der Sinn danach stehen sollte.

Jule wandte den Blick vom See ab und betrachtete stattdessen die Fotos, die gerahmt auf der Kommode, dem Bett gegenüber, standen. Sie zeigten eine viel jüngere Version von Chris, einen schlaksigen Teenager, eingerahmt von einem Mann und einer Frau – wahrscheinlich seine Eltern –, die genau wie er breit in die Kamera lächelten. Von diesem Motiv gab es mehrere Bilder. Manche waren auf einem Segelboot aufgenommen, aber auf keinem schien Chris älter als vierzehn oder fünfzehn zu sein. Sie kam nicht umhin, sich zu fragen, warum es nach dieser Zeit keine weiteren Fotos gab. Aber das ging sie nichts an, erinnerte sie sich.

Über der Kommode hing ein großer Flachbildschirm, und links und rechts befanden sich Schiebetüren, die an diese Scheunentüren erinnerten, die gerade so angesagt waren und genau für das richtige Maß an Rustikalität sorgten, um den Raum nicht kalt und steril wirken zu lassen. Hinter der rechten befand sich, wie in den Gästesuiten, das Bad. Die Linke gehörte zu einem begehbaren Kleiderschrank, in dem nicht besonders viele Klamotten hingen. Zwei Anzüge, ein paar Hemden und ansonsten hauptsächlich Sportkleidung. Den Großteil seiner Sachen hatte er sicher in seinem richtigen

Zuhause in München, aber für ein paar Tage im Krankenhaus würde das reichen, was sie hier fand. Sie zog T-Shirts, eine Jogginghose und Boardshorts aus dem Regal, dazu einen Hoodie. In der Kommode fand sie Socken und Boxershorts. Es fühlte sich ein wenig so an, als überschreite sie die Grenze zu Chris' Privatsphäre, in seiner Unterwäscheschublade zu kramen. Aber im Moment konnte sie keine Rücksicht darauf nehmen. Sie klappte den Trolley auf seinem Bett auf und packte die Kleidungsstücke hinein. In seinem Bad fand sie einen Kulturbeutel und sammelte seine Toilettenartikel ein. Als sie ins Schlafzimmer zurückkehrte, sah sie einen aktuellen Thriller auf dem Nachttisch liegen. Sie legte den Kosmetikbeutel in den Koffer und griff nach dem Hardcover. Chris hatte ein Lesezeichen auf der zweiten Seite hineingelegt. Wenn er in der Klinik Zeit totschlagen musste, würde er vielleicht weiterlesen wollen.

Was würde er noch brauchen? Ladekabel, überlegte Jule. Und vielleicht sein Tablet, falls sie es fand. Sie zog die Nachttischschublade auf – und musste lachen, als sie Chris' kleines schmutziges Geheimnis entdeckte. Die Leute hatten die verrücktesten – und definitiv ihre intimsten – Sachen in ihren Nachtschränkchen versteckt. Wie gut, dass sie als Concierge stummer war als ein Fisch, wenn es um ihre Klienten ging – also würde sie niemandem erzählen, dass Christian Thalbach eine geheime Leidenschaft für Schokobons zu haben schien. Sie nahm eine der zwei Tüten aus dem Nachtkästchen und legte sie zusammen mit den Ladekabeln, die sie ebenfalls gefunden hatte, in den Koffer. Und sie würde sich auf jeden Fall eine Notiz in ihrem Cardex machen, denn es war gut zu wissen, was Chris am liebsten naschte. Und welche Art Roman er mochte, um ihm jederzeit etwas im gleichen Genre besorgen zu können. Vorbereitung war das A und O für eine Concierge.

Die Schwester im Klinikum wies Jule den Weg zu Chris' Zimmer. Sein Bett war leer, weil man ihn gerade zum MRT gebracht hatte. Sie räumte seine Sachen in den schmalen Schrank, stellte den Koffer daneben und legte den Thriller auf den Nachttisch. Dann riss sie die Schokobon-Tüte auf, drapierte ein paar der Süßigkeiten auf dem Buch und räumte den Rest mit dem Ladekabel für sein Handy und sein iPad in die Schublade. Einen Moment blieb sie unschlüssig mitten im Zimmer stehen, dann drehte sie sich langsam um und ging zur Tür. Chris war hier in guten Händen. Er brauchte sie nicht. Und wenn er sie brauchen würde, hatte er ihre Telefonnummer und konnte sie anrufen. Ihr Job hier war erledigt.

10

Chris' Laune war am Tiefpunkt. Was noch nicht einmal so sehr an den Schmerzen lag. Sie hatten ihm genug Drogen eingeflößt, dass er sein Knie für ein paar Stunden vergessen könnte. Wenn er von der Tatsache absah, dass er von einem Pfleger – Robert – im Rollstuhl durch die Klinikflure geschoben wurde.

»Sie fühlen sich vielleicht hilflos«, sagte Robert. Und verdammt, er hatte recht. Chris fühlte sich so unselbstständig wie wahrscheinlich noch nie in seinem Leben. Jedenfalls konnte er sich nicht erinnern, dass es schon mal so schlimm gewesen wäre. »Aber Sie dürfen eins nicht vergessen: Solange Sie im Rollstuhl sitzen, kann niemand sehen, wie Sie unter Ihrem Flügelhemdchen aussehen.« Er lachte. »Vor allem sieht niemand diese Plastikunterhose, die Sie darunter anhaben.«

»Mein Highlight dieses Tages«, brummte Chris. Er wollte nicht unhöflich sein, aber im Moment hatte er das Gefühl, dass er sich durchaus ein bisschen in seinem Selbstmitleid wälzen durfte. Er fühlte sich irgendwie … verloren, als Robert ihn so durch die ruhigen Krankenhausgänge schob.

Den Pfleger schien Chris' miese Laune nicht zu stören, weil er leise vor sich hin pfiff. Wahrscheinlich hatte er gleich Schichtende und konnte einen Griesgram wie ihn einfach hinter sich lassen, während er sich am See einen schönen Abend machte und sich den Sonnenuntergang über dem Wasser ansehen und mit seinen Freunden ein paar Bierchen trinken konnte. »Da sind wir«, verkündete er, trat um Chris herum und öffnete die Zimmertür. »Ihre Freundin hat Ihnen ein paar Klamotten vorbeigebracht. Sie werden sicher als Erstes mal etwas anderes anziehen wollen.«

Das wollte Chris definitiv, auch wenn es keine Freundin gab, die ihm etwas zum Anziehen gebracht hatte, sondern eine Frau, die er dafür bezahlte. Chris behielt den Gedanken für sich. Denn Robert wirkte nicht wie jemand, der viel mit dem Prinzip eines Concierge-Services anfangen konnte. Er würde wahrscheinlich einfach seine eigene Freundin oder einen Kumpel bitten, ihm zu helfen.

Robert parkte den Rollstuhl neben dem Bett und half Chris, sich auf die Bettkante zu setzen. »Wenn Sie möchten, helfe ich Ihnen beim Umziehen.«

»Das wäre nett«, murmelte Chris und hasste es, wie sehr er auf diese Hilfe angewiesen war.

Der Pfleger zog ein paar Klamotten aus dem Schrank neben der Tür und kam zum Bett zurück. Immerhin fühlte sich Chris ein wenig mehr wie ein Mensch, nachdem er wieder seine eigenen Unterhosen, Boardshorts und ein T-Shirt trug, das nach seinem Waschmittel roch.

Kaum hatte Robert das Kopfteil des Bettes hochgefahren, damit Chris sich bequem zurücklegen konnte, wurde die Tür nach einem kurzen Klopfen aufgeschoben, und eine Ärztin erschien, eine Patientenakte unter dem Arm. »Guten Tag, Herr Thalbach«, grüßte sie. »Ich bin Dr. Hofstetter.«

Sie nickte Robert zu, der die Begrüßung erwiderte. »Ich

übergebe Sie in die fähigen Hände von Frau Doktor und hole so lange noch etwas zum Kühlen für das Knie«, sagte er, und im nächsten Moment war Chris mit der Ärztin allein.

Sie klappte seine Akte auf und betrachtete den Inhalt, was ihn in einer Blase aus unangenehmer Erwartung dahintreiben ließ. Als sie schließlich aufsah und ihm ein aufmunterndes Lächeln schenkte, atmete er langsam aus.

Dr. Hofstetter nahm einen der Stühle, die an dem kleinen Tisch in der Ecke standen, und schob ihn neben das Bett. »Sie haben ganze Arbeit geleistet, was Ihr Knie angeht, Herr Thalbach«, sagte sie, und was wie ein Affront hätte klingen können, wurde durch ihren fürsorglichen Ton aber abgemildert. Chris schätzte sie auf Mitte bis Ende vierzig. Ihre blonden Haare trug sie in einem strengen Knoten, was ihn ein bisschen an seine eigene Mutter erinnerte, die früher eine ähnliche Frisur getragen hatte. »Wir haben es mit einem Riss des Innenbandes zu tun, und Ihr Innenminiskus ist angerissen.«

Chris verzog das Gesicht. »Das klingt nach einer OP.«

Die Ärztin nickte zustimmend. »Allerdings. Sie bekommen für heute Ibuprofen und Voltaren. Schmerzmittel und Entzündungshemmer«, erklärte sie. »Dazu weiter kühlen. Und dann sehen wir, ob wir Sie vielleicht schon morgen auf die OP-Liste setzen können.«

»Und wie geht es danach weiter? Darf ich nach Hause? Wann bin ich wieder fit?«

Dr. Hofstetter hörte die Ungeduld in seiner Stimme und lächelte. »Seien Sie froh, dass das *Fischerstechen* rum ist. Noch einmal könnten Sie in diesem Sommer nicht an so einem Wettkampf teilnehmen. Die OP selbst verläuft minimalinvasiv. Im Anschluss können Sie nach Hause. Ich empfehle Ihnen allerdings Unterstützung. Zumindest am Anfang werden Sie alleine schwer zurechtkommen«, erklärte die Ärztin. »Sie bekommen eine Orthese und Unterarmstützen. Regelmäßige Krankengymnastik und Lymphdrainage. Und in sechs bis acht Wochen dürften Sie wiederhergestellt sein.«

»Sechs bis acht Wochen?« Chris schluckte. »Das sind zwei Monate. Aber … ich werde doch nicht die ganze Zeit auf Hilfe angewiesen sein?« Er dachte an seine Maisonettewohnung. »Wie sieht es aus mit Treppensteigen?«

Dr. Hofstetter schüttelte den Kopf. »Treppen sind erst einmal keine Option. In den ersten Wochen sollten Sie das Knie schonen, da kommt nur ganz leichte Belastung in Betracht. Wie lange Sie allerdings auf Hilfe angewiesen sein werden, kann ich Ihnen nicht sagen. Die einen kommen schneller allein zurecht, bei anderen dauert es länger.« Sie zuckte mit den Schultern und sah sich im Zimmer um. So als ob ihr erst jetzt bewusst wurde, dass Chris Privatpatient war, ergänzte sie: »Ich kann Ihnen gerne ein paar Adressen ambulanter Pflegedienste zukommen lassen, wenn Sie niemanden haben, der sich um Sie kümmern kann.«

Chris schüttelte den Kopf. »Ich lebe in München.« Wenn er wirklich Hilfe brauchte, würde er sich dort jemanden suchen. Vielleicht kannte MaLu sogar jemanden, der ihm helfen konnte. Und – einen Punkt wollte Chris nicht außer Acht lassen – er hatte noch nie Hilfe gebraucht. Bis jetzt hatte er sich immer durchgeboxt. »Ich kann mir selbst Unterstützung suchen, wenn es notwendig wird.«

»Also gut.« Dr. Hofstetter nickte noch einmal. »Für den Moment wäre es das. Wir werden uns Ihr Knie morgen noch einmal ansehen und dann entscheiden, ob wir operieren.« Sie erhob sich und stellte den Stuhl zurück. »Versuchen Sie, sich nicht allzu viele Sorgen zu machen. Sie sind schneller wieder fit, als Sie sich das jetzt vielleicht vorstellen können«, sagte sie. »Wir sehen uns morgen früh bei der Visite.«

Chris brachte ein »Bis morgen« heraus und wartete, bis die Ärztin die Tür hinter sich zugezogen hatte, bevor er den Kopf gegen das aufgestellte Kopfteil seines Bettes sinken ließ. Sechs bis acht Wochen. Verdammte Scheiße. Er hatte Geschäftsreisen durch halb Europa und in die USA geplant. Wenn Dr. Hofstetter recht behielt – und sie hatte nicht den Eindruck gemacht zu übertreiben –, wäre er für ein paar Wochen komplett ausgeknockt. Jetzt hatte er sich einmal dazu durchgerungen, die Arbeit links liegen zu lassen und Spaß zu haben … Er rieb sich über das Gesicht und versuchte, die Gedanken zur Seite zu wischen. Schließlich hatte er Spaß gehabt, jedenfalls bis zu dem Moment, als sein Gegner ihn erwischt hatte. Die Vorbereitungen mit Lorenz hatten dazu geführt, dass er endlich wieder ein wenig mehr Zeit mit seinem alten Freund verbracht hatte. Das alles war einen Innenbandriss nicht wert gewesen, aber es wog die beschissene Situation, in der er steckte, zumindest etwas auf.

Robert tauchte mit Kühlkompressen für das Knie auf, dann war Chris wieder allein. Erst jetzt nahm er sich die Zeit, sich in seinem Krankenzimmer umzusehen. Seine private Krankenversicherung sicherte ihm die am besten ausgestatteten Krankenzimmer zu. Das war etwas, was er, vor allem für seine Mutter, aber auch für sich selbst, abgeschlossen hatte, sobald seine finanziellen Möglichkeiten dafür ausgereicht hatten. Einzelzimmer eingeschlossen. Obwohl Chris im Moment gar nichts dagegen hätte, das Zimmer mit jemandem zu teilen, dann wäre es nicht so still um ihn herum. Denn auch wenn der Standard in seinem Zimmer möglicherweise etwas gehobener war, so war es doch immer noch ein Krankenzimmer. Und er ein Patient.

Chris hatte Lorenz nach Hause geschickt, als sie in der Klinik angekommen waren und klar geworden war, dass es eine ganze Weile dauern würde, bis er wieder vom MRT zurück war. Jetzt hätte Chris allerdings überhaupt nichts gegen ein bisschen Gesellschaft einzuwenden. Neben dem Schrank, aus dem Robert vorhin seine Klamotten geholt hatte, führte eine Tür zum Bad. Über der kleinen Sitzecke hing ein Fernseher an der Wand. Die Fernbedienung hatte der Pfleger ihm vorsorglich auf das Bett gelegt. Aber nach Fernsehen war Chris nicht.

Sein Blick glitt weiter und blieb an seinem Nachtschränkchen hängen. Da lag der Thriller, den er seit einer ganzen Weile lesen wollte und der neben seinem Bett bereits angefangen hatte, Staub anzusetzen. Auf dem Einband thronten drei Schokobons. Für einen Moment starrte Chris die Schokolade an. Sein Brustkorb zog sich zusammen, und er schluckte hart bei diesem Anblick. Er griff nach einem Bon und wickelte es aus. Den Kopf gegen das Bett gelehnt, ließ er die Schokolade und die Füllung mit geschlossenen Augen auf seiner Zunge schmelzen.

Wahrscheinlich hatten die meisten Leute irgendeine geheime Leidenschaft, eine kleine Sucht, der sie nicht widerstehen konnten – ihre Guilty Pleasure –, und für Chris waren es eben Schokobons. Seine Familie hatte auch schon vor dem Tod seines Vaters nie viel Geld gehabt, und Süßigkeiten waren besonderen Momenten vorbehalten gewesen. Momenten, die in Chris' Erinnerungen noch heute eine große Bedeutung hatten. Geburtstage. Feiertage. Ausflüge auf den See, bei denen seine Mutter ihn plötzlich mit einer Tüte Bons überrascht hatte. Später hatte der Zucker ihm die Energie gegeben, wenn er in der Schule oder im Studium die Nächte durchgelernt hatte. Und noch heute ersetzten sie ihm manchmal das Abendessen. Aber vor allem waren sie mit guten Erinnerungen verknüpft: dem Geruch nach dem See und frisch gemähtem Gras, Sonne und Wind. Dem tiefen Lachen seines Vaters. Und den Roland-Kaiser-Liedern, die seine Mutter so gern gesungen hatte. An manchen Tagen ließ er sich gern in diese bittersüßen Erinnerungen ziehen. Dann wanderten seine Gedanken zurück zu einer Zeit, in der er sich um nichts auf der Welt hatte Sorgen machen müssen und einfach nur ein fröhlicher kleiner Junge gewesen war, der es geliebt hatte, zu segeln und Fußball zu spielen. Und an manchen Tagen gaben sie ihm ein Gefühl der Geborgenheit, das er dringend brauchte. An Tagen, wie dieser einer war. Chris öffnete die Augen wieder. Er legte das leere Papierchen auf den Nachttisch und schob die Schublade auf, wo neben seinem sorgfältig aufgerolltem Ladekabel und seinem Tablet der Rest der Schokobons-Tüte lag.

Chris konnte sich ein Lächeln nicht verkneifen. Jule nannte sich auf ihrer Homepage selbst »Wunscherfüllerin vom Dienst« und behauptete, ihren Kunden jeden Wunsch von den Augen ablesen zu können. Ihm hatte sie nicht einmal in die Augen blicken müssen, um genau zu wissen, was er brauchte, um diese verdammte Nacht im Krankenhaus hinter sich zu bringen.

Er schob die Schublade wieder zu und griff nach seinem Handy, das neben dem Thriller lag. »Hey, Siri …«, begann er und schwieg dann lange genug, dass sie mit einem »Hm?« zurückfragte, was er wollte. Aber was wollte er? Langsam ließ er das Handy sinken. Er musste MaLu von seinem Unfall in Kenntnis setzen. Aber es war sinnvoller, sich erst bei ihr zu melden, wenn er genau wusste, wann er operiert werden würde und welche Termine und Reisen verschoben werden mussten. Wenn er sich jetzt bei ihr meldete, würde sie sich nur Sorgen machen. Miles genoss wahrscheinlich sein Wochenende mit seiner Familie, und Lorenz hatte er nach Hause geschickt. Er kam sich bescheuert vor bei dem Gedanken, ihn jetzt anzurufen.

Mit dem Daumen schob Chris den Sperrbildschirm nach oben und rief seine Kontakte auf. Unter seinen Favoriten waren nicht besonders viele Nummern gespeichert. Sein Finger schwebte über dem Display, bereit, auf die Nummer neben dem Namen Lilly zu tippen. Einen Moment lang starrte er auf die fünf Buchstaben. Er könnte sie anrufen. Sie wäre für ihn da, daran bestand kein Zweifel. Aber was würde das bringen? Lilly lebte jetzt ein eigenes Leben, eines, zu dem er nicht mehr gehörte. Er würde sie nicht belästigen. Chris schloss die Kontakte und schaltete eine Playlist ein, bevor er sein Handy zur Seite legte. Mit irgendetwas musste er schließlich die erdrückende Stille um sich herum füllen.

Dann griff er entschlossen nach dem Thriller und balancierte ihn mit den Süßigkeiten obendrauf in sein Bett. Er rollte das zweite Schokobon aus, schob es sich in den Mund und öffnete das Buch. Jule würde es mit den Überraschungen, die sie für ihn hiergelassen hatte, schaffen, ihn von seinem Selbstmitleid abzulenken, dachte er. Und von dem seltsamen Anfall von Einsamkeit. Er begann noch einmal auf Seite eins, weil er sich nicht daran erinnern konnte, wie der Roman begonnen hatte, und vertiefte sich dann in Intrigen, Spionage und Mord.

*

Die Bewohner der alten Schule hatten Jule regelrecht aufgelauert, als sie aus dem Krankenhaus zurückkam, und bestürmten sie mit Fragen zu dem Unfall und Chris' Verletzung. Sie erzählte, was sie berichten konnte, während sich in ihrem Kopf immer wieder die Frage drehte, ob sie in der Klinik hätte bleiben und ihm Gesellschaft leisten sollen.

Sie zog ihr Handy aus der Tasche, während ihr kleiner Bruder Ben und Sam über ihre Teilnahme am *Fischerstechen* ausfragte, und rief Chris' Nummer auf. Vielleicht sollte sie ihn anrufen und fragen, wie es ihm ging und ob er noch etwas brauchte, das sie ihm bringen konnte …

»Jule? Hörst du zu?«

»Hm?« Jule blickte auf – und in die neugierigen Gesichter ihrer Freunde. Was tat sie hier? Sie legte das Handy auf den Tisch und atmete tief durch. Chris hatte ihr mehr als deutlich zu verstehen gegeben, dass er »Dienst nach Vorschrift« wünschte. Also würde sie ihn in Ruhe lassen. Jemand wie er hatte genug Menschen um sich herum, die nur so darauf brannten, sich jetzt um ihn kümmern zu dürfen. »Sorry, ich habe gerade tatsächlich nicht zugehört«, sagte sie und stand auf. »Aber ich habe gerade beschlossen, erst mal eine Runde laufen zu gehen. Hast du Lust, mich zu begleiten?«, fragte sie Poldi, der neben Elfriede in der Sonne lag.

Der Hund legte eine Pfote über seine Schnauze und tat so, als ob er Jule nicht gehört hätte.

Sie musste lachen. »So schlimm?«, fragte sie und hockte sich hin, um ihm über das sonnenwarme Fell zu streicheln.

»Oh, er wird mitgehen«, bestimmte Ben. »Ein bisschen Fitness schadet dir nicht, mein Freund«, richtete er sich an seinen Hund. »Deine Angebetete wirst du noch früh genug wiedersehen.«

Jule erhob sich lächelnd und joggte die Treppe zu ihrer Wohnung hinauf, um sich umzuziehen. Sie hatte ihre Laufklamotten schon an und schnürte gerade ihre Laufschuhe zu, als ihr auffiel, dass ihr Handy fehlte. Richtig, sie hatte es unten liegen lassen.

Als sie zu ihren Freunden zurückkehrte, hatte ihr Bruder das Handy in der Hand und tippte darauf herum. »Hey!« Jule nahm es ihm weg. »Spinnst du? An meinem Handy hast du nichts verloren!«

»Genau wie an ihrem Geheimniskrämer-Tablet«, ergänzte Lina, dass Jules Cardex ebenfalls tabu war. Für jeden.

»Bleib locker.« Niclas grinste sie an. »Ich habe nur deine Jogging-Unterhaltung ein wenig gepimpt.«

»Du hast was …? Wie kommst du überhaupt in mein Handy?« Jule starrte auf die App, die vor einer Viertelstunde noch nicht auf ihrem Display gewesen war. »Run! Zombies!«, las sie.

»Hey, das ist cool. Viel besser als deine Playlists.« Er zuckte lässig mit den Schultern. »Du landest mitten in der Zombie-Apokalypse und musst dich zur letzten menschlichen Siedlung durchschlagen. Haben wir beim Fußballtraining immer gemacht, wenn wir irgendwelche öden Laufeinheiten hatten. Und in dein Handy zu kommen, ist doch ein Kinderspiel.«

Jule seufzte. Ihr Bruder wusste ganz genau, dass sie so einer App nicht widerstehen konnte. »Du lässt in Zukunft die Finger von meinem Handy, ist das klar? Das Bootcamp ist nur einen Anruf entfernt«, warnte sie ihn und nahm Poldis Leine vom Tisch. »Na komm«, forderte sie den Hund auf, der sie immer noch ignorierte. »Wir müssen uns vor ein paar Zombies in Sicherheit bringen.«

*

Chris wartete, bis Schwester Irmgard, die heute anstelle von Robert für ihn verantwortlich war, die Zimmertür hinter sich zuzog, bevor er die Nachttischschublade öffnete und sein Handy herausholte. Irmgard war wesentlich strenger als Robert, und Chris hatte tatsächlich eine Gänsehaut bekommen, als sie ihn mit dem Handy erwischt und ihm einen entsprechenden Blick zugeworfen hatte.

Aber das Telefonat, das jetzt vor ihm lag, war nicht viel angenehmer. Er hatte in der Nacht viel Zeit zum Nachdenken gehabt. Die Visite an diesem Morgen hatte es gerade bestätigt: Er würde heute Nachmittag operiert werden und anschließend noch eine Nacht in der Klinik bleiben. Danach würde er allerdings auf keinen Fall nach München zurückkehren und in seiner Maisonettewohnung leben können. Zumindest nicht für die nächsten Wochen, in denen er eine Treppe ohne Unterstützung weder hinauf- noch herunterkommen würde.

Chris würde in Starnberg bleiben. Er würde versuchen, von seinem Wochenendhaus aus zu arbeiten. Und er würde, verdammt noch mal, Hilfe brauchen. Am liebsten wäre es ihm, MaLu würde in eine der Gästesuiten im Wochenendhaus ziehen, solange er an Starnberg gefesselt war. Aber er brauchte seine Assistentin in der Firma. Sie musste bei *Deep Blue Horizon* die Fäden zusammenhalten. Besonders jetzt, wo er mit *Carter Perry Watches* verhandelte und einen Mitarbeiter wegen sexueller Belästigung feuerte. Chris wusste, wen er stattdessen um Hilfe bitten könnte. Aber das kostete ihn fast so viel Überwindung wie ihm der Gedanke, von Schwester Irmgard mit dem Handy erwischt zu werden, Furcht einflößte. Auch wenn Jule so nett gewesen war, ihm ein paar Sachen ins Krankenhaus zu bringen, nachdem sie Zeugin seines Unfalls geworden war, so war ihr letztes Treffen davor nicht besonders freundlich abgelaufen. Schlimmstenfalls würde sie seinen Auftrag ablehnen – und Chris würde zu Kreuze kriechen müssen. Was er hasste. Andererseits … »MaLu wird das schon richten«, murmelte er und wählte die Nummer seiner Assistentin.

Mit einem gut gelaunten »Chris!« nahm sie den Anruf entgegen. »Wie ist das *Fischerstechen* gelaufen? Hast du gewonnen?«

Er musste lächeln. Für MaLu war völlig klar, dass er sich den Titel holte.

»Nein«, antwortete er. »Ganz im Gegenteil.« So kurz wie möglich erklärte er ihr das Chaos, in das sein Sturz die Firma in den nächsten Wochen stürzen würde. Wie er es erwartet hatte, bot MaLu sofort an, nach Starnberg zu kommen und sich um ihn zu kümmern. »Ich muss mich darauf verlassen, dass du in München alles im Blick behältst. Ich bringe jetzt erst einmal diese OP hinter mich. Spätestens morgen werde ich im Wochenendhaus sein, und dann überlegen wir, wie ich die Geschäfte von hier aus führen kann.«

»Aber du brauchst jemanden, der für dich da ist«, protestierte MaLu.

»Nicht rund um die Uhr«, widersprach Chris. »Aber du hast recht. Vermutlich muss mich hin und wieder jemand zu meinen Physio-Terminen oder Arztbesuchen fahren.«

»Einkaufen, Essen kochen, aufräumen«, führte MaLu die Liste fort. »Ich bin mir sicher, dass das nicht ganz so einfach wird, wie du dir das vorstellst. Soll ich mich nach einer Vollzeit-Haushälterin oder einem Pflegedienst umhören?«

»Nein.« Chris war schließlich kein Invalide. »Ich will nicht behandelt werden wie ein Pflegefall. Und ich habe schon eine Idee, an wen du dich wenden könntest.«

MaLu schwieg einen Moment. »Du meinst Frau Hansen?«, fragte sie dann. Doch bevor er antworten konnte, sprach sie bereits weiter. »Ich glaube nicht, dass diese Art von Aufgaben zum Job einer Concierge gehören. Wenn du …«

»Frag sie einfach, MaLu, bitte.« Chris kniff die Augen zusammen. Er hasste es, Schwäche zu zeigen – oder überhaupt zu haben. »Sie hat mir gestern geholfen. Außerdem kennt sie sich in meinem Haus aus«, zählte er auf. »Und ich möchte keine Fremden um mich haben.« Nicht dass er Jule wirklich kannte. Aber wenn er schon Hilfe annehmen musste, dann wenigstens von jemandem, der ihn nicht an seinen Schwächen maß.

11

Jule war überrascht von Chris Thalbachs Wunsch, sie für die Zeit seiner Genesung zu engagieren. Als eine Art Fahrerin/Betreuerin/Haushälterin. Auf keinen Fall durchgehend, hatte seine Assistentin sie beruhigt. Nur für bestimmte Aufgaben wie zum Beispiel die Fahrt zum Physiotherapeuten.

Jule hatte natürlich vorgehabt, sich nach Chris' Befinden zu erkundigen. Schließlich war er ihr Klient – für den sie gerne auch in Zukunft noch tätig sein wollte. Aber als sein »Mädchen für alles« sah sie sich nicht. Was schon mit ihrer mangelnden Qualifikation begann. Was, wenn er in seinem Haus stürzte, eine OP-Narbe aufriss oder was auch immer passierte, und sie ihm helfen musste? Ganz abgesehen davon, dass sie als *Die gute Fee am See* vielleicht noch nicht so ausgelastet war, einen Mitarbeiter einzustellen, aber es genug zu tun gab, um sich nicht einfach so Zeit freischaufeln zu können, um Chris Thalbachs private Krankenschwester zu spielen. Besonders da er recht empfindlich reagieren konnte, wenn etwas nicht nach seinen Vorstellungen lief. Sie konnte sich noch viel zu gut daran erinnern, wie er vor ein paar Tagen einen seiner Mitarbeiter gefeuert hatte.

Andererseits war Chris Thalbach nach wie vor eine gute

Adresse, um weiterempfohlen zu werden und weitere Klienten zu akquirieren. Und vor einer Herausforderung war Jule noch nie zurückgeschreckt – was sich durchaus zu einem Problem entwickeln konnte. Allerdings neigte sie auch nicht dazu, die Dinge schwarzzusehen. Aber sie hatte dazu geneigt, die Aufgabe anzunehmen. Weshalb sie jetzt vor dem Klinikum stand und nur hoffen konnte, dass es sich diesmal nicht um eine Überraschung von Frau Gessler handelte, die Chris alles andere als passend fand. *Was soll's*, dachte sie. In dem Fall konnte sie immer noch lässig an ihr Auto gelehnt stehen bleiben und so tun, als warte sie auf eine Freundin. Oder ihren Bruder. Oder Weihnachten.

Lange musste Jule nicht warten, bis ein Pfleger Chris in einem Rollstuhl aus dem Krankenhaus schob. Chris' Bein steckte in einer dieser Orthesen, die vom Oberschenkel bis zur Wade reichten. Er hatte seinen Koffer auf dem Schoß und hielt außerdem ein Paar Krücken.

Chris sagte etwas zu dem Pfleger, und der schob ihn direkt bis zu ihrem Wagen. »Hallo, Jule«, brummte er, als sie vor ihr anhielten.

Jule nickte ihm und dem Pfleger zu. »Morgen.«

»Guten Morgen«, grüßte der Pfleger und lächelte Jule an. »Sie sind der Krankentransport für unseren Schafkopf-König?«

»Schafkopf, hm?« Jule nahm die Krücken entgegen, die Chris ihr reichte. »Hast du den Leuten bei illegalen Glücksspielen das Geld aus der Tasche gezogen?«

»Er hat es in unsere Kaffeekasse geworfen, als er dachte, dass wir es nicht mitkriegen.« Der Mann zwinkerte Jule zu. »Wir werden Sie auf jeden Fall vermissen«, ergänzte er in

Chris' Richtung. Offenbar hatte Chris es in nur zwei Tagen geschafft, sich im Krankenhaus einen Fanclub aufzubauen.

Jule lehnte die Krücken an ihren Wagen und nahm Chris dann sein Gepäck ab, um es in ihrem Kofferraum zu verstauen. Chris stemmte sich währenddessen aus dem Rollstuhl und balancierte auf seinem gesunden Bein. Der Pfleger schob den Rollstuhl ein Stück zur Seite, damit Chris die Beifahrertür des Jimny aufziehen konnte. Umständlich versuchte er, sich zu setzen, und schaffte es schließlich mithilfe des Pflegers und schmerzverzerrtem Gesicht, sich auf den Sitz zu hieven. Jule reichte ihm die Krücken hinterher, die er halten musste, weil sie sonst nicht ins Auto passten.

Bis sie so weit waren, dass sie fahren konnten, stand Chris der Schweiß auf der Stirn. Sein Lächeln wirkte gezwungen, als er dem Pfleger zum Abschied die Hand reichte. »Danke, Robert. Wenn euch mal ein Mann zum Schafkopf fehlt, ruft mich an.«

Der Pfleger – Robert – lachte. »Wir werden dran denken. Gute Besserung«, sagte er und schlug die Wagentür zu.

»Bereit?«, fragte Jule und wartete, bis Chris sich angeschnallt hatte. »Als ich vor zwei Tagen bei dir war, hattest du genug Essen im Kühlschrank, um ein paar Tage klarzukommen. Brauchst du noch irgendwas?«

Chris ließ den Kopf gegen die Sitzlehne sinken. Jule sah, wie er schluckte. »Ich muss noch in die Apotheke, ein Rezept einlösen.«

»Kein Problem.« Jule nahm eine Wasserflasche aus der Mittelkonsole und hielt sie Chris hin. »Hier, trink einen Schluck.«

Er griff danach. »Danke.«

»Keine Ursache.« Jule ließ den Motor an. »Erster Halt: Apotheke.«

*

Chris saß auf dem Beifahrersitz von Jules zweisitzigem Spielzeug-SUV in dieser unsäglichen Farbe und sehnte sich nach seinem Tesla. Er vermisste das Gefühl, regelrecht in den Sitz gedrückt zu werden, wenn er das Gas durchdrückte und der Wagen in drei Sekunden von null auf hundert beschleunigte. Das Glasdach und das Fahrgefühl, das er immer ein wenig empfand, als schwebe er über dem Boden. Stattdessen hatte er sich in diesen Elefantenrollschuh quetschen müssen und kämpfte gegen seine Schmerzen, während sie über die Straße ruckelten. Wobei er Jule zugutehalten musste, dass sie sich wirklich bemühte, den Schlaglöchern auf ihrer Strecke auszuweichen.

Er wartete, während sie mit seinem Rezept in der Apotheke verschwunden war, um die Schmerzmittel und Entzündungshemmer zu holen. Gerade musste er sich selbst eingestehen, dass er verdammt erleichtert gewesen war, als er sie an ihrem hässlichen Auto hatte lehnen sehen. MaLu hatte ihm am Telefon eröffnet, dass sie das Gefühl gehabt hatte, dass Jule nicht besonders begeistert gewesen war von der Idee, sich um ihn zu kümmern. Und das konnte Chris ihr nicht verdenken. Aber Jule hatte seiner Assistentin trotzdem zugesagt, und er war dankbar. Weil sie ihn nicht wie einen Invaliden behandelte. Weil sie ihm keine mitleidigen Blicke zuwarf. Er schloss für einen Moment die Augen und bemühte sich, die Erinnerungen zu verdrängen, als ihn genau diese Art von Blicken verfolgt hatte. Als Fünfzehnjährigen. Am Grab seines Vaters. Er hasste sie. Über alles. Chris wusste nicht, warum das so war, aber bei Jule konnte er sich sicher sein, dass sie für ihn höchstens einen Blick unter herausfordernd hochgezogenen Augenbrauen übrighatte. Mitleid würde er von ihr nicht bekommen.

Er öffnete die Augen wieder und sah, wie Jule aus der Apotheke kam und jemandem auf der anderen Straßenseite mit einem strahlenden Lächeln zuwinkte. Dann rannte sie mit dem kleinen Beutel mit seinen Medikamenten über die Fahrbahn und hielt auf die Bäckerei zu, in deren Türrahmen ein Mann mit einer Gebäcktüte wedelte. Sie lachte noch immer, als er ihr die Tüte reichte und sie sich die Haare hinter das Ohr strich, als sie mit ihm sprach. Dann verabschiedete sie sich mit einem weiteren Winken und kam zu ihrem Wagen zurück. Sie war auch heute wieder leger gekleidet. Kein Hosenanzug. Keine High Heels. Stattdessen Jeans, die an ihrem Körper saßen wie eine zweite Haut, Chucks und ein schlichtes weißes T-Shirt, das sie vorn in den Hosenbund geschoben hatte. Ihre Haare glänzten dunkel und schwangen über ihre Schultern. Das Tablet, ohne das sie das Haus nie zu verlassen schien, steckte in einer blau-weiß gestreiften Hülle mit einem glitzernden Anker. Und dieses Lächeln … war einfach unwiderstehlich.

Als sie die Fahrertür aufzog und ihm seine Medikamente reichte, wehte der Duft frischer Croissants zu ihm herüber. Jule ließ sich auf den Fahrersitz fallen, öffnete die Tüte und sog den Duft tief ein. Dann zog sie ein Croissant heraus, biss hinein und legte mit einem genüsslichen Stöhnen, das Chris auf direktem Weg in den Magen fuhr, den Kopf in den Nacken.

Er schluckte. »Ein Freund von dir?«, fragte er und blickte zu dem Typ hinüber, der noch immer im Eingang der Bäckerei stand.

»Hm?« Sie öffnete die Augen.

»Der Typ in der Bäckerei. Er starrt dich an«, sagte Chris und war froh, dass Jule noch vor ein paar Sekunden die Augen geschlossen und nicht mitbekommen hatte, dass er seinen Blick ebenfalls nicht hatte von ihr abwenden können. Er wusste nichts über sie, wurde ihm klar, außer dass sie einen Bruder hatte und in der alten Schule wohnte. Hatte sie einen Freund? War sie verheiratet? Warum hatte Lorenz ihm nichts über sie erzählt?

»Oh, das ist Dirk.« Jule winkte ihm zu, bevor sie noch einmal von ihrem Croissant abbiss und mit vollem Mund weitersprach. »Ich wollte mir neulich was zum Frühstück holen, als eines der Brotregale locker war.« Sie winkte ab. »War nur eine Schraube. Ich habe sie schnell angezogen, bevor noch etwas passiert. Seine Großmutter hatte an dem Tag im Verkauf gearbeitet, und er denkt, dass ich dafür gesorgt habe, dass die Vierpfund-Brote nicht aus der Auslage gefallen sind und sie verletzt haben.«

Jetzt starrte Chris sie doch an. »Du hast ein Regal repariert und dafür bekommst du frisches Gebäck?«

Jule zuckte mit den Schultern, zupfte ein Stück Croissant ab und schob es sich in den Mund. »Passiert mir andauernd«, sagte sie.

»Das glaube ich«, murmelte Chris. Dass Jule unter einer Form von Reparierzwang zu leiden schien, war ihm ja schon aufgefallen. Aber offenbar empfanden ihre Mitmenschen im Gegensatz zu ihm Dankbarkeit dafür. »Ähm…«

Als er nicht weitersprach, hielt Jule mit dem nächsten Stück Gebäck in den Fingern auf halbem Weg zwischen Tüte und ihrem Mund inne und sah ihn an. »Ja?«

»Bin ich der Einzige, der diese Art der Hilfe nicht zu schätzen weiß?«, fragte er.

Für den Bruchteil einer Sekunde huschte etwas durch ihren Blick, das er nicht deuten konnte. Dann lächelte sie ihn breit an. »Jepp. Abgesehen von dir sind mir die Leute dankbar. Aber hey, keine Sorge.« Sie hob die Hände, als wolle sie sich ergeben. »Ich habe dazugelernt: Dienst nach Vorschrift, wenn es um dich geht. Deshalb bringe ich dich jetzt auch nach Hause, damit du dich ein bisschen ausruhen kannst und wir darüber reden können, was ich in der nächsten Zeit für dich erledigen soll. Ich brauche einen Zeitplan, damit ich deine mit meinen Terminen koordinieren kann.« Mit einem Fingerschnippen war Jule in ihre geschäftstüchtige Hülle zurückgeschlüpft. Sie strahlte eine natürliche Professionalität aus, die es gar nicht nötig machte, dass sie einen Hosenanzug trug, damit ihr Gegenüber sah, wie kompetent sie war. »Aber Dienst nach Vorschrift hin oder her.« Sie hielt Chris die Tüte hin, in der noch ein zweites Croissant lag. »Ich teile gern mit dir.«

»Verdammt!« Chris nahm ihr die Tüte ab. »Du kannst dir gar nicht vorstellen, wie grauenhaft das Essen im Krankenhaus war.« Er biss von dem Croissant ab und verdrehte die Augen. »Das schmeckt himmlisch.«

»Wunderbar.« Jule startete den Wagen. »Dann lass es dir schmecken, während ich dich nach Hause bringe.«

Jule hatte sich auch auf dem Rest der Strecke bemüht, vorsichtig zu fahren, trotzdem hatte sie genug Bodenwellen und Schlaglöcher erwischt, um eine Schmerzwelle nach der anderen durch Chris' Körper rauschen zu lassen. Bis sie das Tor seines Grundstücks erreicht hatten, war er völlig verschwitzt und biss die Zähne zusammen, weil jede seiner Bewegungen schwarze Punkte vor seinen Augen aufflackern ließ.

Jule tippte den Code ins Tor, legte ihre Hand auf das Lenkrad und drehte sich so, dass sie ihn ansehen konnte. »Ich könnte bis direkt vor das Haus fahren«, schlug sie vor. »Dann wird der Weg für dich kürzer. Ich bin zwar vorsichtig, aber ich kann dir nicht garantieren, dass der Rasen heil bleibt.«

Chris lehnte den Kopf zurück und bemühte sich, den Schmerz irgendwie … wegzuatmen. Im Moment war es ihm völlig egal, ob sie mit einem Bulldog über den Rasen fuhr. Er wollte so schnell wie möglich in sein Haus, das Bein hochlegen und eine Tablette nehmen. Oder zwei. Auf jeden Fall die doppelte Menge von dem, was Dr. Hofstetter ihm verschrieben hat. »Den Rasen wird diesen Sommer vermutlich sowieso kein Gast mehr zu Gesicht bekommen. Fahr so nahe ans Haus ran wie möglich.«

Jule fuhr vorsichtig an und tuckerte über die Wiese bis direkt vor seine Tür. Dann öffnete sie ihm die Beifahrertür und bediente die Tasten für die Haustür. Bis diese aufschwang, hatte Chris sich schon halb aus dem Suzuki gewunden. Jule kam zu ihm zurück und wartete, bis er auf seine Krücken gestützt neben dem Auto stand, bevor sie seinen Koffer holte. Dann bedeutete sie ihm vorzugehen, und folgte ihm langsam.

Chris schaffte es bis zu der großen Couch im Wohnzimmer und stöhnte in einer Mischung aus Erleichterung und Schmerz auf, als er sich vorsichtig in die Polster sinken ließ.

Jule schob ihm eines der flachen Sofakissen unter das Bein, ließ dann an der Spüle Wasser in ein Glas laufen und brachte es ihm gemeinsam mit seinen Tabletten.

»Danke.« Chris drückte zwei Pillen aus dem Blister und schluckte sie mit dem Wasser herunter, was ihm ein Stirnrunzeln von Jule einbrachte. »Was ist?«, fragte er.

»Die Apothekerin sagte: eine Tablette alle vier Stunden.« Sie tippte mit dem Zeigefinger auf die Schachtel. »Hat sie auch extra noch mal draufgeschrieben.«

»Jule …« Chris schloss die Augen und hoffte, dass die Schmerzen sich schnell verabschieden würden.

»Entschuldige.«

Ihr förmlicher Ton ließ Chris die Augen wieder öffnen. Jule hatte einen neutralen Gesichtsausdruck aufgesetzt. Wenn er sich nicht täuschte, hatte sie ihr Kinn ein wenig weiter vorgereckt als gerade eben noch, und ihr Rücken war noch gerader. Geradezu steif. »Kein Problem. Ich nehme ab der nächsten Tablette die vorgegebene Dosis. Versprochen.«

Jule zuckte leicht mit den Schultern. »Das geht mich nichts an.« Sie schenkte ihm die Parodie eines ihrer sonst so fröhlichen Lächeln. »Wir hatten uns auf ›Dienst nach Vorschrift‹ geeinigt. Es steht mir gar nicht zu, deinen Tablettenkonsum oder was auch immer zu hinterfragen. Aber damit wären wir auch beim Thema: Was genau kann ich in den nächsten Tagen für dich erledigen? Welche Termine hast du?« Sie klappte ihr Tablet auf und begann, darauf herumzutippen. Als Chris nicht gleich antwortete, sah sie auf. »Oder soll ich das mit Frau Gessler besprechen?«

»Das wäre nett. Sie hat die Termine auf jeden Fall parat. Und abgesehen von der Physiotherapie und den Kontrollen beim Arzt wäre es super, wenn du mir ab und zu etwas zu essen machen könntest. Irgendwas, was ich mir ohne großen Aufwand aufwärmen kann. Ich kann mir auch Pizza bestellen«, überlegte er.

»Aber das ist nichts für jeden Tag«, ergänzte Jule. Sie nickte und ging zum Kühlschrank, um ihn einer Inspektion zu unterziehen. »Das kann ich verstehen. Allerdings bin ich auf diesem Gebiet keine Expertin.«

»Was?« Chris zog gespielt erstaunt die Augenbrauen hoch, als sie ihn über ihre Schulter hinweg ansah. »Willst du mir damit sagen, dass du nicht kochen kannst?«

»Du wirst jedenfalls nicht verhungern, solange das in meinen Aufgabenbereich fällt. Heute gibt es allerdings nur belegte Brote«, ergänzte sie und holte Zutaten aus dem Kühlschrank. »Oder die Pizza, die du dir später bestellst.«

Als Jule ihm wenig später einen Teller mit zwei in schiefe Dreiecke zerteilten Sandwiches auf den Couchtisch stellte, verfestigte sich Chris' Eindruck, dass es tatsächlich etwas gab, das Jule nicht perfekt beherrschte. Sie platzierte eine Flasche Wasser daneben und holte ihm auf seine Bitte hin sein Handy.

Dann verabschiedete sich die *gute Fee am See*, und Chris sah durch die Glasfront, die sein Wohnzimmer vom Rest der Welt trennte, wie Jule vorsichtig auf dem Rasen vor seinem Haus wendete und zum Tor zurücktuckerte, ohne wirklich sichtbare Spuren auf seiner Wiese zu hinterlassen. Sein Blick glitt zum See hinüber und zu seinem restaurierten Steg. Es wäre sicher herrlich, bei diesem Wetter dort draußen zu sitzen. Aber im Moment hatte er das Gefühl, weder die Kraft noch den Willen dafür aufbringen zu können, sich noch einmal hochzuquälen. Die Schmerzmittel begannen langsam zu wirken, und schon im nächsten Moment dämmerte Chris weg.

*

Jule trug eines der Paddleboards aus dem Bootsschuppen, die Linas Geschwister hier deponiert hatten. Lina stammte aus einer wirklich großen Familie. Vier jüngere Brüder und Schwestern, die auf einem Bauernhof ein Stück weiter südlich aufgewachsen waren. *Viel Land, aber kein Zugang zum See*, witzelte Lina immer. Die Familie ihrer Freundin zählte ihrer Aussage nach nicht zu den sportlichsten, aber zu denen, die gerne etwas zusammen unternahmen – und ausprobierten. Jule hatte am Anfang angenommen, dass sie nur zusammen ins Kino gingen und allesamt Filmzitate wie aus der Pistole geschossen aufsagen konnten. Aber sie gingen auch zusammen wandern. Schenkten ihren Eltern Städtereisen oder … probierten Stand-up-Paddling.

»Da weiß man ja gar nicht, für welches Board man sich entscheiden soll«, sagte Niclas hinter Jule, als er, sein Brett über dem Kopf balancierend, auf den Steg trat.

Jule lachte. »Felicia hat Lina angeboten, dass sie alle Paddleboards der Familie hier unterbringen kann. Das Bootshaus wird schließlich für sonst nichts genutzt.« Sie hatte sich mit ihrem Bruder zum Paddeln verabredet, weil Lina ihnen angeboten hatte, das Equipment jederzeit zu nutzen. Und irgendwie hatte es etwas von einer permanenten Folter, wenn man den See Tag und Nacht vor der Nase hatte, aber nicht über ein Boot verfügte oder sonst etwas, um das Waser auch zu genießen. »Nur schade, dass ich nicht da war, als Linas Familie die alte Schule geentert hat.«

Niclas lachte. »Das ist ein echt wilder Haufen. Lina hat die ganze Zeit versucht, sie dazu zu bringen, das zu machen, was sie ihnen sagt. Aber keiner hat auf sie gehört.«

»Was man sich gar nicht vorstellen kann, so wie sie Kinder sonst im Griff hat.« Jule legte ihr Board auf der kleinen Plattform ab, die das Ende des Stegs markierte, und drehte sich zu ihrem Bruder um.

Niclas sah gut aus. Sie hatte zwar gesagt, dass sie ihm ein bisschen Arbeit geben wollte, wenn er den Sommer über in Starnberg blieb, aber bis jetzt hatten sich die Jobs in Grenzen gehalten und er hatte den größten Teil seiner Zeit am oder im Wasser verbracht. Er war braun gebrannt und sein Lächeln breit und echt. Die Haare, die er sich aus dem Gesicht schüttelte, wehte ihm der Wind sofort wieder in die Stirn. Jule würde nicht noch einmal den Fehler machen, ihm einen Friseurbesuch vorzuschlagen, weil sie nicht auf tödliche Blicke stand. Außerdem würde ihr Bruder sowieso gleich ins Wasser hechten und sich die nassen Locken dann zurückstreichen.

Jule wusste, was für Niclas' gute Laune verantwortlich war. Überraschenderweise weder die Ferien noch die Kids, mit denen er am See herumhing. Es war das Versprechen ihrer Eltern von vor ein paar Tagen, sie am nächsten Wochenende in Starnberg besuchen zu kommen und etwas zusammen zu unternehmen. Weil sie möglicherweise in den letzten Wochen und Monaten ein bisschen wenig Zeit für Niclas gehabt hatten. Und jetzt würden sie herkommen, um das nachzuholen. »Wie eine richtige Familie«, hatte Jule ihren Bruder murmeln hören, nachdem er das Telefonat beendet hatte. Als Sechzehnjähriger war er natürlich viel zu cool, um Gefühle zu zeigen, aber das Dauergrinsen, das er seit dem Gespräch zur Schau trug und dem er sich wahrscheinlich gar nicht bewusst war, sprach seine eigene Sprache. Außerdem hatte sie gestern gehört, wie er sich mit Ben darüber unterhalten hatte, was er mit ihren Eltern unternehmen könnte. Jule war sich sicher, dass er bereits einen konkreten Plan hatte.

Ein Gangster-Rap-Song riss Jule aus ihren Gedanken. Niclas legte sein Board neben ihrem ab und zog sein Handy aus der Tasche. Bei diesem Klingelton hatte ihr kleiner Bruder sich wirklich nicht wundern müssen, dass ihre Eltern sich Sorgen machten.

»Das ist Mama«, sagte Niclas nach einem Blick auf das Display. »Bestimmt wegen dem Wochenende. Hallo, Mama«, begrüßte er ihre Mutter nach einem Wischen über das Display.

»Nicky!«

Jule hörte den ungeliebten Spitznamen ihres Bruders, weil ihre Mutter mal wieder viel zu laut ins Telefon sprach. Bei der Art, wie Niclas sein Gesicht verzog und die Augen verdrehte, hätte Jule aber auch so Bescheid gewusst. Sie biss sich auf die Unterlippe, um nicht zu lachen.

»Hey, Mama, du sollst mich doch nicht so nennen«, konnte er sich nicht verkneifen. »Rufst du an wegen Samstag? Ich hab mir …«

Hanne Hansen hatte ihren Sohn offenbar unterbrochen,

immerhin senkte sie die Stimme so weit, dass Jule sie nicht mehr aus zwei Meter Entfernung hören konnte.

Dafür verfinsterte Niclas' Miene sich so schnell, dass Jule automatisch einen Schritt auf ihn zu machte. »Ja klar, Alter!«, knurrte er. In einer Geste, die hilfloser wirkte, als er es sich anmerken lassen wollte, schob er sich die Haare aus dem Gesicht. »Vergiss es einfach. Ich brauch diese ganze Familienscheiße sowieso nicht.« Mit einer wütenden Bewegung beendete er das Gespräch und schob das Handy zurück in seine Hosentasche.

»Was ist los?«, fragte Jule, obwohl sie sich bereits denken konnte, worum es in diesem Gespräch gegangen war.

»Was los ist?« Niclas fuhr zu ihr herum. »Sie kommen nicht. Wahrscheinlich ist irgendwas Superwichtiges dazwischengekommen. Wichtiger als ich jedenfalls.« Er hielt einen Moment inne. »Als wir«, korrigierte er sich dann, denn auch Jule hatte sich auf den Besuch ihrer Eltern gefreut.

»Hat sie gesagt, was …«

»Nein«, schnitt Niclas ihr das Wort ab. »Und es ist mir auch scheißegal. War doch eh eine beschissene Idee.« Bevor Jule noch etwas sagen konnte, drehte er sich um. Er lief den Steg so schnell hinunter, dass es fast als Rennen durchging.

Jule atmete langsam aus. Sie konnte Niclas verstehen. Es war schade, dass ihre Eltern nicht kommen konnten, aber so ausflippen musste er trotzdem nicht. Wahrscheinlich gab es einen logischen Grund für die Entscheidung. Jule spürte das Brummen ihres eigenen Handys in der Tasche ihrer Shorts. Sie zog es mitsamt der wasserdichten Hülle hervor und sah den Namen ihrer Mutter auf dem Display. Nein, im Moment hatte sie keine Lust auf die Dramen in ihrer Familie.

Sie drehte sich zum See um, setzte sich und ließ sich dann zurückfallen, um in den strahlend blauen Himmel zu starren. Ja, verdammt, wer Familie hatte, musste sich keine Sorgen machen, dass sein Leben langweilig wurde. Wie hielt Lina das nur mit vier jüngeren Geschwistern aus?

Als Jule wenig später das Vibrieren von Schritten auf dem Holz unter sich spürte, war sie sicher, dass sie nicht zu ihrem Bruder gehörten. Zum einen neigte Niclas nicht dazu, sich schnell zu beruhigen. Und zum anderen waren es ganz eindeutig zwei Paar Füße, die auf sie zukamen. »Hi«, sagte sie, als Lina sich über sie beugte und ihr Gesicht in Jules Blickfeld aus blauem Himmel auftauchte.

»Alles okay bei dir?«, Lina trug ihre Haare noch zu Zöpfen geflochten und eine pinkfarbene, funkelnde Spange über ihrem Ohr.

Felicias besorgtes Gesicht tauchte neben Lina auf. »Wir haben Niclas wegrennen sehen. Und dann, wie du umgefallen bist.«

»Bin ich nicht.« Jule rappelte sich auf und sah ihre Freundinnen an, die, genau wie sie, in Shorts und Tank-Tops aussahen, als hätten sie den Feierabend bereits eingeläutet. »Ich musste einfach nur mal einen Moment in den Himmel schauen und darüber nachdenken, warum meine Familie neuerdings ständig den Aufstand probt. Und was ist mit euch?«, fuhr sie fort, bevor eine ihrer Freundinnen etwas sagen konnte. »Feierabend für heute?«

»Wir wollten eigentlich gerade ein Glas Wein auf der Terrasse hinter der Schule trinken, und Lina wollte etwas besprechen«, sagte Felicia. »Aber dann haben wir dich gesehen und dachten, wir sehen lieber mal nach dir.«

»Wie gesagt: Mir geht es gut«, beruhigte Jule sie.

Lina setzte sich im Schneidersitz neben sie und legte ihr die Hand auf den Arm. »Möchtest du uns Gesellschaft leisten?«

Jules Blick blieb an den Paddleboards hängen. Sie hatte sich nicht nur auf die Zeit mit ihrem Bruder gefreut, sondern auch auf den See. »Ehrlich gesagt würde ich lieber aufs Wasser.« Sie sah Felicia an und dann Lina. »Habt ihr Lust, mich zu begleiten?«

»Also, ich habe den Weißwein schon kalt gestellt. Und Lina wollte uns noch etwas erzählen.« Felicia wies mit dem Daumen über ihre Schulter in Richtung alte Schule. »Wir könnten jetzt ein Glas trinken, und ihr könnt morgen paddeln.«

»Oder wir lassen die Weinflasche zu und paddeln jetzt zum Bootshaus hinüber und lassen uns von Lorenz einen Cocktail servieren«, schlug Jule vor. »Du kannst uns ja auch dort erzählen, was du loswerden willst«, wandte sie sich an Lina.

»Ich weiß nicht …« Felicia biss sich auf die Unterlippe. Was sie immer tat, wenn sie unsicher war.

»Gute Idee.« Lina sprang auf. »Ich hole noch ein Brett.«

»Nein, ich …« Bevor Felicia den Satz beenden konnte, war Lina schon im Bootshaus verschwunden, um ein drittes Paddleboard zu holen.

»Also, ehrlich gesagt, bin ich darauf nicht wirklich vorbereitet«, versuchte Felicia es noch einmal und hob abwehrend die Hände. »Ich habe noch gar nie auf so einem Ding gestanden. Und … ich bin wirklich nicht sportlich oder so was.«

»Wenn du das noch nie gemacht hast, wird es höchste Zeit. Schließlich wohnst du am See. Das ist wirklich kinderleicht, Licie«, beruhigte Jule sie.

Felicia beäugte das Board, das Lina anschleppte, mit einem skeptischen Blick. »Der Weißwein wäre schon kalt«, versuchte sie ein letztes Mal, die Freundinnen umzustimmen.

»Du wirst es lieben«, versprach Jule ihr. »Wasser, Sonne, Wind«, zählte sie grinsend auf. »Und am Ende ein Caipirinha für dich.«

»Na gut. Ich mach mit.« Felicia straffte die Schultern, als zöge sie in eine Schlacht, um die Welt zu retten. »Aber nur wegen des Cocktails.«

Jule und Lina lachten und ließen die Bretter ins Wasser.

Felicia dabei zuzusehen, wie sie versuchte, auf dem Brett das Gleichgewicht zu halten – und kläglich versagte –, ließ Jule einen Moment daran zweifeln, ob es richtig gewesen war, ihre Freundin zu dem Ausflug zu überreden.

Doch Felicia war erstaunlich hartnäckig. Jule konnte nicht anders, als Stolz auf die Freundin zu empfinden. Schüchtern und vorsichtig. In sich gekehrt. So hatte sie Felicia kennengelernt. Sie hatte sich nur aus ihrer Komfortzone herausbewegen müssen, weil sie sonst ihr Zuhause und den gemeinsamen Traum mit ihrer Tante hätte begraben müssen. Doch dann war nicht nur Ben aufgetaucht und hatte Felicia aus ihrem Schneckenhaus gelockt, sie hatte auch begonnen, für sich selbst einzustehen. Ganz abgesehen von der Kochschule und den Caterings, die ihrem Selbstbewusstsein einen ziemlichen Auftrieb gegeben hatten. Jetzt hatte sie sich, nachdem sie keine hundert Meter von der alten Schule von ihrem Board gefallen war, wieder hochgezogen und mit wackligen Beinen auf dem Brett aufgerichtet. Doch statt tropfnass, wie sie war, zum Steg zurückzupaddeln, hatte sie angekündigt, dass sie entschlossen sei, sich diesen Caipirinha zu holen – koste es, was es wolle. An diesem Vorsatz hatte sie eisern festgehalten, auch wenn sie zwei weitere Male ins Wasser gefallen war.

Der Steg hinter dem *Bootshaus*, der an milden Sommerabenden wie diesem zum Draußensitzen einlud, war dicht bevölkert. Nicht nur die großen, bunten Sitzkissen waren besetzt. Die Gäste hatten sich auf jedem freien Flecken niedergelassen und ließen die Servicekräfte Slalom laufen oder über sich hinwegsteigen, was diese gut gelaunt taten.

»Kein Plätzchen mehr frei für uns«, stellte Lina fest, nachdem sie den Steg gescannt und ein paar Bekannten gewinkt hatte.

»Wir haben doch unsere eigenen Sitzmöglichkeiten dabei«, sagte Jule. »Lass uns einfach rantreiben und die Cocktails auf dem Wasser trinken.«

»Gute Idee.« Felicia paddelte vorsichtig an den Steg, und zwei Frauen, die an genau dieser Stelle die Füße im Wasser baumeln ließen, gaben ihre Bestellung weiter.

Ein paar Minuten später trieben sie auf dem Wasser, rittlings auf ihren Paddleboards sitzend, ihre Cocktails in den Händen und prosteten einander zu.

»Besser kann ein Tag nicht enden«, sagte Jule und seufzte, bevor sie den ersten Schluck von ihrem Mai Tai nahm.

Lina betrachtete die Sonne, die langsam begann, in Richtung der Alpengipfel, die hinter dem See aufragten, zu sinken. »Ja, das ist wirklich perfekt.« Sie wandte sich Jule zu. »Was ist denn los mit deinem Bruder und deinen Eltern?«, fragte sie.

Jule nippte an ihrem Drink. »Ehrlich? Ich habe keine Ahnung. Niclas nimmt im Moment alles persönlich. Ich weiß nur, dass meine Mutter den Besuch nächstes Wochenende abgesagt hat. Aber ich habe keine Ahnung, ob sie den Besuch nur verschieben wollte, oder ob sie gar nicht kommen können. Weil mein Bruder einfach austickt, statt wenigstens kurz zuzuhören.« Sie schüttelte den Kopf.

»Dabei hatte ich das Gefühl, dass er ein bisschen entspannter ist, seit er bei uns wohnt«, sagte Felicia. »Er scheint ja sogar schon neue Freunde gefunden zu haben.«

»Wenn er sich wieder ein bisschen beruhigt hat, rede ich noch mal mit ihm«, versprach Jule. »Ich müsste mich viel mehr um Niclas kümmern. Für ihn da sein, Zeit mit ihm verbringen, so wie ich es heute Abend geplant hatte. Aber jetzt, da ich noch so eine Art Privatchauffeurin für Chris geworden bin, sind diese Momente echt spärlich gesät.«

»Gib Nic mehr Verantwortung«, schlug Lina vor. »Das tut seinem Selbstbewusstsein gut. Bei meinen Geschwistern habe ich es immer so gemacht. Das funktioniert echt gut.«

Jule nickte und ließ ihre Finger durch das Wasser neben ihrem Brett gleiten. »Ja, das werde ich ausprobieren. Jetzt, wo ich so mit Arbeit eingedeckt bin, könnte ich Hilfe sowieso dringend gebrauchen, einen Angestellten kann ich mir aber noch lange nicht leisten. Es wäre also eine Win-win-Situation, wenn ich meinen kleinen Bruder sein Taschengeld etwas aufbessern lasse.«

»Und abgesehen von deinem Bruder?«, fragte Felicia. Sie saß im Schneidersitz auf ihrem Board, die wilden roten Locken zu einem unordentlichen Knoten auf dem Kopf zusammengefasst, ihre Klamotten noch immer feucht. »Wie läuft es mit Chris? Wie geht es ihm?«

»Wie es läuft?« Jule schnaubte. »Er ist nicht besonders gut gelaunt.«

»Wahrscheinlich, weil er Schmerzen hat«, ergriff Lina Partei für ihn, obwohl sie Chris gar nicht kannte.

»Möglich.« Jule zuckte mit den Schultern. »Trotzdem ist er ein schlecht gelaunter Miesepeter.«

»Der dabei aber verdammt gut aussieht«, stellte Felicia fest.

»Pff.« Jule verdrehte die Augen. »Tut er nicht.« *O doch*, dachte sie insgeheim, kaum, dass sie die Worte ausgesprochen hatte. Er sah gut aus. Und hatte etwas Anziehendes an sich. Was Jule nicht wirklich verstand. Schließlich hatte er ihr ganz deutlich Grenzen aufgezeigt. Er war ein Auftraggeber, der wollte, dass sie ausschließlich das tat, wofür sie bezahlt wurde. Einer, der mit einem Fingerschnippen Mitarbeiter feuerte. Auch wenn sie sich duzten, weil er beim Joggen über sie gestolpert war, blieb ihr Verhältnis förmlich. »Chris lässt sich von niemandem freiwillig helfen, selbst wenn völlig offensichtlich ist, dass er alleine nicht klarkommt«, erzählte sie ihren Freundinnen. »Ich mache einfach Dienst nach Vorschrift.«

»Und was bedeutet das genau?«, wollte Lina wissen.

»Wenn ich ihn zur Physiotherapie fahren soll, mache ich genau das. Ich überprüfe seinen Kühlschrank nicht oder gehe während seinem Termin für ihn einkaufen, wie ich es für andere Klienten ganz selbstverständlich tun würde. Oder werfe seine Waschmaschine an, bevor er zu meinem Auto hoppelt.« Sie trank einen weiteren Schluck Mai Tai, der sich mit einer angenehmen Wärme in ihrem Bauch bereits bemerkbar machte. »Für Chris erledige ich nur Dinge, die er mir aufgetragen hat. Und glaubt mir«, sie wies mit dem Glas in der Hand auf ihre Freundinnen, »diese Art Mann ist nicht besonders attraktiv.«

»Hey, Mädels!« Sie drehte sich zu der Kellnerin um, die ihnen vom Steg aus zuwinkte. »Wollt ihr noch eine Runde?«

Jule sah ihre Freundinnen an. »Noch mal das Gleiche?«, fragte sie und bestellte auf Linas und Felicias Nicken hin. »Wie ist dein Catering gestern Abend auf dem Junggesellenabschied gelaufen?«, fragte sie Felicia. Zum einen hatten sie noch keine Zeit gehabt, über den Auftrag zu sprechen, und zum anderen wollte Jule nicht noch länger über ihren Job und Chris sprechen.

Felicia hielt sich kichernd die Hand vor den Mund. »Sie haben mich für die Stripperin gehalten. Nur ganz kurz«, ergänzte sie schnell, als Jule und Lina losprusteten.

»Nicht dein Ernst!« Jule wischte sich die Lachtränen aus den Augenwinkeln.

»Ich habe das Missverständnis aufklären können. Aber bis dahin dachten diese Männer wirklich, ich würde halb nackt aus einer Torte springen.«

»Da wäre ich nur zu gern dabei gewesen.« Lina grinste breit.

Sie stießen mit ihren Drinks an, während sie über Felicias Bemühungen lachten, der Männerrunde des Junggesellenabschieds klarzumachen, dass sie nur das Essen brachte und nicht für die Abendunterhaltung verantwortlich war. Die Augen der Freundin funkelten, ihre Wangen glühten, als sie erzählte.

»Und was ist mit dir und deiner Ankündigung?«, fragte Jule, als Felicia geendet hatte, und erinnerte Lina daran, dass es noch etwas gab, das sie den Freundinnen bei einem Glas Weißwein auf der Terrasse hinter dem Haus hatte erzählen wollen.

Lina strahlte. Ihre Wangen leuchteten, und Jule war sich nicht sicher, ob das an dem Drink lag, an der Sonne oder der Anstrengung nach dem Paddeln. »Ich habe ein Wahnsinnsangebot bekommen«, platzte sie heraus. »Einer der Sozialverbände in der Stadt hat mich gefragt, ob ich ein Generationenprojekt übernehmen möchte.«

»Du meinst, Kinder und ältere Herrschaften zusammenbringen?«, fragte Felicia.

Lina nickte. In ihren Augen funkelte die Aufregung. »Ich halte das für ein Wahnsinnsangebot. Es ist ein ehrenamtliches Projekt, und ich könnte mich auf der Stelle mit Feuereifer hineinstürzen. Es gibt so viele Studien darüber, wie gut diese Art von Kontakt sowohl den Älteren als auch den Kindern tut. Ich will das unbedingt machen!«, wiederholte sie noch einmal, wie begeistert sie von diesem Angebot war.

»Wenn du es zeitlich mit dem Rest deines Jobs vereinbaren kannst, solltest du dich nicht davon abhalten lassen«, sagte Jule. Sie konnte sich bildlich vorstellen, wie Lina bei diesem Thema noch mehr aufblühen und sich selbst verwirklichen würde. »Wenn du bei irgendetwas Unterstützung brauchst, lass es uns wissen.«

»Genau genommen gibt es da wirklich was.« Lina blickte zu Felicia hinüber, die abwartend die Augenbrauen nach oben zog. »Wir haben doch bei der Abendschein-Hochzeit die Bibliothek der alten Schule für die Kinderbetreuung genutzt. Und jetzt frage ich mich, ob ich dort vielleicht auch die Treffen des Generationenprojekts abhalten kann.«

Felicia nickte sofort. »Das wäre wundervoll.« Die kleine Bücherei hatte es schon gegeben, als Felicias Großtante noch in dem Gebäude unterrichtet hatte. Sie hatte auch nach dem Umzug der Schule in einen modernen Gebäudekomplex dafür gesorgt, dass die Bibliothek weiter offen blieb. Die Nachbarn kamen noch immer regelmäßig, um Bücher zu leihen oder die eine oder andere Spende ins Regal zu stellen. »Ich finde es so schade, dass der Raum nur donnerstagnachmittags geöffnet ist und ansonsten keinen Nutzen zu haben scheint.«

»Danke.« Lina grinste breit. »Das ist fantastisch. Ich fange einfach mal an, Pläne zu schmieden. Und wenn ich weiß, wie ich das Ganze aufziehen werde, komme ich noch einmal auf euch und euer Hilfsangebot zurück.«

Sie tranken einen zweiten Cocktail. Die Paddleboards, auf denen sie saßen, wippten leicht im Takt der Wellen. Aus dem Bootshaus klang leise Clubmusik, und die Oberfläche des Sees war übersät mit lilafarbenen und orangen Reflektionen, die die untergehende Sonne hinterließ. Jule genoss jeden Moment dieses Abends.

Als sich der Steg langsam leerte, stellte Lina ihr fast leeres Glas auf ihrem Paddleboard ab. »Wir sollten langsam sehen, dass wir heimkommen.« Mit einer geschmeidigen Bewegung erhob sie sich und balancierte auf dem Brett, als habe sie nie etwas anderes gemacht, während sie ein paar Geldscheine aus ihrer wasserdichten Handyhülle zog.

»Ich bin mir nicht sicher, ob ich aufstehen kann«, gab Felicia zu. Sie versuchte, sich aufzurichten, und fiel prompt zum vierten Mal an diesem Abend ins Wasser. Das Lustige daran war jedoch nicht, dass sie schon wieder baden ging, sondern dass sie es schaffte, ihr Glas über Wasser zu halten und den Caipirinha zu retten, während sie unterging. Als sie wieder auftauchte, hielt sie sich an ihrem Board fest und nippte an ihrem Cocktail. »Falls ich versuchen sollte, nach Hause zu paddeln, werde ich vermutlich im See ertrinken«, sagte sie und lachte.

»Gut möglich.« Jule lachte ebenfalls. »Wir sollten uns ein Taxi besorgen, das uns samt der Bretter zur alten Schule bringt.«

»Wassertaxi«, korrigierte Felicia. »Ben und Sam sind mit dem Boot draußen. Wenn du sie anrufst, sammeln sie uns bestimmt ein.«

12

Chris hatte beschissen geschlafen. Als er sich am Abend endlich dazu hatte aufraffen können, von der Couch in sein Bett zu wechseln, war er über seinen Koffer gestolpert, den Jule zwar ordentlich neben seiner Tür abgestellt hatte, mit dem er aber nicht gerechnet hatte. Er hatte es im letzten Moment geschafft, seinen Sturz zu verhindern, und dem Gepäck einen missmutigen Blick zugeworfen. Eigentlich hätte er noch auspacken müssen – aber nicht mehr an diesem Abend.

Stattdessen hatte er sich einfach ins Bett gelegt, so wie er war, und hatte erschöpft die Augen geschlossen. Er war eingenickt und bereits eine halbe Stunde später wieder hellwach gewesen. Weil er Durst gehabt hatte. Und vergessen hatte, sich eine Flasche Wasser neben das Bett zu stellen. Wobei es auch schwierig gewesen wäre, eine Flasche zu transportieren, wenn man auf Krücken angewiesen war und sein Bein noch nicht belasten sollte. Chris war dann einfach liegen geblieben. In der Hoffnung, dass der Durst wieder verschwand und er vielleicht wieder einschlafen würde. Nach einer Weile gesellten sich allerdings stattdessen Schmerzen dazu, die durch sein Bein pulsierten.

Als er es schließlich nicht mehr ausgehalten hatte, hatte er sich aufgerappelt und war ins Wohnzimmer zurückgekehrt. Wieder blieb er an dem verdammten Koffer hängen und hätte fast den Boden geküsst. Ihn überkam der Verdacht, dass Jule dieses Gepäckstück für ihn ausgepackt hätte, wenn er sie nur darum gebeten hätte. Wenn er sie nicht aufgefordert hätte, nur die Aufträge auszuführen, um die er sie bat. Wahrscheinlich hätte sie ihm sogar eine Flasche Wasser an sein Bett gestellt.

Stattdessen humpelte er nachts durch sein leeres Haus, in dem jedes Aufsetzen seiner Krücken ein Echo zu haben schien.

Er lehnte sich gegen die Küchenzeile und trank ein Glas Wasser, das er direkt am Hahn füllte. Sein Blick fiel auf die Couch, die mit einem Mal viel verführerischer aussah als der Weg zurück in sein Schlafzimmer – wo er wahrscheinlich noch einmal über diesen verdammten Koffer fallen würde.

Er hatte sich also für das Sofa entschieden – nur um eine dreiviertel Stunde später zu bemerken, dass er auf die Toilette musste.

Ja, die Nacht war wirklich beschissen gewesen. Entsprechend tief im Keller war seine Laune. Als Jule eine Stunde vor seinem ersten Physiotherapie-Termin sein Haus betrat und fröhlich »Guten Morgen« rief, bemühte sich Chris, den Gruß wenigstens halbwegs freundlich zu beantworten.

Er hatte es am Morgen zumindest geschafft, sich am Waschbecken im Bad zu waschen. Katzenwäsche. Chris sehnte sich nach einer richtigen Dusche, aber das hatten die Ärzte ihm für die ersten Tage verboten. Dann hatte er es geschafft, die Shorts, die er den ganzen vergangenen Tag und die Nacht über getragen hatte, zu wechseln – was nicht nur eine Herausforderung, sondern auch mit höllischen Schmerzen verbunden war – und seine Orthese wieder anzulegen. Als er schließlich auch ein frisches T-Shirt angezogen hatte, stand ihm vor Anstrengung bereits wieder der Schweiß auf der Stirn. Trotzdem hatte er sich ins Wohnzimmer zurückgeschleppt und war abermals auf der Couch kollabiert. »Für einen Kaffee könnte ich töten«, brummte er, als Jule den Raum betrat.

Sie zog die Augenbrauen hoch, behielt ihre gute Laune aber bei. »Schlechte Nacht gehabt?«, fragte sie freundlich. »Die ersten Tage nach so einer OP sind immer schwierig.«

»Vor allem ohne Kaffee«, wiederholte Chris.

Jule stellte ihre riesige Handtasche neben seine Kücheninsel und trat vor die Glaswand. Sie schob sie auf und ließ die bereits sonnenwarme Luft herein. »War das eine konkrete Bitte, dir einen Kaffee zu machen?«, fragte sie, als sie sich wieder zu ihm umdrehte.

Chris schluckte einen genervten Kommentar herunter. Er war schließlich derjenige, der sie darum gebeten hatte, nur noch das zu tun, worum er sie bat. »Wie wäre es, wenn du dir selbst auch einen machst?«

Jule nickte. »Kaffee für dich und mich, während ich mich um dein Frühstück kümmere«, sagte sie und schaltete die Kaffeemaschine ein.

Chris atmete das Aroma der frisch gemahlenen Bohnen ein, als Jule den Kaffee zubereitete, und verbrannte sich fast die Zunge, als er gierig seinen ersten Schluck trank. »Der ist gut«, sagte er. »Danke.«

»Wunderbar.« Jule nippte an ihrer eigenen Tasse. »Was möchtest du frühstücken?«, wollte sie wissen.

Chris machte sich normalerweise nicht die Mühe, morgens etwas zu essen. Aber seit dem Unfall war sein kompletter Rhythmus durcheinandergeraten. Seine letzte Mahlzeit waren die windschiefen Sandwiches am Vortag gewesen. »Es müssten noch Eier da sein«, überlegte er.

»Okay.« Jule drehte sich um, öffnete den Kühlschrank und zog eine Packung Eier heraus. »Rührei?«

»Spiegeleier mag ich lieber«, sagte Chris.

»Kein Problem. Spiegeleier und Toastbrot. Kommt sofort.« Jule holte eine Pfanne aus dem Schrank und stellte sie auf den Herd.

Chris hatte nichts Besseres zu tun, also sah er Jule dabei zu, wie sie sein Frühstück zubereitete. Er hatte sie inzwischen in vielen unterschiedlichen Situationen erlebt. Und immer hatte sie entspannt auf ihn gewirkt. So, als wisse sie genau, was sie tat. Nicht einmal Chris' Ärger über die eigenmächtig reparierten Dinge in seinem Haus hatte sie aus der Ruhe gebracht. Um so interessanter war es, diesen relaxten Ausdruck aus ihren Augen verschwinden zu sehen, wenn sie kochte. Sie war auch heute in einer Mischung aus förmlich und lässig gekleidet. Enge Jeans und Pumps zu einer weißen Bluse und einem hellblauen Blazer. Ihr Tablet steckte in einer schlichten schwarzen Hülle, was irgendwie offiziell aussah. Sie hatte das Jackett ausgezogen, als sie sich an seinen Herd gestellt hatte, und ihre Haare zu einem Knoten am Hinterkopf zusammengefasst. Konzentriert hatte sie die Augenbrauen zusammengezogen, als sie die Eier aufschlug – und als sie dachte, er sehe es nicht, fischte sie ein Stück Schale aus der Pfanne. Mit zögerlichen Handbewegungen würzte sie, und als sie sich streckte, um einen Teller aus dem Schrank zu nehmen, rutschte ihre Bluse ein Stück nach oben und legte einen schmalen Streifen gebräunter Haut frei.

Chris starrte gebannt auf Jules Rücken, als ihn ihr unterdrückter Fluch wieder in die Gegenwart zurückholte. Es roch ein wenig verbrannt, als sie eine Brotscheibe aus dem Toaster holte. Chris trank noch einen Schluck Kaffee und blickte auf den See hinaus. Zum einen wollte er nicht von ihr dabei erwischt werden, wie er sie anstarrte. Und zum anderen wirkte Jule wirklich nervös. »Hat meine Assistentin dir alle Termine geschickt?«, fragte er, um die Stille, die zwischen ihnen herrschte, zu überbrücken. Es fühlte sich merkwürdig an, sich im gleichen Raum aufzuhalten und nicht miteinander zu reden.

»Hm?« Jule hielt ihm den Rücken zugewandt, während sie weiter am Herd herumwerkelte.

»Und? Kannst du es auch immer einrichten, mich zu fahren?«, versuchte er noch einmal, ein Gespräch in Gang zu bringen.

»Hm«, antwortete sie abermals einsilbig, und Chris beschloss, dass es wahrscheinlich sinnvoller war, seine E-Mails auf dem Handy zu checken. Ein paar Nachrichten und Genesungswünsche von Mitarbeitern überflog er, dann las er die Nachricht seines Anwaltes, dass der Rauswurf von Florian Mayer aus der Firma und die Anzeige bei der Polizei erledigt waren und sich glücklicherweise keine weitere Mitarbeiterin wegen sexueller Belästigung am Arbeitsplatz gemeldet hatte. Erleichtert atmete Chris auf, bevor er eine Nachricht von Miles öffnete und über das Bild lachte, das die Kinder seines Freundes am See ihres Wochenendhauses zeigte.

Er blickte auf, als Jule sein Frühstück auf dem Couchtisch

abstellte. Langsam ließ er sein Handy sinken und starrte das Essen an. Eine Toastbrotscheibe war so dunkel, dass sie nicht mehr als gebräunt durchging, die andere hingegen so weiß, dass Jule sie wahrscheinlich nur am Toaster vorbeigeschoben hatte. Chris hatte bis zu diesem Zeitpunkt nicht gewusst, dass man Spiegeleier versauen konnte. Aber Jule hatte das offenbar hinbekommen. Die Unterseite der Eier war halb verkohlt, während das Eiweiß noch immer eine glibberige Masse war. »Ähm …« Chris blickte zu Jule auf.

Sie hatte die Hände in die Hüften gestützt und funkelte ihn mit vorgerecktem Kinn an, als wolle sie ihn herausfordern, das Frühstück zu kritisieren.

Chris drehte den Teller einmal, aber auch von der anderen Seite sah das Essen nicht besser aus. Sein Mundwinkel zuckte, als er sich bemühte, nicht zu lachen. Die perfekte Jule Hansen, die alles reparierte und die Dinge immer unter Kontrolle zu haben schien, konnte nicht kochen.

»Sag nichts«, brachte Jule zwischen zusammengebissenen Zähnen hervor.

Chris hob die Hände, als wolle er sich ergeben. »Hatte ich nicht vor«, log er, und seine miese Laune an diesem Morgen wurde angesichts Jules verkniffenem Gesichtsausdruck wie von selbst noch ein bisschen besser. »Aber wenn wir uns beeilen, können wir auf dem Weg zur Physiotherapie noch bei einem Bäcker halten«, konnte er es sich nicht verkneifen, sie aufzuziehen.

Der Ton, den Jule ausstieß, erinnerte Chris an ein Knurren. Sie stampfte zu ihrer Handtasche hinüber und zog eine Tüte vom gleichen Bäcker wie am Tag zuvor heraus. »Hier«, brummte sie und reichte sie an Chris weiter.

»Eine Brezen?« Chris grinste breit. »Das Geschenk deines Verehrers?«

»Nicht Verehrer.« Jule verschränkte die Arme vor der Brust. »Dankbarer Mitbürger.«

»Was auch immer.« Chris biss hungrig in die Brezen. »Du kannst also nicht kochen«, brachte er Jules Defizit auf den Punkt.

Sie seufzte und ließ sich auf die Couch, Chris gegenüber, fallen. »Ich versteh das auch nicht.« In einer hilflosen Geste hob sie die Schultern. »Ich befolge diese verdammten YouTube-Videos ganz genau. Und«, sie hob den Zeigefinger, »ich kann alles reparieren, wenn ich das richtige Werkzeug habe. Aber Kochen … ich werfe Sachen in die Pfanne und hoffe.«

Chris lachte. »Ich muss sagen, dass ich fast schon erleichtert bin, dass es etwas gibt, worin du nicht perfekt bist. Dann bist du also der Typ ›Bestellservice‹?«

»Bestellservice, belegte Brote, Müsli«, zählte sie auf. »Zumindest war das so, bis ich in die alte Schule gezogen bin. Mit Felicia und ihrer Kochschule im Haus muss ich eher aufpassen, hin und wieder eine Extrarunde zu joggen. Kannst du kochen?«, wollte sie wissen, und Chris wurde bewusst, dass sie fast so etwas wie ein normales Gespräch führten.

»Wenn ich nicht gerade einen Innenbandriss habe, durchaus. Na ja. Um ehrlich zu sein, komme ich meistens nicht dazu, selbst zu kochen. Aber ich kann es zumindest.« Chris grinste noch immer und schob sich den Rest der Brezen in den Mund.

»Ich habe es zumindest versucht«, räumte Jule ein. »Aber okay, ich gebe zu, das gehört nicht zu meinen besten Fähigkeiten. Und da eine Patientenbetreuung wie bei dir normalerweise nicht zu meinen Aufgaben gehört, muss ich das auch nicht können. Normalerweise bin ich diejenige, die ein Catering organisiert.« Ihr selbstbewusster Gesichtsausdruck kehrte zurück. »Aber keine Sorge. Du wirst unter meiner Fürsorge nicht verhungern. Ich habe schon eine Strategie«, sagte sie, und Chris konnte die Zufriedenheit in ihrem Blick strahlen sehen. »Wie sieht's aus?«, kehrte sie zum eigentlichen Grund ihrer Anwesenheit in seinem Haus zurück. »Bereit für ein bisschen Quälerei beim Physiotherapeuten?«

*

Jule hatte kein Problem damit, es sich einzugestehen, wenn sie an einer Aufgabe gescheitert war. Abgesehen vom Kochen war das selten der Fall, und normalerweise war sie ehrgeizig genug, es so lange zu probieren, bis sie es hinbekam. Aber beim Kochen scheiterte sie so gut wie immer. Dabei folgte sie den Anweisungen in Kochbüchern Zeile für Zeile oder schaute sich YouTube-Tutorials dreimal hintereinander an, bis sie sich wirklich an ein Rezept wagte. Aber selbst bei Spiegelei und Toast versagte sie.

In einem Fall wie diesem half wirklich nur Kapitulation – und einen Plan B in der Tasche zu haben. Und den hatte sie. Sie hielt Chris die Tür auf und fuhr ihren Jimny wieder direkt vor sein Haus, um ihn einsteigen zu lassen. Sie waren heute Morgen trotz des grauenhaften Frühstücks ganz gut miteinander ausgekommen. Und normalerweise hätte Jule ganz automatisch versucht, ihren schiefgegangenen Kochversuch auszugleichen, indem sie Chris bei irgendetwas anderem zur Hand ging. Aber sie hatte versprochen, nicht mehr ungefragt zu helfen. Deshalb zog sie auch nur die Beifahrertür für Chris auf und ließ ihn allein zurechtkommen mit dem Einsteigen und seinen Krücken. Wahrscheinlich war es ihm sogar wichtig, selbst klarzukommen. So würde Jule es zumindest empfinden, wenn sie ähnlich ausgeknockt wäre wie er.

Chris atmete erleichtert auf, als er endlich saß, und Jule nahm an, dass er schon wieder Schmerzen hatte. »Weißt du schon, womit sie dich quälen werden?«, fragte sie und fuhr langsam an.

»Erst einmal bekomme ich wohl nur Lymphdrainage gegen die Schwellung. Erst wenn die ein wenig zurückgegangen ist, fängt die richtige Krankengymnastik an.«

Die er dann zwei- bis dreimal die Woche haben würde. Jule hatte den kompletten Plan von Frau Gessler geschickt bekommen und bereits gestern begonnen, ihre restliche Arbeit darum herumzubauen. Sie hatte ihr Cardex und ihr Handy dabei, also konnte sie ihren Wagen in ein mobiles Büro verwandeln, solange sie auf Chris warten musste, sei es bei der Physio oder beim Arzt.

Chris und sie plauderten entspannt, während sie vorsichtig genug, um ihm nicht durch zu viele Erschütterungen weitere Schmerzen zuzufügen, in die Stadt fuhr. Nachdem sie Chris bei seinem Termin abgesetzt hatte, rief sie als Erstes Felicia an, die wahrscheinlich schon an ihrem Schreibtisch in der Steuerkanzlei in München saß und mit Zahlen jonglierte.

»Jule«, nahm sie den Anruf an und klang besorgt. »Ist etwas passiert?«

»Nein. Und entschuldige, dass ich dich bei der Arbeit störe. Aber ich habe ein kleines Angebot, das ich dir unterbreiten möchte. Wenn du zustimmst, kann ich das gleich mit meinem Klienten besprechen.« Zumindest sobald er wieder in ihrem Auto saß.

»Geht es um Chris Thalbach?«, wollte ihre Freundin wissen.

Wieso dachte ständig jemand, dass sich alles um Chris drehte? »Ich habe noch andere Klienten«, erinnerte sie Felicia. »Aber ja, es geht um ihn. Und … ähm, darum, dass ich nicht kochen kann.« Da, sie hatte es eingestanden! Und ihr war kein Zacken aus der Krone gebrochen.

Felicia kicherte leise. »Du bist eindeutig besser in der Kategorie ›Drinks mixen‹ aufgehoben. Also, was liegt an?«

Jule trank einen Schluck Kaffee aus ihrem Thermobecher, den sie vorsorglich für ihre Arbeit im Auto in der Mittelkonsole verstaut hatte. »Es geht um deine Reste-Kühltruhe. Und darum, dass Chris sich in der nächsten Zeit nicht selbst versorgen kann. Ich weiß nicht genau, wie lange er auf Hilfe angewiesen sein wird. Aber ich habe mir überlegt, dass ich in der Kühltruhe jede Menge Mahlzeiten finden werde, mit denen wir Chris versorgen können.« Seit Felicia ihre Kochschule *Küchennachhilfe* wieder zum Laufen gebracht hatte und zudem wirklich kreative Ideen für diverse Caterings hatte, war die Reste-Kühltruhe in den Räumen der Kochschule immer gut gefüllt. Felicia verpackte die übrig gebliebenen Gerichte und Snacks immer gleich so, dass sie als Mahlzeit für eine Person passten. Einen Teil der Gerichte spendete sie für das kleine Bankett des Tafel-Ladens, das es jedes Jahr für die Menschen gab, die sich den Bauch normalerweise nicht mit dieser Art von Delikatessen vollschlagen konnten. Abgesehen davon konnte sich jeder Bewohner der alten Schule an den Leckereien bedienen. Was nicht unbedingt dazu geführt hatte, dass sich Jules Kochkünste auch nur das kleinste bisschen verbessert hätten. Sie hatte sogar schon darüber nachgedacht, einen von Felicias Kochkursen zu besuchen. Aber solange immer ausreichend Essen vorhanden war, fehlte ihr die Dringlichkeit, sich in eine Küche zu stellen – außer, um einen Gin Tonic zu mixen.

»Du willst Chris Essensreste geben?« Jule musste beim entsetzten Unterton in der Stimme ihrer Freundin schmunzeln.

»Ich will Chris keine Essensreste geben – als ob deine tollen Mahlzeiten Essensreste seien«, korrigierte sie. »Ich möchte ihm abwechslungsreiche Mahlzeiten anbieten, die ihm tiefgekühlt geliefert und in der Mikrowelle aufgetaut werden können. Das bekommt er selbst hin. Und natürlich stellen wir ihm die Gerichte in Rechnung. Schließlich stammen sie von einer der angesagtesten Köchinnen der Gegend.«

Felicia schwieg einen Moment. Jule konnte sich nur zu gut vorstellen, wie sie an ihrem blitzsauber aufgeräumten Schreibtisch saß und sich auf die Unterlippe biss. »Ich könnte auch Menüs für Chris kochen«, schlug sie vor.

»Kommt gar nicht infrage.« Jule stützte den Unterarm auf das geöffnete Seitenfenster und hielt ihre Hand in die leichte Brise, die vom See heraufwehte. »Dein Terminkalender ist voll genug. Und die Kühltruhe ebenfalls. Chris wird das Essen mögen. Es ist also auf jeden Fall eine Win-win-Situation.«

»Na gut«, gab Felicia nach. »Sprich mit ihm. Und wenn es für ihn okay ist, machen wir es so. Aber wenn er das nicht möchte, lassen wir uns etwas einfallen.«

»So mache ich es. Und jetzt halte ich dich nicht weiter von

der Arbeit ab. Wir sehen uns heute Abend.« Nachdem sich auch Felicia verabschiedet hatte, legte Jule auf. Problem gelöst. Auf eine Art, von der alle profitierten.

Als Nächstes sorgte sie dafür, dass die Tochter eines Rechtsanwaltes an ihrem Geburtstag von einer Meerjungfrau überrascht werden würde, die aus dem See auf den Steg vor der Villa ihres Vaters sprang, um ihr ein Geschenk zu überreichen. Dann organisierte sie diverse Tickets und Eintrittskarten, um die sie von verschiedenen Klienten gebeten worden war. Vereinbarte die Anprobe eines Smokings und besorgte einen Hundesitter-Ersatz.

Überrascht stellte sie fest, wie schnell die Zeit vergangen war, als Chris zu ihrem Auto zurückgehumpelt kam und der Kampf des Einsteigens erneut begann. Er sah erschöpft aus. Jule konnte bereits an seinem Gesichtsausdruck erkennen, dass die Therapieeinheit nicht einfach gewesen war.

»Hast du Schmerzen?«, fragte sie, als er es geschafft hatte, sich neben sie zu manövrieren.

»Hm«, brummte er und wischte sich den Schweiß von der Stirn. Dann hielt er inne und starrte auf die Papiere, die sie auf dem Armaturenbrett ausgebreitet hatte. »Was ist das?«, fragte er.

»Ich habe nur ein wenig Zeit totgeschlagen, solange du da drin warst.« Sie nickte mit dem Kinn in Richtung des Ärztehauses und schob die Unterlagen zusammen, um sie in ihre Mappe zu legen.

Chris zog eines der Blätter unter ihren Fingern hervor. Das Foto und die Kontaktinformationen der Meerjungfrau-Darstellerin, die sie ausgedruckt hatte. Er starrte das Bild an. War ja klar, dass ihm ausgerechnet dieses Blatt aufgefallen war. Die langen Haare, die wie ein Fächer um die Gestalt der Nixe schwebten. Der Muschel-BH, der vermutlich viel für die Fantasie eines Mannes tun konnte. Doch Chris schien sich nicht für das Aussehen der Meerjungfrau zu interessieren. Oder zumindest nicht nur. Jule konnte sehen, wie es hinter seiner Stirn arbeitete.

»Kann ich mir die Kontaktdaten abfotografieren?«, fragte er.

»Sicher.« Jule schob den Rest ihrer Papiere in die Mappe und wartete, bis Chris sein Handy gezückt und das Blatt abfotografiert hatte. »Ich brauche die Meerjungfrau für einen Kindergeburtstag«, erzählte sie ihm. »Was hast du mit ihr vor?«

Chris klopfte sich mit der Kante seines Handys gegen das Kinn. »Ich habe gerade eine Idee für eine Werbekampagne.« Er grinste sie breit an. Die Schmerzen waren offenbar vergessen. »Eine, die ich unbedingt machen will. Und gerade hatte ich einen absoluten Geistesblitz.«

»Das freut mich für dich.« Jule nahm ihm das Blatt aus der Hand, schob es zum Rest und startete den Motor. »Anschnallen«, befahl sie. »Damit du heil zu Hause ankommst und deinen Geistesblitz umsetzen kannst.«

*

Chris vibrierte geradezu vor Energie. Als er die Praxis des Physiotherapeuten, den er insgeheim nur *den Sadisten* nannte, verlassen hatte, war Chris sich sicher gewesen, den Rest des Tages auf der Couch zu verbringen, mit Schmerzmitteln und mieser Laune. Doch dann hatte er die Meerjungfrau zwischen

Jules Papieren entdeckt – und während er auf die im Wasser schwebende Schönheit starrte, war ein anderes Bild vor seinem inneren Auge aufgeploppt. Ein Bild von einer Meerjungfrau – und einer teuren Nobeluhr. Mehr und mehr Ideen strömten auf ihn ein. Er hatte das Bedürfnis, Jule anzutreiben und dazu zu bringen, schneller zu fahren, damit er mit seinem Team telefonieren, die Gedanken teilen und weiter brainstormen konnte. Dabei war ihm klar, dass Jule nur wegen seiner Verletzung so vorsichtig fuhr. Als sie vor seinem Haus hielt, hangelte er sich aus ihrem Wagen – raus ging immer schneller als rein, hatte er festgestellt – und presste seinen Daumen auf den Scanner neben der Haustür. »Kannst du meinen Laptop ins Wohnzimmer bringen?«, fragte er Jule. »Ich glaube, er ist in dem Koffer im Schlafzimmer, aber falls nicht …«

»Ich finde ihn«, sagte sie, zog die Haustür auf und ließ Chris den Vortritt.

Er hatte sich gerade auf der Couch niedergelassen, als Jule mit dem Laptop auftauchte. »Kann ich noch etwas für dich tun?« fragte sie.

»Nein.« Er klappte das Gerät auf und fuhr es hoch. »Eine Flasche Wasser vielleicht«, fiel ihm ein, während er sein Passwort eingab.

»Und was das Essen angeht, sind wir uns einig?«, wollte sie wissen.

»Hm?« Chris blickte auf. Einen Moment brauchte er, bis ihm klar wurde, was Jule wollte. Sie hatte ihm vorgeschlagen, Essen von ihrer Freundin Felicia liefern zu lassen. Er hatte zugestimmt, weil er schon in den Genuss des Caterings der *Küchennachhilfe* gekommen war und die Köchin wirklich verdammt gut war. Abgesehen davon war alles besser, als sich weiter Jules Kochkünsten auszusetzen. »Ja, klar. Du kümmerst dich darum?«

»Selbstverständlich.« Jule hängte sich ihre Handtasche über die Schulter. »Ich bring dir dann später die ersten Gerichte vorbei.«

»Hm.« Chris war schon wieder bei seiner Idee, als er die Haustür leise hinter Jule ins Schloss fallen hörte.

Irgendwann hörte er Jule noch einmal zurückkommen. Sie hantierte in der offenen Küche herum, vermutlich um die Gerichte, die Felicia gekocht hatte, zu verstauen. Doch er war mit der Aufbereitung seiner Idee beschäftigt, tüftelte an den Vorlagen, die er seinen Mitarbeitern präsentieren wollte, damit sein Team auf dieser Basis eine anständige Präsentation für Carter Perry erstellen konnte.

»Chris?«

Er sah auf. Jule hatte bereits wieder ihre Handtasche über der Schulter hängen. »Ich habe Essen in deinem Gefrierschrank deponiert. Eine Portion steht zum Auftauen auf der Kücheninsel. Du musst es nachher nur in die Mikrowelle schieben.«

»Danke.« Er senkte bereits wieder den Blick, um sich mit dem Fischschwanz seiner Meerjungfrau zu beschäftigen, als Jule noch einmal seinen Namen sagte. Wieder sah er sie fragend an.

Jule griff in ihre Handtasche und zog eine Tüte Schokobons heraus. »Ich habe keine Ahnung, was du da treibst, aber ich habe dir noch ein bisschen Nervenfutter mitgebracht.«

»Oh.« Chris starrte die Tüte an. »Danke. Das ist wirklich … nett.« Und so fürsorglich, dass ihm für einen Moment die Brust eng wurde.

Jule winkte ab, als wisse sie, welche Worte in seinem Hals feststeckten, und legte sie neben den Notizblock auf dem Couchtisch. »Dann störe ich dich nicht länger. Laut meinem Kalender hast du morgen keine Termine. Ich komme also nur kurz vorbei und schau nach dir. Viel Erfolg mit deinem Projekt!«

Sekunden später hörte Chris die Haustür hinter ihr ins Schloss fallen. Er angelte die Schokobons vom Tisch, riss die Tüte auf und wickelte das erste aus. Okay, Jule Hansen wusste ganz genau, was er brauchte. Das hatte ihn gerührt. Genau genommen war das allerdings auch ihr Job. Wenn sie nicht wusste, was ihre Klienten mochten, wer dann?

Chris ließ die Schokolade auf seiner Zunge zergehen, wie er es schon als Kind getan hatte, und war im nächsten Moment mit den Gedanken zurück bei der Meerjungfrau – und einer verdammt teuren Uhr, die seine Firma auf dem europäischen Markt etablieren wollte.

13

Jule wusste, dass sie ein Gespräch mit ihren Eltern – und ihrem Bruder – nicht länger hinauszögern konnte. Niclas' Verhalten nach der Absage des Wochenendbesuches war viel zu heftig gewesen, um als typische Teenagerreaktion durchzugehen. Aber ihr Bruder hatte auch nicht mit ihr reden wollen, nachdem sie mit Felicia und Lina von ihrer Paddeltour zurückgekehrt war. Er hatte sich einfach die Kopfhörer über die Ohren gezogen, ihr den Rücken zugedreht und angestrengt auf sein Handydisplay gestarrt. Zumindest bis sie das Zimmer wieder verlassen hatte.

Nach dem Ärger, den es in den letzten Monaten gegeben hatte, hätte man annehmen können, dass Nicky seine Eltern überhaupt nicht sehen wollte. Immerhin war er abgehauen, als sie ihn in einem Erziehungscamp abliefern wollten. Aber er schien sich ehrlich darüber gefreut zu haben, dass Hanne und Fietje an den Starnberger See kommen wollten.

Irgendetwas stimmte an dieser Geschichte nicht. Jule war sich sicher, ein Puzzlestück zu übersehen. Aber welches? Wenn Niclas von ihren Eltern vernachlässigt werden würde, könnte sie verstehen, dass er sich über ihre plötzliche Aufmerksamkeit freute. Dann könnte sie sich sogar vorstellen, dass er all den Mist in der Vergangenheit nur angestellt hatte, damit sie ihn wahrnahmen. Das taten solche Kinder doch? Irgendwann hatte sie mal auf einem Doku-Kanal einen Beitrag darüber gesehen. Und es passte hin und wieder zu den Kindern ihrer viel beschäftigten Klienten. Aber Nicky gehörte nicht in diese Kategorie. Er war in einem liebevollen Zuhause aufgewachsen. Jule konnte sich noch gut daran erinnern, wie sehr ihre Eltern aus dem Häuschen gewesen waren, als er das Licht der Welt erblickt hatte. Jule konnte sich auch noch sehr genau erinnern, wie sie selbst mit ihrem Vater in seiner Werkstatt gestanden hatte und Fietje ihr geduldig erklärt hatte, wie man ein altes Transistorradio wieder in Gang bekam. Sie hatten den Plattenspieler für eine ältere Nachbarin repariert. Geschirrspüler. Staubsauger. Wenn jemand im Viertel ein kaputtes Haushaltsgerät hatte, fragte er erst bei den Hansens an, ob sich dessen Leben verlängern ließ oder ein neues gekauft werden musste. Meistens war Jules Vater eine Reparatur geglückt. Und so geschickt, wie ihr kleiner Bruder Chris' Fitnessmonster zusammengebaut hatte, verbrachte er doch bestimmt genauso viel Zeit in Fietjes Werkstatt wie sie früher. Aber als sie ihn danach gefragt hatte, hatte er behauptet, sein Vater ließe niemanden in seine Bastel-Höhle.

Jule blieb also nichts anderes übrig, als ihre Mutter anzurufen. Dankbar, dass niemand von ihren Freunden im Garten der alten Schule oder auf der kleinen Terrasse hinter dem Haus war, lief sie zum Steg. Erst auf der kleinen Plattform ganz am Ende blieb sie stehen, setzte sich und lehnte den Rücken gegen das sonnenwarme Holz des Bootshauses. Der See lag spiegelglatt vor ihr und war von einem Meer aus Diamanten überzogen, die die Sonne auf das Wasser zauberte.

Jule zog ihr Handy aus der Tasche und wählte die Nummer ihrer Mutter.

Hanne hob nach dem zweiten Klingeln ab. »Jule! Endlich meldest du dich. Also, dein Bruder …«

»Mama!«, unterbrach Jule sie. »Erst einmal Hallo.« Sie atmete tief durch, als ihre Mutter nicht sofort antwortete. »Bevor du mir wieder einen Vortrag hältst, was Nicky alles falsch macht, erzähl mir bitte, warum ihr uns nicht besuchen kommt. Ich hätte mich sehr gefreut, euch zu sehen. Und Niclas hat wirklich heftig reagiert auf eure Absage. Also frage ich mich, ob noch mehr vorgefallen ist, als ihr – und Nicky – mir erzählt habt.«

Jules Mutter seufzte. »Hach. Dein Bruder … es ist alles schwierig mit ihm.«

»Er ist ein Teenager, also natürlich nicht einfach. Das sind die Kids in diesem Alter nie.« Jule bemühte sich, nicht selbst auch noch einen genervten Ton von sich zu geben. »Nicky ist sauer, Mama. Weil ihr ihn hängen lassen habt und uns nicht besuchen kommt. Das ist doch merkwürdig.«

»Ich bitte dich!«, warf ihre Mutter empört ein. »Wir sind schließlich eine Familie.«

»Nach dem, was in Kiel alles vorgefallen ist, dürfte er das ein bisschen anders sehen, auch wenn du natürlich recht hast«, beruhigte Jule sie. »Eigentlich müsste es Niclas viel lieber sein, nichts von euch zu sehen und zu hören. Schon gar nicht nach der Aktion mit dem Bootcamp. Aber er regt sich darüber auf, dass ihr nicht herkommt. Warum?«

Hanne zögerte. Nur kurz. Aber Jule spürte es dennoch. »Ich habe keine Ahnung«, sagte sie dann. Und in diesem Moment wusste Jule, dass sie nicht die Wahrheit sagte.

»Mama.« Jule rieb sich über das Gesicht. »Sag mir doch, was bei euch los ist«, versuchte sie es noch einmal.

»Ich weiß nicht, was du willst, Jule.« In die Stimme ihrer Mutter hatte sich eine leichte Schärfe geschlichen. »Bei uns ist alles in bester Ordnung. Nur dein Bruder ist einfach aus dem Ruder gelaufen.«

»Okay.« Jule schob sich die Sonnenbrille auf den Kopf, als die Sonne hinter einem Wolkenband verschwand. »Dann verrate mir wenigstens, warum ihr am Wochenende nicht herkommen könnt.«

»Wir haben ein paar Termine durcheinandergebracht.«

»Was für Termine?«, wollte Jule wissen. Ihre Eltern waren keine Einsiedler, aber das Sozialleben ihrer Eltern war auch nicht so ausschweifend, dass sie Verabredungen durcheinanderbrachten. Was Hanne und Fietje planten, stand bereits Monate im Voraus in dem Kalender, der in der Küche ihrer Eltern hing. Denn ihre Mutter liebte es, Dinge zu planen. Genau wie Jule. Der Kalender in der Küche war Hannes Pendant zu Jules Tablet. Vom Wohltätigkeitsball bis zum Nähtreff war alles akkurat eingetragen.

Wieder dieses kurze Zögern. »Dein Vater hat ein paar Bitten von Nachbarn erhalten«, blieb Hanne vage.

Aber Jule wusste auch so, was sie damit sagen wollte. »Papa repariert die Sachen eurer Nachbarn und deshalb könnt ihr uns nicht besuchen kommen?«

»Frau Schneider braucht wirklich Hilfe«, hörte Jule ihren Vater im Hintergrund brummen. »Sie hat nächste Woche ihren achtzigsten Geburtstag«, Hanne war in einen defensiven Ton verfallen, »und vierzig Gäste eingeladen. Wenn ihre Spülmaschine nicht funktioniert, wird das eine Katastrophe.«

Jules Magen zog sich unangenehm zusammen, als eine Ahnung in ihr aufkeimte. »Geht das schon länger so?«, fragte sie.

»Was?« Ihre Mutter sprach noch immer in diesem zurückhaltenden Ton.

»Dass Papa seine Zeit in der Werkstatt verbringt? Und du? Was machst du? Triffst dich mit deiner Nähgruppe und den Frauen vom Gartenclub?«

»Du hast auch jede Menge Hobbys«, hielt Hanne dagegen.

»Ja. Aber ich bin nicht für einen sechzehnjährigen, aufmüpfigen Teenager verantwortlich.« Der sich vielleicht nur deshalb danebenbenahm, weil er die Aufmerksamkeit seiner Eltern erregen wollte.

»Wie auch immer.« Hanne legte ein Lächeln in ihre Stimme. »Nicky ist im Moment einfach überempfindlich. Er legt wirklich jedes Wort auf die Goldwaage. Du solltest dir nicht so viele Gedanken darüber machen. Und wer weiß, vielleicht schaffen wir es ja in den nächsten Wochen noch, nach Starnberg zu kommen.«

»Ja, vielleicht.« Jule verabschiedete sich von ihrer Mutter und legte auf.

Nachdenklich starrte sie ihr Handy einen Moment lang an, als könne es ihr die Antworten geben, die das Rätsel ihrer Familie für sie entschlüsselten. Dann wählte sie die Nummer ihres Bruders und landete auf der Mailbox.

Wo steckst du?, schrieb sie.

Bin mit ein paar Leuten auf dem See, kam die prompte Antwort. Also hatte Niclas ihren Anruf mit Absicht nicht angenommen.

Können wir über das Telefonat mit Mama gestern reden?

Diesmal dauerte es einen Moment, bis ihr Bruder antwortete. *Will ich nicht.*

Jule wartete noch einen Moment, aber mehr kam nicht. Sie legte das Handy neben sich und hielt ihr Gesicht mit geschlossenen Augen in die Sonne, die wieder hinter den Wolken auftauchte. *Wunderbar*, dachte sie. Ihre Mutter sagte nicht die Wahrheit oder verschwieg ihr zumindest etwas. Und ihr Bruder wollte nicht darüber reden, obwohl er vermutlich Licht ins Dunkel bringen konnte. Poldi kam in gemütlichem Tempo den Steg entlanggetrabt und ließ sich neben Jule auf das warme Holz fallen. Sie schob ihre Hand in das Fell des Hundes und seufzte. »Herzlich willkommen in der Familie Hansen.«

*

Chris arbeitete noch an seiner Meerjungfrauen-Idee, als der Akku seines Laptops langsam, aber sicher schlappmachte. Er arbeitete auch noch, als das »Critical-low-battery«-Zeichen auf seinem Display aufploppte – und gab ein frustriertes »Scheiße!« von sich, als der Bildschirm kurz darauf schwarz wurde.

In seinen Couchtisch war, genau wie in seinen Arbeitsplatz im Büro und in seiner Münchener Wohnung, ein Induktionsladefeld für sein Handy eingebaut. Für seinen Laptop brauchte er aber nach wie vor ein Ladekabel… das sich irgendwo befand. Vermutlich in seinem Schlafzimmer, aber genau wusste er es nicht.

Er richtete sich auf und biss die Zähne zusammen, als er

den Schmerz spürte. Nicht nur in seinem Knie. Sein ganzer Körper tat weh. Was vermutlich daran lag, dass er sich nicht wirklich bewegt hatte, seit er in seinen Arbeitsrausch verfallen war.

Vorsichtig schob er sich weiter in eine sitzende Position. Die Dämmerung war inzwischen über den See hereingebrochen, was sein Smarthome dazu veranlasst hatte, die Lichter im Wohnzimmer einzuschalten. Aber, verdammt, so ging es nicht weiter. Er konnte auf Dauer nicht so arbeiten.

Chris war nicht sicher, ob er schon bereit war, sich mehr zu bewegen als nötig. Er schielte zu seinem Handy, das auf dem Couchtisch lag. Statt sich danach zu strecken, ließ er lieber Siri die Arbeit machen und wies sie an, MaLu anzurufen.

»Chris, mein Lieber«, grüßte seine Assistentin ihn gut gelaunt. »Wie ist dein erster Physiotherapie-Termin gelaufen?«

Die Physio hatte er in seinen Gedanken schon längst zur Seite geschoben. »Ähm, gut … denke ich. Wahrscheinlich darf ich meine Erwartungen noch nicht zu hoch schrauben. Ich rufe aber wegen etwas ganz anderem an.«

»Schon gehört.« MaLu lachte. »Das ganze Büro spricht von deiner genialen Idee. Möchtest du mit mir über die Details reden?«

»Das ganze Szenario ist noch recht grob. Aber der Grundgedanke ist, dass eine *Carter Perry Watch* im Wasser verloren geht – und eine Meerjungfrau sie findet. Da lässt sich wunderbar mit Licht und Mystik spielen. Wir könnten sogar eine Backstory entwerfen und einen Kurzfilm drehen. Vielleicht ein Schiffbrüchiger, der sich auf die Suche nach seiner Uhr macht und auf diese Weise nicht nur seine *Carter*

Perry Watch wiederfindet, sondern auch die Nixe. Was hältst du davon?«

MaLu gab einen anerkennenden Laut von sich. »Das klingt nach ziemlich viel Potenzial. Ich bin mir sicher, das wird Mr. Perry umhauen. Und es zeigt wieder mal, dass du ein Workaholic bist. Du weißt, dass du das nicht alles auf deinen Schultern tragen musst. Schon gar nicht, solange du krank bist.«

Wenn seine Assistentin wüsste, dass er im Moment zum Nichtstun verdammt war, weil er nicht wusste, wo sein Ladekabel war, würde sie ihn mit einem missbilligenden Kopfschütteln bedenken. »Ich war lange nicht mehr so intensiv in ein Projekt involviert. Inzwischen bin ich doch nur noch der Typ, der Kampagnen absegnet und hier und da einen kleinen Verbesserungsvorschlag macht.«

»Du bist der Chef«, korrigierte MaLu ihn.

»Ja, aber diese Uhren-Geschichte liegt mir persönlich am Herzen. Wenn wir Carter Perry im Boot haben, steigt die Zahl potenzieller amerikanischer Kunden, die wir auf dem europäischen Markt vertreten können. Das verspreche ich dir. Abgesehen davon haben wir verschiedene Sachen probiert, die Perry nicht überzeugt haben. Aber das hier … das fühlt sich an wie ein Schatz.«

»Das glaube ich dir, Chris. Aber erst einmal solltest du wieder auf die Beine kommen. Im wahrsten Sinne des Wortes.«

»Da bin ich auch dran, versprochen. Und ich werde die Leute auf das Projekt ansetzen, die sowieso schon im Boot sind. Ich genieße es einfach, mal wieder selbst kreativ zu sein.«

»Aber?« MaLu kannte ihn viel zu gut.

»Ich hänge hier fest. Und ich kann nicht auf dem Sofa liegend mit dem Laptop arbeiten. Nicht, wenn ich dieses Projekt voranbringen will.« Und nicht, wenn er verhindern wollte, in Frustration zu versinken. »Ich brauche eine anständige Büroausstattung in Starnberg. Kannst du das veranlassen?«

MaLu seufzte. »Du bist wirklich unverbesserlich. Ich verstehe deinen Wunsch, die Kontrolle zu behalten, Chris. Aber ich fände es besser, du würdest dich wirklich erst einmal auf dich konzentrieren.«

Chris änderte noch einmal seine Position auf der Couch, weil ihm der Hintern einzuschlafen drohte, und biss die Zähne gegen den Schmerz zusammen. »Ich verbringe hier viel zu viel Zeit mit Däumchen drehen. Und du weißt am besten, dass das nicht gerade dazu beiträgt, meine Stimmung zu heben«, gab er zu.

»Du lässt deine schlechte Laune doch nicht an Frau Hansen aus?«, wollte MaLu nach einem kurzen Zögern wissen.

Jule? Bei dem Gedanken an das grauenvolle Frühstück, das sie zubereitet hatte, musste er grinsen. Außerdem hatte sie maßgeblich zu der Meerjungfrauen-Idee beigetragen. Ohne sie hätte er im Moment nichts, womit er sich beschäftigen konnte. Wofür er ihr wirklich dankbar war. Von der Tatsache, dass sie ihn nicht ungefragt mit ihren eigenmächtigen Aktionen überrascht hatte, ganz zu schweigen. »Nein. Natürlich nicht.« Er verzog das Gesicht, denn am Anfang hatte er genau das getan. »Frau Hansen macht, worum ich sie gebeten habe, und das funktioniert ganz wunderbar.«

»Gut.« Chris hörte, wie seine Assistentin aufatmete. Offenbar erleichtert, weil er die Concierge nicht vergrault hatte. »Ich bin froh, dass es jemanden gibt, der nach dir sieht und sich um dich kümmert, Chris. Also verscheuch sie bloß nicht mit deiner brummigen Art.«

»Das hatte ich nicht vor«, erwiderte er. »Und ich bin nicht brummig.«

MaLu lachte. »Vergiss nicht, dass ich dich viel zu gut kenne.« Sie wurde wieder ernst. »Ich sorge morgen dafür, dass dir eine Büroausstattung geliefert wird.«

»Danke. Ich bin wirklich froh, dass du für mich in München die Stellung hältst.«

»Keine Ursache. Versprich mir einfach, wenigstens für heute Schluss zu machen. Und vergiss nicht, etwas zu essen. Schokobons zählen nicht«, ergänzte sie, als hätte sie gespürt, dass sein Blick zur halb leeren Tüte und den auf dem Tisch verteilten Papierchen glitt.

»Ich verspreche es.« Chris war viel zu erschöpft, um sich auf die Suche nach seinem Ladekabel zu machen, ohne das er nicht weiterarbeiten konnte. Im Moment brachte er nicht einmal die Energie auf, sich zum Küchentresen zu schleppen und das Essen, das Jule ihm vorbeigebracht hatte, aufzuwärmen. Vielleicht später.

Chris erwachte, als er hörte, wie die Haustür ins Schloss fiel. Blinzelnd öffnete er die Augen und schloss sie wieder, als ihn die strahlende Morgensonne blendete. Verdammt! Er fühlte sich, als hätte er einen Kater.

Die Schritte kamen näher und erwartungsgemäß vor der Couch zum Stehen. »Chris?«, fragte Jule.

Er hielt die Augen geschlossen. *Was willst du denn schon wieder hier?*, dachte er.

»Dir Frühstück machen und fragen, ob es etwas gibt, was ich heute erledigen kann«, erwiderte sie trocken.

Scheiße. Chris öffnete die Augen wieder und schirmte sie gegen die Sonne ab. »Habe ich gerade laut gedacht?«

»Jepp.« Jule trug wieder eines ihrer halb professionellen Outfits, bestehend aus Jeans und einer weiten, dunkelgrünen Bluse, die sie vorn in ihren Hosenbund gesteckt hatte. Die Pilotenbrille hatte sie auf den Kopf geschoben, und von ihrer Schulter baumelte ihre obligatorische riesige Handtasche. Ihre offenen Haare strichen über ihre Schultern, als sie sich auf dem Absatz umdrehte und in den Küchenbereich ging. »Du weißt doch: Dienst nach Vorschrift. Ich wäre nicht vorbeigekommen, wenn wir das nicht so verabredet hätten. Aber ich gehe sofort wieder, wenn du deine Ruhe möchtest.« Sie öffnete den Kühlschrank, schaute hinein und stutzte kurz. Dann warf sie ihm einen Blick über die Schulter zu. »Wir können auch das System ändern und keine festen Termine mehr ausmachen. Dann schickst du mir einfach eine Nachricht, wenn du etwas brauchst. Hattest du ein Problem mit dem Essen?«, schob sie hinterher. Offenbar hatte sie den unangetasteten Container mit seinem Abendessen entdeckt.

Chris schloss die Augen wieder und ließ den Kopf in das Sofakissen zurücksinken. Die Jule, die vor ein paar Wochen angefangen hatte, für ihn zu arbeiten, hätte aus seiner Reaktion geschlossen, dass er dringend Koffein brauchte, bevor er anfangen konnte zu denken. Die Jule, der er befohlen hatte, nur noch etwas zu tun, was er ihr konkret aufgetragen hatte, würde keinen Finger rühren, bevor sie dafür kein grünes Licht bekommen hatte. In diese Situation hatte er sich irgendwie selbst manövriert. Als er Jule gesagt hatte, sie solle nur noch Dienst nach Vorschrift machen – wie sie es nannte –, war er einfach davon genervt gewesen, dass sie ihm immer einen Schritt voraus war und sich genau der Probleme annahm, die er schon seit Ewigkeiten vor sich herschob. Und grundsätzlich schätzte er Mitarbeiter, die mitdachten und sich einbrachten. »Könnte ich vielleicht erst mal einen Kaffee haben?«, fragte er, weil das im Moment die einzige Möglichkeit war, einen zu bekommen.

»Kommt sofort«, erwiderte Jule und begann, in der Küche herumzurumoren.

»Und mach dir doch bitte auch einen«, ergänzte er, als ihm bewusst wurde, dass er schon wieder viel zu unhöflich zu Jule gewesen war. MaLu hatte ihn erst gestern Abend darum gebeten, die Concierge nicht mit seiner Brummigkeit zu vertreiben. Er war schließlich auf sie angewiesen.

Jule sprach nicht, während sie den Kaffee zubereitete und dann mit den beiden Tassen zu ihm herüberkam. Chris nutzte die Zeit, sich aufzusetzen und eine vorsichtige Bestandsaufnahme seines Körpers vorzunehmen. Ihm tat immer noch alles weh. Sein Knie fühlte sich geschwollen und wund an. Er hatte das Kühlen vergessen, fiel ihm ein. Und ob er seine Medikamente genommen hatte, konnte er in diesem Moment auch nicht mehr sicher sagen.

Er fuhr sich durch die Haare, die in alle Richtungen abstanden, und glitt mit der Zunge über seine Zähne. Sobald Jule weg war, musste er sich dringend ins Bad schleppen.

Sie stellte einen Kaffee vor ihm ab und setzte sich mit der anderen Tasse auf die Couch gegenüber. Abwartend sah sie ihn an.

»Ähm…« Er rieb sich über sein stoppliges Kinn. »Ich muss

mich schon wieder bei dir entschuldigen.« Als Jule darauf nicht antwortete, fuhr er fort. »Ich war noch nicht ganz bei mir, also du vorhin reingeschneit bist. Natürlich wusste ich, dass du vorbeikommen würdest. Als ich wach war«, ergänzte er, als Jule als einzige Reaktion die Augenbrauen hochzog.

»Ich bin Concierge, Chris.« Jule beugte sich ein wenig vor, so als wolle sie ihren Standpunkt noch ein wenig mehr verdeutlichen. »Es ist mein Job, dir das Leben so einfach wie möglich zu machen. Aber selbstverständlich musst du diesen Service nicht so in Anspruch nehmen, wie ich ihn anbiete. Oder nur teilweise«, schlug sie vor. Ihr Blick fiel auf das heruntergefallene Sofakissen, das neben ihr auf dem Boden lag. Chris vermutete, sie hatte es aus Prinzip nicht aufgehoben, weil er ihr eigenmächtiges Handeln untersagt hatte. Was einmal mehr zeigte, wie lächerlich seine überzogene Reaktion gewesen war.

»Das ist mir bewusst. Wirklich.« Er richtete sich unter Schmerzen noch ein wenig weiter auf. »In den letzten Tagen ist einfach alles ein bisschen aus dem Ruder gelaufen.« Er zuckte seine verspannten Schultern. »Ich bin es ehrlich gesagt gewohnt, alles unter Kontrolle zu haben.«

Jule nickte. »Und im Moment bist du weit davon entfernt, in deinem eigenen Leben den Ton anzugeben. Ich verstehe, dass das nicht leicht für dich ist. Aber für die nächsten Wochen wird das wohl so bleiben. Ich kann dich dabei unterstützen, diese Zeit herumzubekommen. Aber ich bin nicht dein Fußabtreter.« Sie trank einen Schluck Kaffee. »Mit Regeln habe ich kein Problem. Aber wenn du mich hier nicht sehen willst, musst du es nur sagen.«

Jule sprach die Dinge nicht nur an. Sie brachte sie direkt

und knallhart auf den Punkt. Eine Charaktereigenschaft, die er schätzte, weil sie ehrlich war. Und ihn ganz genau wissen ließ, wo er stand. Wenn er es jetzt verbockte, würde Jule einfach aufstehen und gehen. Dann hätte er wirklich ein Problem. »Okay.« Chris trank noch einen großen Schluck Kaffee und atmete tief durch. Wenn er ehrlich zu sich selbst war, musste er sich eingestehen, dass es ihm echt beschissen ging. Der Kaffee klärte seinen Kopf, fräste aber ein Loch in seinen absolut leeren Magen. Er sehnte sich nach einer Schmerztablette. Die er aber ebenfalls erst würde nehmen können, wenn er etwas gegessen hatte. »Ich brauche deine Hilfe«, gestand er Jule. »Ich habe meine Gründe, warum ich die Dinge gern selbst regele. Und ich möchte dich wirklich bitten, mit mir zu reden, bevor du das Haus neu streichst oder meine Garage umräumst. Aber ich habe eingesehen, dass ich im Moment nicht allein zurechtkomme. Also bitte, unterstütze mich.«

Jule lächelte und hob das Kissen auf, das neben ihr auf dem Boden lag. So als hätte sie nur darauf gewartet, dass er endlich zur Vernunft kam. »Ich bin gerne für dich da. Und ich verspreche, das Haus nicht neu zu streichen. Wobei, so ein heller Grauton … « Sie lachte, und Chris konnte sich ein Lächeln ebenfalls nicht verkneifen, als ihm klar wurde, dass das ein Witz war. »Ich vermute, das Erste, was du brauchst, ist etwas zu essen. Wenn etwas an der Auswahl von Felicia nicht gestimmt haben sollte, lass es mich wissen. Dann besorge ich dir etwas anderes.«

Chris war irgendwie … erleichtert. »Nein. Ich meine, ich habe es noch gar nicht probiert. Aber es schmeckt sicher toll. Ich habe gestern Abend einfach vergessen, etwas zu essen, weil ich so in meine Arbeit vertieft war.«

»Alles klar.« Jule erhob sich von der Couch. »Möchtest du noch einen Kaffee, während ich dir Frühstück mache?«

»Das wäre fantastisch.« Chris reichte ihr seine Tasse. »Und könntest du versuchen, mein Laptop-Kabel zu finden?«

»Natürlich. Hast du eigentlich gesehen, dass eine der Küchenschrank-Türen schief in ihrem Scharnier hängt? Ich richte sie nachher wieder aus, wenn es dir recht ist.«

14

Am nächsten Vormittag erreichte Jule Chris' Haus gleichzeitig mit einem Lieferwagen mit Münchner Kennzeichen. Chris hatte sie gebeten, ihm heute beim Aufbau eines kleinen Büros zu helfen, damit er von Starnberg aus arbeiten konnte. Wahrscheinlich waren das die Möbel. Chris ließ das Tor vom Haus aus aufschwingen, und Jule folgte dem Transporter auf das Grundstück.

Sie parkte neben der Garage, zog ihre Handtasche und ihr Cardex vom Sitz und ging zum Haus hinüber, wo Chris in der offenen Haustür stand und mit den Männern aus dem Transporter sprach. Er stütze sich auf seine Krücken, schien aber auf den ersten Blick nicht so viele Schmerzen zu haben wie in den vergangenen Tagen. Die Orthese hatte er über eine andere Jogginghose geschnallt als gestern. Er trug ein frisches, graues T-Shirt und hatte sich rasiert. Sogar seine Haare waren gekämmt.

Als sie ihn am vergangenen Morgen auf der Couch vorgefunden hatte, in einem wirklich mitleiderregenden Zustand, war sie sich sicher gewesen, dass ihre Zusammenarbeit nicht mehr lange bestehen würde. Zumindest, als er sich murmelnd gefragt hatte, was sie schon wieder hier wollte. Sie hatte wirklich gedacht, dass er gleich einen Wutanfall bekommen würde. Was nichts mit ihr zu tun gehabt hätte, sondern damit, dass er einfach nicht mit der Situation klarkam, auf Hilfe angewiesen zu sein. Machtmenschen konnten in solchen Situationen ziemlich überreagieren, wie sie in ihrem Job als Concierge schon oft genug erlebt hatte. Nur anders als bei anderen Kunden, nahm sie Chris' Ausraster irgendwie … persönlich. Was durchaus daran liegen konnte, dass sie und ihre Hilfsbereitschaft – oder ihre eigenmächtigen Aktionen, wie er es formulieren würde – meistens für seinen Ärger verantwortlich gewesen waren. Aber dieses Mal war sie nicht der Grund für seine Wut. Umso überraschter war sie gewesen, als Chris sich, statt seinem Ärger Luft zu machen, bei ihr entschuldigt und sie gebeten hatte, ihm in den nächsten Wochen zu helfen. Sein frisches Aussehen heute unterstrich ihre Hoffnung, dass er sich wieder ein bisschen gefangen hatte.

»Guten Morgen«, rief er, als sie näher kam.

»Morgen, Chris. Hallo«, grüßte sie die beiden Männer, die bereits den Laderaum des Transporters öffneten. »Wie geht es dir?«, fragte sie, als sie Chris erreichte.

»Ich habe Schiss vor der Physiotherapie«, sagte er mit einem Zwinkern. »Aber sonst ist es ganz okay. Ich habe es sogar geschafft, mir selbst einen Kaffee zu machen.«

»Babyschritte.« Jule lächelte und spähte in den Transporter. »Wie ich sehe, sind die Möbel und Geräte für dein neues Büro da.«

»Ja. Ich kann es kaum erwarten, endlich wieder anständig zu arbeiten. Könntest du dafür sorgen, dass sie alles in der Bibliothek aufbauen?«

»Sicher.« Sie folgte den Monteuren.

»Und, Jule«, sagte Chris, als sie schon fast im Haus war.

Sie warf ihm einen Blick über die Schulter zu. »Ja?«

»In der Küche ist noch ein Kaffee für dich.«

»Danke.« Das war definitiv eine Wende, und diese nette Chris-Version gefiel ihr. »Ich hole ihn mir, und dann passe ich auf, dass alles richtig zusammengeschraubt wird.« Sie verschwand endgültig im Inneren des Hauses und stellte ihre Handtasche neben dem Küchentresen ab.

Die Möbelpacker wussten genau, was zu tun war und brauchten die Hilfe nicht, die Jule ihnen anbot. Also lehnte sie sich in den Türrahmen zur Bibliothek und sah ihnen bei der Arbeit zu, während Chris sich für ein paar Telefonate auf die Couch im Wohnzimmer zurückgezogen hatte.

Jule war in diesem Sommer oft genug hier gewesen, um sich im Haus gut auszukennen. Sie wusste, wie Chris' Schlafzimmer aussah, und sie hatte überprüft, ob die Gästesuiten so vorbereitet worden waren, wie er sich das gewünscht hatte. Auch in die Bibliothek hatte sie schon einen Blick geworfen, aber erst jetzt nahm sie sich die Zeit, sich hier richtig umzusehen.

Der Raum war wunderschön. Hell, wie der Bungalow insgesamt. Und doch völlig anders. Im Rest des Hauses herrschte eine interessante Mischung aus modernen Materialien, die mit rustikalen Elementen kombiniert worden waren, damit sie nicht kalt und abweisend wirkten. Glas, Holz und sogar Beton. Das verlieh dem Bungalow einen ganz eigenen Charme und machte ihn irgendwie … besonders. Die Bibliothek fiel da ein wenig aus dem Rahmen. Sie sah genau so aus, wie Jule sich einen solchen Raum vorstellte. Deckenhohe Bücherregale aus dunklem Holz. Zwei gemütliche Clubsessel links und rechts von einem Gaskamin. An der Decke hing die maskuline Version eines Kronleuchters – ein massiver Eisenring, der mit Nachbildungen dicker Stumpenkerzen bestückt war. Völlig schnörkellos und so, wie er früher wahrscheinlich auch in einem Rittergut gehangen haben konnte. Jule war sich sicher, dass er ein warmes Licht verbreiten würde, wenn die Dämmerung einsetzte und man beschloss, es sich hier mit einem Buch gemütlich zu machen.

Die Möbelpacker brachten einen der Clubsessel in den Hauswirtschaftsraum, weil es hier zusammen mit dem Schreibtisch zu eng werden würde. Jule nutzte den Moment, um sich die Regale, die sich an den Wänden entlangzogen, genauer anzusehen. Sie musste schmunzeln, als sie ihren Blick über die Buchrücken gleiten ließ. Auch hier war Chris' Auswahl eher eigenwillig, und sie musste an den Thriller zurückdenken, der auf seinem Nachttisch gelegen hatte und den sie ihm ins Krankenhaus mitgenommen hatte. Die typischen, ledergebundenen Sonderausgaben der großen Klassiker, die viele Leute nur in ihre Bibliothek stellten, um damit anzugeben – und die sie nie gelesen hatten –, fehlten hier. Chris' Sammlung setzte sich hauptsächlich aus zeitgenössischer Literatur zusammen. Romane, Biografien, Sachbücher zu den Themen Marketing, Werbung und BWL, Thriller und sogar einige Liebesromane, die er vermutlich für die weiblichen Gäste in seinem Haus bereithielt.

Vielen Büchern sah man an, dass sie gelesen worden waren. Einige schienen noch darauf zu warten. Jule konnte aber mit Sicherheit sagen, dass diese Bibliothek echt war. Sie spiegelte Chris wider. Voll und ganz.

»Wir wären dann so weit«, sagte einer der Möbelpacker.

»Soll der Tisch so stehen bleiben, oder wollen Sie ihn woanders?«

Jule wandte den Blick von den Büchern ab und konzentrierte sich wieder auf ihren Job. »Können Sie ihn noch ein wenig weiter nach rechts schieben?«

Der Schreibtisch war aus dem gleichen Holz wie die Regale, aber schlicht und nicht allzu groß. Trotzdem wäre es besser, wenn Chris Platz hatte. Und vor allem genug Raum, um auch sein Bein hochzulegen, während er arbeitete. Als der Tisch perfekt stand, gab Jule den Männern das Daumen-hoch-Zeichen. Sie verabschiedeten sich und ließen sie mit den Kartons zurück, in denen sich Chris' technische Ausrüstung befand. Sie hatten sie in seiner Werbeagentur abgeholt und mitgebracht. Für den Aufbau waren sie allerdings nicht zuständig. Das Anschließen der Geräte war kein Hexenwerk, Chris würde es allerdings ohne Hilfe definitiv nicht hinbekommen. Jule hörte ihn an der Tür mit den Männern vom Kurierdienst reden und dann das Geräusch der Krücken, als er in ihre Richtung humpelte. Bis er es den Gang herunterschafft hatte, würde sie schon mal beginnen auszupacken.

*

Chris hatte einen guten Morgen gehabt. Nachdem er sich am Vortag mit Jule ausgesprochen hatte und die dunklen Wolken, die ziemlich tief zwischen ihnen gehangen hatten, vorübergezogen waren, war die Luft zwischen ihnen wieder klar. Worüber Chris verdammt froh war. Denn abgesehen von Lorenz, der am Abend auf ein Bier vorbeigekommen war, befanden sich alle Menschen aus seinem persönlichen Umfeld entweder in München oder sonst irgendwo auf der Welt.

Aber Jule war nach wie vor bereit, Zeit mit ihm zu verbringen, wenn auch nur, weil er sie dafür bezahlte. Trotzdem – er mochte ihre Schlagfertigkeit. Die Art, wie sie das Kinn hob und die Augen ganz leicht zusammenkniff, wenn sie sich herausgefordert fühlte. Ihre riesige Handtasche, die zwei Zentner zu wiegen schien, faszinierte ihn genauso wie ihr Reparaturfimmel.

Sie hatte sich sofort bereit erklärt, ihm zu helfen, als er ihr erzählt hatte, dass heute seine Büroausstattung kommen würde. Also hatte sie sogar ein paar Termine so hin und her geschoben, dass sie Zeit für ihn hatte. Zu guter Letzt hatte er einen entspannten Abend mit Lorenz auf der Terrasse verbracht, seine Medikamente genommen und es bis in sein Bett geschafft, wo er den Umständen entsprechend verhältnismäßig gut geschlafen hatte. Er sehnte sich immer noch wie verrückt nach einer Dusche, aber er hatte nach dem Aufstehen genug Energie besessen, zumindest seine Katzenwäsche durchzuführen, sich zu rasieren und die Klamotten zu wechseln. Das i-Tüpfelchen war der Kaffee gewesen, den er auf einem Bein am Küchentresen balancierend gekocht hatte. Als dann noch seine Möbel pünktlich kamen und Jule auftauchte, war klar, dass dieser Tag einer von der guten Sorte war.

Er humpelte in die Bibliothek, als Jule gerade dabei war, eine Schreibtischlampe aus einem der Kartons zu nehmen und neben einen Bildschirm zu stellen, den sie bereits ausgepackt hatte. »Ist der Drucker auch mitgekommen?«, fragte er, als sie aufblickte.

»Ich bin noch nicht ganz durch. Aber ich glaube, er ist in dem großen Paket. Das hier sind deine vertraulichen Unterlagen«, sagte sie und legte einen versiegelten Ordner auf den Schreibtisch.

»Perfekt.« Chris hätte sich am liebsten begeistert die Hände gerieben, wenn er sie nicht gebraucht hätte, um sich abzustützen. »Dann kann ich wirklich anfangen zu arbeiten, sobald alles angeschlossen ist.«

»Jepp.« Jule entwirrte ein paar Kabel und kroch unter den Schreibtisch, um deren Stecker in die Steckdose zu schieben. »Dürfte nicht mehr lange dauern.«

»Hm.« Chris lehnte sich in den Türrahmen und sah Jule bei der Arbeit zu. So förmlich sie bei ihren anfänglichen Treffen noch gekleidet gewesen war, so lässig waren ihre Klamotten inzwischen. Neben einem Typen, der seinen Tag in Jogginghosen und T-Shirts verbrachte, sah sie trotz allem noch glamourös aus in ihren engen Jeans, der schwarzen Bluse und den knallroten Chucks.

»Chris?« Jule blickte über die Schulter zu ihm auf. »Starrst du mir gerade auf den Hintern?«

Er grinste Jule an. »Selbstverständlich nicht«, erwiderte er. »Ich beaufsichtige nur, ob alle Kabel da sind, wo sie hingehören.« Und blieb mit dem Blick abermals an ihrer Kehrseite hängen, sobald sie sich wieder umgedreht hatte. Schließlich war er auch nur ein Mann und Jule ziemlich attraktiv. Abgesehen davon würde er wahrscheinlich nie wieder Zeuge davon werden, wie sie unter einem Tisch herumkroch.

»Du starrst immer noch«, sagte sie, ohne sich noch einmal umzudrehen. »Ich spüre das.«

Chris' Grinsen wurde noch eine Spur breiter. Jule spürte

das mit Sicherheit nicht nur, sie hatte auch Augen im Hinterkopf. »Mich interessiert viel mehr, ob du es hinbekommst, diese Kabel anzuschließen. Ich will nämlich endlich anfangen zu arbeiten, bevor mein Knie verheilt ist und ich wieder nach München zurückkann«, zog er sie auf.

Sie murmelte etwas von Kabeln, die sich wahlweise dazu eigneten, jemanden zu Fall zu bringen oder im Schlaf zu erdrosseln, und Chris konnte nicht anders: Er musste lachen. Zum ersten Mal, seit er von diesem verdammten Boot gefallen war.

Jule war nicht nur ganz heiß aufs Reparieren, sie verfügte auch über ein gutes technisches Verständnis. Eine halbe Stunde später war sein Interimsbüro eingerichtet, der gepolsterte Hocker für sein Bein neben den Schreibtisch geschoben und seine Unterlagen ausgepackt.

Jule brachte ihm eine weitere Tasse Kaffee und stellte eine Flasche Wasser und ein Glas daneben. Dann holte sie ihm ein Hemd und eines seiner Anzugjacketts aus seinem Schrank. Sie hätte die Klamotten einfach dalassen können, stattdessen lehnte sie sich in den Türrahmen, genau wie er zuvor. Dort musterte sie ihn mit vor der Brust verschränkten Armen und einem mutwilligen Funkeln in den Augen, als er sein T-Shirt auszog, um in das Hemd und die Jacke zu schlüpfen. Ihre Art Revanche dafür, dass er ihren Hintern angestarrt hatte.

Sie beglückwünschte ihn mit Blick auf seine Jogginghose zu seinem heißen Outfit und wünschte ihm viel Spaß an seinem ersten Homeoffice-Tag, bevor sie sich in sein Wohnzimmer zurückzog. Weil sie ihn später sowieso zur Physiotherapie fahren musste, hatte sie ihn gefragt, ob sie gleich von hier aus arbeiten konnte, um sich die Fahrerei zu sparen.

Chris lauschte auf ihre Schritte und dann auf ihre Stimme, als sie telefonierte. Sie war so leise, dass er nicht verstehen konnte, was sie sagte. Aber es klang angenehm. Und überraschenderweise fand Chris es nicht schlimm, Gesellschaft zu haben, obwohl er es normalerweise vorzog, allein zu sein. Er fuhr den Laptop hoch und loggte sich in seinen Firmenaccount ein. Ein paar Sekunden später war Jules Anwesenheit bereits ganz an den Rand seines Bewusstseins gerückt.

Er arbeitete eine Weile an seinem Meerjungfrauen-Entwurf für Carter Perry, beantwortete ein paar E-Mails und hielt zwei kurze Video-Besprechungen ab. Als ein weiteres Mal das Skype-Symbol auf seinem Bildschirm aufploppte, nahm er das Gespräch lächelnd entgegen. »MaLu, meine Liebe. Wie findest du mein nigelnagelneues, knieschonendes Homeoffice?«, fragte er.

»Dann hat also alles geklappt?« Sie strahlte ihn an. »Wunderbar. Du siehst gut aus. Und du hast offenbar auch wieder bessere Laune.«

Ja, seine Laune war wirklich besser, seit er wieder arbeiten konnte. Und vor allem, seit er diese fantastische Idee für Perry hatte. »Mir geht es gut«, sagte er. »Und ich muss zugeben, dass ich wirklich froh bin, wieder am Schreibtisch zu sitzen.«

»Keine Schmerzen mehr?«, fragte seine Assistentin und bedachte ihn mit diesem Blick, der sagte: Schwindel mich bloß nicht an, Bürschchen.

»Erträglich«, gab Chris zurück. Wenn man nicht vergaß, seine Tabletten zu nehmen. »Rufst du nur an, um mich zu kontrollieren und zu bemuttern? Oder sollen wir die Mappe durchsprechen, die du mir mitgeschickt hast?«

MaLu seufzte. »Wer dich bemuttern will, kann auch gleich einen Sack Flöhe hüten«, sagte sie.

»Im Moment habe ich eher die Geschwindigkeit von Long John Silver«, zog er den Vergleich zum einbeinigen Piraten aus der *Schatzinsel*.

»Zumindest bist du wesentlich ehrenhafter als dieser alte Schurke.« MaLu kicherte. »Okay, lass uns zur aktuellen Lage kommen. Die Anwälte haben sich heute Morgen gemeldet. Mit der Anzeige gegen Florian Meyer ist alles glattgegangen.«

»Das ist gut.« Chris lehnte sich in seinem Schreibtischstuhl zurück. Hoffentlich würde das Verhalten seines ehemaligen Mitarbeiters ordentliche Konsequenzen haben.

MaLu und er gingen ihre Besprechungsliste Punkt für Punkt durch. Als Chris das letzte Thema abhakte, warf sie ihm einen Blick zu, der sagte: Das war noch nicht alles.

»Dieser Blick schreit ›Probleme‹«, kommentierte Chris den Gesichtsausdruck seiner Assistentin. Wie konnte in der Agentur schon wieder Ärger hochköcheln, wenn sie gerade erst ein Problem hinter sich gebracht hatten?

»Fanny Thieme möchte ihre Arbeitszeit verkürzen«, sagte MaLu und schickte auf sein entsetztes »Was?« einen Seufzer hinterher. »Genauso überrascht habe ich auch reagiert«, gab sie zu.

»Wir brauchen Fanny«, sprach Chris das Offensichtliche aus. »Ich habe darüber nachgedacht, sie zu befördern. Sie ist unsere beste Grafikerin.«

»Das habe ich ihr schon gesagt. Und sie hat auch kein Problem mit *Deep Blue Horizon*, sondern mit ihrer Kinderbetreuung. Dagegen sind wir machtlos«, erzählte MaLu ihm, was seiner Mitarbeiterin Sorgen bereitete.

»Warum lässt sich das nicht regeln?«, wollte Chris wissen. Er hatte sein Unternehmen so mitarbeiterfreundlich wie möglich aufgebaut. Das war ihm von Anfang an ein Anliegen gewesen. Denn keine Frau sollte so hoffnungslos und aussichtslos vor den Trümmern ihres Lebens stehen und nicht mehr wissen, woher sie das Geld für die nächste Portion Frühstücksflocken auftreiben sollte, wie seine Mutter. Die Arbeitszeitregelungen für die Mitarbeiter von *Deep Blue Horizon* waren deshalb so flexibel wie möglich gestaltet und gaben allen Eltern die Chance, einen guten Job auszuüben und trotzdem Zeit für ihre Kinder zu haben.

»Kannst du dich noch daran erinnern, dass Fannys Mann sie vor ungefähr einem Vierteljahr verlassen hat?«, fragte MaLu.

Chris runzelte nachdenklich die Stirn. Er beteiligte sich normalerweise nicht am Klatsch und Tratsch in der Agentur, aber so ganz kam man an diesen Themen trotzdem nicht vorbei. »Dunkel«, gab er zu. »Er ist mit der Babysitterin durchgebrannt?« Oder war das die Frau von einem Kollegen aus der Akquise gewesen?

»Nein. Er arbeitet für eine Bank und hat offenbar mit seiner Chefin angebandelt. Keine Ahnung, wie er das hinbekommen hat, die meiste Zeit war er nämlich im Homeoffice. Das war auch der Grund, warum Fanny Vollzeit bei uns arbeiten konnte. Er hat sich um die Kinder gekümmert. Aber jetzt ist er weg. Und mit ihm das Geld auf dem gemeinsamen Konto.«

Chris gab ein Knurren von sich. »Was für ein Mistkerl! Und um seine Kinder kümmert er sich auch nicht mehr?«

MaLu seufzte. »Er ist jetzt mit seiner Chefin beschäftigt.

Keine Zeit mehr für die kleinen Schätzchen. Weißt du noch? Das waren die beiden kleinen Mädchen mit den Elfenkostümen auf der Firmenweihnachtsfeier. Jedenfalls hängt Fanny jetzt in einem Teufelsrad fest. Sie muss ihre Stunden zurückschrauben, weil sie keinen Kindergarten findet, der die beiden nimmt. Zumindest keinen, den sie sich im Moment leisten kann.«

Chris tippte sich mit dem Kugelschreiber, mit dem er schon die ganze Zeit herumspielte, gegen das Kinn. »Und wir können dafür keine Lösung finden? Hatten wir nicht mal darüber nachgedacht, eine eigene Kinderbetreuung zu organisieren?«

»Darüber hatten wir mal gesprochen. Aber wir sind das Thema nie konkret angegangen.« MaLu tippte auf ihrer Tastatur herum und las auf ihrem zweiten Bildschirm, während sie mit ihm sprach. »Nein.« Sie schüttelte den Kopf. »Viel haben wir dazu wirklich noch nicht ins Rollen gebracht.«

»Okay, wir machen Folgendes:«, Chris beugte sich vor und machte sich eine Notiz, Informationen einzuholen, »Fanny soll so arbeiten, wie es ihr im Moment am besten passt. Das mit ihren Arbeitszeiten bekommen wir hin. Und parallel dazu stellen wir so schnell wie möglich eine Kinderbetreuung auf die Beine. Betriebskindergarten. Tagesmutter. Ganz egal. Wir haben doch diesen zweiten Konferenzraum, den sowieso niemand nutzt. Der ist hell und groß. Den könnten wir doch umfunktionieren.«

Seine Assistentin nickte und machte sich ebenfalls eine Notiz auf ihrem Block. »Soll ich mich darum kümmern?«, fragte sie, während sie schrieb.

»Nein.« Chris schüttelte den Kopf. »Rede mit Fanny und unterbreite ihr unser Angebot. Oh, und lass bitte nachprüfen, wie viele Kinder wir insgesamt zusammenkriegen würden. Vielleicht würde auch sonst noch jemand sein Kind in die Betreuung geben wollen. Ich kümmere mich um den Rest. Dann komme ich mir nicht ganz so nutzlos vor, so ganz aus der Ferne.«

MaLu sah auf und lachte. »Du bist alles andere als nutzlos. Das weißt du genau. Also gut, so machen wir es«, kehrte sie zum Thema zurück. »Gib mir Bescheid, wenn du etwas herausgefunden hast.«

»Das mache ich. Servus, MaLu.«

»Tschüss.« Seine Assistentin winkte kurz, dann verschwand ihr Gesicht und machte wieder den Excel-Tabellen Platz, die er aufgerufen hatte.

Ein leises Räuspern hinter ihm ließ Chris zusammenfahren. »Jule!«, sagte er, als er sich zur Tür umdrehte.

»Entschuldige.« Sie hatte im Türrahmen gestanden und kam jetzt mit einem frischen T-Shirt in der Hand in den Raum. »Ich wollte nicht lauschen, aber wir müssen los, sonst kommen wir zu spät zu deinem Physio-Termin.«

Chris schälte sich aus seinem Jackett und begann, sein Hemd aufzuknöpfen. »Du wolltest also nicht lauschen?«, zog er Jule auf.

»Auf keinen Fall.« Sie grinste ihn an. »Aber jetzt, wo es sowieso schon passiert ist, bin ich beruhigt zu hören, dass du auch nett zu deinen Mitarbeitern bist. Nachdem ich neulich gehört habe, wie du jemanden am Telefon gefeuert hast, dachte ich schon, du bist ein echt mieser Boss.«

Chris hielt beim dritten Hemdknopf inne und hob den Kopf. »Als ihr die Fitnessstation aufgebaut habt? Ja, da bin ich nicht zu überhören gewesen. Und dieses Gespräch hättest du wirklich nicht mit anhören sollen. Aber ich kann dich beruhigen. Der Typ, den ich gefeuert habe, hatte eine meiner Mitarbeiterinnen belästigt. Und das hat mich verdammt sauer gemacht. Schließlich bin ich in meiner Firma für die Kolleginnen und Kollegen verantwortlich.«

»Autsch.« Jules Wangen färbten sich in einem zarten Rosa, und sie verzog das Gesicht. »Entschuldige, dass ich das falsch interpretiert habe. Man soll sich eben kein Urteil bilden, wenn man nicht die ganze Geschichte kennt. Ich hoffe, du hast dem Typen ordentlich in den Arsch getreten.«

Chris betrachtete seine Orthese, dann sah er Jule wieder an. »Davon kannst du ausgehen. Damals ging das noch.«

Jetzt blickte auch Jule auf seine Verletzung. Als sie wieder aufsah, brachen sie gleichzeitig in Gelächter aus.

Jule nahm sein Jackett und hängte es über den Bügel, den sie auf den Sessel gelegt hatte. »Wenn du einen Expertenrat wegen der Kinderbetreuung brauchst …«

»Ach?« Chris zog sein Hemd aus und griff nach dem T-Shirt. »Damit kennst du dich auch noch aus?« Er zog die Augenbrauen hoch. »Dann kannst du ja wirklich alles, außer Kochen.«

Sie grinste immer noch. »Ich habe keinen blassen Schimmer von Kinderbetreuung. Aber eine meiner besten Freundinnen betreibt einen Nanny-Service. Wenn dir also irgendjemand unter die Arme greifen kann, dann Lina. Ich ruf sie nachher gleich an, wenn du magst.«

»Du bist wirklich *Die gute Fee am See*«, sagte Chris. »Kannst du zaubern? Ein kleines bisschen?«

»Kommt drauf an, was du brauchst«, gab sie zurück und zwinkerte ihm zu.

Das hier fühlte sich fast ein bisschen an wie flirten. »Eine Verkürzung der Physio-Stunde wäre super. Kannst du ein bisschen an der Zeit schrauben?«

»Auf keinen Fall.« Jule hielt ihm seine Krücken hin. »Wir wollen schließlich, dass du schnell wieder fit bist. Wer soll sonst den Ententanz bei der Eröffnung deines eigenen Kindergartens aufführen.«

»Jule.« Chris nahm die Krücken und stemmte sich hoch. Als sie auf Augenhöhe waren, fuhr er fort: »Ich bin der Boss. Ich führe keinen Ententanz auf.«

»Wenn du das sagst.« Sie zwinkerte ihm zu und verschwand im Flur.

15

Ein weiteres Stück Normalität erkämpfte sich Chris zwei Tage später. Die Schwellung seines Knies war bereits vielversprechend zurückgegangen, und er hatte grünes Licht für seine erste heiß ersehnte Dusche bekommen. Der Arzt bat ihn lediglich, die drei kleinen OP-Narben an seinem Knie mit einem wasserdichten Pflaster zu schützen und darauf zu achten, nach Möglichkeit nicht zu duschen, solange er allein war.

Chris hatte allerdings nicht vor, sich auch noch beim Duschen von Jule abhängig zu machen. Schließlich war es schlimm genug, dass er sich nur unter großen Anstrengungen selbst anziehen konnte und weder etwas aufheben noch tragen konnte. Es war reiner Zufall, dass Jule gerade ein paar Sachen im Haushalt erledigte, seine Bettwäsche wechselte und eine Waschmaschine anschmiss, als er beschloss, seine neue Fitnessstation wenigstens für seine Arm- und Brustmuskulatur zu nutzen und sich dann diese Dusche zu gönnen. Mit den Massagedüsen für seinen Rücken und seine Schultern.

Chris hatte die Bäder im Haus, sowohl in seiner Suite als auch in den Gästezimmern, nach seinen ganz persönlichen Vorstellungen einbauen lassen. Obwohl die Innenarchitektin ihm zu Badewannen geraten hatte, hatte er sich für einen großen, offenen Duschbereich entschieden, der nur durch eine dicke Glaswand vom Rest des Badezimmers abgetrennt war.

»Das wäre was, wenn ich mit diesem verdammten Knie versuchen müsste, in eine Wanne hinein- und später wieder rauszukommen«, murmelte er, als er verschwitzt von seinem Training ins Bad humpelte. Seine Arme zitterten von den Bizeps-Curls, dem Schulterdrücken und Rudern. Vielleicht hätte er, nachdem er schon seit Tagen an Krücken ging, ein bisschen weniger Gewicht auflegen sollen. Aber verdammt, er hatte seit einer gefühlten Ewigkeit keinen Sport mehr gemacht, und es würde dauern, bis er auch den Rest seines Körpers wieder anständig trainieren konnte. Also ja, es war ein Kick gewesen, wenigstens die Muskeln seines Oberkörpers ein bisschen zu fordern.

Im Bad lehnte er sich mit der Hüfte gegen das Waschbecken, als er sein verschwitztes T-Shirt auszog, und balancierte dann auf einem Bein, um sich auch seiner Shorts und Unterhose zu entledigen. Er hoffte, dass Jule es ihm nicht übel nehmen würde, wenn sie seine Klamotten nachher einsammeln musste. Aber sie selbst aufzuheben, schaffte er einfach noch nicht.

Als Nächstes angelte er ein Handtuch aus dem Regal und hängte es in Reichweite, bevor er die Krücken an die Glaswand lehnte und auf einem Bein in die Dusche hüpfte. Bis jetzt hatte er es immer genossen, hier jede Menge Platz zu haben, aber jetzt wurde ihm bewusst, dass er sich nicht links und rechts abstützen konnte, um das Gleichgewicht zu halten. Erst als er seine Hände gegen die Fliesen über der Armatur legen konnte, atmete er erleichtert aus. Die Aktion hatte ihm noch ein paar Schweißtropfen mehr auf die Stirn getrieben. »Egal«, murmelte er, ignorierte das Vibrieren der Muskeln unter seiner Haut und konnte das genüssliche Stöhnen nicht unterdrücken, als er das Wasser heiß auf seine Schultern und seinen Rücken prasseln ließ.

Er seifte sich vorsichtig ein, duschte den Schaum ab und blieb eine weitere gefühlte Ewigkeit stehen. Als auch das heiße Wasser und die Massagedüsen nicht mehr halfen, seine erschöpften Muskeln zu entspannen, drehte er die Dusche schließlich aus und begann, zu seinen Krücken zurückzuhüpfen. Ein unwürdiges Schauspiel. Aber immerhin konnte er sich nach ein paar Hopsern mit der linken Hand an der Glaswand abstützen. Er hüpfte noch ein paar Zentimeter in Richtung seiner Krücken, als er merkte, wie sein Fuß auf dem nassen Boden zu rutschen begann.

»Scheiße!« Nur noch ein paar Zentimeter. Er angelte nach seinen Krücken, erreichte sie mit den Fingerspitzen ... und sorgte dafür, dass sie genau wie er selbst, ins Rutschen gerieten und im nächsten Moment polternd zu Boden fielen.

Chris rutschte immer weiter. Die Muskeln in seinen Armen und dem gesunden Bein verkrampften sich, als er versuchte, sich aufrecht zu halten. Immer weiter glitt sein Fuß unter ihm weg. Entweder würde er sich im nächsten Augenblick auf sein verletztes Bein aufstützen und die OP und die Heilung seines Innenbandes torpedieren, oder ... »Jule!«, brüllte er.

*

Die Panik in Chris' Stimme war nicht zu überhören. Jule war gerade dabei, sein Bett frisch zu beziehen, als sie ihn aus dem angrenzenden Bad brüllen hörte.

Sie riss die Tür auf und prallte gegen eine Wand aus Dampf und Feuchtigkeit. Chris war trotzdem nicht zu übersehen. Er lehnte schräg an der Glaswand, die die Dusche vom Rest des Badezimmers trennte. Splitterfasernackt.

»Scheiße«, entfuhr es ihr. Sie schnappte sich das Handtuch, das neben der Dusche hing, schlang es ihm um die Hüften und ihre Arme um seine Mitte. »Ich hab dich«, murmelte sie, spannte ihre Muskeln an und zog Chris langsam wieder in die Senkrechte.

Auf einem Bein balancierend, stützte er sich schwer auf ihre Schultern. Jule hielt ihn noch immer fest umschlungen, um ihn zu stabilisieren. Sie spürte die Hitze, die seine Haut ausstrahlte. Das Wasser, das durch ihre dünne Bluse drang. Und seinen muskulösen Körper, der fest gegen ihren gepresst war. Der Puls an seinem Hals klopfte direkt vor ihren Augen in einem verdammt schnellen Tempo. Was sicher an dem Schreck lag. Langsam atmete Jule aus, nur um im nächsten Moment den Geruch seines Duschbades einzuatmen. Sauber und frisch. Und irgendwie dazu in der Lage, ihr die Sinne zu vernebeln. Oder war das die Nähe zu Chris?

»Danke«, murmelte er.

Jule hob den Blick und wurde sich erst jetzt bewusst, wie nahe sie sich waren. Viel zu nahe. Chris' Blick lag auf ihren Lippen, dann hob er ihn wieder und sah ihr in die Augen. Der Moment zog sich wie eine Ewigkeit, und Jules Herz begann im selben Rhythmus dahinzujagen wie sein Puls. Und dann senkte Chris den Kopf. Millimeter für Millimeter. Ihr Atem mischte sich. Gleich würde Chris sie küssen. Gleich … der Alarm in ihrem Hinterkopf setzte ein wie eine schrille Sirene. Was tat sie hier?

Jule senkte den Kopf und legte ihre Stirn für einen Augenblick gegen Chris' Schlüsselbein. Sein nacktes, nasses, verdammt gut riechendes Schlüsselbein. Das war verdammt noch mal nicht hilfreich. Also atmete sie tief durch und versuchte sich an einem Lächeln, das sich ein bisschen wacklig anfühlte, bevor sie den Kopf wieder hob und sich ein wenig zurücklehnte, um ihn ansehen zu können. Sie würde Chris auf keinen Fall küssen. Sie würde *ihren Klienten* auf keinen Fall küssen, korrigierte sie sich. Ganz egal, wie verführerisch die Wassertropfen aussahen, die noch in seinen Wimpern hingen und über seinen Hals und seine Schultern liefen.

Jule räusperte sich. »Lass uns versuchen, dich hier rauszubekommen.« Sie hielt ihn fest in ihrer Umarmung, bis er sich wieder selbst an der Wand abstützen konnte, ohne zu rutschen. Dann ließ sie ihn so schnell los, als hätte ihr Körper an seinem Feuer gefangen, und sammelte seine Krücken vom Boden auf.

Chris stützte sich mit einer Hand ab und hielt mit der anderen das Handtuch um seine Hüften. Jule bemühte sich, ihn nicht anzustarren. Aber, verdammt, sah dieser tropfnasse Mann gut aus. Und roch zum Anbeißen lecker. Ganz abgesehen davon, dass sie einen völlig verrückten Moment lang tatsächlich das Bedürfnis gehabt hatte, ihn zu küssen.

*

Chris befand sich zwar wieder in der Senkrechten. Aber er fühlte sich der blöden Lage, in die er sich manövriert hatte, noch immer ausgeliefert. Jule hatte ihm den Arsch gerettet. Sie hatte nicht nur verhindert, dass er nackt und hilflos wie ein Baby in der Dusche gelegen hatte, sondern sie hatte das auch mit einer Selbstverständlichkeit und Nonchalance getan, als wäre es das Normalste von der Welt, nackten Männern aus der Patsche zu helfen. Jetzt hatte er ein Bein wieder fest auf dem Boden. Eine Hand gegen die Wand gestützt. Die andere hielt das Handtuch fest, das sie ihm umgelegt hatte. Diese Frau war einfach … Er schluckte. Fast hätte er sie geküsst. Fast. Dieser Moment war plötzlich so intim gewesen. Sie waren sich so nah gekommen. Jule hatte sich im letzten Augenblick abgewandt. Aber er hatte es in ihren Augen gesehen. Sie hatte diesen Kuss genauso gewollt wie er. Zumindest für einen Moment.

Er schob den Gedanken zur Seite und bemühte sich, nicht auf Jules durchnässte, helle Bluse zu starren, unter der sich die zarte Spitze ihres BHs abzeichnete. Sie hielt seine Krücken in den Händen. Doch dann biss sie sich auf die Unterlippe. »Vielleicht ist das zu gefährlich mit den Krücken auf dem nassen Boden.« Jule stellte sie zur Seite und trat wieder neben ihn. »Am besten, ich stütze dich.« Sie legte sich seinen Arm über die Schulter und griff ihn abermals um die Hüfte. »Bis in dein Schlafzimmer schaffen wir es, okay?« Mit einem aufmunternden Lächeln setzte sie sich in Bewegung. »Los geht's!«

*

Jule half Chris, sich auf die Bettkante zu setzen, und brachte dann so viel Abstand wie möglich zwischen sich und ihn, als sie die Tür zu seinem begehbaren Kleiderschrank aufschob und ihm ein T-Shirt, Boxershorts und eine frische Jogginghose heraussuchte. Als sie mit den Klamotten ins Schlafzimmer zurückkam, saß Chris unverändert da und starrte vor sich auf den Boden.

»Danke«, sagte er, als sie die Kleidung neben ihm ablegte und wieder einen Schritt zurücktrat. »Du kannst dir gar nicht vorstellen, wie wichtig mir diese Dusche war.«

»O doch.« Jule lachte leise. »Ich hatte noch nie so einen Unfall, Chris, aber ich weiß, wie es ist, wenn man plötzlich nicht mehr das machen kann, was man liebt, und alles ein Kampf ist.« Sie legte ihm die Hand in einer freundschaftlichen Geste auf die Schulter. »Ich verstehe dich. Und jetzt«, sie nickte zu den Klamotten neben sich, »zieh dich erst mal in Ruhe an. Ich muss kurz weg und was erledigen. Bin gleich wieder da.«

»Jule.«

Sie hatte sich schon zur Tür umgedreht, sah aber noch einmal zurück, als Chris sie rief.

»Du … ähm …« Mit einer vagen Geste deutete er auf ihren Oberkörper. »Nimm dir gerne ein T-Shirt.«

Jule blickte an sich herunter. »Oh, verdammt.« Sie verschränkte die Arme vor der Brust und hastete mit ein paar schnellen Schritten in Chris' Kleiderschrank zurück. Einen Moment lehnte sie sich gegen eines der Regale und stieß ein stummes »Scheiße!« aus. Dann atmete sie tief durch, um sich wieder zu fangen, und begann eilig, ihre nasse Bluse aufzuknöpfen. Das war ja wie in einer Peep-Show. Dieser Moment zwischen Chris und ihr hatte sie wirklich kalt erwischt und völlig überrascht. Zwischen ihnen war in diesem Augenblick so viel passiert, obwohl sie fast nicht gesprochen hatten. Ein stummer Austausch, der pure Energie zwischen ihnen freigesetzt hatte – und eine Anziehungskraft, die Jule nicht erwartet hatte. Wahrscheinlich waren es nur Sekunden gewesen, aber die hatten Jule so in ihren Bann gezogen, dass sie nicht einmal bemerkt hatte, wie nass ihre Bluse war.

Sie spürte die Hitze, die in ihre Wangen kroch, und zog ihr Oberteil aus. Dann griff sie nach einem dunkelblauen Shirt mit dem Logo von Chris' Werbeagentur *Deep Blue Horizon* und streifte es sich über den Kopf. Mit einer Bewegung, die sie selbst beruhigen sollte, strich sie ihre Haare glatt und atmete tief durch, bevor sie, die nasse Bluse zerknüllt in ihrer Hand, ins Schlafzimmer zurückkehrte. Chris saß noch immer auf der Bettkante, hatte sich aber immerhin inzwischen ebenfalls ein T-Shirt übergezogen.

»Ist es okay, wenn ich das hier nehme?«, fragte sie und wies auf das Shirt, das sie trug.

»Klar.« Chris grinste.

»Ich bringe es dir so schnell wie möglich zurück.«

Er winkte ab. »Behalt es. Du wirst es nicht glauben, aber ich habe in München einen ganzen Schrank voll mit diesen Dingern. Also zieh es gerne an und mach Werbung für mich.«

Jule hob den Saum, der um ihre Oberschenkel schlackerte, ein wenig an und lachte. »Wenn ich damit für dich auf Werbetour gehen soll, muss ich es erst mal umnähen lassen.« Sie hatten es irgendwie geschafft, die merkwürdige Stimmung zwischen ihnen zu verdrängen, stellte sie erleichtert fest. »Ich bin kurz weg«, verabschiedete sie sich von Chris. »Wenn dir noch etwas einfällt, was du brauchen kannst, schick mir eine Nachricht. Ansonsten wärme ich dir nachher eines von Felicias Gerichten auf.«

Jule fuhr zur alten Schule und tauschte Chris' Shirt gegen eines ihrer eigenen. Dann machte sie sich im Keller auf die Suche nach einem der Plastikklappstühle, an die sie sich von einem ihrer Streifzüge hier unten erinnerte. Die Räume im Untergeschoss riefen ein zwiespältiges Echo in ihr hervor. Einerseits war Jule kein Fan der Mäuse, die hier unten ihr Unwesen trieben, auf der anderen Seite waren die Katakomben der alten Schule vollgestopft mit Schätzen aus den vergangenen Jahrzehnten. Viel Krempel, aber durchaus auch witzige Zeitzeugen aus dem letzten Jahrtausend, an die sie sich mitunter aus ihrer Kindheit erinnerte – und von denen einige hier sicher schon lange vor ihrer Geburt ausgemustert worden waren. Felicia hatte ihren Freunden völlig freie Hand gelassen, sich hier unten zu bedienen und Möbel und Einrichtungsgegenstände für ihre Wohnungen zu suchen, was Jules Budget genauso entgegengekommen war wie Bens und Linas.

Sie leuchtete mit ihrer Handytaschenlampe in die Räume und fand im dritten, wonach sie suchte. Vorsichtig, um die möglicherweise hier wohnenden Mäuse nicht aufzuschrecken, kletterte sie über ein paar Kartons mit alten Mathebüchern und schlängelte sich an vergilbten Erste-Hilfe-Postern vorbei, um zu den Plastikstühlen an der hinteren Wand zu gelangen. Sie zog den blauen heraus und klappte ihn probehalber auf und zu. Er wirkte noch ganz stabil, also bahnte sie sich ihren Weg samt ihrer Beute zurück zum Kellergang und die Treppe hinauf.

Als sie aus dem muffigen Staub in die milde Abendluft hinaustrat, begutachtete sie den Stuhl genauer. Er war ein kleines bisschen verbogen und von einer dichten Staubschicht bedeckt. Jule stellte ihn in den Garten und spritzte ihn mit dem Schlauch ab, mit dem Ben sonst die Pflanzen goss. Während sie ihn trocknen ließ, überprüfte sie ihre Mails, beantwortete ein paar und las dann die Nachricht, die Chris ihr geschickt hatte. Er wollte wissen, ob sie ihm, statt ein Menü der *Küchennachhilfe* aufzuwärmen, einen Döner – mit allem – mitbringen könnte. *Ich weiß nicht, ob du so etwas überhaupt isst*, schrieb er. *Aber ich würde mich freuen, wenn du dir auch einen holst und mir beim Essen Gesellschaft leistest*.

Jule dachte einen Moment darüber nach, wie es sich anfühlen würde, mit Chris zu Abend zu essen. Trotz des merkwürdigen Fast-Kusses war es nicht merkwürdig, den Abend mit ihm zu verbringen – solange sie genügend Abstand zu ihm hielt, um nicht abermals in diese völlig unpassende Versuchung zu geraten. Chris brauchte die Gesellschaft sicher mindestens so dringend, wie er sich nach einer richtigen Dusche gesehnt hatte. In seinem Leben in München waren seine Abende sicher geprägt von Kundenterminen, Partys, Empfängen und Dinnerverabredungen. In Starnberg hatte er niemanden außer Lorenz, soweit Jule wusste. Und der hatte abends eigentlich immer in seiner Bar zu tun. Vielleicht sollte sie Chris einfach mal zum *Bootshaus* fahren, damit ihm in seinem Haus nicht die Decke auf den Kopf fiel. Aber für heute würde sie Chris' Gesellschaft sein und dafür sorgen, dass er sich nicht zu einsam fühlte.

Sie schickte ihm ein Daumen-hoch-Emoji und klappte den Stuhl zusammen, um ihn in ihrem Kofferraum zu verstauen. Dann holte sie den Döner und einen Yufka für sich und fuhr zu Chris zurück.

Er saß auf der Terrasse in einem der beiden Deckchairs, die so ausgerichtet waren, dass man den Sonnenuntergang über dem See bewundern konnte. Jule ließ den Jimny neben der Garage ausrollen, hängte sich den Klappstuhl über die Schulter und lief, ihr Abendessen in der Hand, quer über die Wiese.

»Was hast du denn da?«, fragte Chris, als sie ihn erreichte und das Essen auf den Tisch neben ihm ablegte.

Sie zog den Stuhl von ihrer Schulter und klappte ihn vor Chris auf und zu. »Das wird dein neuer Duschhocker.«

»Du hast mir einen Stuhl für die Dusche besorgt?« Er blinzelte sie ungläubig an.

»Der ist aus dem Keller der alten Schule. In einem Sanitätshaus würdest du wahrscheinlich etwas Besseres finden, aber da hat jetzt keines mehr auf, und so kannst du in Zukunft auch alleine duschen.« *Und musst nicht nackt gerettet werden*. Jule verdrehte innerlich die Augen über sich selbst und schob den Gedanken zur Seite. »Ich stelle ihn in dein Bad. Kann ich dir auf dem Rückweg noch irgendwas mitbringen?«

»Wie wäre es mit einem Bier für dich und mich?«, schlug Chris vor.

»Klingt nach einer guten Idee«, stimmte Jule ihm zu. »Und passt perfekt zum Döner.«

16

Es war schon spät, als Jule nach Hause kam. Sie hatte mit Chris auf der Terrasse gesessen, bis die Sonne hinter den Bergen verschwunden war. Der Abend war warm gewesen und voller Sommergerüche. Blumen, frisch gemähtes Gras, und irgendwo in der Nähe hatte jemand den Grill angeworfen. Sommergeräusche schwebten um sie herum: Kinderlachen, das Zwitschern der Vögel und später das Zirpen der Grillen.

Sie hatten zusammen gegessen und waren nach dem einen Bier auf Cola umgestiegen. Jule, weil sie noch fahren musste und Chris, weil sich zu viel Alkohol nicht mit den Schmerzmitteln vertrug, die er nahm. Für einen Tag hatte er sein Glück mit dem Krafttraining und der anschließenden Dusche genug herausgefordert.

Es war überraschend angenehm gewesen, den Abend zusammen zu verbringen. Nach dem intimen Moment in der Dusche hatte Jule erwartet, dass es irgendwie merkwürdig sein könnte, nebeneinander vor dem Haus zu sitzen und in den Sonnenuntergang zu blicken. Stattdessen hatten sie locker geplaudert, wie Bekannte, die sich auf einem Empfang oder einer Cocktailparty trafen. Als Jule ihren Wagen vor der alten Schule abstellte, wusste sie nicht viel mehr über

Chris als vor diesem Abend. Aber sie hatte die Zeit mit ihm genossen.

Normalerweise verabredete sich Jule mit ihren Klienten höchstens zu Geschäftsessen, um besondere Wünsche oder die Erwartungen an sie als Concierge zu besprechen. Allerdings passten die Jobs, die Jule für Chris erledigte, schon längst nicht mehr in ihr übliches Portfolio. Aber sie hatte Spaß daran, für ihn zu arbeiten, seit sie eine gemeinsame Ebene gefunden hatten. Dieser Auftrag war etwas … unorthodox, aber interessant. Ja, interessant war das richtige Wort.

Jule war schon an der Haustür, als sie ein leises Lachen hörte. Im nächsten Moment trabte Poldi ums Eck und begrüßte sie, indem er seine Nase in ihre Handfläche presste.

»Na, mein Hübscher.« Jule beugte sich hinunter, um ihn ausführlich zu kraulen. »Ist hinter dem Haus noch eine Party im Gange?«

Der Hund, der ständig so tat, als verstehe er jedes Wort, das seine Menschen sagten, drehte sich um und lief wieder in Richtung Hausecke, an der er sich auffordernd nach Jule umsah, bevor er in der Dunkelheit dahinter verschwand.

Einen Moment überlegte Jule, in ihre Wohnung hinaufzugehen, doch dann folgte sie Poldi. *Was soll's*, dachte sie. Für einen Absacker mit ihren Freunden war auf jeden Fall Zeit, bevor sie ihren Bruder dazu nötigen würde, den Computer auszuschalten und schlafen zu gehen.

Auf der kleinen Terrasse hinter der Kochschule saßen Felicia und Lina bei einem Glas Rotwein und unterhielten sich leise. Als Jule um die Ecke bog, blickten sie auf.

»Hey«, grüßte Lina und lächelte ihr entgegen. »Mit dir haben wir heute gar nicht mehr gerechnet.«

»Ich war auch schon fast auf dem Weg in meine Wohnung, als ich euch kichern gehört habe«, sagte Jule.

»Gut, dass du es dir noch einmal anders überlegt hast. Möchtest du ein Glas Wein?«, lud Felicia sie ein, sich zu ihnen zu setzen.

»Danke.« Jule schüttelte den Kopf. »Ich nehme lieber ein Bier. Bleib sitzen«, ergänzte sie, als Felicia aufstehen wollte, um ihren Getränkewunsch zu erfüllen. »Ich hole mir selbst eins.« Sie betrat die *Küchennachhilfe* durch die Hintertür. In der großen, geräumigen Küche brauchte sie kein Licht einzuschalten. Die indirekte Beleuchtung unter dem Rand der riesigen Kücheninsel, die an ein Raumschiff erinnerte, reichte aus, um sich zurechtzufinden.

Sie öffnete den Kühlschrank und klaute eines von Bens Starnbergern. Auch das war inzwischen zu einer kleinen Tradition geworden. Ben stellte ein Sixpack kalt, und Jule und ihre Nachbarinnen klauten ihm immer mal wieder eine Flasche unter der Nase weg. Nachdem sie die Flasche geöffnet hatte, kehrte sie zu ihren Freundinnen auf die Terrasse zurück und ließ sich auf einen der freien Bistrostühle fallen. »Was feiert ihr?«, fragte sie, nachdem sie angestoßen hatten.

Lina presste die Hand auf ihr Herz und strahlte Jule an. »Das erste Treffen von ›Mäuse und Dachse‹«, ihrem Generationenprojekt, »hat heute stattgefunden. Es war …«, sie seufzte, »wirklich bewegend. Die Kinder waren so süß. Und die alten Herrschaften erst.« Noch ein Seufzer. »Ich kann es gar nicht in Worte fassen.«

»Aber sie ist nicht zufrieden mit der Bibliothek«, ergänzte Felicia.

»Hey.« Lina stieß sie mit dem Ellenbogen an. »So habe

ich das nicht gesagt. Aber ja, der Raum ist ein bisschen angestaubt, und ich habe Licie gerade gefragt, ob sie etwas dagegen hat, wenn ich der Bücherei ein bisschen Farbe verpasse.«

»Farbe im Sinne von Wandfarbe?«, fragte Jule.

»Hm. Wandfarbe. Bunte Kissen. Die Kinder lieben das«, erklärte sie. »Farbige Teppiche. Solche Sachen.«

»Und? Hast du was dagegen?«, fragte Jule ihre Freundin.

»Ich bin begeistert von der Idee.« Licie gestikulierte mit dem Weinglas in der Hand. »Wir waren gerade dabei zu überlegen, wie wir mit den Terminen jonglieren, damit sich die Senioren und die Kinder trotzdem treffen können. Wir könnten ein Plätzchenbacken in der *Küchennachhilfe* machen«, schlug sie vor.

»Oder einen Bootsausflug auf dem See«, überlegte Jule.

»Das sind wunderbare Ideen. Dein heißer Pflegefall hat mich übrigens auch angerufen, um über eine Kinderbetreuung in seiner Werbeagentur zu sprechen.« Lina hob ihr Glas und prostete ihnen zu. »Danke, dass du mich empfohlen hast. Aber genug von mir. Was gibt es bei dir Neues?«, wollte sie von Jule wissen.

Jule zuckte mit den Schultern und trank einen Schluck Bier. *Nichts eigentlich*, wollte sie sagen. Der Satz lag ihr bereits auf der Zunge, doch als sie den Mund öffnete, rutschte ihr »Chris und ich hätten uns fast geküsst« heraus.

Felicia hatte gerade ihr Weinglas gehoben, hielt aber überrascht inne.

Lena sah sie mit offenem Mund an. Dann blinzelte sie, und ihr Mund verzog sich zu einem wissenden Grinsen. »Ist das der Grund, aus dem du vorhin in Chris' T-Shirt hier aufgetaucht bist?«, fragte sie mit hochgezogenen Augenbrauen.

»Wie bitte?« Jetzt war es an Jule, die Freundin überrascht anzustarren.

Lina hob die Hände in einer unschuldigen Geste. »Ich kann nichts dafür«, erklärte sie. »Ich habe dich gesehen, als du vorhin kurz zu Hause gewesen bist und im Keller rumort hast. Du hattest ein *Deep-Blue-Horizon*-T-Shirt an, das dir eindeutig zu groß war.

Jule war noch immer geschockt von dem Geständnis, zu dem sie sich gerade hatte hinreißen lassen. Sie legte den Kopf in den Nacken und rieb sich über das Gesicht. »Ich habe keine Ahnung, wie das passieren konnte«, murmelte sie gegen ihre Handflächen.

Felicia strich ihr mit einer warmen Geste über den Arm. »Möchtest du uns erzählen, wie es dazu gekommen ist? Und wie es dir jetzt damit geht?«

Lina lachte. »Ganz abgesehen davon, dass wir dich sowieso nicht mehr davonkommen lassen. Jetzt, wo die Katze aus dem Sack ist.«

Jule erkaufte sich ein paar kostbare Sekunden, indem sie einen großen Schluck Bier trank. »Eigentlich ist gar nichts passiert. Es war nur ein Fast-Kuss. Und vielleicht ja auch nur für mich und für ihn … Ach, keine Ahnung«, sagte sie schließlich. »Außerdem ist es ein bisschen, als hätte es eine viel größere Bedeutung, als dieser Moment eigentlich hatte, wenn wir darüber reden.«

»Zu spät!« Felicia und Lina hatten gleichzeitig gesprochen und lachten. »Na komm schon«, forderte Lina sie, noch immer kichernd, auf. »Licie braucht solche Geschichten vielleicht nicht. Aber ich habe kein Sexleben, ich zehre von den Erzählungen anderer.«

Jule stöhnte gequält. Es war ja nicht so, als hätte sie ein erfülltes Sexleben. Aber ihre Freundinnen würden ihr keine Ruhe lassen, nachdem sie so mit ihrer Neuigkeit herausgeplatzt war, also erzählte sie ihnen von dem Zwischenfall unter der Dusche.

Als sie geendet hatte, fächelte sich Felicia Luft zu und stand auf. Dann verschwand sie in der Kochschule und kehrte mit einem weiteren Bier und der angebrochenen Weinflasche zurück. Sie schob Jule das Bier über den Tisch, goss Lina und sich nach und setzte sich wieder. »Ich erinnere mich noch genau, wie Chris und du euch bei dieser Vernissage bei Freiherr von Lemberg zum ersten Mal begegnet seid. Wie Chris dich angesehen hat. Schon damals habe ich gedacht, dass zwischen euch irgendetwas ist.«

Jule seufzte. Sie wusste genau, was Felicia meinte, denn damals hatte es wirklich zwischen Chris und ihr geknistert. Und sie hatte ernsthaft überlegt, sich auf den Flirt einzulassen. Doch dann war ihr bewusst geworden, was für ein großer Gewinn Chris als Kunde für ihren Concierge-Service war – und sie hatte der Anziehung einfach nicht nachgegeben. Die vermutlich sowieso nirgends hingeführt hätte. Zumindest hatte sie das bis heute gedacht. Jetzt saß sie in der Zwickmühle. Denn offenbar war da immer noch etwas, das sie zu Chris hinzog. Aber … »Ich fange nichts mit jemandem an, mit dem ich zusammenarbeite. Weder mit Klienten noch mit Kollegen«, sagte sie fest und trank noch einen Schluck Bier, der plötzlich bitter schmeckte. »Niemals.«

Ihre Freundinnen sahen Jule einen Moment schweigend an. Ihre Worte hatten heftiger geklungen, als sie beabsichtigt hatte.

»Ist das inzwischen nicht eine etwas überholte Sichtweise?«, fragte Lina. Zwischen den Zeilen klang ein »besonders für jemanden wie dich, der den Dingen offen und modern gegenüberstand«, mit. »Heutzutage kann man doch beides haben.«

Felicia nippte nachdenklich an ihrem Wein. »Ich glaube, dass das schon problematisch werden kann. Martin und ich haben nur in derselben Firma gearbeitet, und trotzdem haben wir uns Gedanken gemacht, was unsere Vorgesetzten davon halten würden.«

»Aber es hat sie nicht gestört, oder?«, hakte Lina nach. Eine rhetorische Frage, denn Felicias Beziehung mit ihrem Exfreund war erst beendet worden, als der egomanische Mistkerl beschlossen hatte, seine Karriere in Frankfurt voranzutreiben, ohne Felicia auch nur ein Sterbenswörtchen davon zu erzählen. »Ich betreue das Kind von zwei Juristen«, fuhr Lina fort. »Sie ist Staatsanwältin, er Richter. Regelmäßig bekämpfen sie sich im Gerichtssaal. Aber zu Hause merkt man nichts davon. Wenn ihr Regeln aufstellt und Chris die Aufträge, die er dir als Concierge erteilt, vom Rest trennt, lässt es sich doch gut mit der Situation umgehen«, schlug sie vor. »Wenn ihr euch zueinander hingezogen fühlt, solltet ihr euch nicht von irgendwelchen Zwängen aufhalten lassen.«

»Aber das ist es nicht, oder?« Felicia hatte Jule nach ihrem Einwurf mit Martin schweigend angesehen.

Sah man ihr so an, dass sie ganz andere Gründe hatte, sich auf niemanden einzulassen, mit oder für den sie arbeitete? Felicia hatte schon recht. Das hatte ganz und gar nichts mit einer modernen Einstellung zum Arbeiten und Leben zu tun. Ihre frühere Chefin hatte im Hotelrestaurant einen

Gast kennengelernt und sich unsterblich verliebt. Die beiden waren inzwischen seit drei Jahren verheiratet und hatten gerade ihr erstes Kind bekommen. Niemand hatte über die beiden jemals die Augen verdreht.

Jule trank einen großen Schluck Bier, um noch ein wenig Zeit zu gewinnen. Dann knibbelte sie am Etikett herum und atmete tief durch. Sie war ins Wasser gesprungen – jetzt musste sie auch schwimmen. »Nach meinem Studium habe ich in einem ziemlich noblen Hotel an der Ostsee angefangen«, begann sie zu erzählen und ließ das kleine Lächeln zu, das sich in ihr Gesicht stahl. Die Erinnerungen an jene Zeit waren so bittersüß. Die Aufregung über ihren Abschluss. Die erste richtige Anstellung. Das tolle Kollegenteam. Und Bjarne, der sie einfach umgehauen hatte. »Ich war etwa ein Jahr da, als wir einen neuen Rezeptionschef bekamen. Zwischen uns hat es sofort gefunkt.« Jule trank noch einen Schluck Bier und war froh, dass die Freundinnen in der Dunkelheit nicht sahen, wie ihre Wangen zu brennen begannen. Noch heute schämte sie sich für das naive Dummchen, das sie damals gewesen war. »Zumindest dachte ich das. Zwei Tage, nachdem er im Hotel angefangen hatte, haben wir uns zum ersten Mal geküsst. Eine Woche später waren wir zusammen. Heimlich, natürlich. Von unseren Kollegen sollte keiner etwas mitbekommen. Weil das unter dem Hotelpersonal nicht gern gesehen wurde. Zumindest hat Bjarne das gesagt.« Jule stieß ein Lachen aus, das auch nach den Jahren noch bitter schmeckte, und drehte die Bierflasche in ihren Händen.

»Das war aber nicht der Grund«, mutmaßte Lina.

»Nein. Seine Frau war diejenige, die nichts davon wissen sollte.«

»Er war verheiratet?« Felicia sog scharf die Luft ein.

»Nicht nur das.« Jule strich sich eine Haarsträhne, die der sanfte Nachtwind um ihr Gesicht spielen ließ, hinter das Ohr. »Als ich seiner Frau zum ersten Mal gegenüberstand, habe ich vor lauter riesigem Bauch den Rest von ihr fast nicht sehen können. Sie war im achten Monat schwanger.«

»Was für ein Mistkerl«, konnte Lina sich nicht zurückhalten.

»Wie dämlich von mir, mich auf eine Beziehung einzulassen, obwohl ich praktisch nichts über ihn wusste«, hielt Jule dagegen. »Ich habe mich von meinen Gefühlen leiten lassen. Ein riesiger Fehler.«

Jule erinnerte sich daran, als wäre es gestern gewesen. Bjarne und sie hatten einen schönen Nachmittag am Strand geplant. Sie hatte sich extra einen neuen, verdammt knappen Bikini geleistet, den sie unter ihrem fast transparenten Tunika-Kleid trug. Die Strandtasche über die Schulter gehängt, war sie an die Rezeption geschlendert, wo sie sich treffen wollten. Als sie den Tresen unbesetzt vorfand und eine schöne, hochschwangere Frau davorstehen sah, hatte sie kurzerhand ihre Tasche zur Seite gestellt und war eingesprungen. Der Gast war schließlich immer König, und die Arme sollte sich nicht die Füße in den Bauch stehen müssen. »Herzlich willkommen im *Hotel Seeblick*. Haben Sie ein Zimmer reserviert?«

»Nein.« Ihre blonden Locken umschmeichelten in einem Pagenschnitt ihr Kinn. Das geblümte Sommerkleid umfloss ihren Körper wie eine Welle und passte zu dem süßen, etwas schüchternen Lächeln. Jule hatte nicht anders gekonnt als zurückzulächeln. »Ich möchte meinen Mann überraschen.«

Jule hatte einen Blick auf ihren Bauch geworfen und ihr dann zugezwinkert. »Ich verstehe. Wissen Sie seine Zimmernummer?«

»Nein.« Wieder dieses süße Lächeln. »Er arbeitet …«

»Kati!«, hörte Jule im selben Moment ihren Freund hinter sich rufen, noch bevor die Frau den Satz beenden konnte. »O mein Gott! Liebling! Was machst du denn hier?« Er war um den Tresen herumgesprintet und hatte die Frau in seine Arme gezogen, als wäre sie ein rohes Ei. Ihre Augen hatten geleuchtet, die Wangen waren von einem zarten Rot überzogen gewesen. »Geht es dir gut?«, hatte Bjarne gefragt. »Ist mit dem Baby alles in Ordnung?« Seine Fingerspitzen waren in einer zärtlichen Geste über den Bauch geglitten.

Vertrauensvoll hatte die Frau – Kati – sich an Bjarne gelehnt. »Ja«, hatte sie leise geantwortet. »Alles ist wunderbar. Wir wollten dich überraschen.«

»Das ist euch definitiv gelungen.« Er hatte sich zu Jule umgedreht und bedachte sie mit genau dem Blick, mit dem er auch sonst jeden Kollegen bedachte. Höflich. Unverbindlich. Herzbrechend. »Frau Hansen, holen Sie meiner Frau bitte ein Glas Wasser. Du solltest dich setzen, Liebling«, fuhr er an seine Kati gewandt fort. »Lass uns da rüber gehen.«

»Wo ist denn dein Ring?«, hörte Jule die Frau fragen. Und ja, verdammt, das hätte sie auch gern gewusst, dachte sie, während sie wie versteinert am Empfang stand.

Bjarne schenkte Kati das jungenhafte Lachen, in das sich auch Jule sofort verliebt hatte. »Ich habe ihn vorhin abgenommen, als ich mir die Hände gewaschen habe, und muss ihn wohl im Bad vergessen haben.«

Jule hatte Bjarnes Frau das Wasser nicht gebracht. Stattdessen war sie mit dem Generalschlüssel der Rezeption in sein Zimmer geschlichen und hatte die wenigen Sachen eingesammelt, die von ihr dort herumgelegen hatten. Schließlich konnte diese arme Frau nichts für ihren betrügerischen Ehemann. Und Jule wollte keineswegs dafür verantwortlich sein, dass diese Kati sich aufregte und vielleicht eine Frühgeburt erlitt oder sonst irgendetwas mit dem Baby passierte.

»Wie sich herausstellte, war Bjarnes Frau in der gemeinsamen Wohnung in Bremen geblieben«, erzählte Jule ihren Freundinnen. »Er hatte – mit Sicherheit nicht besonders intensiv – an der Ostsee nach dem perfekten Zuhause für die kleine Familie gesucht. Seine Frau hätte erst nachkommen sollen, wenn er etwas gefunden hatte, statt ihn einfach so zu überraschen.«

Lina legte Jule den Arm um die Schultern, während Felicia nach ihrer Hand griff. Jule hatte kein Mitleid gewollt. Sie war nicht der Typ, der sich irgendwo ausheulte, deshalb hatte sie auch nie jemandem davon erzählt. Außer den beiden Freundinnen, die das Ganze damals mitbekommen hatten, hatte Jule nie wieder ein Wort darüber verloren. Bis jetzt. Sie hätte nicht gedacht, dass es so guttat, Lina und Felicia davon zu erzählen. Genau wie sie sich nicht hatte vorstellen können, dass dieser Trost ihr guttun würde.

»Was hast du gemacht, nachdem du es herausgefunden hast?«, fragte Felicia.

»Ich hätte ihm so gern einen Tritt in den Hintern verpasst. Ihn richtig auflaufen lassen und Gott und der Welt erzählt, was für ein Arschloch er war. Aber wem hätte das etwas gebracht? Also bin ich stattdessen einfach abgehauen«, gab sie zu. »Ich habe gekündigt und auf dem nächstbesten Kreuzfahrtschiff als Animateurin angeheuert. Mit dem bin ich so lange durch die Gegend geschippert, bis ich die Stelle in diesem Starnberger Fünf-Sterne-Hotel bekommen habe.« Sie hob lächelnd die Hände. »Und hier bin ich.«

»Und lässt dich auf keine Beziehung mehr ein«, ergänzte Lina.

»Weil du Angst hast, dich fest zu binden.« Felicia.

»Nein.« Jule schüttelte den Kopf. »Ich habe nur keine Lust, noch einmal auf die Nase zu fallen.«

»Aber du kannst dich doch nicht für immer vor der Liebe verschließen«, protestierte Felicia.

»Nur weil du einmal an einen richtigen Mistkerl geraten bist«, schlug Lina in die gleiche Kerbe. »Felicia hat Ben auch eine Chance gegeben, obwohl sie mit einem Kerl wie Martin zusammen gewesen war. Und ich hatte auch schon mal einen Freund, der mich hintergangen und mir das Herz gebrochen hat.« Sie presste wieder ihre Faust gegen den Brustkorb. »Aber das hält mich nicht davon ab, an die Liebe zu glauben. An Beziehungen. Oder …«, sie zwinkerte Jule zu, »an ein bisschen Spaß hier und da.«

Jule seufzte. Ihre Freundinnen waren die romantischsten Menschen, die sie kannte. Felicia, die gerade erst ihre große Liebe gefunden hatte, und Lina, die noch davon träumte. »Ich verschließe mich doch auch nicht vor der Liebe. Irgendwann wird der Richtige schon kommen. Ich bin mir sicher, dass ich es merken werde, wenn es so weit ist. Aber für den Fall, dass es wieder in die Hose geht, möchte ich nicht, dass das in irgendeiner Art und Weise meine Arbeit beeinflusst. Ich bin stolz auf das, was ich hier aufgebaut habe. Ich werde das nicht gefährden, indem ich mich auf einen Klienten einlasse.«

Lina zuckte mit den Schultern und trank noch einen Schluck Wein. »Ich habe diesen Chris noch nicht persönlich kennengelernt. Am Telefon klingt er aber sehr nett. Und ich finde, dass du dir ruhig ein wenig Spaß gönnen und auch mal die Nähe eines Mannes genießen darfst, bis die große Liebe irgendwann um die Ecke kommt. Er ist nicht verheiratet. Ihr fühlt euch voneinander angezogen. Es spricht nichts dagegen, sich auf eine heiße Sommeraffäre einzulassen.«

Jule leerte ihr Bier. »Es passt nicht zu dem Anspruch, den ich an mich selbst habe«, erklärte sie ihren Freundinnen.

»Wer weiß. Ansprüche können sich ändern«, ließ auch Felicia nicht locker.

»Für mich nicht.« Nicht mehr, ergänzte Jule im Stillen. Dann stand sie auf und lächelte ihre Freundinnen an. »Ihr seid ja ganz versessen drauf, mich in Chris' Bett zu schubsen. Danke fürs Zuhören.« Sie umarmte erst Felicia und dann Jule. »Ich gehe jetzt schlafen. Gute Nacht.«

»Träum was Schönes«, rief Lina ihr mit einem frechen Unterton in der Stimme nach.

Jule winkte ihr über die Schulter zu, ohne sich umzudrehen. »Werde ich. Aber nicht, was du denkst.«

*

Chris hatte einen Weg gefunden, seine Mobilität ein wenig weiter voranzutreiben: Den Turnbeutel-Trick, wie er es nannte. Im Abstellraum hatte er einen Jutebeutel mit langen Henkeln gefunden, der von irgendeinem längst zurückliegenden Einkauf in einem Starnberger Sportgeschäft stammen musste. Zumindest war er mit dem inzwischen etwas verblassten hellblauen Satz *Es ist kein richtiger Sport, wenn dabei nichts kaputt geht!* und dem Namen des Ladens bedruckt. Jule hatte sich kaputtgelacht, als sie den Spruch gelesen hatte, und fand ihn angesichts seiner Verletzung ziemlich passend.

Chris wäre ein Spruch lieber gewesen, der nicht auch noch groß und breit auf seine Verletzung hinwies, aber das war die einzige Tasche, die für seinen »Trick« funktionierte. Er konnte alles hineinpacken, was er brauchte, sich die Tasche über die Schulter hängen und so von A nach B transportieren.

Nachdem Jule an diesem Abend gegangen war, beschloss Chris, ins Bett zu gehen. Als er seinen Turnbeutel auf der Matratze abgelegt hatte und hinterhergerutscht war, überlegte er, ob er seine Jogginghose ausziehen sollte, ließ es dann aber bleiben. Aus seinen Klamotten raus- und wieder reinzukommen, war noch immer so ziemlich die anstrengendste Begleiterscheinung seiner Verletzung. Dieser Tag war auch so schon herausfordernd genug gewesen.

Er lehnte sich gegen das Kopfteil des Bettes, zog seinen Laptop aus dem Beutel und stellte die Bügelflasche Bier, die er sich mitgebracht hatte, auf den Nachttisch. Dann scrollte er noch einmal durch seine E-Mails, gab aber auf, als ihm klar wurde, dass er sich nicht auf seine Arbeit konzentrieren konnte. Immer wieder tauchte Jule vor seinem inneren Auge auf. Schließlich kapitulierte er und schloss sein Mail-Programm. Stattdessen betrachtete er schmunzelnd die Fotos von Miles' Kindern, die sein Freund ihm aufs Handy geschickt hatte.

Chris und Miles hatten sich am ersten Tag seines Praktikums bei einer der angesagtesten Werbeagenturen der USA kennengelernt. Die Firma war ihm vorgekommen wie der Olymp der Werbebranche. Er hatte gar nicht fassen können, dass er es geschafft hatte, eines der begehrten Praktika zu ergattern. Mehr als einmal hatten seine Kommilitonen verlauten lassen, dass sie für diese Chance töten würden. Entsprechend ehrfürchtig war Chris durch die auseinandergleitenden Glastüren getreten. Mitten im riesigen, hypermodernen Empfangsbereich war er stehen geblieben und hatte versucht, seinen dahinjagenden Herzschlag zu beruhigen. Bevor er es geschafft hatte, seine wie festgefrorenen Beine wieder in Bewegung zu setzen, hatte ihm jemand kräftig auf die Schulter geklopft.

»Wer so ehrfürchtig vor sich hinstarrt, muss Praktikant sein«, sagte ein Typ mit einem breiten Zahnpasta-Grinsen auf Deutsch, aber mit deutlichem amerikanischem Akzent. »Anyway. Du bist Chris. Ich hab dich von deinem Foto auf der Bewerbung erkannt. Für die nächsten Monate gehörst du mir. Komm mit. Übrigens, ich bin Miles.«

Miles, der ein paar Jahre älter war als Chris und eine ganze Weile in Deutschland gearbeitet hatte, bevor er in die Staaten zurückgekehrt war, war nicht nur, so wie er es im Foyer der Agentur angekündigt hatte, für Chris' Praktikum verantwortlich – er war auch brillant, wenn es um Werbung ging. Und abgesehen davon ein absoluter Workaholic. Sie waren sofort Kumpels geworden und innerhalb kürzester Zeit zu besten Freunden. Chris dachte gern an diese Zeit zurück, in der sie wie die Verrückten gearbeitet und in der wenigen Freizeit, die ihnen geblieben war, wild gefeiert hatten. Chris war nach dem Praktikum gar nicht mehr an seine deutsche Uni zurückgekehrt, sondern hatte sein Studium in den USA abgeschlossen und weiter mit Miles zusammengearbeitet. Sie waren ein unschlagbares Team gewesen.

Für Chris waren sein Studium und sein Praktikum einfach nur eine gut geplante Stufe auf der Leiter nach oben gewesen. Er hatte sein Leben und seine Möglichkeiten sehr genau analysiert. Denn für ihn war es seit dem Tod seines Vaters nicht mehr darum gegangen, seine Träume zu verwirklichen. Sein größtes Ziel war es gewesen, nie mehr in die Armut zurückzukehren, in der seine Mutter und er gelebt hatten. Da er über ein gewisses kreatives Talent verfügte, war ihm die Werbebranche, in der man richtig Kohle machen konnte, als perfekt geeignet für die Umsetzung seiner Ziele vorgekommen. Dass er auch Spaß haben konnte an diesem Job und begann, für seine Projekte zu brennen, das hatte er erst durch seinen Freund gelernt.

Und dann hatte Miles die Frau kennengelernt, die sein ganzes Leben auf den Kopf gestellt hatte: Pam. Die Liebe hatte Chris' Freund getroffen wie ein Schwinger in den Magen. Und völlig ausgeknockt. Miles' Einstellung zur Arbeit hatte sich nicht über Nacht geändert, aber er hatte gemerkt, dass er mehr Zeit mit der Frau verbringen wollte, die er über alles liebte. Die Entwicklungsschritte seiner Kinder miterleben. Während Chris es nie geschafft hatte, sein Arbeitspensum zu reduzieren, war Miles nach und nach in die perfekte Work-Live-Balance hinübergeglitten – und hatte einen unglaublichen Spagat hinbekommen. Schließlich war es in den USA nicht gerade üblich, in einer erfolgsorientierten Firma wie der, in der sie gearbeitet hatten, das Pensum zugunsten der Familie zurückzuschrauben und sich trotzdem zu behaupten. Miles hatte es geschafft. Und bekniete Chris seit Jahren, ebenfalls langsam anzufangen, sich ein Privatleben zuzulegen. »Die Jahre, in denen du jeden Morgen allein in deinem Bett aufwachst, kommen nicht zurück«, hatte er mehr als einmal ernst gesagt.

Und er hatte recht. Wahrscheinlich. Nein, ganz sicher. Aber Chris hatte andere Ziele verfolgt als sein Freund. Eine andere Verantwortung getragen als die, die Miles übernommen hatte. Auch wenn es bei Chris ebenfalls um Familie ging. Nur einfach … völlig anders. Ihre unterschiedlichen Lebensentwürfe und die Karriereentscheidungen, die sie im Laufe der vergangenen Jahre getroffen hatten, hatten ihrer Freundschaft nichts anhaben können. Nicht einmal Chris' Rückkehr nach Deutschland hatte das geändert. Und so war Miles nicht nur immer noch sein Kontaktmann zu seiner alten Firma in den Staaten – er war auch immer noch sein bester Freund.

Chris warf noch einen Blick auf das Bild von Miles' Kindern, dann öffnete er Skype und startete einen Videoanruf.

Miles' Kopf erschien auf dem Monitor, flackerte, verschwand noch einmal kurz und kehrte dann zurück. »Chris«, rief er mit einem breiten Grinsen und seinem schweren amerikanischen Akzent. »Was für eine Überraschung. Pam, look who's calling!«, rief er und blickte an der Kamera vorbei.

Im nächsten Moment tauchte Miles' Frau in Chris' Blickfeld auf und schwenkte einen pinkfarbenen Frisbee. »Hey, Sweetie! How are you?«

»I'm fine. Thanks.« Chris wechselte ein paar Worte mit Pam, bevor sie sich verabschiedete. Die Kinder quengelten, weil sie samt Frisbee-Scheibe vom Spielfeld abgehauen war.

Miles sah ihr einen Moment hinterher, bevor er sich wieder auf den Anruf konzentrierte. Er hielt sich offenbar mit seiner ganzen Familie auf der Terrasse des kleinen Blockhauses auf, das genau wie Chris' Wochenendhaus an einem See lag. »Ich schwöre dir, irgendwann ziehe ich ganz hierher«, sagte er und seufzte. »Anyway. Wie geht es dir? Was macht das Bein?«

Chris verzog das Gesicht. »Ich quäle mich so durch. Aber ich habe jetzt immerhin einen Arbeitsplatz im Haus.« Eine Weile sprachen sie über ihre Arbeit, insbesondere über die *Carter Perry Watches*.

Irgendwann wechselte Miles mit seinem Tablet von der Terrasse, auf der man das begeisterte Kreischen seiner Kinder hören konnte, in die Küche des Häuschens und nahm sich ein Bier aus dem Kühlschrank. Er drehte den Deckel ab und setzte sich an den Tresen. Einen Moment schwieg er, dann zog er die Augen hoch und trank einen Schluck. »Was ist passiert, mein Freund?«, fragte er, als er die Flasche wieder absetzte.

»Was meinst du?« Chris griff ebenfalls nach dem Bier, das er auf dem Nachttisch abgestellt hatte.

»Ich meine …« Er wedelte mit der Hand, weil ihm die deutschen Worte nicht einfielen. »There's something up. Irgendetwas beschäftigt dich.«

»Und das weißt du, weil du hellsehen kannst?« Statt von seinem Bier zu trinken, öffnete und schloss er den Flaschenbügel.

Miles schüttelte den Kopf und wies mit seinem Bier in der Hand auf Chris, was für einen Moment die Flasche in den Fokus der Tablet-Kamera rückte. »Nein, das weiß ich, weil ich dich viel zu gut kenne. There's something up«, wiederholte er bestimmt.

Chris ließ den Flaschenbügel wieder aufschnappen, doch diesmal trank er endlich einen Schluck Bier, was aber auch nichts gegen seine trockene Kehle half. »Jule ist los«, sagte er.

Miles stutzte. »Ist das nicht die Frau, die alles möglich machen kann? Die, die Carters vierte Ehefrau beeindruckt hat? Oder ist es seine fünfte?« Für eine Sekunde zog Miles nachdenklich die Brauen zusammen. »Anyway«, tat er seine Überlegung dann ab. »Diese Jule meinst du?«

»Hm.« Chris wich dem Blick seines Freundes aus, als der abermals die Augenbrauen hochzog.

»Sie hat es dir angetan?« Miles ließ Chris nicht ausreden. Offenbar konnte sein Freund wunderbar in seinem Gesicht lesen. »Ich würde jetzt gern sagen: Freut mich, das zu hören, aber du scheinst von der Idee nicht begeistert zu sein.«

Chris rieb sich über das Gesicht. Die Bartstoppeln kratzten unter seiner Handfläche. Morgen musste er sich dringend rasieren. Vielleicht machte er das unter der Dusche, in der jetzt ein Klappstuhl für ihn stand. »Ich weiß noch gar nicht, was ich davon halten soll«, sagte er. »Aber ja, sie hat es mir irgendwie … angetan«, gab er nach einem kurzen Zögern zu. Er hatte Miles nicht angerufen, um über das zu sprechen, was zwischen Jule und ihm passiert war. Aber jetzt, wo er seinem Freund davon erzählte, wurde ihm bewusst, wie dringend er mit jemandem darüber reden wollte. Mit jemandem, der ihn und seinen Lebensplan verstand. Und nicht verurteilte – auch wenn er nicht mit allen Entscheidungen einverstanden war, die Chris getroffen hatte.

»Sie ist eine Macherin. Sagt man das so?« Miles legte den Kopf schief, sein Blick war ernst. »Sie ist anders als die anderen Frauen in deinem Leben. Sie braucht dich nicht.

Das ist neu, mein Freund. Wahrscheinlich magst du sie genau deshalb.«

»Hm.« Und weil sie schön war. Klug. Weil sie verdammt gut roch. Und obwohl sie so verdammt sturköpfig war. »Ich habe mich schon von ihr angezogen gefühlt, als ich sie das erste Mal gesehen habe. Auch wenn ich es zwischendrin nicht wahrgenommen habe, hat das offenbar nie nachgelassen.«

Miles' Tochter tauchte im Blickwinkel der Kamera auf, winkte und rief ihm einen Gruß zu, bevor sie sich etwas zu trinken aus dem Kühlschrank holte. Miles wartete, bis sie wieder weg war und beugte sich dann ein wenig vor. »Der Zeitpunkt könnte nicht besser sein, um herauszufinden, was da zwischen euch ist. Das kaputte Bein zwingt dich, langsamer zu machen. Du kannst dir endlich mal Zeit nehmen für die Dinge, die du sonst gar nicht wahrnimmst, weil das Leben an dir vorbeirauscht. Oder du am Leben. Anyway.« Er gestikulierte mit dem Bier in seiner Hand. »Offenbar ist sie eine interessante Frau, wenn sie es geschafft hat, deine Aufmerksamkeit auf sich zu ziehen. Du könntest einfach mal deinen Kopf dazu zwingen, keine Überstunden mehr zu machen. Genieß die Zeit in deinem fantastischen Haus. An diesem See mit den Bergen am Horizont. Und mit der schönen Frau. Es wird allerhöchste Zeit, dass du dich mal wieder auf etwas einlässt. Sage ich dir seit Jahren. Hattest du überhaupt mal etwas am Laufen, seit … du weißt schon?«

Jetzt war es an Chris, die Augenbrauen hochzuziehen. »Fishing for some information?«, fragte er. »Der Gentleman schweigt. Aber du kannst dir sicher sein, dass ich in den letzten Jahren nicht wie ein Mönch gelebt habe.«

Miles lachte spöttisch, und Chris ignorierte den resignierten Seufzer, der in ihm aufstieg. Sein Freund hatte ja recht. Viel hatte nicht gefehlt zum Mönch. Was hauptsächlich an seiner Arbeit lag. Aber ein bisschen auch daran, dass belanglose, nichtssagende One-Night-Stands nicht so sein Ding waren. Wenn die kurzen Affären, die er hin und wieder gehabt hatte, vorbei waren, hatten sie immer einen verdammt schalen Geschmack hinterlassen. Chris wollte eine Beziehung von der Liebe und Innigkeit, wie sie seine Eltern geführt hatten. Einmal hatte er geglaubt, genau das gefunden zu haben …

»By the way«, sagte Miles in genau diesem Augenblick. »Hast du in letzter Zeit mal was von Lilly gehört?«

Chris schüttelte den Kopf. Kein Wort, abgesehen von ihrem üblichen vierteljährlichen Geschäftsbericht, den sie zuverlässig schickte.

Miles hob den Kopf, als sein Sohn seinen Namen rief. »Buddy, ich muss los«, sagte er. »Mit dem Zeigefinger wies er noch mal auf Chris. »Schnapp dir die Frau.«

17

Jule war den ganzen Tag auf den Beinen gewesen. Der erste Anruf einer verzweifelten Klientin, deren Kleid für eine Gala irgendwo zwischen Mailand und München liegen geblieben war, hatte sie um kurz nach sechs Uhr aus dem Bett geworfen. Jule hatte das Kleid der Starviolinistin gerettet und damit dafür gesorgt, dass diese am Abend den ersten großen Preis ihres Lebens, den sie verliehen bekommen würde, so entgegennehmen konnte, wie sie sich das erträumte. Jule machte sich eine Notiz, einen Blick auf die Preisverleihung zu werfen, um sich die Robe anzusehen. Vielleicht konnte sie ihrer Kundin dann ein paar Vorschläge für die Zukunft machen, wo sie vergleichbare Galagarderobe bekommen konnte, ohne sich Lieferalbträumen wie diesem auszusetzen. Zum ersten Mal in ihrem Leben für ihr Talent und ihre Kunst geehrt zu werden, war für die Musikerin schließlich aufregend genug.

Jule hatte es noch nicht einmal geschafft, ihren Kaffee auszutrinken, als der Nächste anrief. Und so ging es weiter. Den ganzen Tag über. Es war, als hätten sich alle Klienten genau diesen Tag ausgesucht, um sie mit ihren Problemen zu überfallen. Aber sie musste gestehen, sie liebte das. In der letzten Zeit hatte ihre Arbeit viel zu oft einer beschaulichen Routine geglichen. Das Adrenalin, das bei all den Dingen, die schiefzugehen drohten und die sie in letzter Sekunde retten musste – und konnte –, machte sie zugegebenermaßen ein bisschen high und erinnerte sie an die Zeiten im Hotel, als sie genau das für die Gäste des Hauses hatte tun können. Es ließ sie aber auch vergessen, dass sie den ganzen Tag nichts gegessen hatte, außer einem Zupfkuchenjoghurt, den sie am Morgen aus Felicias Bestand geklaut hatte, und einer halben, leicht angetrockneten Brezen, die ihr Bruder übrig gelassen hatte, bevor er sich mit ein paar Leuten am See getroffen hatte.

Jule hatte Niclas in der letzten Zeit nicht besonders oft zu Gesicht bekommen – und sich deshalb für diesen Abend zum Stand-up-Paddling mit ihm verabredet. Sie schafften es einfach nicht, darüber zu reden, was zwischen ihm und ihren Eltern nicht stimmte. Was hauptsächlich daran lag, dass ihr Bruder ihr bei jeder sich bietenden Gelegenheit auswich. Aber auf dem Board würde er das nicht können. Jule würde ihn auf dem See dazu bringen, mit ihr zu sprechen. Wenn sie wusste, was schieflief, würde sie nach einer Lösung dafür suchen – und Niclas auf eine Pizza einladen.

Als sie am Abend einen Blick auf ihr Handy warf, sah sie, dass ihr Bruder ihr geschrieben hatte, dass er noch eine Weile unterwegs wäre. Die zweite war von Chris, der sie bat, ihn anzurufen. Jule wählte seine Nummer. »Hey, ist alles okay?«, fragte sie, als er sich meldete. »Brauchst du meine Hilfe?«

»Ehrlich gesagt, ja«, antwortete er und beschwor damit automatisch das Bild herauf, wie sie nass und eng umschlungen in seiner Dusche gestanden hatten.

Energisch schob sie den Gedanken zur Seite. »Was kann ich für dich tun?« Sie hoffte, dass sie durch das Handy nicht so atemlos klang, wie es sich in ihren eigenen Ohren anhörte.

»Kannst du vorbeikommen?« Ihr Zögern dehnte sich zwischen ihnen aus, also fuhr Chris fort: »Es gibt da etwas, das ich mit dir besprechen möchte. Ein neuer Auftrag für *Die gute Fee am See*.«

Jule hatte keine Ahnung, was für ein Auftrag das sein konnte. Sie kümmerte sich ja bereits um alles, was er brauchte, fuhr ihn zu seinen Terminen, rettete ihn aus der Dusche … »Okay. Sicher. Kein Problem.« Noch einmal befreite sie sich von den Gedanken an die Szene in seinem Bad. »Wir können das auch besprechen, wenn du deinen nächsten Arzttermin hast«, schlug sie vor. »Oder im Anschluss.«

»Oder heute«, sagte Chris. »Es wäre wirklich super, wenn du noch vorbeikommen könntest.«

»Also gut. Wenn es nicht allzu lange dauert.« Sie sah auf ihre Uhr. »Ich kann in zehn Minuten da sein.«

»Perfekt. Bis gleich.« Chris legte auf, und Jule ließ ihr Handy sinken. Was für einen Auftrag er wohl für sie hatte? Hing es mit seiner Verletzung zusammen?

Jule musste zugeben, dass sie neugierig war. Sie schnappte sich ihr Tablet, schob das Handy in die Gesäßtasche ihrer Jeans und griff nach ihren Autoschlüsseln. Während sie die knarzenden Treppen der alten Schule hinunterlief, schickte sie Niclas eine Sprachnachricht, dass sie noch mal wegmusste. Da ihr Bruder noch immer mit seinen Kumpels am See herumhing, hatte sie kein besonders schlechtes Gewissen, weil sie zu Chris fuhr. Das hier war schließlich ihr Job.

Wenig später klopfte sie an Chris' Haustür und ließ sich dann selbst ein, damit er nicht loshumpeln musste, um ihr zu öffnen. Sie fand ihn am Küchentresen, wo er gerade einen von Felicias Essensbehältern in die Mikrowelle schob. Seine

Krücken hatte er neben sich an die Küchenzeile gelehnt. Auf dem Tresen stand sein Laptop neben einer Flasche Wasser und zwei Starnbergern. Außerdem hatte er bereits zwei Teller und Besteck verteilt.

»Hi«, sagte er und fügte ein »ich hoffe, du hast Hunger« hinzu, als er bemerkte, wie ihr Blick an dem Geschirr hängen blieb.

»Hunger?« Jule legte den Kopf schräg und betrachtete ihn. Er sah gut aus. Ausgeruhter als in den vergangenen Tagen. Rasiert, in frischen Klamotten und Haaren, die noch ein wenig feucht aussahen. Also schien der Klappstuhl seinen Zweck zu erfüllen und das mit dem Duschen inzwischen zu klappen. »Ich dachte, du wolltest einen Auftrag mit mir besprechen?«

Chris balancierte auf einem Bein und zuckte die Schultern. »Kein Grund zu hungern, oder?«

»Ich habe keinen ...« *Hunger*, wollte sie sagen, doch ihr Magen erinnerte sie in genau diesem Moment daran, dass sie den ganzen Tag über so gut wie nichts gegessen hatte.

»Aha.« Chris lachte. »Komm schon, setz dich«, bat er Jule. »Die Portionen aus der Küchennachhilfe sind riesig, und bei einem guten Essen redet es sich doch viel besser als mit leerem Magen.«

Jule ging der Gedanke durch den Kopf, dass Chris sie hergelockt haben könnte, weil er sich langweilte und nicht alleine essen wollte. Wofür sie durchaus Verständnis hatte. Ihm fiel in seinem Haus mit Sicherheit die Decke auf den Kopf, auch wenn er inzwischen von seiner Bibliothek aus arbeiten konnte. Er hatte natürlich recht. Essen musste sie sowieso. Und die Lasagne, die Chris gerade aus der Mikrowelle zog, duftete so verführerisch, dass ihr Magen gleich noch mal knurrte. »Also gut, lass uns beim Essen reden. Aber dann muss ich wirklich wieder los. Ich bin noch mit meinem Bruder verabredet.«

»Kein Problem.« Er stellte die Lasagne auf den Küchentresen, griff nach seinen Krücken und humpelte auf ihre Seite, um sich auf den Hocker neben ihr zu setzen. »Tut mir leid, dass wir bei diesem schönen Wetter nicht draußen essen können. In der Küche komme ich als Einbeiniger inzwischen ganz gut klar. Aber wie ich Essen und Getränke nach draußen transportieren sollte, ist mir ein Rätsel.«

Jule warf einen Blick auf die Jutetasche, die hinter dem Laptop lag, und lachte. »Mit deinem Turnbeutel bekommst du das jedenfalls nicht hin.« Sie zog ihr Handy noch einmal hervor, schickte Niclas noch eine Nachricht, dass es bei ihr später wurde, weil sie noch zum Essen eingeladen worden war.

Als sie es zur Seite legte, hatte Chris ihnen bereits Lasagne auf den Teller gehäuft und hielt die Getränkeauswahl hoch. »Bier oder Wasser?«, fragte er.

»Ich nehme ein Wasser.« Alles andere würde ihr vermutlich sofort den Boden unter den Füßen wegziehen, so ohne etwas im Magen und mit der Erschöpfung, die dieser Tag bei ihr hinterlassen hatte. Sie wartete, bis Chris ihr eingeschenkt hatte und ihr einen guten Appetit wünschte, ehe sie fragte, um was für einen Auftrag es sich handelte.

Chris zog seinen Laptop zu sich heran und ließ das Display erwachen.

»Wow!« Jule ließ die Gabel, auf die sie Lasagne gehäuft hatte, sinken und starrte auf die Meerjungfrau. Unter Wasser, die Schuppen schillernd im Sonnenlicht, das durch die Oberfläche brach und ihr Haar, das wie ein Fächer hinter ihr herschwebte. In der Hand hielt sie eine silbern schimmernde Herrenuhr, die ebenfalls das Licht einzufangen schien. »Das ist total«, sie suchten nach den richtigen Worten, »mystisch und trotzdem super modern.«

»Ich habe noch mehr.« Chris schob sich eine Gabel Lasagne in den Mund und klickte dann weitere Bilder an.

»Diese Zeichnungen sind der Wahnsinn.« Jule zog den Laptop ein wenig näher zu sich heran, klickte noch einmal zwei Bilder zurück und wieder vor. »Unglaublich.«

Chris nickte. »Die hat Fanny gemacht. Meine beste Grafikdesignerin. Du weißt schon, die, für die ich die Kinderbetreuung auf die Beine stellen will.«

»Hm. Lina hat mir schon erzählt, dass du mit ihr gesprochen hast.« Jule trank einen Schluck Wasser. »Eine so talentierte Mitarbeiterin kannst du dir wirklich nicht entwischen lassen. Das wird sicher eine fantastische Werbekampagne. Ich weiß nur nicht, was das mit mir zu tun hat.« Ihr war natürlich schon bewusst, dass Chris die Idee gekommen war, als er den Nixen-Flyer in ihrem Wagen gesehen hatte. Sie konnte die Meerjungfrauendarstellerin für ihn anrufen oder ihm ihre Kontaktdaten geben. Aber dafür hätte sie nicht extra zu ihm fahren müssen. Zumindest war es beruhigend, dass sie nach dem merkwürdigen Moment unter der Dusche am vergangenen Tag wieder ganz normal miteinander umgingen.

»Die Idee für die Kampagne steht. Wir haben noch viel zu tun, aber uns läuft ein wenig die Zeit davon. Was ich vor allem brauche, ist eine richtig coole Location, um das Ganze unserem Kunden zu präsentieren. Irgendetwas echt Besonderes. Ich will Carter Perry nicht nur beeindrucken – ich will ihn umhauen. Er will durchaus mit uns zusammenarbeiten, aber er ist nicht so dumm, sich nur ein Angebot einzuholen. Deshalb muss es Bähm machen.« Er hatte seine Hand zur Faust geschlossen und spreizte jetzt die Finger ab wie bei einer Explosion. »Ich hatte gehofft, du hast vielleicht eine Idee, wie wir das Ganze aufziehen können.«

»Ich?« Jule sah Chris von der Seite an. »Ich bin keine Eventmanagerin«, erinnerte sie ihn daran, was ihr eigentlicher Job war.

Er grinste sie von der Seite an. »Und doch wissen wir, dass du darin genauso fantastisch bist wie in allem anderen, was du tust.«

»Du meinst wie als Haushälterin, Krankenschwester, Möbelpackerin«, zählte sie auf.

»Da gibt es sicher noch viel mehr. Aber so wie du die Vernissage organisiert hast, hast du ganz eindeutig mehr Talente als die einer Concierge. Außerdem ist dein Motto, dass es für dich kein Nein gibt«, schlug er sie mit ihren eigenen Waffen.

Das stimmte natürlich. Jule biss sich auf die Unterlippe, dann hielt sie sich die Hand vor den Mund, weil sie ein Gähnen nicht mehr unterdrücken konnte. »Entschuldige bitte. Aber ich brauche definitiv Kaffee. Sonst dreht sich in meinem Gehirn kein Rädchen mehr.«

»Gute Idee. Lass uns abräumen und Kaffee kochen.« Er blickte zur Seite, als er über seinen Oberschenkel rieb. Trotzdem konnte sie sehen, wie er das Gesicht verzog.

»Hast du Schmerzen?«, fragte sie.

»Geht schon.« Chris sah sie wieder an und lächelte.

»Diese Barhocker sind jedenfalls nicht dafür geschaffen, mit deinem kaputten Knie länger hier herumzusitzen. Wie wäre es, wenn du zur Couch hinüberhoppelst«, schlug Jule vor. »Ich mache hier schnell klar Schiff und bringe dann den Kaffee.«

Er seufzte. »Irgendwann revanchiere ich mich. Versprochen.«

Jule zwinkerte ihm zu. »Mir reicht es, wenn du diesen Werbedeal an Land ziehst, damit du dir mich auch später noch leisten kannst.« Sie schob ihren Teller von sich und stand auf. Als sie den Tresen umrundet hatte, begann sie, das Geschirr in die Spülmaschine zu räumen, während Chris auf seinen Krücken zur Couch humpelte.

Er sah viel besser aus als noch vor ein paar Tagen. Die Muskeln seiner Unterarme traten sehnig hervor, als er sich auf den Krücken abstützte. Er war voller Energie. Seine Augen funkelten geradezu vor Tatendrang, ganz anders als nach dem Unfall. Dabei war es sicher nicht leicht, diese überschüssige Energie loszuwerden, wenn er keinen Sport machen konnte, wie er es gewohnt war. Stattdessen steckte er seinen ganzen Enthusiasmus in sein Projekt.

Jule gefiel das an ihm. Sie schaltete die Kaffeemaschine ein und gähnte noch einmal herzhaft, als sie wartete, dass das Gerät aufheizte. Ihr Blick ging über die kleine Sammlung von exklusiven Gin-, Wodka- und Whiskeyflaschen, die in einem der Hängeregale vor ihr aufgereiht standen. Einen Moment betrachtete sie die Auswahl. Den Wodka mochte sie selbst sehr gern. Einen der Gins hatte sie schon einmal getrunken, und einen anderen wollte sie schon seit Ewigkeiten einmal probieren. Zwei der Whiskey-Flaschen, die hier standen, waren auch Bestandteil der Tastings, die in der alten Schule hin und wieder stattfanden. Die Kaffeemaschine gab das leise Signal, dass sie bereit war, und Jule machte sich daran, ihnen Kaffee zuzubereiten, als ihr die Idee wie ein Blitz durch den Kopf schoss. »Ich hab's!« Begeistert sah sie zu Chris hinüber.

*

»Ich hab's!«, verkündete Jule und strahlte ihn an.

Nach seinem Gespräch mit Miles war Chris nicht sicher, wie er sich Jule gegenüber verhalten sollte. Erst einmal hatte er sich für die Ebene entschieden, auf der sie sich die letzten Wochen bewegt hatten. Irgendwo zwischen professionell und freundschaftlich. Das hatte definitiv funktioniert, wie er an ihrer Reaktion bemerkt hatte, als sie bei ihm aufgetaucht war. Im ersten Moment hatte sie ihn noch vorsichtig und voller Skepsis betrachtet, aber als er den Moment unter der Dusche nicht erwähnt und sich auch sonst völlig normal verhalten hatte, hatte Jule sich entspannt.

Was allerdings nicht bedeutete, dass da nicht mehr an ihr war, das ihn interessierte. Wie sie schmeckte, wenn er sie wirklich küssen würde. Wie sich ihre Haut unter seinen Fingern anfühlen würde. Gab sie diese kleinen Seufzer von sich, die sie manchmal ausstieß, ohne es zu merken, wenn sie in seinem Bett unter ihm liegen würde? Und diese wunderschönen goldbraunen Augen. Würden sie sich verdunkeln vor Leidenschaft?

»Hier, du Turnbeutelvergesser«, holte Jule ihn mit einem Ruck in das Hier und Jetzt zurück. Sie platzierte seinen Laptop auf den Couchtisch vor ihm und legte den Jute-Beutel daneben, damit er seinen Computer auch später noch mit sich herumtragen konnte. Später. Wenn Jule gegangen war. Und er noch immer Zeit hatte, sich Gedanken über sie zu machen und sich auszumalen, wie es wäre … »Danke«, sagte er und konzentrierte sich darauf, dass das hier ein professioneller Moment sein sollte. Er nahm ihr die Tasse ab, die sie ihm reichte, nachdem sie ein zweites Mal zwischen dem Tresen und der Couch hin- und hergelaufen war, und nippte an seinem Kaffee.

Chris hatte sich so gesetzt, dass er sein verletztes Bein hochlegen konnte. Das andere ließ er auf den Boden hängen. Jule stand vor der Couch und dem Laptop, ihren Kaffee in der einen Hand. Die andere hob sie schon wieder vor ihren Mund, um ihr Gähnen zu verstecken. Sie war sich nicht sicher, ob sie sich wirklich so setzen sollte, dass sie beide in den Laptop schauen konnten. Was bei seinem ausgestreckten Bein ein bisschen wirken würde, als krieche sie auf seinen Schoß. Ihr Zögern sprach für sich.

»Ich hoffe, das ist dir nicht zu unangenehm«, sagte er und schenkte Jule ein entschuldigendes Lächeln. »Ich könnte mich sonst auch anders hinsetzen und das Bein auf einen Stuhl legen oder so.«

»Nein.« Jule hob abwehrend die Hand. »Wirklich. Mach dir keine Umstände. Wenn du so am wenigsten Schmerzen hast, dann bleib so sitzen. Ich quetsch mich einfach auf die Ecke.«

Was sie auch tat. Mit einer halben Pobacke auf der Sofakante, so weit entfernt von ihm wie möglich. Chris biss sich auf die Innenseite seiner Wange, um nicht laut zu lachen. Er hätte am liebsten »ich beiße nicht« gesagt, denn genau das befürchtete sie offenbar. Jule Hansen, die vor nichts Angst zu haben schien, ihm und jeder anderen Herausforderung mit stolz erhobenem Kinn begegnete, war plötzlich hibbelig wie ein Sack Flöhe. Wenn er ihr keine Angst machte, dann konnte es nur ihre eigene Reaktion auf ihn sein, die sie ein bisschen aus der Bahn warf. Er sollte mit dieser Erkenntnis nicht so zufrieden sein, aber er konnte nicht anders, als sich gemütlich zurückzulehnen und sein Lächeln hinter seiner Kaffeetasse zu verstecken. »Also«, begann er, nachdem Jule den Rechner so hingestellt hatte, dass sie beide einen guten Blick auf den Bildschirm hatten. »Du hast gesagt: Ich hab's. Erzähl.«

Jule schüttelte den Kopf und blickte ihn über ihre Schulter hinweg an. »Du zuerst. Damit ich weiß, ob meine Idee zu deiner passt.«

»Okay, dann fange ich an.« Er blieb, wo er war, zurückgelehnt in seine Kissen und bat Jule, die Präsentation zu starten. »Wir haben uns überlegt, die Kampagne wie eine Geschichte aufzubauen. Dramatisch. Mit Happy End. Wie ein Seefahrer-Märchen vielleicht, aber modern interpretiert. Ganz genau haben wir das noch nicht entschieden. Ein Segler, der in ein Unwetter gerät und Schiffbruch erleidet. Eine Meerjungfrau rettet ihm das Leben, bringt ihn an Land und verschwindet dann wieder im Ozean. Aus Dankbarkeit – und halb im Delirium – gibt er ihr seine *Perry Carter Watch* – die selbstverständlich wasserdicht ist. Von da an wird er immer wieder am rauen Meer stehen, auf einer Klippe im Sturm oder so was, weil er sie nicht vergessen kann.«

»Und sie gleitet durch das Meer, seine Uhr am Handgelenk«, ergänzte Jule mit einem kleinen Seufzen. »Sag mir, dass sie am Ende zusammenfinden.«

Chris lachte. »Das ist der Plan. Romantisch genug, um Frauen dazu zu bringen, so eine Uhr für ihren Mann zu kaufen. Rau und abenteuerlich genug, um Männer anzusprechen. Wir werden am Anfang nur kleine Sequenzen der Geschichte zeigen, die Kampagne darauf aufbauen und dann irgendwann den kompletten Trailer veröffentlichen.«

»Das klingt wirklich toll.« Jule blinzelte. Sie sah aus, als müsse sie sich zwingen, die Augen offen zu halten. Dann trank sie einen großen Schluck Kaffee. »Wenn ich es richtig verstehe, geht es bei der Location, die du suchst, um einen Ort, an dem du das Konzept vorstellen kannst, und zwar so, dass dein Kunde gleich ein Gefühl dafür bekommt, wie diese Werbespots aussehen könnten.«

»Ganz genau.« Jetzt richtete Chris sich doch auf. Neugierig sah er zu Jule hinüber.

»Du könntest das in der alten Schule machen«, schlug sie vor.

»Oh.« Chris ließ sich wieder in die Kissen sinken. Natürlich würde sie das Haus ihrer Freunde als Erstes ins Gespräch bringen. Aber er war auf der Abendschein-Hochzeit gewesen, er kannte also das Haus. Es war schön und würde sicher auch zu vielen Werbeideen passen, aber es war nicht besonders genug für das, was ihm vorschwebte. »Das ist es nicht«, sagte er ehrlich. »Ich brauche etwas Außergewöhnlicheres.«

Jule nickte und stellte ihren Kaffeebecher zur Seite. »Die alte Schule.« Sie rief auf seinem Laptop die Webseite der Küchennachhilfe auf. »Ein Freund von Felicia bietet Whiskey-Proben an. ›Termin beim Direktor‹ heißen sie. Aber das kann man in deinem Fall ja ändern. Schau mal hier.« Sie schob den Laptop ein wenig mehr in seine Richtung. »Das alte Rektorenzimmer könnte durchaus auch als Herrenclub durchgehen. Du könntest die Präsentation dort veranstalten. Und wenn du deinen Kunden am Ende aus dem Fenster sehen lässt, hat er einen fantastischen Blick auf den Steg und den See, wo wir eine Meerjungfrau auftauchen lassen könnten.«

»Jule!« Chris zog den Laptop noch ein bisschen näher. Pure Energie rauschte durch seine Adern. Puzzleteile klickten in seinem Kopf ineinander. Er konnte es vor sich sehen. Bis ins kleinste Detail. »Das ist absolut genial. Lass mich mal sehen.« Er zog die Bilder des Rektorenzimmers größer. Regale aus dunklem Kirschholz, die mit alten Wälzern gefüllt waren. Dielenboden. Tiefe Clubsessel und der vermeintliche Rektorenschreibtisch, auf dem ein alter Globus thronte. Er sah sich die anderen Fotos an, überlegte, ob man ein Buddelschiff in eines der Regale stellen konnte. Betrachtete weitere Bilder aus anderen Perspektiven. »Ich buche diesen Raum auf jeden Fall.«

»Hm«, machte Jule, aber er sah nicht auf.

»Hinter dem Schreibtisch hing ein Landschaftsgemälde vom Starnberger See. Denkst du, es wäre okay, dieses Bild für die Präsentation durch etwas Maritimes auszutauschen? Irgendein wild aufgewühltes Meer, auf dem ein Segelboot treibt.«

»Hm.« Mehr gab Jule auch diesmal nicht von sich, was Chris endlich aufblicken ließ. Sie saß noch immer auf der Sofakante, die Kaffeetasse in der Hand. Aber ihre Augen waren geschlossen.

»Jule?«, fragte er leise.

Sie antwortete nicht, dafür bekam die Tasse langsam, aber sicher Schlagseite. Chris nahm sie ihr vorsichtig aus der Hand und stellte sie auf den Couchtisch, bevor Jule den Rest Kaffee auskippte oder sie einfach fallen ließ. Fasziniert sah Chris dabei zu, wie Jules Oberkörper in Zeitlupe nach hinten kippte, bis die Sofalehne sie stoppte. Wer hätte das gedacht? Jule Hansen gehörte zu den Menschen, die einfach so im Sitzen einschliefen.

18

Jule fühlte sich geborgen. Wärme hüllte sie ein, als sie langsam aus den Tiefen des Schlafes an die Oberfläche tauchte. Es war schön, von starken Armen gehalten zu werden. Den Kopf an einen Brustkorb gekuschelt, unter dem sie das stete, ruhige Schlagen eines Herzens spüren konnte. Lippen, die ihre Schläfen berührten. In einer trägen Bewegung hob sie den Kopf, erlaubte den Lippen, über ihre Wange zu gleiten, an ihrem Mundwinkel für einen kurzen Moment zu zögern und dann sacht über ihre Lippen zu streichen.

Der Kuss, in dem sie versank, war weich und warm und trotzdem erregend. Ihre Finger glitten über die muskulöse Brust, an die sie geschmiegt war, fühlten, wie der Herzschlag sich beschleunigte. Hände schoben sich unter den Saum ihres Shirts, fuhren an ihrer Wirbelsäule hinauf. Ohne die Augen zu öffnen, vertiefte sie den Kuss.

Sie hörte die frühen Vögel zwitschern und roch den See. Ein raues Stöhnen vibrierte auf ihrer Haut, als die Lippen sich einen Weg an ihrem Hals hinunter bahnten. Die Hände zu ihrem Po glitten und Chris sie noch näher an sich heranzog. Dieser Traum war so … Chris? Jule taumelte in die Wirklichkeit, als hätte ihr jemand einen Stoß versetzt. »O Gott!«, war alles, was ihr einfiel, als sie die Augen aufriss und in seine sah. *Viel zu nah*, ging es ihr durch den Kopf. Das hier war viel zu nah.

Sie stemmte ihre Hände gegen seinen Brustkorb, um Abstand zwischen sich und ihn zu bringen. »Was tust du da?«, fuhr sie ihn an.

»Was ich tue?« Chris richtete sich ein wenig auf. Die Lider schwer vom Schlaf, seine Haare zerzaust.

Jule wurde bewusst, dass sie halb auf ihm lag. In seiner Umarmung. Seine Hände nicht nur auf ihrem Rücken, sondern unter ihrem Shirt. Heilige Scheiße! Weiter konnte sie für diesen Moment nicht denken. »Wir«, korrigierte sie sich hektisch. »Wir! Was tun wir denn hier?«

»Hm.« Chris' Stimme klang heiser, und sie war sich nicht sicher, ob der Schlaf daran schuld war, oder … »Wir haben einen perfekten Weg gefunden, zusammen aufzuwachen, finde ich.« Seine Finger glitten von ihrem Rücken und hinterließen eine Spur aus implodierten Nervenzellen. Er legte seine Hand an Jules Wange, schob sie in ihre Haare und zog ihren Kopf sanft zu sich herunter. Ihre Lippen trafen sich erneut, verschmolzen in einem weiteren Kuss, der Hitze zwischen ihnen aufsteigen ließ. Sie pulsierte in Jules Adern, ließ ihre Haut glühen.

Chris drehte sich mit ihr in seinen Armen. Sein Körper drückte sie in die Kissen. Auf eine Art, die sich ziemlich sexy …

»Ah!« Chris zuckte zusammen und drehte sich zur Seite. Mit seinem Gewicht verschwand auch der Anker, der Jule auf den Polstern hielt. Sie rutschte. Und im nächsten Moment landete sie unsanft … mit dem Hintern auf den Bambusdielen. Und mit ihrem Kopf in der Realität.

»Jule?« Chris rieb über sein verletztes Knie und warf ihr einen erschrockenen Blick über die Sofakante zu. »Bist du okay?«

»Ich … ja.« Sie rückte so weit von ihm ab, wie es der Couchtisch in ihrem Rücken erlaubte, und wich der Hand aus, mit der er aufgehört hatte, sein Bein zu massieren, um ihr aufzuhelfen. »Geht schon. Alles okay«, murmelte sie, nicht sicher, wen sie beruhigen wollte. Chris? Oder vielmehr sich selbst? Im Krebsgang bewegte sie sich am Tisch entlang, bis sie aufstehen konnte, ohne dass Chris sie noch einmal berührte.

Langsam richtete er sich in eine sitzende Position auf. »Du wirkst nicht wirklich so, als sei alles in Ordnung«, sagte er leise. Sein Blick war inzwischen klarer, aber seine Haare so zerwühlt, wie sein T-Shirt zerknittert war. Er sah aus wie … wie … die blanke Versuchung, verdammt!

Jule ballte ihre Hände zu Fäusten und trat einen Schritt zurück, um noch mehr Abstand zwischen sich und ihn zu bringen. »Doch. Auf jeden Fall. Ich weiß nur nicht, was hier überhaupt passiert ist. Haben wir … wir haben doch nicht …?« Nein, Chris und sie hatten nicht miteinander geschlafen, ohne dass sie sich daran erinnerte. Sie trug noch immer ihre Jeans, ihr Shirt und ihre Unterwäsche. Sogar die Socken hatte sie noch an.

»Du bist einfach eingeschlafen«, sagte Chris mit ruhiger Stimme. Der Ausdruck in seinen Augen war von leidenschaftlich zu vorsichtig gewechselt. »Es ist nichts passiert.«

»Bis gerade eben«, ergänzte Jule und wedelte mit der Hand zwischen ihnen hin und her. Was war am Abend passiert? Wieso war sie in seinen Armen aufgewacht? Sie erinnerte sich daran, unglaublich müde gewesen zu sein, als sie über die Werbekampagne gesprochen hatten. Und dann …

»Es tut mir leid, dass ich einfach hier eingeschlafen bin. Das war nicht professionell. Besonders nicht während einer geschäftlichen Besprechung.« Sie rieb sich über das Gesicht und schob sich die Haare hinter das Ohr. »Ich schwöre dir, so etwas ist mir noch nie passiert. Und es wird auch nie wieder vorkommen.«

Chris' Mundwinkel hob sich zu einem halben Grinsen. »Ich würde sagen, das war menschlich. Und das hier war kein Geschäftstermin. Na ja, irgendwie schon«, sagte er, als sie nur die Augenbrauen hochzog. »Aber wir haben als Freunde hiergesessen. Du hast dich wohl genug gefühlt, dich in meiner Gegenwart zu entspannen. Ich finde das nicht schlimm. Es ehrt mich. Offenbar vertraust du mir genug, um neben mir die Augen zu schließen.«

Musste dieser Mann solche Sachen sagen? Jule trat noch einen Schritt zurück. »Trotzdem hätte das nicht passieren dürfen. Du bist mein Klient. Ich küsse die Menschen nicht, mit denen ich zusammenarbeite.« Jules Gehirn schien sich noch immer in einer Schockstarre zu befinden. Zumindest schaffte sie es nicht, mit der Vielzahl von Argumenten aufzuwarten, die dieser Moment eigentlich benötigte, um alles wieder ins Lot zu bringen.

»Ich habe noch nie jemanden geküsst, mit dem ich zusammenarbeite. Und ich hatte das auch nicht geplant.« Chris zwinkerte ihr zu. »Aber es hat sich nicht falsch angefühlt, eine schöne Frau zu küssen, die in meinen Armen aufgewacht ist.«

Sie öffnete den Mund, hatte aber keine Ahnung, was sie sagen sollte. Also schloss sie ihn langsam wieder.

Chris sah sie einen Moment lang an. »Das war schön, Jule«, sagte er dann leise.

Ihr Herz begann zu rasen. Das hier war nicht gut. Gar nicht gut. Denn ihr immer noch nicht funktionierendes Gehirn wollte schreien, dass sie es auch schön gefunden hatte. Umwerfend. Stattdessen griff sie nach ihrem Handy, das noch auf dem Couchtisch lag, und als Nächstes nach ihren Autoschlüsseln auf dem Küchentresen. »Ich muss gehen«, stammelte sie. »Termine. Ich habe Termine.« Und dann trat sie die Flucht an.

Erst als sie die Hände um das Lenkrad ihres Wagens schloss, atmete sie tief durch. So war es also, Christian Thalbach zu küssen. Es wäre eine Schande gewesen, diesen Moment nicht erlebt zu haben. Aber jetzt wusste sie sogar, wie es war, an ihn geschmiegt aufzuwachen. Es würde ein hartes Stück Arbeit werden, diese Momente wieder aus ihren Gedanken zu löschen, oder zumindest so weit zur Seite zu schieben, dass sie zu blassen Erinnerungen verschwimmen konnten.

*

Chris ließ sich auf die Couch zurückfallen, als die Tür hinter Jule ins Schloss fiel. Er grinste. Und als er an Jules entsetztes Gesicht dachte, lachte er laut in den stillen Raum.

Als Jule am vergangenen Abend zu ihm gekommen war, um über seine Werbekampagne zu sprechen, hätte er sich im Traum nicht vorstellen können, dass dieses Treffen damit enden würde, dass er sie am nächsten Morgen küsste. Und verdammt, wenn diese Küsse nicht besser gewesen waren als jeder Traum. Nachdem Jule einfach weggepennt war, hatte er sie kurz an der Schulter gerüttelt, aber sie war nicht aufgewacht. Also hatte er sie einfach neben sich auf die Couch gezogen und seinem Smarthome befohlen, die Lichter im Wohnzimmer zu löschen.

Chris hatte nicht gedacht, dass er schlafen könnte. Er hatte einfach dagelegen. In der Dunkelheit. Der einzige Lichtschein war der silbrige Schimmer gewesen, mit dem sich der fast volle Mond im See spiegelte. Schließlich hatte er seine Augen doch geschlossen und mit klopfendem Herzen auf Jules ruhige Atemzüge gelauscht, ihren Duft eingeatmet, der ihn an Zitrusfrüchte erinnerte und ihm ein wenig die Sinne vernebelte. Ein bisschen war er sich vorgekommen wie sein sechzehnjähriges Ich, das völlig verschossen neben seiner Angebeteten lag und sich nicht traute, sie zu berühren.

Doch dann war er doch eingeschlafen, und im Traum hatte er Jule in den Armen gehalten. Geküsst. Liebkost. Nur dass es kein Traum gewesen war. Er konnte sie noch immer schmecken, hatte das Gefühl ihrer zarten Haut auf seinen Fingerspitzen. Dabei war er sich nicht einmal sicher, wer von ihnen angefangen hatte, den anderen zu küssen. Jule hatte, fest an ihn geschmiegt, halb auf ihm gelegen, und das hatte sich fantastisch angefühlt.

Aber dann hatte er irgendeine blöde Bewegung gemacht, war trotz seiner Orthese vor Schmerz zusammengezuckt – und Jule von der Couch gerutscht. Ein bisschen hatte sich dieser Moment angefühlt, als wäre sie in der Realität aufgeschlagen und hätte plötzlich wieder begonnen, die Dinge klar zu sehen. Die Hingabe, mit der sie ihn gerade noch geküsst hatte, war purem Schock gewichen.

Chris grinste noch immer, als er sich aufrappelte und nach seinen Krücken griff. Er brauchte Kaffee. Und dann würde er noch ein bisschen über das nachdenken, was zwischen Jule und ihm passiert war. Sie hatte zwar etwas davon gemurmelt, dass sie niemanden küsste, mit dem sie zusammenarbeitete, aber das änderte nichts daran, dass sie die Küsse genossen und sich in seine Umarmung geschmiegt hatte. Sie war in Panik ausgebrochen, weil sie das nicht geplant hatte. Aber sie hatte ihn genauso gewollt wie er sie.

Chris humpelte zum Küchentresen hinüber, um den Kaffeeautomaten einzuschalten. Dieser Morgen hatte ihm einen Vorgeschmack darauf gegeben, wie es sein könnte, noch mehr Zeit mit Jule zu verbringen. In seinem Bett. Auf dem Sofa. Wo auch immer. Sie brauchte definitiv noch Zeit, um zu diesem Ergebnis zu kommen. Er warf einen Blick auf sein verletztes Knie. Wenn es etwas gab, das er im Überfluss hatte, dann war es Zeit. Noch immer grinsend nahm er eine Tasse aus dem Schrank. Miles wäre verdammt stolz auf ihn.

*

Jule schlich sich wie eine Teenagerin ins Haus, der verboten worden war, auf die Party zu gehen, die aber trotzdem heimlich aus dem Fenster geklettert war. So als hoffe sie, nicht erwischt zu werden.

Leise stieg sie die Treppen hinauf. Inzwischen wusste sie genau, welche Stufen knarzten und sie verraten konnten. Nahezu lautlos schaffte sie es bis zu ihrer Wohnungstür, die sie vorsichtig aufschob.

Im nächsten Moment stieß sie einen erstickten Schrei

aus und legte die Hand auf ihr wild schlagendes Herz. »Nicky!«, keuchte sie. »Du hast mich zu Tode erschreckt.« Ihr Bruder fläzte in einem Sessel, das Handy in der Hand und einen schlecht gelaunten Blick im Gesicht. »Wieso schläfst du nicht?« Tag für Tag war es ein Kampf, ihn vor dem Mittag aus dem Bett zu bekommen. Jedes Mal musste sie sich gemurmelte Flüche und den Hinweis darauf anhören, dass er Ferien hatte und sie eine Sadistin sei. Und dann kam sie einmal erst im Morgengrauen nach Hause, nachdem sie in den Armen eines ihrer Klienten aufgewacht war und ihn geküsst hatte, und wurde prompt von ihrem Bruder erwischt.

»Es heißt Nic«, korrigierte ihr Bruder sie. »Und du bist hier nicht diejenige, die sich über irgendetwas beschweren darf. Oder«, er warf ihr einen diabolischen Blick zu, »um es mit Mamas Worten zu sagen: Wo, verdammt noch mal, bist du die ganze Nacht gewesen?«

»Ich …« Jule spürte, wie ihr Hitze in die Wangen schoss. »Um ehrlich zu sein, mir ist was echt Verrücktes passiert. Ich hatte eine Besprechung und bin einfach … eingepennt.« Das klang nicht nur in den Ohren ihres Bruders, der ein abfälliges Schnauben von sich gab, irgendwie lahm.

»Du wolltest mit mir aufs Wasser gehen«, sagte ihr Bruder schlicht.

Mist. Das hatte sie komplett vergessen. Sie hatte Niclas eine Nachricht geschrieben, dass sie noch eine Besprechung hatte und zum Essen eingeladen war. Danach hatte sie sich nicht mehr bei ihm gemeldet. »Nic, es tut mir so leid. Ich bin wirklich einfach eingepennt. Wir können heute Abend …«

»Vergiss es.« Ihr Bruder sprang auf. »Mach dir um mich keine Gedanken. Ich kenn das schließlich nur zu gut.« Er stapfte an ihr vorbei und ließ mit einem wütenden Knall ihre Wohnungstür hinter sich ins Schloss fallen.

Jule zuckte zusammen. Sie hätte es sich sparen können, durch das Haus zu schleichen – jetzt waren mit Sicherheit alle wach. Mit einem Seufzen ließ sie sich auf den Sessel sinken, den Niclas gerade geräumt hatte, und rieb sich über das Gesicht. Sie hatte ihren Bruder hängen lassen. Und sie hasste sich dafür. Denn abgesehen davon, dass sie sich grundsätzlich schlecht fühlte, wenn sie es nicht schaffte, für jemanden da zu sein, der sie brauchte, hing hier noch viel mehr dran. Seine Reaktion gerade hatte ihr einmal mehr gezeigt, dass zwischen ihm und ihren Eltern irgendetwas ganz eindeutig im Argen lag. Für den Moment hatte sie die Chance vertan, mit ihm zu reden. Sie kannte Niclas gut genug. Jetzt würde er erst einmal dichtmachen, und sie würde alle Mühe haben, wieder an ihn heranzukommen.

Jule stemmte sich aus dem Sessel hoch und trat ans Fenster. Sie sah ihren Bruder über die Wiese stapfen, seine Körperhaltung strahlte die blanke Wut eines Sechzehnjährigen aus. Aber er hielt auf den Steg und das Bootshaus zu. Wenigstens was das anging, war er absolut berechenbar. Jule zog sich das T-Shirt über den Kopf und knöpfte ihre Jeans auf. Sie schlüpfte in Shorts und ein Top und band ihre Haare zusammen. Dann rannte sie die Treppe hinunter und aus dem Haus. Wenig später hatte sie ihr Board ins Wasser gelassen und paddelte neben ihrem Bruder her, der sie eisern ignorierte.

Egal. Sie hatte ihn enttäuscht. Aber sie würde ihn nicht allein lassen. Je eher er das merkte, desto besser.

Nach dem verrückten Tag, der hinter Jule lag, wurde dieser ruhiger. Wo war der Stress, wenn man ihn brauchte, um sich abzulenken und dafür zu sorgen, dass die völlig falschen Gedanken, die immer wieder ihre Konzentration aushebelten, verschwanden? Ihr blieb viel zu viel Zeit zum Nachdenken. Und diese kleine Stimme in ihrem Hinterkopf brachte ihre Meinung, dass das mit Chris gar keine so schlechte Idee war, immer lauter zum Ausdruck. Jule ignorierte sie. Den Tag über. In der Nacht, in der sie sich schlaflos von einer Seite auf die andere wälzte. Und am nächsten Mittag, als sie wieder auf dem Weg zu Chris war, um ihn zur Physiotherapie zu fahren.

Sie wäre ihm gern noch eine Weile aus dem Weg gegangen – so ungefähr für immer. Aber das ließ sich nun mal nicht einrichten. »Ich bin professionell«, erinnerte sie sich mit einem Blick in den Rückspiegel des Jimny daran, dass die Küsse mit Chris ein Ausrutscher gewesen waren. Trotzdem würden sie miteinander reden müssen, dachte sie, als sie auch an diesem Tag vorsichtig über den Rasen fuhr, um Chris den Weg auf Krücken zu ersparen.

Chris lehnte bereits in der offenen Haustür. Jogginghose und T-Shirt, seine Standarduniform. Er hatte sich nicht rasiert, und seine Augen waren hinter seiner Sonnenbrille versteckt. Jule schluckte. Auch wenn sie durch die getönten Gläser nicht sehen konnte, was er dachte, konnte sie seine Anziehungskraft nicht abstreiten. »Ich bin professionell«, erinnerte sie sich noch einmal, bevor sie ausstieg. »Hallo«, grüßte sie Chris, um einen neutralen Gesichtsausdruck bemüht.

»Hey.« Im Gegensatz zu ihr verzog er die Lippen zu einem

Lächeln, das sie sofort … Entschlossen nahm sie ihm die Krücken ab und trat zur Seite, damit er sich auf den Beifahrersitz hangeln konnte. »Wie geht es dir?«, fragte er, als Jule seine Krücken verstaut hatte und sich hinter das Lenkrad setzte.

»Gut. Danke. Und dir?«, antwortete sie ganz automatisch. Die Stimmung in ihrem kleinen Wagen wirkte wie elektrisch aufgeladen. »Was macht das Bein?«

»Wird besser, denke ich.« Chris zuckte mit den Schultern. »Würde mich nicht wundern, wenn ich heute gesagt bekomme, dass ich langsam wieder anfangen kann, das Knie zu belasten.«

»Das wäre schön.« Jule nickte und startete den Wagen. Es schien, als wäre damit zwischen ihnen alles gesagt, und nur noch das plötzlich allgegenwärtige Prickeln zwischen ihnen würde den Wagen füllen.

Ohne viel zu sprechen, fuhr sie Chris zu seiner Behandlung. Sie hatte ihr Cardex in eine weinrote Tablet-Hülle gepackt, die perfekt zu ihrem Blazer passte, und während sie auf Chris wartete, sah sie sich zwei YouTube-Videos zu aktuellen Inneneinrichtungstrends an, weil sie von Kunden immer wieder um ihre Meinung gebeten wurde, und arbeitete dann wie schon bei den vergangenen Terminen ihre To-do-Liste ab.

Die kurzfristige Bitte von Paul Merzinger, die plötzlich auf ihrem Display aufleuchtete, kollidierte mit ihren anderen Aufgaben, und Jule dachte darüber nach, ob es nicht langsam an der Zeit wäre, bei der *Guten Fee am See* einen Mitarbeiter einzustellen. Sie verwarf den Gedanken wieder. Für einen festen Angestellten hatte sie noch nicht genug Arbeit, auch wenn sie ihr allein hin und wieder über den Kopf wuchs. Immerhin verfügte sie über ein paar Aushilfskräfte, die sie für Besorgungen und Erledigungen einsetzen konnte. Dieser Auftrag war allerdings zu wichtig, um sie einem der Gymnasiasten aufs Auge zu drücken, deren Handynummern sie seit der Entrümpelung der alten Schule vor ein paar Wochen gespeichert hatte.

Stattdessen rief sie ihren Bruder an. Niclas spielte zwar noch immer die beleidigte Leberwurst und weigerte sich, über seine Probleme zu Hause zu reden. Aber er hatte versprochen, sich einzubringen, solange er in der alten Schule wohnte. Bis jetzt hatte er noch nicht viel arbeiten müssen für das Privileg, seine Ferien am Starnberger See statt in einem norddeutschen Bootcamp zu verbringen.

»Was ist?«, meldete Niclas sich, nach dem siebten Klingeln. So wie er klang, war er wieder zu seiner üblichen Routine übergegangen, die daraus bestand, bis mittags zu schlafen.

»Ich brauche deine Hilfe«, erwiderte Jule auf die wenig charmante Begrüßung ihres Bruders.

»Umpf.« Jule hörte einen dumpfen Laut und ein Rascheln. Sie nahm an, dass Niclas sich aufgerichtet hatte.

»Ich schicke dir die Adresse einer Weinhandlung. Du holst den Wein dort ab und bringst die Flaschen zum Jachthafen. Um achtzehn Uhr legt die *Maria Magdalena* an. Du übergibst den Wein und fertig. Und frag bitte Felicia, ob du dir dafür ihr Fahrrad ausleihen kannst.«

Die Antwort ihres Bruders war ein weiteres »Umpf.«

»Hast du das verstanden?«, erkundigte Jule sich noch einmal.

Niclas stieß ein Seufzen aus, bei dem Jule regelrecht fühlte, wie er die Augen verdrehte. »Bin ich ein Kleinkind?«, erwiderte er. »Wein holen. Jachthafen. *Maria Magdalena.* Achtzehn Uhr«, wiederholte er. »War's das?«

»Ich kann mich doch auf dich verlassen, Niclas?«

»Umpf.« Im nächsten Moment war die Leitung tot.

Jule atmete tief durch. Ihr Bruder wollte sie auf die Probe stellen, das war ihr schon klar. Er war noch immer sauer auf sie, trotzdem wusste sie, dass sie sich auf ihn verlassen konnte.

Als sie den Blick von ihrem Handy hob, sah sie Chris auf sich zuhumpeln. Sie sprang aus dem Wagen, um ihm beim Einsteigen helfen zu können, und fuhr ihn im gleichen seltsamen, etwas unangenehmen Schweigen nach Hause, in dem sie auch zur Physiotherapie gefahren waren.

»Kommst du noch auf einen Kaffee mit rein?«, fragte Chris, als sie vor seinem Haus hielt.

Jule warf einen Blick auf die Uhrzeit auf ihrem Handydisplay. »Kurz«, stimmte sie dann zu. »Viel Zeit habe ich nicht.«

Chris lächelte. »Kurz reicht mir völlig«, sagte er, und seine Stimme klang wie am vergangenen Morgen etwas rau und schaffte es, dieses Prickeln in Jules Magen zurückkehren zu lassen. Seinem Grinsen entnahm sie, dass er diese Zweideutigkeit mit Absicht hatte fallen lassen.

»Ich wollte sowieso mit dir reden. Und auch mir reicht kurz.« Sie zog den rechten Mundwinkel zu einem sarkastischen Lächeln hoch. Ohne auf Chris' Reaktion zu warten, stieg sie aus und öffnete die Beifahrertür, um ihm aus dem Wagen zu helfen. Sie ging vor ihm ins Haus und schaltete die Kaffeemaschine an.

Chris lehnte sich ihr gegenüber an den Tresen und sah ihr dabei zu, wie sie Tassen aus dem Schrank und Milch aus dem Kühlschrank holte. »Du wolltest reden. Schieß los«, forderte er Jule auf.

Sie hatte gehofft, dass er etwas zu den Küssen sagen würde. Aber da das nicht der Fall war, war sie diejenige, die das richtigstellen musste. »Okay.« Sie sah auf die Kaffeemaschine, um Chris' Blick auszuweichen. »Das, was da zwischen uns passiert ist, war ein Ausrutscher.«

»War es das?«

Jetzt sah Jule ihn doch an. Chris warf ihr einen herausfordernden Blick zu. »Ja, das war es«, sagte sie noch einmal. Ihre Wangen fühlten sich heiß an, aber ihre Stimme klang fest. Sie war schon mit wesentlich unangenehmeren Situationen zurechtgekommen. »Wir haben eine geschäftliche Verbindung. Du bist mein Klient. Das ist in meiner Firmenphilosophie ein absolutes No-Go.«

»Dich zu küssen hat sich ziemlich gut angefühlt«, sagte er einfach, als wäre es das Normalste der Welt, so etwas laut auszusprechen.

Jule schluckte. Noch vor Kurzem hatten ihre Freunde Felicia und Ben ein Chaos verursacht, weil sie nicht miteinander geredet hatten. Jemand, der zu viel sagte, stand dem allerdings in nichts nach. »Ähm … können wir uns darauf einigen, dass das nie wieder passieren wird?«, bat sie Chris noch einmal.

Als Chris nicht antwortete, drehte sie sich zu ihm um. Er betrachtete sie noch einen Moment stumm, dann stieß er sich vom Küchentresen ab und stützte sich links und rechts von Jule auf die Küchenzeile.

»Chris?« Sie klang bei Weitem nicht so selbstsicher, wie sie gerne wollte. Er war ihr viel zu nahe. Seine Lippen glitten über ihre Wange, hielten für einen Moment an ihrem Mundwinkel inne und forderten sie dann zu einem sanften Kuss heraus, der in Sekunden ein Inferno aus Gefühlen entfachte.

Jule legte Chris die Arme um den Nacken und zog ihn noch näher an sich heran. Er lehnte sich gegen sie, um sein Gleichgewicht zu halten, und das fühlte sich verdammt gut an, diesen harten, durchtrainierten Körper an ihrem zu spüren. Chris rahmte ihr Gesicht mit den Händen ein und vertiefte den Kuss noch weiter.

Jule hatte keine Ahnung, wie lange sie in der Küche gestanden hatten und sich küssten, als Chris sich langsam von ihr löste. Er legte seine Stirn an ihre, die Hände noch immer an ihren Wangen. »Da ist ziemlich viel Chemie zwischen uns«, murmelte er und fuhr mit den Lippen noch einmal über ihre.

Jule unterdrückte das Seufzen, das auf ihrer Zunge lag. Wenn ihr Blut schon zu pulsieren begann, wenn er sie nur küsste, was würde dann passieren, wenn sie mehr als das tun würden? »Du hast völlig recht«, flüsterte sie. »Jede Menge Chemie. Aber wir sind erwachsen. Wir müssen ihr nicht nachgeben.« Auch wenn ihr Körper bei diesem Gedanken empört aufzuschreien schien. Was wahrscheinlich daran lag, dass sie schon seit einer Weile nicht mehr mit einem Mann zusammen gewesen war. Vielleicht war es an der Zeit, sich mal wieder in den Sattel zu schwingen. Aber nicht mit einem Klienten. Da draußen liefen genug Männer herum, die mindestens so anziehend waren wie Chris und auf die sich einzulassen ungefährlich wäre.

Er lehnte sich ein wenig zurück, um ihr in die Augen sehen zu können. »Das könnten wir. Aber wenn wir ehrlich sind, mochten wir uns schon, als wir uns auf der Vernissage zum ersten Mal begegnet sind.« Er ließ seine Lippen wieder über Jules Wange gleiten, unter ihr Ohr und an ihrem Hals hinunter. Ihr verräterischer Körper kam ihm entgegen, legte in einer stummen Einladung den Kopf zur Seite und genoss die zarte Liebkosung. »Wir schaffen es vielleicht nicht ganz, die Professionalität zu wahren, wenn wir aufeinandertreffen.« Seine Worte vibrierten auf ihrer Haut und verursachten ihr gemeinsam mit seinem heißen Atem eine Gänsehaut.

»Es geht trotzdem nicht«, versuchte sie an seine Vernunft zu appellieren.

»Niemand außer dir und mir weiß, was in diesem Haus geschieht.«

Jule nutzte den Moment, als Chris sich ein Stückchen zurücklehnte. Sie legte die Hände gegen seine Schultern und schob ihn vorsichtig ein wenig zurück. »Ich kann das nicht«, sagte sie. »Es tut mir sehr leid.«

Chris streichelte über ihre Wange und ließ die Hand dann sinken. »Du änderst deine Meinung vielleicht.«

Jule schüttelte den Kopf und machte zwischen ihm und der Küchenzeile einen Schritt zur Seite. Der Abstand half ihr, einen kühlen Kopf zu bewahren. »Ich muss jetzt gehen. Kommst du klar?«

»Sicher.«

Jule hatte den Wohnbereich schon fast verlassen, als er ihren Namen noch einmal rief. Sie drehte sich zu ihm um.

»Ich würde dich gern wiedersehen. Nicht als Concierge, sondern als mein Gast.« Er sah ihr unverwandt in die Augen.

»Heute Abend. Wenn du kommst, willst du das auch. Wenn nicht«, er hob die Schultern, »weiß ich Bescheid und spreche das Thema nicht mehr an. Versprochen.«

Jule war klar, dass sie am Abend nicht kommen würde. Sie würde ihren Job erledigen, Chris zu seinen Terminen fahren, ihm Essen besorgen und bei der Präsentation der Werbekampagne helfen. Mehr aber auch nicht.

19

Der Rest des Tages verschwamm abermals in einem Rausch aus Arbeit. Botengängen. Die Organisation eines Friseurtermins bei einem Starcoiffeur. Der Suche nach einem perfekten Hotel für einen Berlin-Aufenthalt eines ihrer ausländischen Kunden. Selbst als sie den Jimny vor der alten Schule abgestellt hatte, blieb sie noch im Wagen sitzen, um ein paar Konzertkarten für einen Klienten zu besorgen.

Jules Bruder war noch nicht zu Hause, als sie ihre Handtasche und ihr Tablet in den zweiten Stock hinaufschleppte. Sie zog Shorts und ein Top an und ging barfuß wieder hinunter. Die warme Sommerluft strich über ihre Arme und Beine, als sie über den Rasen zum See lief. Sie setzte sich auf ihren Lieblingsplatz – das Ende des Stegs. Hier draußen, ganz allein, musste sie über das nachdenken, was sie an diesem Tag vor lauter Arbeit problemlos hatte zur Seite schieben können. Chris hatte gesagt, dass alles, was zwischen ihnen geschehen würde, innerhalb seiner vier Wände blieb. Aber machte es das besser? Jule empfand es ein bisschen, als betrüge man sich selbst. Sie hängte ihre Füße ins Wasser und ließ kleine Wellen entstehen. Ihr Blick blieb an den Bergspitzen am Horizont hängen. Wenn sie sich nur nicht so von Chris angezogen fühlen würde. Das würde einiges erleichtern.

Sie spürte die Erschütterungen, als jemand auf den Steg trat. Jule drehte sich nicht um. Schließlich konnte das nur ihr Bruder sein oder einer ihrer Freunde aus der alten Schule. Erst als zwei Gläser mit Felicias Zauberwasser in ihrem Blickfeld auftauchten, sah sie auf.

Felicia stellte die Getränke neben Jule ab und ließ sich dann im Schneidersitz rechts von ihr nieder. »Hi«, sagte sie. »Du hast so nachdenklich ausgesehen. Da dachte ich, vielleicht möchtest du ja über irgendetwas reden.«

Poldi schlich sich von links heran und ließ sich so neben sie fallen, dass Jule ihm den Rücken kraulen konnte.

»Wir sind echt gute Zuhörer«, sagte Felicia mit Blick auf den Hund.

Jule hatte sich alleine darüber klar werden wollen, wie sie mit der veränderten Situation umgehen sollte. Doch plötzlich hatte sie das Bedürfnis, mit jemandem darüber zu reden. »Ich konnte ihm nicht widerstehen«, platzte es aus ihr heraus.

»Chris?«, hakte Felicia nach.

»Hm.« Jule streichelte Poldi zwischen den Ohren, was den Hund voller Hingabe die Augen verdrehen ließ. »Wir haben uns vorgestern Abend getroffen. Irgendwie bin ich einfach eingeschlafen. Und als ich morgens aufgewacht bin, haben wir uns geküsst.« Sie zuckte mit den Schultern. »Um ehrlich zu sein, kann ich nicht einmal sagen, wer angefangen hat.«

Felicia gab ein vieldeutiges Summen von sich. »Ist das der Grund, aus dem Nic sauer ist?«, fragte sie.

»Ja. Er hat mir vorgeworfen, dass ich nicht nach Hause gekommen bin. Aber ehrlich gesagt, habe ich nicht mal mitbekommen, wie ich eingepennt bin. Das war ein bisschen, als hätte mein Gehirn einen Schalter umgelegt.«

Felicia winkte ab. »Dein Bruder kriegt sich wieder ein. Zurück zu dir und Chris. Du machst dir noch immer Sorgen, dass das, was ihr da tut, nicht richtig ist. Wobei mir dieser Kuss unvermeidlich schien, nach dem, was in der Dusche passiert ist.«

Jule stieß ein kleines Lachen aus, das nicht besonders glücklich klang. »Es sieht so aus, als könnten wir einander nicht widerstehen, wenn wir uns in der Nähe des jeweils anderen befinden.«

»Das ist nichts Schlechtes, finde ich.« Felicia griff nach ihrem Glas und trank einen Schluck Zauberwasser. »Ich kann deine Bedenken verstehen. Ben und ich«, sie richtete den Blick mit einem kleinen Lächeln in die Ferne, »sind ja auch immer umeinander herumgeschlichen.«

Jule lachte. »Eher umeinander herumgetanzt«, erinnerte sie ihre Freundin an ihr Lieblingshobby.

»Oder so.« Felicia grinste sie von der Seite an, bevor sie wieder auf den See hinausblickte. »Am Ende kann man sich gar nicht gegen die Anziehungskraft wehren, die vom anderen ausgeht.« Sie wies mit dem Daumen auf sich. »Ich konnte es jedenfalls nicht.«

Jule schwieg einen Moment. Sie sah einem Entenpaar nach, das an ihnen vorüberschwamm und Poldi skeptische Blicke zuwarf, als der den Kopf hob und die Ohren spitzte. »Ich habe gedacht, dass ich einfach schon zu lange mit niemandem mehr zusammen war. Erst die Probleme im Hotel. Dann war ich mit dem Aufbau der *guten Fee* beschäftigt. Ich dachte, dass ich einfach einen Kerl will. Aber daran liegt es nicht. Ich will nicht irgendeinen Typen. Ich will Chris. Das ist mir jetzt klar geworden. Mir ist seit Langem kein Mann mehr über den Weg gelaufen, den ich so interessant fand. Zumindest, seit es keine Missverständnisse mehr zwischen uns gibt.«

Felicia legte ihr den Arm um die Schultern. »Als du Chris bei der Vernissage von Freiherr von Lemberg begegnet bist, hat es sofort zwischen euch gefunkt. Das konnte ich sogar von der Küche aus sehen. Diese Anziehung war von Anfang an da – also gib ihr nach. Du kannst Regeln aufstellen. Du kannst Grenzen ziehen. Aber wenn ich an deiner Stelle wäre, würde ich ihm eine Chance geben. Würde ich euch eine Chance geben«, korrigierte sie sich selbst.

Jule stieß ihr gutmütig den Ellenbogen in die Rippen und zwinkerte ihr zu. »Das sagst du auch nur, weil du die ganze Zeit Herzchen in den Augen hast.«

Felicia seufzte. »Nicht mehr lange. Bald muss Ben für einen ganzen Monat nach Norwegen, um sein Projekt voranzutreiben.«

Jule nickte. Nachdem Ben als Landschaftsarchitekt erst erfolglos um Aufträge gekämpft hatte, waren ihm dann gleich mehrere fantastische Angebote gemacht worden. Das, über das Felicia gerade sprach, beinhaltete Dach- und Gebäudebegrünungen einer norwegischen Luxus-Hotelkette auf der ganzen Welt. »Dann solltet ihr in den nächsten Nächten noch ein bisschen tanzen.« Jules Freunde waren anbetungswürdig süß, wenn sie tanzten. Ganz gleich, ob sie im Regen standen oder mitten in der Kochschule. Auf dem *Kocherlball* vor ein paar Wochen. Wenn sie Musik hörten, hatte Ben offenbar immer das Bedürfnis, Felicia in seine Arme zu ziehen und herumzuwirbeln. Neulich hatten sie sogar für einen kleinen Menschenauflauf vor dem Kühlregal im Supermarkt gesorgt.

»Das werden wir.« Felicia stand auf. »Und ich werde wenigstens einmal hochfliegen. Ein Wochenende habe ich mir in der Zeit freigeschaufelt. Aber lenk nicht ab von dir.« Mit dem Finger wies sie auf Jule. »Schnapp dir den heißen Kerl. Genieß die Zeit mit ihm.«

Jule lächelte zu ihrer Freundin hoch. »Ich werde mich drauf einlassen. Zumindest für heute Abend. Wir werden sehen, wohin das führt.«

Keine Stunde später stand Jule in ihrer Wohnung vor dem Spiegel und machte sich für ihren Besuch bei Chris zurecht. Sie hatte sich für ein lässiges Outfit entschieden. Einen bodenlangen Strandrock mit einem verspielten Paisley-Muster zu ihren Chucks. Weil Chucks einfach zu allem passten. Dazu ein schlichtes hellblaues T-Shirt mit einem Wasserfallkragen. Okay, bei ihrer Unterwäsche hatte sie sich nicht für die lässige Variante entschieden, sondern hatte ein sexy Set, das ihr schon lange kein Mann mehr vom Körper gestreift hatte, aus der Schublade gekramt.

Jule wusste nicht, wie der Abend mit Chris enden würde. Aber so war sie zumindest auf alle Möglichkeiten vorbereitet. Sie warf sich selbst einen Blick im Spiegel zu. Sie wollte das. Verdammt! Sie wollte das wirklich. Jule strich sich die Haare, die sie offen tragen würde, hinter das Ohr und beugte sich vor, um ihre Wimpern zu tuschen, als ihr Handy klingelte. Paul Merzinger. Lächelnd nahm sie den Anruf an. »Hallo, Herr Merzinger. Hat mit der Weinlieferung alles geklappt?«, fragte sie, während sie begann, auch die Wimpern ihres anderen Auges zu tuschen.

Für einen Moment herrschte Schweigen. Den Bruchteil einer Sekunde zu lange, sodass Jule bereits klar war, dass etwas nicht stimmte, bevor ihr Klient zu sprechen begann. »Nein, Frau Hansen«, sagte er, und allein an seiner säuerlichen Stimme konnte sie hören, dass er nicht nur enttäuscht war, sondern stinksauer. »Bis jetzt haben wir immer fantastisch zusammengearbeitet. Ich habe Sie beim Wort genommen, als Sie gesagt haben, dass Sie alles möglich machen können.«

»Was meinen Sie?« Jule ließ die Wimpernbürste sinken. Merzinger klang fast so, als wäre er gerade dabei, sich nach einem anderen Concierge-Service umzusehen.

»Ich habe eine halbe Stunde im Jachtclub auf die Lieferung gewartet. Aber jetzt musste ich wirklich ablegen, um mich pünktlich mit meinen Gästen zu treffen.« Er hatte Jule erzählt, dass sich Freunde von ihm, die ebenfalls mit ihrer Segeljacht unterwegs waren, auf dem See mit ihm treffen wollten, um an Bord seines Bootes zu dinieren. »Unser Dinner wird in eineinhalb Stunden serviert. Bis dahin muss der Wein an Bord sein.«

Jule starrte in ihr fassungsloses Gesicht, das ihr aus dem Spiegel entgegenblickte. »Das tut mir sehr leid, Herr Merzinger. Ich wollte Ihnen keine Umstände bereiten. Im Moment weiß ich nicht, was schiefgelaufen ist. Aber das soll natürlich nicht Ihre Sorge sein. Selbstverständlich wird der Wein auf Ihrer Jacht sein, bevor Ihre Gäste eintreffen.« Ihr Herz begann zu wummern. Sie hatte keine Ahnung, ob sie ihr Versprechen halten konnte. Aber sie weigerte sich, zu kapitulieren. Solange sie eine Chance hatte, den Wein auf das

Boot zu bringen, würde sie alles daransetzen, den Wunsch ihres Klienten zu erfüllen. Viel wichtiger war im Moment die Frage, wieso ihr Bruder nicht am Anleger gewesen war und den Wein abgeliefert hatte. Die exklusive Weinhandlung, aus der die Flaschen stammten, war längst geschlossen. Aber das war nichts, was sie aufhalten würde. Herr Merzinger würde seinen Wein bekommen, und sie würde ihn nicht als Klienten verlieren, nur weil ihr Bruder … was auch immer getan hatte. »Schicken Sie mir die Koordinaten Ihres Bootes. Ich kümmere mich sofort darum.« Jule entschuldigte sich noch einmal bei ihm und legte auf. Während sie nach ihrem Tablet und ihren Wagenschlüsseln griff, rief sie Niclas an. Bis sie sich hinter das Steuer ihres Jimny klemmte, hatte sie bereits dreimal die Mailbox ihres Bruders erreicht. Also schickte sie ihm ein »Wo bist du, verdammt noch mal? Und wo ist der Wein?« als Sprachnachricht.

*

Eine Frau von sich zu überzeugen erforderte immer etwas Mühe und Engagement. Schließlich sollte sein Gegenüber wissen, dass er sich Gedanken um den Abend mit ihr gemacht hatte. Dass er die Zeit, die sie für ihn erübrigte, es wert war. Er hatte schon eine ganze Weile nicht mehr das Bedürfnis gehabt, eine Frau zu beeindrucken. Und er war sich sicher, dass er sich bei Jule zudem noch ein bisschen mehr ins Zeug legen musste.

Sie hatte gezögert. Und sie war keinesfalls bereit, sich kopfüber in das zu stürzen, was da gerade zwischen ihnen geschah. Nicht dass er selbst in Worte fassen konnte, was das zwischen ihnen war. Aber er wollte diesem Sehnen nachgeben. Wollte sie dazu bringen, ihre glatten Hände über seinen Körper gleiten zu lassen. Ihre Lippen. Wollte sie erforschen und herausfinden, was sie dazu brachte, diesen kleinen, erregten Laut von sich zu geben, den er gehört hatte, als sie sich auf seiner Couch geküsst hatten.

Es brauchte ein gesundes Selbstbewusstsein, sicherzugehen, dass Jule seine Einladung annahm. Natürlich könnte er zweifeln. Aber sie hatte genau das gleiche Verlangen nach seiner Nähe verspürt wie Chris nach ihrer. Das hatte überdeutlich in ihren Augen gestanden, auch wenn sie sich vielleicht gegen diesen Gedanken gewehrt hatte. Sie würde kommen. Und er wäre vorbereitet.

Nachdem er ein paar unaufschiebbare E-Mails geschrieben und einiges auf seiner Arbeits-To-do-Liste abgehakt hatte, hatte er mit der Planung des Abends begonnen. Der erste Schritt war ein gutes Essen. In diesem Fall eines, das nicht von Jules Freundin Felicia stammte und das er nur in die Mikrowelle zu stellen brauchte, bis es aufgetaut war. Diese Mahlzeiten waren zwar unglaublich lecker, aber etwas, das Jule bereits kannte. Und was sie in seinem Haus deponiert hatte. Chris googelte die Restaurants der Gegend und entschied sich für das italienische Menü eines Lokals, das ausgezeichnete Bewertungen hatte und in dem er selbst schon ein paar Mal mit Kunden gegessen hatte.

Das Restaurant hatte geliefert. Das junge Mädchen mit den blauen Strähnen im Haar und einem Ring in der Nase und durch die Unterlippe hatte hilfsbereit mit angepackt, als es an das Problem des Tischdeckens ging. Sie hatte die Teller und das Besteck platziert, Wein- und Wassergläser dazugestellt und die Gerichte, die sie mitgebracht hatte, ansprechend drapiert. Chris hatte sich für eine kleine Antipasti-Platte und Bruschettas als Vorspeise entschieden. Der Hauptgang bestand aus hausgemachten Trüffel-Tagliatelle, die ihre Temperatur in einer Warmhaltebox noch eine Weile halten würden. Beim Nachtisch war er nicht sicher gewesen, was Jule lieber mochte: Tiramisu oder Panna Cotta. Also hatte er je eine Portion bestellt und würde sie wählen lassen. Die Desserts hatten sie vorsichtshalber noch im Kühlschrank verstaut. Jule würde ihm später dabei helfen müssen, sie zum Tisch zu transportieren.

Zufrieden betrachtete er das Werk des Liefermädchens und drückte ihr ein Trinkgeld in die Hand, das ihr freundliches Gesicht noch ein wenig heller strahlen ließ. Chris hatte sie gebeten, die Glaswände, die das Wohnzimmer vom See trennten, aufzuschieben und sah ihr nach, als sie durch genau diese nach draußen verschwand.

Ein paar Kleinigkeiten blieben noch zu erledigen. Er humpelte in die Bibliothek und packte die silbernen Leuchter und die dazugehörigen Kerzen, die er gefunden hatte, in seinen Turnbeutel, um sie ins Wohnzimmer zurückzutragen. Als sie in der Mitte des Tisches standen, sah Chris auf die Uhr. Es war kurz nach sieben. Lange konnte es nicht mehr dauern, bis Jule auftauchte. Er zog ein Feuerzeug aus dem Beutel und zündete erst die Kerzen auf dem Tisch und dann die auf dem Couchtisch, die zur Deko immer dortstanden, aber nie genutzt wurden, an. Schließlich war es an der Zeit, sich selbst ein wenig frisch zu machen – und dann würde ihm nichts bleiben, als zu warten.

*

Einmal mehr war Jule dankbar dafür, dass sie ein so gutes Verhältnis zu den Firmen und Geschäften unterhielt, mit denen sie zusammenarbeitete. Sie hatte Gerry Ludwig vor ein paar Jahren geholfen, als ein Wasserschaden gedroht hatte, das Weingeschäft zu zerstören. Damals hatte sie noch keine Ahnung vom Rohreflicken gehabt und die Reparatur einem Profi überlassen. Aber sie hatte tatkräftig mit angepackt, als es darum ging, die Weinvorräte vor dem Wasser zu retten, und Kiste um Kiste aus dem Laden und dem darunterliegenden Keller geschleppt. Sie hatte damals nicht darüber nachgedacht, ob ihr das irgendwann mal etwas bringen würde, sondern hatte nur einen verzweifelten Bekannten gesehen, der dringend Hilfe gebraucht hatte.

Jetzt war sie die verzweifelte Bekannte, die sehr dringend Hilfe brauchte. Gerry brummte zwar etwas von wohlverdientem Feierabend. Aber natürlich ließ er sie nicht im Stich – genauso wenig wie er sich das Geschäft durch die Lappen gehen ließ, noch einmal drei Flaschen Ornellaia Bolgheri zu verkaufen. Auf dem Weg in die Weinhandlung rief Jule den Besitzer des exklusiven Tabakwaren-Geschäfts an, das Gerrys Laden genau gegenüber lag. Leopold Laubig hatte zwar ebenfalls schon zu, wohnte aber über seinem Geschäft und war bereit, Jule noch drei von Paul Merzingers Lieblingszigarren zu verpacken, damit Jule die Wogen bei ihrem Kunden mit einem kleinen Geschenk wieder glätten konnte.

Sie steuerte den Jimny schräg in eine Parkbucht, sprang heraus und rannte erst in den einen, dann in den anderen Laden, lud die Waren in ihren Wagen und ließ den Motor schon wieder an, als sie den Ladenbesitzern zurief, ihr eine Rechnung zu schicken. Dann fuhr sie, so schnell es die Touristen, die die Stadt verstopften, zuließen, zum Anleger der Wasserwacht, wo der Bruder eines ehemaligen Hotelkollegen neben einem der orange-weißen Motorboote bereits auf sie wartete.

Jule sprang abermals aus dem Wagen, schnappte sich Wein und Zigarren und rannte auf den Steg. »Ich bin dir so dankbar, Axel«, keuchte sie, als sie neben dem Wasserretter zu stehen kam. »Du rettest mein Leben.«

Axel lachte. »Ganz so dramatisch wird es schon nicht sein.« Er nahm ihr die Kartons ab, verstaute sie im Boot und reichte Jule dann die Hand, um ihr hineinzuhelfen. »Aber egal, du hast meinem Bruder geholfen und ihm einen Nebenjob besorgt, als er so dringend Kohle gebraucht hat, um den Ring zu kaufen, mit dem er seiner Freundin einen Antrag gemacht hat. Du kannst mich also um deutlich mehr bitten, als mit einer schönen Frau an einem milden Abend über den See zu rasen.« Er zwinkerte ihr zu, und Jule lächelte zurück. Das hier war genau das, wonach es aussah: ein harmloser Flirt unter Bekannten.

Jule atmete tief durch und blickte auf die Uhr auf ihrem Handydisplay. Das war eine verdammt knappe Kiste, aber sie würden es schaffen. Axel ließ den Motor an, und sie gab ihm den Standort von Paul Merzingers Jacht.

Als Jule eine dreiviertel Stunde später aus dem Motorboot der Wasserwacht zurück auf den Steg sprang, konnte sie sicher sein, auch künftig für Paul Merzinger zu arbeiten. Er hatte noch immer einen grummeligen Eindruck auf sie gemacht, aber er hatte die Weinflaschen entgegengenommen und wusste die Geste mit seinen Lieblingszigarren zu schätzen. Das hatte – sprichwörtlich – in letzter Sekunde vor Beginn des Dinners geklappt.

Jule winkte Axel noch einmal zu und ging dann langsam zu ihrem Wagen zurück. Für ihn musste sie sich ebenfalls ein Dankeschön überlegen. Bei den Einladungen und Konzert-, Theater- und Festivalkarten, die sie ständig zugesandt bekam, um immer up to date zu sein. Und vor allem, um die Events an ihre Klienten weiterzuempfehlen, würde sich was finden lassen, womit sie Axel eine Freude machen konnte. Sie selbst schaffte es sowieso nicht zu allen Veranstaltungen, und die Karten verfallen zu lassen, tat ihr jedes Mal weh.

Als sie den Jimny erreichte, fühlte sie sich, als ob sich jegliche Energie aus ihrem Körper geschlichen hatte. Sie wollte nach Hause, in ihr Bett klettern und sich die Decke über den Kopf ziehen, obwohl es erst früher Abend war. Als sie in ihr Auto stieg, klingelte ihr Handy. Sie warf einen Blick auf das Display. Felicia. »Hey, was gibt es?«, fragte sie, nachdem sie den Anruf angenommen hatte. »Ich bin gerade auf dem Weg zur alten Schule.«

»Gut. Denn wir haben deinen Bruder gefunden«, gab ihre Freundin trocken zurück.

Jule rutschte ganz automatisch das Herz in die Hose. »Ist mit ihm alles in Ordnung? Geht es ihm gut?«

»Hm.« Felicia zögerte, als überlegte sie, wie sie Jule die Nachrichten am besten beibringen sollte.

»Dein Bruder ist sternhagelvoll«, hörte Jule plötzlich Ben. Offenbar hatte er seiner Freundin das Handy abgenommen. »Nach dem, was er gerade alles rausgekotzt hat, scheint es eine kleine Party gegeben zu haben, bei der Rotwein und Erdnussflips eine Rolle gespielt haben.«

»Was zur …« Jule verzog das Gesicht, weil es definitiv nicht erstrebenswert war, sich die Seele aus dem Leib zu kotzen. Dann wurde ihr klar, was Ben da gerade gesagt hatte. Rotwein? Hatte dieser Blödmann etwa den Wein getrunken, der für Paul Merzinger gedacht gewesen war? »Ich bin in ein paar Minuten zu Hause«, sagte sie und startete den Wagen.

Lina wartete auf der Treppe vor dem Haus auf sie. »Wir haben ihn hochgebracht«, sagt sie, noch bevor Jule fragen konnte, wie es ihrem Bruder ging. »Er liegt im Lehrerzimmer auf der Couch und jammert vor sich hin.«

Jules Schritte polterten hinter denen der Freundin über die alten Holzstufen in den ersten Stock hinauf. Ihr Bruder lag ausgestreckt auf einem der alten Sofas. Kreidebleich im Gesicht, einen Arm und ein Bein auf dem Boden, murmelte er irgendetwas von einem Karussell, das endlich aufhören sollte.

»Niclas!«, fuhr Jule ihn an.

Ihr Bruder hob langsam die Augen und bemühte sich, sie zu fokussieren. Dann versuchte er sich an einer Grimasse, die vermutlich ein Lächeln sein sollte. »Schwesterchen«, lallte er.

»Was hast du getan?«, wollte sie wissen und blieb mit in die Hüften gestützten Händen vor ihm stehen.

Das schien Niclas offenbar lustig zu finden, denn er brach in lautes Lachen aus.

»Wo ist der Wein, den du an Paul Merzinger liefern solltest?«

Er kicherte immer noch. »Hab ein paar Kumpels getroffen«, nuschelte er. Dann hob er die Hand und wies mit dem Zeigefinger auf Jule. Zumindest schaffte er die grobe Richtung. »Das Zeug war scheiße«, brachte er heraus und lachte wieder. »Mit Cola ging es einigermaßen.«

Einen Herzschlag lang stand Jule wie erstarrt mitten im Lehrerzimmer der alten Schule und versuchte zu verstehen, was ihr Bruder da gerade gesagt hatte. Zwei Herzschläge. Drei. »Du hast den Ornellaia Bolgheri getrunken?«, schrie sie im nächsten Moment. »Mit deinen Kumpels? Gemischt mit Cola?« Sie machte einen wütenden Satz auf ihren Bruder zu.

Lina hielt sie am Arm zurück, bevor sie ihn packen und schütteln konnte, während ihr Bruder ein betrunken-belehrendes »Kalte Muschi«, von sich gab. »Das heißt Kalte Muschi.«

Hinter ihnen ging die Tür auf, und Felicia kam gemeinsam mit Ben herein. Sie hielt einen nassen Waschlappen und einen Eimer in der Hand. Ben hatte eine Schale Salzbrezeln dabei, die er neben der Couch abstellte.

Felicia, die sah, dass Lina sie am Arm festhielt, drückte Ben Waschlappen und Eimer in die Hand und umarmte Jule dann. »Seine Kumpels haben Niclas am Steg abgesetzt. Er hat keine drei Meter geradeaus laufen können, bevor er das erste Mal auf die Nase gefallen ist.«

»Verdammt.« Jule fuhr sich durch die Haare und drehte sich zu ihrem Bruder um, der noch einmal »Kalte Muschi« murmelte und dann in einen komatösen Schlaf fiel, als hätte jemand einen Schalter umgelegt.

»Komm.« Nun legte auch Ben ihr noch die Hand auf die Schulter. »Lasst uns draußen reden.«

Jule folgte ihren Freunden nur zu gern aus dem Raum. Sie war kurz davor gewesen, handgreiflich zu werden. Ihrem eigenen Bruder gegenüber. Was, um Himmels willen, war nur in seinem Kopf vorgegangen, sich so verantwortungslos zu benehmen? Sie ließ sich auf einen der Bistrostühle auf Felicias Terrasse fallen und nahm dankend das große Glas Wasser, das die Freundin ihr eingeschenkt hatte. »Ich vermute, von dem Wein ist nichts übrig geblieben?«, fragte sie in die Runde.

Ihre Freunde schüttelten die Köpfe. »Sorry«, sagte Ben. »Er hatte zumindest keinen dabei, als wir ihn auf dem Steg eingesammelt haben.«

Jule sprang auf und begann hin und her zu tigern. Ungläubig warf sie die Hände in die Luft. »Ich kann es nicht glauben. Dieser Wein kostet über zweihundert Euro pro Flasche. Fast hätte ich Paul Merzinger als Kunden verloren. Und wofür? Um einen absoluten Ausnahmewein mit Cola zu mischen und sich zu besaufen? Ich fasse es nicht!« Jule hatte keine Ahnung, was in ihren Bruder gefahren war. Er war sauer auf sie gewesen, weil sie eine Verabredung mit ihm verpasst hatte. Bei diesem Thema reagierte er sehr sensibel, wie sie inzwischen wusste. Aber war das ein Grund, sich so danebenzubenehmen und fast ihren Job und ihren Ruf zu ruinieren? »Gut, dass Nicky im Lehrerzimmer liegt. Ich will ihn heute nicht mehr sehen.«

Felicia seufzte. »Es tut mir leid, dass dein Abend so gelaufen ist«, sagte sie leise.

Jule legte den Kopf in den Nacken und atmete tief durch. »Ich habe ja noch alles retten können. Gerry war ein echter Schatz, genau wie Leopold. Und Axel erst. Aber jeden Tag brauche ich das nicht.«

»Ich meinte eigentlich deine Verabredung«, erwiderte Felicia.

»Verabredung?« Jule blinzelte ihre Freundin verständnislos an. »Chris!« Das hatte sie völlig vergessen. Sie warf einen Blick auf ihr Handy. Keine Nachricht von ihm. Und es war inzwischen nach neun. Die Sonne war bereits dabei, in Richtung der Berge zu sinken.

»Du bist mit Chris verabredet?« Lina sah sie mit großen Augen an.

»War ich, ja.« Jule blickte noch einmal auf ihr Handy. Chris hatte ihr keine Nachricht geschickt, gefragt, wo sie blieb, oder ob sie überhaupt noch vorhatte, zu kommen. Ja, verdammt, wurde ihr klar. Weil er ihr die Wahl gelassen hatte. *Wenn du kommst, willst du das auch*, hatte er gesagt. *Wenn nicht, weiß ich Bescheid und spreche das Thema nicht mehr an. Versprochen*. Die Worte hallten so klar und deutlich durch Jules Kopf, als stünde er neben ihr. Während sie also versucht hatte zu retten, was ihr Bruder vermasselt hatte, hatte sie Chris den Eindruck vermittelt, nicht an ihm interessiert zu sein. »Jetzt ist es zu spät«, sagte sie leise.

»Auf gar keinen Fall«, protestierte Felicia. »Du kannst immer noch zu ihm gehen.«

»Und meinen Bruder schon wieder allein lassen? Nachdem er versucht hat, mich zu ruinieren?« Jule schüttelte den Kopf. »Ausgeschlossen.«

Ben, der bis jetzt an der Hauswand gelehnt hatte, ohne etwas zu sagen, kam zu ihr herüber und ließ sich auf den Stuhl fallen, von dem Jule gerade aufgesprungen war. »Wenn du mich fragst«, sagte er, »kannst du Niclas getrost in unserer Obhut lassen. Er muss verdammt viel Rausch ausschlafen. Und bis er wieder einen klaren Kopf hat, bist du zurück.« Er zuckte mit den Schultern. »Oder er hat noch ein bisschen

Zeit, sich darüber Gedanken zu machen, was er verbockt hat, bevor du ihm die Leviten liest.«

Noch einmal schüttelte Jule den Kopf. »Das kann ich auf keinen Fall von euch verlangen.«

20

Chris starrte auf sein schwarzes Handydisplay. In den letzten Stunden war er ein paar Mal versucht gewesen, Jule zu schreiben. Oder sie anzurufen. Aber er hatte sich beherrscht. Hier ging es um ihre Entscheidung. Es ergab keinen Sinn, zu versuchen, sie zu beeinflussen.

Mit einer langsamen Bewegung legte er das Handy auf den Tisch zurück und stemmte sich hoch. Jule würde nicht kommen. Das musste er akzeptieren. Sie hatte ihre Wahl getroffen und er … er hatte sich verkalkuliert wie schon lange nicht mehr. Er beugte sich über die Kerzen auf dem Tisch und blies sie aus.

Als er sich wieder aufrichtete, ließ Jules Anblick ihn zusammenzucken. Im ersten Moment glaubte er, sich ihre Anwesenheit einzubilden. Wie eine Fata Morgana stand sie in der zum See hin geöffneten Fensterfront. Die gerade ausgeblasenen Kerzen ließen Fäden aus Rauch zwischen ihnen aufsteigen, die sich unter der Decke verloren.

Jule sah zerzaust aus. Ihre Wangen waren gerötet, und ihre Haare lagen nicht ganz so glatt um ihr Gesicht wie sonst. Das T-Shirt war zerknittert. Stumm stand sie da und blickte ihn an. Ihr Brustkorb hob und senkte sich, als wäre sie um den halben See gerannt, um es noch rechtzeitig zu schaffen.

Chris griff nach seinen Krücken und humpelte zur Couch hinüber, wo er sich vorsichtig hinsetzte. »Kann sein, dass das Essen inzwischen kalt ist«, sagte er, nachdem Jule noch immer schwieg. Mit dem Kinn wies er in Richtung Tisch. »Bedien dich, wenn du Hunger hast.«

Jule trat einen Schritt in den Raum und sah ihn unverwandt an. »Ich habe Hunger«, sagte sie, und ihre Stimme klang so rau, dass Chris schlucken musste. »Aber nicht auf das Abendessen.«

Sie kam noch einen Schritt näher. Hielt seinen Blick. Noch einen Schritt. Bis sie direkt vor ihm stand. Ihre Hände griffen in den leichten Stoff ihres bodenlangen Rockes, rafften ihn auf Höhe der Oberschenkel und zogen ihn hoch, bis Chris ihre Knie sehen konnte. Dann machte sie noch einen Schritt vor und kniete sich über Chris. Die Beine rechts und links seiner Oberschenkel in die Polster der Couch gepresst. Sie ließ ihren Rock los, und der Stoff bauschte sich zwischen ihnen. Jules Hände glitten langsam von seinem Bauch nach oben. Über seinen Brustkorb, seinen Hals, bis sie ihre Fingerspitzen über seine Wangen gleiten lassen konnte. Sie senkte ihren Kopf und eroberte ihn mit einem Kuss. Einem Kuss, an dem nichts sanft war.

*

Jule hatte die Enttäuschung in Chris' Augen gesehen. Die Resignation, als er die Kerzen ausgeblasen hatte, die auf seinem gedeckten Esstisch standen. An dem er vermutlich stundenlang auf sie gewartet hatte.

Sie hatte sich nicht die Mühe gemacht zu klingeln und

war einfach direkt zur Terrasse gegangen, sicher, dass die bodentiefen Glaswände an einem warmen Abend wie diesem offen standen. Und da hatte er gesessen, auf den schwarzen Bildschirm seines Handys gestarrt und genau in dem Moment, in dem sie gekommen war, beschlossen, nicht länger auf sie zu warten. Jule bemerkte, dass nicht nur der Tisch schön eingedeckt war. Chris hatte sich ebenfalls in Schale geworfen. Er trug wie immer eine Jogginghose unter seiner Orthese, aber zum ersten Mal seit seinem Unfall sah Jule ihn außerhalb der Videokonferenzen, die er in der Bibliothek abhielt, in etwas anderem als einem T-Shirt oder Hoodie. Er hatte ein schwarzes Hemd angezogen, war frisch rasiert und sein Blick so intensiv, als er sie entdeckt hatte.

In diesem Moment hatten ihre Instinkte übernommen. Sie wollte Chris. Also hatte sie dieser Sehnsucht nachgegeben, und es fühlte sich so richtig an, ihn mit dem Verlangen zu küssen, das in ihr aufstieg. Mit den Fingern durch seine Haare zu fahren. Ihn noch näher an sich heranzuziehen.

Chris' Hände glitten unter den Saum ihres T-Shirts und an ihrer Wirbelsäule hinauf und wieder hinunter, bevor er sie auf ihren Po legte und sie gegen seinen Körper presste. Hitze wirbelte zwischen ihnen, als Chris' Lippen über ihren Hals strichen, an der Stelle verharrten, an der ihr Puls unter ihrer Haut dahinraste, nur um dann jeden Zentimeter Haut bis zu ihrem Schlüsselbein mit Küssen zu bedecken. Ihr Körper überzog sich mit einer Gänsehaut, und seine Lippen lösten jede Menge Minikurzschlüsse aus. Jule löste sich gerade so lange von ihm, dass sie ihr Shirt ausziehen konnte. Dann küsste sie ihn wieder und ließ das Shirt hinter sich fallen. Ihre Hände tasteten nach seinen Hemdknöpfen und öffneten sie mit hastigen Bewegungen, sie streifte es ihm ab, ohne den Kuss zu unterbrechen. Und endlich lag nackte Haut auf nackter Haut. Jule konnte ein frustriertes Stöhnen nicht unterdrücken, als Chris sie ein Stück zurückschob und sie den Hautkontakt wieder verlor.

Doch das, was sein Blick mit ihr anstellte, war fast so gut wie seine Berührungen. Er betrachtete sie aus halb geschlossenen Augen. Strich ihr die Haare hinter das Ohr und fuhr mit seinem Zeigefinger an ihrem Hals hinunter, über ihr Schlüsselbein und ihr Dekolleté, bis zur Spitze ihres BHs. Dann beugte er sich vor und folgte dieser Spur mit den Lippen. Als er mit seinem Mund über den glatten Stoff glitt, richteten sich ihre Brustspitzen auf. Er küsste sie durch den Stoff, und Jule ließ den Kopf in den Nacken fallen.

Seine Hände strichen an ihrer Wirbelsäule hinauf. Ihr BH-Verschluss schnappte auf, und im nächsten Moment verschwand auch dieses Stück Stoff irgendwo hinter ihr. Chris legte seine Hände auf ihren Rippenbogen, spreizte die Finger, als wolle er so viel von ihr wie möglich gleichzeitig berühren. Jule ließ die Hand über die Muskeln seines Oberkörpers gleiten, küsste seine Schultern, erforschte mit den Fingerspitzen seinen Brustkorb und seine Bauchmuskeln, die unter ihrer Berührung zuckten.Ihre Lippen fanden sich zu einem weiteren heißen Kuss. Chris strich mit den Daumen über ihre Wangen, und als sie sich voneinander lösten, sah er sie lächelnd an. »Ich glaube nicht, dass das gerade wirklich passiert.«

Jule erwiderte das Lächeln, bevor sie sich wieder vorbeugte, um ihn zu küssen. »Du hast zu viel an«, murmelte sie an seinen Lippen, als ihre Finger am Bund seiner Jogginghose entlangfuhren.

Er ließ seine Hände unter den Saum ihres Rockes gleiten und schob sie an ihrem Schenkel nach oben, bis er die Spitze erreichte, die ihren Po umschloss. »Du auch«, gab er leise zurück.

»Lässt sich ändern«, flüsterte Jule an seinem Ohr, küsste ihn auf die Stelle direkt darunter und ließ Chris erschauern, bevor sie sich aufrichtete und vom Sofa erhob.

Chris blickte zu ihr auf, dieselbe Lust im Gesicht, die durch ihren Körper wirbelte. Er zog sie zwischen seine gespreizten Beine und legte seine Hände wieder wie zwei Fächer auf ihren Oberkörper. Eine Geste, die sich besitzergreifend anfühlte – und das Tempo ihres Herzschlages noch einmal steigen ließ. Dann beugte er sich vor und presste seine Lippen auf ihren Bauch, während seine Finger unter den Bund ihres Rockes glitten und ihn mitsamt ihrem Höschen nach unten schoben. Seine Hände fuhren an ihren Schenkeln entlang in Zeitlupe nach oben, über ihre Hüften, bis sie wieder auf ihrem Rippenbogen lagen. »Du bist so schön«, flüsterte er.

Jule beugte sich zu einem Kuss zu ihm hinunter. »Und du noch immer so angezogen«, gab sie zurück. »Können wir das Ding abschnallen, oder ist das zu gefährlich?«

»Wir können es abschnallen«, antwortete er zwischen zwei weiteren Küssen, und was zu einem Stimmungskiller hätte mutieren können, hielt sie nur so lange auf, bis sie die Klettverschlüsse der Orthese gelöst hatten. Jule schob seine Jogginghose vorsichtig über das verletzte Knie – und dann trennte sie endlich kein Stoff mehr voneinander.

Jule, die noch zwischen seinen Beinen kniete, ließ nun ihrerseits die Hände an seinen Schenkeln hinaufgleiten und umfasste ihn. Chris ließ mit einen tiefen Laut, der irgendwo zwischen einem Stöhnen und einem Knurren lag, seinen Kopf gegen die Sofalehne fallen und schloss die Augen. »Kondom«, brachte er heraus. »Hinter dir in der Schublade.«

Jule drückte einen Kuss auf seinen Oberschenkel und drehte sich um, um die Schublade unter dem Couchtisch aufzuziehen. Sie hatte in ihrer Tasche zwar auch welche dabei, aber die war … irgendwo. Und im Moment wollte sie sich keinen Millimeter von dort wegbewegen, wo sie war.

»In meinem Geldbeutel«, ergänzte Chris.

Jule fand den Schutz und riss die Folie auf. Sie umfasste ihn zärtlich und zog ihm das Kondom in einer fließenden Bewegung über. Dann küsste sie sich an seinem Bauch nach oben. Über seinen Brustkorb. Den Hals. Bis sich ihre Lippen wieder trafen. Sie verschmolzen in einem tiefen Kuss, während Jule sich auf ihn senkte.

»Verdammt, Jule«, murmelte Chris an ihren Lippen.

Ja, »verdammt« war auch alles, was Jule in diesem Moment denken konnte, bevor sie dem Drang nachgab, sich zu bewegen.

Ihre Körper fanden ihren Rhythmus, die Lust baute sich höher und höher auf, bis sie in einer Welle der Erlösung über Jule zusammenschlug.

*

Der Gedanke war vermutlich pathetisch, aber als Jule über ihm ihren Höhepunkt erreichte und sich ihr Körper um seinen zusammenzog, konnte er sich nicht erinnern, jemals etwas Schöneres gesehen zu haben als diese Frau. In dem Moment, in dem sie über ihm erstarrte, die Augen geschlossen, der Mund zu diesem sanften Stöhnen geöffnet, das ihm den Verstand raubte, versank die Sonne endgültig hinter den Spitzen der Alpen und ließ die Welt hinter Jule schimmern. Wie eine goldene Aura legte sich das warme Licht um ihren Körper. Chris wusste, er würde diesen beinahe mystischen Anblick niemals vergessen – und dann kam auch er.

Jule sackte auf ihm zusammen, und er hielt sie fest, als sie ihr Gesicht in seiner Halsbeuge bettete. Sie blieben so sitzen, ohne zu sprechen. Während die Sonne endgültig sank und die rotgoldenen Streifen vom Horizont verschwanden, um der Nacht Platz zu machen, warteten sie darauf, dass sich ihr Herzschlag wieder etwas beruhigte. Erst als Jules Magen ein lautes Knurren von sich gab, was zu einem unterdrückten Kichern ihrerseits führte, ließ Chris seine Hände über ihre Seiten gleiten und registrierte die Gänsehaut, mit der sie auf seine Liebkosungen reagierte.

»Hunger?«, murmelte er neben ihrem Ohr, bevor er sie auf genau die Stelle ihres Halses küsste, die ihr kleine Schauer über den Körper jagte. »Auf Essen«, ergänzte er, als er sich daran erinnerte, dass er ihr die gleiche Frage vorhin schon einmal gestellt hatte.

Jule hob den Kopf und legte ihre Stirn an seine. »Wie ein Wolf, um ehrlich zu sein.«

»Wie gut, dass ich den Wolf füttern kann«, neckte Chris sie und strich mit den Fingerspitzen über ihren Bauch. Dann küsste er ihren Mundwinkel, an dem sich immer dieses unwiderstehliche Grübchen bildete, wenn sie lächelte. »Ich muss nur meine Schiene wieder anlegen und kurz ins Bad. Dann können wir essen.«

Jule erhob sich von seinem Schoß. »Wie wäre es, wenn du

dich um dein Bein kümmerst und ich mich um den Rest?« Sie reichte ihm die Orthese. »Schließlich habe ich deine ganze Planung für diesen Abend durcheinandergebracht.«

Chris griff nach ihrer Hand und zog sie zu einem schnellen Kuss zu sich herunter. »Du hast diesen Abend perfekt gemacht«, flüsterte er an ihren Lippen, ließ sie los und begann, die Orthese wieder anzulegen.

Als er wenig später aus dem Bad humpelte, nur in Boxershorts, hatte Jule die Dinnertafel auf seinen Couchtisch transformiert. Inklusive des Geschirrs und der Kerzen, die wieder brannten. Vom See her wehte eine warme Brise ins Haus. Jule hatte sein Hemd geklaut. Sie stand an der geöffneten Wand und blickte nach draußen. Als sie das Klacken seiner Krücken auf den Bambusdielen hörte, drehte sie sich, ein Rotweinglas in der Hand, zu ihm um. Sie nippte daran und kam dann langsam zu ihm herüber.

»Das sieht gut aus«, sagte Chris mit einem Blick auf den gedeckten Tisch vor sich und setzte sich, wie immer ein wenig umständlich, auf die Couch.

Jule wartete, bis er saß, und reichte ihm sein Glas. »Auf diese Nacht«, sagte sie und stieß mit ihm an.

Auf viele weitere Nächte, summte eine Erwiderung auf ihren Toast durch seinen Kopf. Doch er schwieg, nicht sicher, ob Jule nur deshalb so spät gekommen war, weil sie so lange mit sich selbst gekämpft hatte. Er wollte sie nicht gleich verschrecken. Das zwischen ihnen gerade war wie ein kleines Erdbeben gewesen. Sie würden sich dieser Anziehung beide nicht entziehen können. Die Frage war nur, wie sie damit umgehen würden. »Danke, dass du gekommen bist«, sagte er deshalb schlicht und nippte an seinem Wein.

»Du willst wahrscheinlich wissen, was mich aufgehalten hat«, sagte sie und griff nach einer Bruschetta.

»Wenn du es mir erzählen möchtest«, erwiderte er und rückte sein Bein in eine etwas bequemere Position.

In den nächsten Minuten lernte Chris wieder eine neue Seite an Jule kennen: Sie konnte verdammt gute Geschichten erzählen. Er war sich sicher, dass es kein bisschen witzig gewesen war, als sie entdeckt hatte, dass ihr Bruder einen verdammt teuren Rotwein geklaut hatte, um daraus Kalte Muschi zu mischen und sich bis zur Besinnungslosigkeit zu betrinken. Aber die Art, wie sie das jetzt erzählte, brachte ihn zum Lachen.

Und auch sie lehnte sich schließlich mit einem Schmunzeln in seine Arme zurück. »Ich werde ihn morgen so was von erziehen müssen«, murmelte sie.

»Die strenge Version von dir ist echt Furcht einflößend«, sagte Chris und öffnete einen der drei Knöpfe, mit denen sie sein Hemd geschlossen hatte. »Du könntest hierbleiben und mir erzählen, wie du deinen Bruder bestrafen willst.« Der zweite Knopf rutschte unter seinen Fingerspitzen aus dem Knopfloch.

»Hierbleiben?« Jule blickte an sich herunter, als er auch den dritten Knopf öffnete.

»Die ganze Nacht«, schlug er vor und zog sie zu einem sanften Kuss voller Versprechen an sich.

21

Jule stahl sich im Morgengrauen aus dem Haus. Sie hatte ihm gesagt, dass sie in der alten Schule sein wollte, wenn ihr Bruder seinen Rausch ausgeschlafen hatte, bevor sie sich in seine Umarmung gekuschelt und die Augen geschlossen hatte. Als Chris irgendetwas Unverständliches gemurmelt und die Hand nach ihr ausgestreckt hatte, als sie im Zwielicht ihre Klamotten zusammensuchte, hatte sie ihm zugeflüstert weiterzuschlafen. Schließlich würden sie sich später am Tag sehen, wenn sie ihn zu seinem Arzttermin fahren würde.

In ihren eigenen vier Wänden duschte Jule, schlüpfte in bequeme Yogahosen und einen alten, weich gewaschenen Hoodie. Sie band die Haare zu einem lockeren Knoten auf dem Kopf zusammen und bereitete sich eine große Tasse Kaffee, die sie ins Lehrerzimmer balancierte.

Niclas befand sich noch in seinem komatösen Tiefschlaf auf einem der beiden Sofas. Er lag genau so da wie schon am Abend zuvor: auf dem Rücken, ein Arm und ein Bein auf dem alten Dielenboden, um das Karussell anzuhalten, das nach seinem Besäufnis vermutlich unaufhörlich Runden in seinem Kopf gedreht hatte.

Jule blickte sich im Lehrerzimmer um und bemerkte die

lila Pinnnadeln, die in der alten Weltkarte steckten. Hier hatten alle Bewohner der alten Schule die Länder markiert, in die sie schon gereist waren. Neugierig trat sie näher heran und betrachtete die neuen Pinns. Sie gehörten zu keinem ihrer Freunde. Mallorca. Ibiza. Holland. Na klar, ging es ihr durch den Kopf, diese Nadeln hatte Niclas in die Karte gepikt. Alle Ziele, an denen er schon gewesen war – ohne die Familienreisen nach Schweden, Italien, Kroatien und den jährlichen Trip in ihr Ferienhaus in Dänemark mit einzubeziehen. »Das wäre ja auch verdammt uncool gewesen«, murmelte Jule und wandte der Karte kopfschüttelnd den Rücken zu. Sie setzte sich auf die Couch ihrem Bruder gegenüber, zog die Beine unter ihren Körper und wartete darauf, dass Niclas aufwachte. Die Erinnerungen an die vergangene Nacht mit Chris schob sie zur Seite, auch wenn allein die Gedanken an ihn ein Kribbeln auf ihrer Haut auslösten. Jetzt musste sie sich erst einmal – und ausschließlich – auf ihren Bruder konzentrieren.

Niclas Brustkorb hob und senkte sich unter ruhigen Atemzügen. Er sah so viel jünger aus, geradezu unschuldig, wenn seine Gesichtszüge so entspannt waren und er ihr keine giftigen Blicke zuwarf. Jule nutzte die Zeit, die er schlief, um sich eine Strategie zu überlegen, mit der sie ihm die Konsequenzen seines Verhaltens aufzeigen konnte, es aber vielleicht trotzdem endlich schaffte, ihn zu knacken und dazu zu bringen, mit ihr zu reden.

Schließlich kam Bewegung in ihren Bruder. Er drehte den Kopf und öffnete dann langsam die Augen, nur um sie sofort wieder zuzukneifen und den Arm mit einem Stöhnen über sein Gesicht zu legen.

»Kopfschmerzen?«, fragte Jule.

Niclas gab ein grunzendes Geräusch von sich. Er hob den Arm ein paar Zentimeter und blinzelte zu ihr herüber, was Jule veranlasste, ihn freundlich anzulächeln. »Wieso rastest du nicht aus?«, fragte er mit rauer Stimme. Wahrscheinlich kam er gerade um vor Durst.

»Weil ich nicht ausrasten muss, um dir zu sagen, dass du mir 657 Euro schuldest«, erklärte sie ihm.

»Was?« Erschrocken richtete sich Niclas auf. Augenblicklich färbte sich sein Gesicht grünlich, und er ließ sich vorsichtig in die Polster zurücksinken. »Wovon redest du?«

»Von deinem kleinen Saufgelage, das pro Flasche 219 Euro gekostet hat. Die Cola nicht mit eingerechnet, versteht sich. Ich bin so nett, dir die Bestechungszigarren, die ich besorgt habe, um bei Paul Merzinger gut Wetter zu machen, nicht in Rechnung zu stellen. Aber den Wein zahlst du.«

»219 Euro?« Niclas starrte sie mit glasigem Blick an. »Das Zeug hat Scheiße geschmeckt«, versuchte er es mit der für ihn typischen Teenager-Pampigkeit.

»Weil du noch gar keine Ahnung hast. Von nichts«, sagte sie mit Nachdruck. »Wer den Erwachsenen spielen will, muss auch die Konsequenzen wie ein Erwachsener tragen. Vielleicht überlegst du dir beim nächsten Mal, einfach nur Cola zu trinken. Ist definitiv billiger.«

»Aber, Jule.« Niclas richtete sich wieder auf. Die Aufsässigkeit war aus seiner Haltung verschwunden. »Ich habe keine 657 Euro.«

Sie zuckte mit den Schultern. »Du hast bis zum Ende der Ferien Zeit, sie aufzutreiben. Legal, versteht sich«, fügte sie vorsichtshalber hinzu.

»Aber …« Niclas zögerte. »Wie soll ich das machen?« Er rieb sich über das Gesicht und ließ die Hände dann über seinen Augen liegen.

Tja, mein Freund, dachte Jule, *das Vogel-Strauß-Prinzip wird dir hier nicht helfen.* »Du wirst das so machen wie alle anderen Menschen, die Geld brauchen, auch. Mit Arbeit. Harter Arbeit.«

Niclas schob seine Finger auseinander und spähte durch die Spalte zu ihr herüber. »Du schickst mich nicht ins Bootcamp? Oder nach Hause?«, fragte er nach einer weiteren Pause vorsichtig.

Jule betrachtete ihn einen Moment. Wieder erinnerte er sie an den kleinen Jungen, der immer so vertrauensvoll zu ihr aufgeblickt hatte. »Wenn es das ist, was du willst, kannst du natürlich gehen. Das Geld schuldest du mir trotzdem.«

Langsam ließ Niclas seine Hände sinken. »Warum bestrafst du mich nicht?«, wollte er leise wissen.

Jule legte den Kopf schräg und schenkte ihm ein weiteres Lächeln. »Glaub mir«, versprach sie ihm. »Die Jobs, die du bis zum Ende der Ferien bekommst, werden kein Vergnügen sein. Und du wirst einen Hungerlohn dafür kassieren. Also wirst du schuften müssen wie ein Verrückter, um deine Schulden bei mir zu zahlen.«

»Warum machst du das?«, fragte Niclas noch einmal, und Jule glaubte, so etwas wie ein hoffnungsvolles Glimmen in seinem Blick zu erkennen.

»Dich nicht in das Straflager schicken?«, hakte sie nach. »Sag du mir lieber, warum du dir so große Mühe gegeben hast, meine Firma zu ruinieren?«

Niclas senkte den Blick auf die Patchworkdecke, unter der

er die Nacht verbracht hatte und die nun zusammengeknüllt in seinem Schoß lag. »Ich wollte doch nicht deine Firma kaputtmachen«, sagte er kleinlaut.

»Tja, genau das ist es aber, was passiert, wenn man sich so verhält wie du. Unverantwortlich. Gewissenlos. Selbstsüchtig«, zählte sie auf. »Mein Geschäft hängt davon ab, dass sich meine Klienten auf mich verlassen können. Und davon, was sie anderen potenziellen Kunden erzählen. Was glaubst du denn, was diese Aktion gestern für meinen Ruf tut?«

Niclas sagte nichts, sondern starrte weiter auf die Decke.

Bei seinem Anblick, der inzwischen einem ziemlichen Häufchen Elend glich, zog sich Jules Herz zusammen. »Ich weiß, warum du das gemacht hast«, beantwortete sie die Frage, die sie ihm gestellt hatte, selbst. »Du wolltest mich auf die Probe stellen und rausfinden, ob ich dich wegschicke, wenn du Ärger provozierst. Das werde ich nicht. Dafür wirst du mir aber endlich erklären, was zu Hause los ist.«

*

Chris wusste bereits, dass Jule nicht mehr da war, noch bevor er die Augen öffnete. Sie hatte ihm gesagt, dass sie zu Hause sein wollte, bevor ihr Bruder, der fast den gesamten Abend über den Haufen geworfen hätte – und die gemeinsame Nacht mit Jule –, aus seinem Rausch erwachte. Das konnte Chris verstehen, ein Hauch von Bedauern ließ sich trotzdem nicht unterdrücken. Mit einem Seufzen öffnete er die Augen. Er hatte keinen Grund, sich zu beschweren. Hatte er in der letzten Nacht nicht mehr bekommen, als er zu hoffen gewagt hätte? Viel mehr. Und schon in ein paar

Stunden würde er Jule wiedersehen. Zu irgendeinem Zeitpunkt, zwischen all den Küssen und Berührungen, hatte sie ihn wissen lassen, dass es Regeln geben würde. Regeln, die er noch nicht kannte. Aber das war ihm auch egal. Viel wichtiger war, dass Jule und er diese Nacht wiederholen würden. Und dann würde sie vielleicht auch wieder in seinen Armen erwachen.

Aber bis es so weit war, brauchte er Kaffee. Er rappelte sich auf und humpelte, nach einem kurzen Zwischenstopp im Bad, in den Wohnbereich. Ohne es zu merken, war er in eine Routine gerutscht, die sich deutlich angenehmer anfühlte als die Tretmühle in München. Er ließ einen Kaffee durchlaufen, goss ihn in einen Thermobecher, den er zusammen mit seinem Handy und dem Laptop in seinen Turnbeutel packte und auf die Terrasse hinaustrug.

Die Luft war noch kühl, der Terrassenboden taufeucht. Chris setze sich vorsichtig in einen der Deckchairs. Er sog den Duft nach frisch gemähtem Gras, Wasser und Sommer tief ein und trank einen Schluck Kaffee. Dann öffnete er auf seinem Handy WhatsApp und rief seinen Chat mit Jule auf. Einen Moment schwebte sein Daumen über dem Display, und Chris blickte auf den See hinaus. Er war sich nicht sicher, welche Art von Nachricht gut bei Jule ankam. Locker? Humorvoll? Zu gefühlvoll wahrscheinlich eher nicht, überlegte er. Er wollte sie schließlich nicht jetzt schon in die Flucht schlagen. *Danke für letzte Nacht*, entschied er sich schließlich für Ehrlichkeit. *Ich wäre gern neben dir aufgewacht. Vielleicht holen wir das bald nach.* Chris verzichtete auf Emojis und drückte auf Senden.

Jules Lächeln tauchte vor seinem inneren Auge auf. Er

konnte das genüssliche Summen hören, das sie von sich gegeben hatte, als sie den Löffel in das Panna-Cotta-Glas getaucht und sich eine große Portion in den Mund geschoben hatte. Dieses genießerische Augenverdrehen war ihm auf direktem Weg in den Unterleib gefahren. Nachdem sie sich die beiden Nachtische mitten in der Nacht in seinem Bett geteilt hatten, wusste er jetzt auch, dass sie Tiramisu mindestens genauso liebte. Und er hatte es geliebt, das Kakaopulver, das auf ihrem Mundwinkel lag, wegzuküssen.

Grinsend schüttelte Chris über sich selbst den Kopf. Miles würde jetzt wahrscheinlich sagen, dass es ihn ganz schön erwischt hatte. Was vielleicht sogar stimmte. Aber im Moment war das alles noch viel zu neu, um die Details zu zerdenken.

Er trank noch einen Schluck Kaffee und klappte seinen Laptop auf, um seine Mails zu lesen und seinen Tagesplan durchzugehen.

Sein Handy vibrierte neben ihm mit einer Nachricht. Jule. Er wischte über den Bildschirm. *Neben dir aufzuwachen wäre mir auch lieber gewesen als die Raubtierbändigung heute Morgen*. Im Gegensatz zu ihm bediente sie sich eines Emojis und schickte ihm den Smiley, der die Augen verdrehte. *Bis nachher*.

Chris wartete, ob sie noch etwas schrieb, aber Jule hatte offenbar alles gesagt, was sie auf seine Nachricht antworten wollte. Sie hatte es ein bisschen ins Lustige gezogen. Was vielleicht daran lag, dass es ihre Art war, flapsige Kommentare abzugeben. Vielleicht wollte sie ihre Beziehung auch einfach nur locker und oberflächlich halten. Chris stieß einen genervten Laut aus. *Hör auf, das Ganze zu analysieren*, wies er sich im Stillen noch einmal zurecht.

Das Handy vibrierte noch einmal in seiner Hand. Chris grinste, als er über den Bildschirm wischte. Hatte Jule doch noch … Lilly. Er starrte auf ihr strahlendes Profilbild. Einen Moment zögerte er, bevor er ihre Nachricht anklickte. *Hey*, hatte sie geschrieben und das Emoji mit dem Kussmund danebengesetzt. *Ich habe dir meine aktuellen Pläne gemailt. Schau mal drüber, wenn es dir passt.*

Danke. Wieder schob sich Jules Bild vor sein inneres Auge. Der Anblick ihres wunderschönen Körpers, hinter dem die Sonne untergegangen war. Ihre geschlossenen Augen und der leicht geöffnete Mund, als sie gekommen war. Überhaupt, dieser Mund, von dem er gar nicht genug bekommen konnte. Und diese Augen, die ihn auf so viele verschiedene Arten anblicken konnten. Wütend oder humorvoll. Leidenschaftlich. Und mit diesem sturen Ausdruck, den er so an ihr mochte. *Können wir bald mal reden?*, schrieb er.

Logo, kam ihre Antwort umgehend. *Skypen oder persönlich?*

Chris blickte auf den See hinaus. Bei dem Gespräch, das sie führen mussten, war es am besten, sich in die Augen zu sehen. Lilly und er mussten ein paar Dinge klären. Aber das musste nicht sofort sein. *Skypen wäre wohl am besten*, schlug er vor.

Sie schickte ein Daumen-hoch-Emoji und noch ein Küsschen hinterher. *Ich habe allerdings sowieso vor, demnächst nach Europa zu kommen. Ich könnte einen Besuch bei dir einplanen und du führst mich in ein hübsches Restaurant aus. Melde mich, sobald ich die Reisedaten festgemacht habe.*

Das wäre noch besser. Chris dankte ihr und verabschiedete sich. Das Gespräch mit Lilly rannte ihm nicht weg. Er hatte es so lange vor sich hergeschoben, dass es inzwischen auf ein paar Wochen mehr oder weniger nicht ankam. Aber es war höchste Zeit, ein neues Kapitel in seinem Leben aufzuschlagen. Ganz unabhängig davon, dass er die letzte Nacht mit Jule verbracht hatte.

*

Niclas war noch immer ziemlich kleinlaut, nachdem er gefühlte eineinhalb Liter Wasser in sich hineingekippt und zwei Kopfschmerztabletten genommen hatte. Jule hatte keinen Zweifel daran gelassen, dass sie reden würden. Noch heute. Und dass es von jetzt an keine Geheimnisse mehr vor ihr gab.

Während er duschte, kochte sie ihnen beiden frischen Kaffee und schrieb Ben eine Nachricht, um ihn zu fragen, ob er einen Job für ihren Bruder hatte.

Als Niclas in Jeans und einem Muscle-Shirt wieder auftauchte, die Füße nackt und die Haare feucht vom Duschen, sah er schon deutlich frischer aus.

Jule reichte ihm einen der Kaffeebecher. »Sollen wir rausgehen?«, fragte sie.

Niclas nickte und ging voran. Ohne etwas zu sagen, hielt er auf den Steg zu. Genau der Ort, den auch Jule für ihre Aussprache gewählt hätte. Ungestört. Mit Wasser unter den Füßen. In manchen Dingen waren ihr kleiner Bruder und sie sich doch ähnlicher, als es auf den ersten Blick den Anschein hatte.

Dann setzte er sich am Ende der kleinen Plattform, lehnte sich mit dem Rücken gegen das sommerwarme Holz des Bootshauses und zog die Beine an. Er balancierte seinen

Kaffeebecher auf dem linken Knie und hielt das Gesicht mit geschlossenen Augen in die Sonne.

Jule ließ sich ihm gegenüber im Schneidersitz nieder und wartete ab.

»Ich bin gern bei dir.« Niclas sprach leise und hielt die Augen weiter geschlossen. »Es tut mir wirklich leid, dass ich es verbockt habe.« Er schluckte. »Du warst bei diesem Typen, obwohl wir verabredet waren. Ich hatte das Gefühl, dass ich dir nicht wichtig genug bin … und da bin ich irgendwie … ein bisschen ausgerastet«, sagte er vorsichtig, so als wäre er nicht sicher, was der richtige Begriff für seine Aktion war.

»Nachdem du dich verspätet hattest«, erinnerte Jule ihn. »Ich habe dir noch nie das Gefühl gegeben, dass du mir nicht wichtig bist«, sagte sie. »Wenn dem nicht so wäre, hätte ich dich sofort ins Bootcamp zurückgefahren, statt dich mein Büro blockieren zu lassen.«

Niclas öffnete die Augen und sah Jule über den Rand seines Kaffeebechers an. »Hm.« Er drehte die Tasse in seinen Händen, bevor einen Schluck trank. »Dass du auch immer recht haben musst.«

»Hey.« Jule zwinkerte ihm zu. »Ich bin deine große Schwester. Natürlich habe ich immer recht.«

Niclas verzog den Mund zu einem Lächeln, das seine Augen nicht erreichte. »Zu Hause ist es nicht so toll, wie du es dir vielleicht vorstellst.« Als sie abwartend schwieg, fuhr er schließlich fort. »Ich glaube, Mama und Papa lassen sich scheiden.«

»Was?« Jule richtete sich so ruckartig auf, dass der Kaffee in ihrem Becher über den Rand schwappte und auf die Holzbohlen des Stegs tropfte.

Er zuckte mit den Schultern. »Ich glaube es nur. Mama organisiert entweder irgendwelchen Wohltätigkeitskram, trifft sich dauernd mit ihren Freundinnen im Café oder geht zu ihrer Nähgruppe. Und Papa …«

»Ist in seiner Werkstatt und mimt den Schweigsamen«, ergänzte Jule.

Niclas nickte, und in ihrem Inneren machte sich ein unangenehmes Prickeln breit. »Sie gehen sich aus dem Weg«, erzählte er weiter. »Wenn sie das nicht tun, streiten sie die ganze Zeit. Außer es geht um mich. Dann sind sie sich meistens einig.«

Wie eine dunkle Welle schwappten die Erinnerungen über Jule hinweg. Ihre Eltern, die sich in der Küche anschrien. Das Türenknallen ihrer Mutter. Das stoische Schweigen ihres Vaters, der sich tagelang mit den Haushaltsgeräten ihrer Nachbarn in seiner Werkstatt verbarrikadieren konnte. Und sie selbst als vierzehnjähriges Mädchen, das nicht wusste, welchem Elternteil sie Loyalität entgegenbringen sollte. Und wer von beiden sie überhaupt wahrnahm. »Du hast gedacht, wenn du dich mit den Gangstern rumtreibst – Mamas Worte, nicht meine«, ergänzte sie, als er gegen die Bezeichnung protestieren wollte, »und jede Menge Mist baust, nehmen sie dich wahr.«

Niclas zuckte nur mit den Schultern und sah auf den Steg vor sich. »Vielleicht.«

»Nicky.« Jule griff nach der Hand ihres Bruders, und ausnahmsweise protestierte er einmal nicht gegen seinen Spitznamen. »Ich habe gerade ein ganz schreckliches Déjà-vu.« Wie hatte sie all das über so viele Jahre verdrängen und die Probleme ihrer Eltern einfach nicht sehen können? Für sie war ihre Familie immer in Ordnung gewesen. Sie schluckte. »Bevor du auf die Welt gekommen bist, war es zwischen Mama und Papa auch schon einmal so. Sie haben sich die ganze Zeit gestritten oder sich ignoriert. Aber dann warst du da, und alles war wieder gut.«

Jetzt verzog ihr Bruder wirklich angeekelt das Gesicht. »Du meinst, sie haben mich gemacht, damit wieder Frieden herrschte. Das ist echt widerlich.«

Jule musste lachen. Wo er recht hatte … niemand wollte sich vorstellen, dass die eigenen Eltern Sex hatten. »Vielleicht nicht, damit wieder Frieden herrschte. Es war eher so, dass es sie wieder zusammengeschweißt hat, dich zu bekommen. Ich kann mich noch gut daran erinnern, wie sehr sie sich auf dich konzentriert haben. Wie wichtig du ihnen warst. Uns allen.«

Einen Moment blickte Niclas nachdenklich auf den See hinaus. »Und du?«, fragte er dann leise. »Was war mit dir, als sie sich so sehr mit mir beschäftigt haben?«

»Gute Frage. So genau weiß ich das gar nicht mehr. Ich habe dich jedenfalls vom ersten Moment an geliebt und bin total gern mit dir im Kinderwagen spazieren gegangen oder habe mit dir gespielt. Du hast immer so süß gegrinst, so ganz ohne Zähne.«

»Haha.« Niclas verdrehte die Augen, und Jule lachte.

Dann wurde sie wieder ernst. »Dich in der Familie zu haben war definitiv besser als die Streitereien davor. Ich habe möglicherweise auch den einen oder anderen Blödsinn angestellt. Mein Ziel war es allerdings immer, nicht erwischt zu werden – und das habe ich auch hinbekommen. Ich weiß das nicht mehr alles so genau, aber meine Freiheit habe ich definitiv genossen.« Sie hatte es verdrängt, wurde Jule bewusst. Von dem Moment an, in dem Niclas das Licht der Welt erblickt hatte und ihre Eltern sich wieder zusammengerauft hatten, hatte sie die Probleme davor einfach ausgeblendet, als hätte es sie nie gegeben. Und genauso hatte sie selbst es bei Bjarne gemacht. Rückblickend betrachtet war Jule sehenden Auges ins offene Messer gelaufen. Es hatte Anzeichen in seinem Verhalten gegeben, dass etwas nicht stimmte. Dass er Geheimnisse hatte, etwas vor ihr verbarg. Aber sie hatte es nicht sehen wollen. »Die Frage ist, was wir jetzt machen«, sagte sie. »Was zwischen Mama und Papa passiert, ist scheiße. Trotzdem kannst du so ein Ding wie gestern nicht noch einmal abziehen.«

»Und ich muss diesen verdammten Wein zahlen. Alter, wie kann dieses eklige Zeug so teuer sein?« Das klang, als ob ihr kleiner Bruder langsam wieder ganz der Alte wurde.

Sie grinste ihn an. »Ich sag's doch. Du hast keinen Geschmack. Das ist sogar das Gemeinste dran. Dass du für etwas arbeiten musst, was du noch nicht mal gemocht hast. So viel zum Thema: Lernen fürs Leben.«

»Haha, so witzig!« Niclas grinste ebenfalls, aber sein Blick blieb ernst. »Ich würde am liebsten hierbleiben. Bei dir«, sagte er leise.

Jule griff nach seiner Hand und drückte sie. »Du weißt, dass das nicht geht. Dein Zuhause ist in Kiel. Wir werden uns überlegen, wie wir die Situation wieder in den Griff kriegen. Auf jeden Fall müssen wir mit Mama und Papa reden. Aber den Sommer über kannst du hierbleiben. Und auch in allen anderen Ferien bist du hier herzlich willkommen. Die zwei Jahre, bis du dein Abi in der Tasche hast, bekommen wir rum. Lass uns einfach versprechen, dass wir ab jetzt miteinander reden. Keine Geheimnisse. Kein Zurückhalten von Dingen, die uns ärgern«, schlug sie vor. »Und wenn Mama und Papa nicht herkommen, dann rufen wir sie einfach demnächst an und sprechen mit ihnen. Mit beiden«, ergänzte Jule, als sie sah, wie ihr Bruder widersprechen wollte. »Wir skypen. Und Papa kann sich nicht davor drücken. Dann erzählen wir den beiden, wie es uns mit der Situation geht.« Sie drückte die Hand ihres Bruders. »Zumindest uns beiden wird es dann besser gehen.

»Okay.« Niclas erwiderte ihren Händedruck. »Keine Geheimnisse mehr. Und ein Gespräch mit den Eltern.« Diesmal erreichte das Grinsen seine Augen. »Wo wir grad von ›keine Geheimnisse mehr‹ sprechen: Was ist mit dem Typen aus dem Wochenendhaus, bei dem du aus Versehen eingepennt bist?«

»Das war wirklich nur aus Versehen«, verteidigte sich Jule ganz automatisch und zog ihre Hand zurück. Sie spürte, wie ihr die Hitze in die Wangen kroch. Mist. Gerade hatte sie auf Ehrlichkeit gepocht. Ihr kleiner Bruder hatte mit Sicherheit kein Verständnis dafür, dass sie schon zwei Sätze später begann abzublocken. Nicht weil sie nicht mit der Wahrheit rausrücken wollte, sondern weil sie das zwischen Chris und ihr nicht an die große Glocke hängen wollte.

Niclas schnaubte prompt. »Wer's glaubt.«

Jule verdrehte die Augen. »Ja, okay, da läuft was. Aber Nicky, das ist nicht mehr so einfach wie in deinem Alter.«

»Pff. In meinem Alter? Hast du eine Vorstellung davon, wie kompliziert Frauen sind? In jedem Alter«, betonte er. Niclas' rechtschaffene Empörung war zum Schießen.

»Wahrscheinlich hast du recht. Jedenfalls bin ich mir selbst noch nicht so sicher, wie das Ganze zwischen mir und Chris weitergehen wird. Es gibt also nicht allzu viel zu erzählen. Aber ich möchte gern ein wenig mehr Zeit mit ihm verbringen.«

»Ohne dass ich durchdrehe, meinst du.«

Jule stellte ihre Tasse zur Seite und stand auf. »Ich bin deine Schwester, Nicky. Nicht deine Mutter. Und du bist auch schon ein bisschen zu alt dafür, dass ich dich abends ins Bett bringe und dann über deinen Schlaf wache. Ich werde vielleicht nicht jede Nacht in der alten Schule verbringen, aber das heißt nicht, dass ich keine Zeit mit dir verbringen will, verstanden?«

Ihr Bruder erhob sich ebenfalls. Er blickte auf den See, dann sah er sie an, und Jule erkannte das mutwillige Funkeln in seinen Augen. »Alles klar, große Schwester. Aber hör auf, mich Nicky zu nennen.« Seine Worte waren keine Bitte, sondern eine Herausforderung. Und Jule verstand.

Sie zwinkerte ihm zu. »Alles klar, Nicky. Ich werde versuchen, es mir zu merken.«

Statt einer Antwort verpasste ihr Bruder ihr einen Stoß gegen die Schulter. Jule hätte ihr Gleichgewicht halten können, doch das hier erinnerte sie viel zu sehr an früher, als Niclas noch klein gewesen war und sie zusammen keinem Wasser hatten widerstehen können. Sie ließ sich fallen, griff aber im letzten Moment nach der Hand ihres Bruders und riss ihn mit sich. Nebeneinander fielen sie in den See, ließen sich von ihren Kleidern nach unten ziehen und hielten sich an den Händen, bis sie prustend und lachend wieder die Oberfläche durchstießen.

»Das wirst du büßen«, japste Jule. »Wie gut, dass ich schon einen mörderischen Ferienjob für dich besorgt habe. So richtig harte Arbeit. Für einen Hungerlohn.«

»Ach ja?« Niclas schwamm lachend auf sie zu, legte ihr seine Hände auf die Schultern und drückte sie wieder unter Wasser.

22

Jule hatte Felicia und Lina für den Abend auf einen Gin Tonic hinter der alten Schule eingeladen.

Zuvor hatte sie Chris zu seinem Arzttermin gefahren und sich bereitwillig in seine Arme ziehen und küssen lassen, als er die Praxis begeistert mit der Neuigkeit verlassen hatte, sein Bein langsam wieder belasten zu dürfen. Zwar musste er auch weiter seine Krücken benutzen, aber das war ein Fortschritt. Er hatte ihr von den Übungen erzählt, die er ab jetzt jeden Tag machen musste, und Jule überzeugt, noch kurz mit ins Haus zu kommen, nachdem sie ihn zurückgefahren hatte. Sie hatten auf der Couch herumgeknutscht wie zwei hormongesteuerte Teenager, bis eine Klientin angerufen und Jule gebeten hatte, in der Apotheke einen Schwangerschaftstest für sie zu besorgen, weil sie nicht von irgendjemandem dabei erkannt werden wollte, wenn sie das selbst machte.

In Chris' Blick lag die unausgesprochene Frage, ob sie auch diese Nacht bei ihm verbringen würde, als er sie an der Haustür mit einem langen, innigen Kuss verabschiedete. Doch Jule schüttelte nur den Kopf. »Heute Abend muss ich einfach mal ein bisschen Zeit zu Hause verbringen«, hatte sie ihm gesagt und versprochen, dass sie am nächsten Tag vorbeikommen würde, um ihm bei seinen Übungen zu helfen.

Sie wollte das mit Chris nicht überstürzen. Und vor allem wollte sie Niclas nicht vor den Kopf stoßen, nachdem sie sich endlich ausgesprochen hatten. Natürlich war ihrem Bruder klar, dass sie auch künftig Zeit mit Chris verbringen würde. Tage – und vor allem die Nächte. Als sie den Jimny allerdings vor der alten Schule abstellte und das Haus betrat, wurde ihr bewusst, dass sie sich um ihren Bruder überhaupt keine Gedanken hätte machen müssen. Niclas lag auf einem der Sofas im Lehrerzimmer und schlief tief und fest. Er hatte es geschafft, seine schlammverschmierten Stiefel auszuziehen, trug aber noch seine Arbeitshose und ein T-Shirt, das am Ärmel einen Riss aufwies und ebenfalls voller Erde war. Sah ganz so aus, als hätten Ben und sein Cousin Sam ihren Bruder auf einer ihrer Gartenbaustellen so richtig schuften lassen. Was genau das war, was Jule ihm aufzeigen wollte. Wie hart es sein konnte, Geld zu verdienen. Und wie viel Wert es dadurch gewann.

Jule ließ Niclas schlafen und betrat ihr Büro – das überraschend aufgeräumt war. Offenbar hatte ihr Bruder entschieden, ins Lehrerzimmer überzusiedeln, denn alle seine persönlichen Sachen, die hier herumgestanden und -gelegen hatten, waren verschwunden. Jule sammelte zwei Teller und ein Glas ein, die ihren Weg noch nicht selbstständig in die Spülmaschine gefunden hatten, setzte eine neue Ladung ihres Zitronen-Rosmarin-Sirups an, damit sie die Vorräte, die inzwischen zu einem ihrer Markenzeichen geworden waren, wieder aufstocken konnte. Dann machte sie sich an ihre Buchhaltung, bis ihr Lina eine Nachricht schickte, dass Felicia und sie jetzt bereit waren für einen Drink.

Jule kehrte ins Erdgeschoss der alten Schule zurück und

mixte die Gin Tonics in der Kochschule. Als sie das Tablett auf die Terrasse hinter dem Haus trug, hatten es sich ihre Freundinnen, Poldi und Elfriede bereits gemütlich gemacht und sahen ihr gespannt entgegen.

»Du hast Drinks und Neuigkeiten«, sagte Lina und seufzte, als Jule das Glas vor ihr abstellte.

Jule, die ihr Cardex ihrer Stimmung entsprechend in eine dunkelblaue Hülle mit glitzernden Sternen gesteckt hatte, schob sowohl das Tablet als auch ihr Handy an die Tischkante. Dieser Abend gehörte ihr und ihren Freundinnen. »So kann man das sagen.« Sie verteilte auch die anderen Gläser und stellte Salzbrezeln und Chips auf den Tisch, auf dem bereits eine schlichte Stumpenkerze in einem Weckglas brannte, das neben einem Lavendeltopf stand. »Auf uns«, prostete sie den Freundinnen zu, als sie sich setzte und ihr Glas zum Toast hob.

Sie stießen an und sahen Jule dann weiter neugierig an.

»Ich habe es getan«, platzte sie mit den Neuigkeiten heraus. »Ich habe mit Chris geschlafen.«

»Cheers!« Lina hatte sich als Erste wieder gefangen, während Felicia nur still lächelte und ihr Glas zum Toast hob.

»Und? Wirst du ihn wiedersehen?«, fragte Lina.

»Ja. Ich habe ihn heute zu einem Arzttermin gefahren. Das hat uns Zeit gegeben, über uns zu sprechen. Und darüber, wie es weitergehen soll.«

Felicia beugte sich ein wenig vor. »Ich bin gespannt, zu welchem Ergebnis ihr gekommen seid.«

»Wir haben Regeln aufgestellt.«

Lina zog die Augenbrauen hoch, und um Felicias Mundwinkel zuckte der Ansatz eines Lächelns.

»Okay«, korrigierte Jule sich. »Ich habe Regeln aufgestellt. Bei Chris geht es aufwärts«, erzählte sie, nachdem sie einen Schluck getrunken hatte. »Die Verletzung heilt gut, und die Fäden wurden gezogen. Er darf das Bein sogar schon ein bisschen belasten und hat ein paar Reha-Übungen für zu Hause bekommen. Ich muss ihn nur noch zur Physio fahren und ab und zu für ihn einkaufen gehen. Dein Essen, Licie, ist nach wie vor gern gesehen.«

»Das freut mich für Chris«, sagte Lina. »Aber ich verstehe nicht ganz, welche Regeln sich daraus ergeben«, ließ sie nicht locker.

»Ich habe ihm gesagt, dass zwischen uns nichts laufen wird, solange ich für ihn arbeite.« Jule spürte die Hitze, die in ihre Wangen stieg.

»Aber er will mit dir schlafen«, soufflierte Lina, als Jule nicht weitersprach. »Und du mit ihm.«

»Das ist das Problem. Oder war es zumindest. Jetzt arbeite ich nicht mehr für ihn. Zumindest solange er in Starnberg bleibt und wir dieses … Ding«, sie gestikulierte mit der freien Hand, »haben. Wenn er nach München zurückkehrt, wird sich das vielleicht wieder ändern. Und natürlich helfe ich ihm, wenn er Unterstützung braucht. Aber nicht als Concierge, sondern als Freundin.«

»Als seine Freundin«, widersprach Lina.

»Als eine gute Freundin. Mehr ist es wirklich nicht.«

Lina nickte. »›Keine Beziehung, keine Gefühle, nur Sex! Was auch passiert, wir bleiben Freunde‹«, zitierte sie.

Jule seufzte. »Welcher Film?«

»*Freunde mit gewissen Vorzügen*«, sagte Lina und trank einen Schluck Wein. »Mila Kunis und Justin Timberlake. Ich hätte da sogar noch ein Zitat.« Sie räusperte sich. »›Es geht nicht darum, mit wem du Freitagnacht verbringst, sondern darum, mit wem du den ganzen Sonntag verbringst.‹«

Jule war immer wieder fasziniert von Linas Talent, halbe Filme auswendig aufsagen zu können. Sie zwinkerte der Freundin zu. »Freitagabende mit Chris. Für den Sonntag hab ich ja euch.«

Felicia griff nach einer Salzbrezel. »Ich finde es schön, dass ihr einen Weg gefunden habt, zusammen sein zu können. Schließlich sind deine moralischen Standards sehr hoch.«

Jule zuckte mit den Schultern. »Ich habe ihm gesagt, dass es für mich zwei No-Gos gibt: etwas mit Klienten anfangen. Und verheiratete Männer.« Chris und sie waren auf das Thema gekommen, als sie ihn von seinem Arzttermin nach Hause gefahren hatte. Chris hatte sie von der Seite angesehen, den Kopf neugierig schräg gelegt. »Tatsächlich?«, hatte er gefragt. »Warum ausgerechnet diese Kombination?«

»Weil das meine moralischen Grundsätze sind«, hatte sie schlicht geantwortet und sich zwischen einem Tesla und einem in zweiter Reihe geparkten Maserati durchgedrängelt. »Das Problem, das wir beide haben, ist die Arbeit, für die du mich gebucht hast. Aber das lässt sich ganz leicht lösen. Ich arbeite einfach nicht mehr für dich.«

»Im ersten Moment wollte Chris protestieren«, erzählte Jule ihren Freundinnen von dem Gespräch und nahm sich eine Hand voll Chips. Nachdenklich betrachtete sie einen, bevor sie ihn in den Mund schob. »Doch dann hatte er begriffen, was ich meine. Wir müssen einfach nur unsere Arbeitsbeziehung auf Eis legen, solange wir zusammen sind.«

Felicia stieß ein ungläubiges Lachen aus. »Und du denkst, dass das nur eine Zeit lang halten wird?«, fragte sie skeptisch. »Immerhin bedeutest du ihm genug, dass er bereit ist, dich nicht mehr als Concierge zu buchen.«

Jule schüttelte den Kopf und schob sich noch einen Chip in den Mund. »Ich bin mir da sogar ganz sicher. Sobald Chris fit genug ist, in seinen Alltag zurückzukehren, wird er wieder in München leben und durch die Welt jetten. Dann erledigt sich das mit uns bereits aus Zeitgründen. Eine Concierge wird er dann aber wieder brauchen.« Daran glaubte Jule zumindest fest.

»Und was ist mit dir?«

»Was soll mit mir sein?«, fragte Jule verständnislos und warf Lina einen Blick unter hochgezogenen Augenbrauen zu.

»Du könntest dein Herz verlieren«, überlegte die Freundin laut.

»Das ist ziemlich ausgeschlossen.« Jule schenkte ihr ein beruhigendes Lächeln. Sie war nicht so romantisch wie ihre Freundinnen, aber sie nahm ihre Gefühle und Sichtweisen durchaus ernst. Deshalb hatten sie auch eine anständige Antwort verdient. »Ich habe gar keine Zeit, mein Herz in irgendetwas zu involvieren. Wie soll ich es da an irgendjemanden hängen?«

»Wir reden hier nur nicht von irgendjemandem«, erinnerte Felicia sie leise.

Lina nickte. »Sondern von dem Mann, der dich dazu gebracht hat, über deinen Schatten zu springen und die Regeln, die dein Leben fest im Griff haben, ein wenig zu lockern.«

»Wir sollten ihn auf jeden Fall mal einladen«, schlug Felicia vor.

»Vielleicht zu einer Beachparty oder zum Grillen«, pflichtete Lina ihr bei.

Jule stöhnte. »Genau das, was ich vermeiden wollte.«

*

Chris saß in seinen Boardshorts auf einem der Deckchairs auf seiner Terrasse und hielt das Gesicht in die Sonne. Jule hatte ihn darum gebeten, eine Badeshorts anzuziehen, und er hatte genau das gemacht, ohne eine Ahnung zu haben, was sie vorhatte.

Ihr Arrangement, wie sie es nannte, lief inzwischen seit einer guten Woche. Chris hatte die Zeit einfach nur genossen. Jule hingegen hatte Regeln aufgestellt, die sie ohne zu zögern und ohne Ausnahme umgesetzt hatte. Ihr war das wichtig, also konnte Chris damit leben. Tagsüber sahen sie sich jetzt nur noch, wenn Jule ihn zu seinen Terminen fuhr. Was sie ihm nicht in Rechnung stellte. Stattdessen hatten sie sich abends getroffen und die eine oder andere Nacht miteinander verbracht. An anderen Tagen wiederum war sie nach dem Essen nach Hause gegangen, um den Rest des Abends mit ihrem Bruder zu verbringen, den sie ziemlich hart schuften ließ, um seine Schulden zu begleichen.

Einmal mehr war Chris in den letzten Tagen bewusst geworden, dass sie ihre Ziele knallhart und streng verfolgte. Sie war absolut geradlinig und trotzdem voller Leidenschaft. Mitfühlend und unterstützend.

Heute war einer der Tage, an denen Chris zu Hause trainieren musste. Jule hatte sich angewöhnt, ihm bei den Übungen zu helfen. Sie korrigierte seine Bewegungsabläufe und achtete auch sonst auf seinen Gang, kontrollierte das saubere Abrollen seiner Füße und alles andere, was sie sich zu dem Thema über YouTube-Videos angeeignet hatte. YouTube-Tutorials schienen sowieso ihre Lieblingsfreizeitbeschäftigung zu sein. Er hatte allerdings keine Ahnung, was sie heute mit ihm geplant hatte.

Aus den Augenwinkeln nahm er eine Bewegung wahr. Er wandte den Kopf und sah Jule über den Rasen auf ihn zukommen. Sie trug ein kurzes Strandkleid, das über und über mit exotischen Blüten bedruckt war und dessen Saum ihre Oberschenkel umspielte. Ihre Füße steckten in Flip-Flops, und ihre Haare hatte sie auf dem Kopf zu einem Knoten zusammengefasst. Vielleicht plante sie ja, auf dem Bootssteg ein bisschen Sonne zu tanken. Schwimmen konnte er mit seinem verletzten Knie jedenfalls nicht.

Chris konnte ihre Augen hinter der Sonnenbrille nicht erkennen, aber ihr Mund lächelte, als sie auf ihn zukam. Sie ließ ihre große Handtasche, die durchaus auch als Strandtasche durchgehen konnte, neben seinen Sitz fallen und beugte sich herunter, um ihn zu küssen. »Bereit?«, flüsterte sie an seinen Lippen.

Chris erwiderte ihr Lächeln. »Ich habe keine Ahnung, wozu. Aber ja, ich bin bereit.« Er ließ seine Hand in Jules Nacken gleiten und zog sie zu einem weiteren Kuss heran.

Schließlich löste sie sich von ihm und legte ihm die Hände auf die Schultern. Sanft drückte sie ihn zurück und ging ein paar Schritte rückwärts. »Komm mit«, lockte sie Chris und begann, ihr Kleid nach oben zu ziehen. Er sah dabei zu, wie der Stoff an ihren Schenkeln hinaufglitt und den Blick auf ihr Bikinihöschen freigab. Blau-weiß gestreift und mit kleinen roten Ankern übersät. Sie zog es weiter hinauf. Über ihren flachen, gebräunten Bauch. Ihr Bikinioberteil und schließlich den Kopf. Sie ließ den Stoff ins Gras fallen und zog ein Strandtuch aus ihrer Handtasche. Dann lief sie rückwärts in Richtung See und lockte Chris mit gekrümmtem Finger. »Komm schon«, forderte sie ihn noch einmal auf.

Chris stemmte sich hoch und griff nach seinen Krücken. Langsam folgte er Jule auf den Steg. Sie lief noch immer rückwärts vor ihm her. »Was wird das denn?«, wollte er wissen.

»Das wirst du schon sehen.« Am Ende des Stegs blieb sie stehen und wartete auf ihn.

Als Chris sie erreichte, nahm sie ihm die Krücken ab und legte sie zur Seite. Dann griff sie nach seinen Händen. »Setz dich«, forderte sie ihn auf. Und als Chris ihrer Aufforderung, noch immer skeptisch, nachkam, half sie ihm, sich auf die Holzbohlen niederzulassen.

»Allein werde ich nicht mehr hochkommen«, warnte Chris sie. Von einem Stuhl konnte er sich aufrichten. Von der Couch. Und selbst aus dem Bett. Aber wenn er auf dem Boden saß, war er ohne Hilfe nach wie vor voll aufgeschmissen und erinnerte an einen herumkrabbelnden Käfer.

»Keine Sorge.« Jule hielt ihn an den Händen, bis er sich mehr oder weniger sanft auf den Hintern hatte fallen lassen. Dann kniete sie sich neben ihn und begann, die Klettverschlüsse seiner Orthese zu lösen. Sie nahm ihm die Schiene ab und legte sie neben die Krücken. Mit einer eleganten Bewegung stand sie auf, drehte sich um und hechtete mit einem Kopfsprung von der Kante des Stegs ins Wasser.

Als sie wieder auftauchte, schwamm sie mit einem breiten Grinsen im Gesicht zum Steg zurück und sah Wasser tretend zu ihm auf. »Lass dich reinrutschen. Wir machen deine Krankengymnastik-Übungen heute im Wasser.«

Chris streckte den großen Zeh seines gesunden Fußes aus und tauchte ihn in den See. »Ganz schön kalt«, stellte er fest.

»Dann sollten wir etwas tun, damit dir warm wird.« Sie zwinkerte ihm zu und feuerte ihn mit einem »Na los, komm schon« noch einmal an.

Chris seufzte ergeben, rutschte an die Holzkante und ließ sich fallen. Im nächsten Moment schlug das Wasser über ihm zusammen. Seine Haut prickelte, und die Sonne schickte ihre Strahlen durch die glasklare Oberfläche. Das Wasser war kühl, aber nicht so kalt, wie er vermutet hatte. Für einen Moment genoss Chris die Schwerelosigkeit. Dann spürte er Jules Hände auf seinem Körper. Sie schmiegte sich an seinen Rücken und strampelte sie beide mit den Beinen wieder nach oben. Ihre Haut war warm und bildete einen elektrisierenden Kontrast zur Kühle um sie herum. Er drehte sich in ihren Armen um und trat mit einem Bein Wasser, um ihre Köpfe über dem Wasser zu halten.

Chris konnte nicht anders, als seine Lippen erst auf das kleine Grübchen in ihrem Mundwinkel zu drücken und Jule dann richtig zu küssen. Sie hörten auf, Wasser zu treten, und sanken eng umschlungen unter die Oberfläche zurück. Die Stille, die sie hier umschloss, das gebrochene Licht und vor allem Jules Körper an seinem fühlten sich einfach perfekt an.

Langsam stiegen sie wieder nach oben, durchbrachen die Wasseroberfläche, und Jule lachte prustend. Sie klang … glücklich war vermutlich das richtige Wort. Denn genau so fühlte Chris sich in diesem Moment. Ihre langen dunklen

Wimpern hatte das Wasser zu kleinen Stacheln geformt, zwischen denen Wassertropfen hingen, die in der Sonne wie kleine Diamantsplitter funkelten. Chris schloss die Augen und ließ sich mit Jule auf dem See treiben. Er hatte keine Ahnung, woher diese Gedanken aufgetaucht waren. Klar, er kam aus der Werbung und konnte mit Worten Bilder malen, aber das hieß ja noch lange nicht, dass er der verkitschte Romantiker war, als der er sich gerade fühlte.

Jule beendete diesen Moment, der sein Herz ein bisschen zu heftig gegen seine Rippen schlagen ließ, als sie sich von ihm löste. »Lass uns mit deinen Übungen anfangen.« Sie half ihm zum Steg zurück. »Halt dich fest«, wies sie ihn an und schwamm neben ihm, während er seine Hände auf das sonnenwarme, raue Holz legte. »Und jetzt hangele dich so weit am Steg entlang, bis du stehen kannst.«

Chris spürte schon nach wenigen Metern den unebenen, steinigen Boden unter seinem gesunden Fuß. Inzwischen konnte er sich vorstellen, was Jule plante. Aber er genoss es, ein wenig von ihr herumkommandiert zu werden. Später konnte er sie immer noch zum Schweigen bringen. Mit seinem Mund, seinem …

»Konzentration!«

»Hm?« Chris blinzelte Jule an.

»Ich weiß ganz genau, woran du gerade gedacht hast. Aber erst deine Übungen. Lass uns mit Beugen und Strecken anfangen.«

Jules Idee, woher sie sie auch hatte, war brillant. Die Schwerelosigkeit verlieh seinem Körper Auftrieb, und trotzdem musste er sich bei seinem Aufbautraining gegen den Widerstand des Wassers stemmen.

Jule überwachte die Übungen streng, und erst als sie mit ihm zufrieden war, ließ sie ihn am Steg entlang ein Stück weiter in Richtung Strand hüpfen. Sie legte das Badetuch, das sie vorher auf den Steg geworfen hatte, auf die Wiese am Ufer und half ihm dann aus dem Wasser. Wieder einmal befand sich Chris in der Waagerechten auf dem Boden, unfähig, sich selbst aus dieser Lage zu befreien. Aber das war ihm völlig egal. Jule hatte sich an ihn gekuschelt, den Kopf auf seinem Brustkorb abgelegt, so als wolle sie seinem Herzen beim Schlagen zuhören. Er blickte in den Himmel, sah den Schäfchenwolken nach, die über das Sommerblau davonsegelten.

»Ich könnte ewig so liegen bleiben«, sprach Jule genau die Gedanken aus, die ihm in diesem Moment durch den Kopf gingen.

»Hm.« Er drehte den Kopf und küsste sie auf den Scheitel. »Dann lass uns das einfach machen.«

»Zu schön, um wahr zu sein«, murmelte Jule und presste ihre Lippen auf seinen Brustkorb.

Dann richtete sie sich auf, und an seiner Seite herrschte augenblicklich Leere, obwohl sie sich höchstens zehn Zentimeter von ihm entfernt hatte. Chris schluckte. Wenn er bereit wäre, seine Reaktionen auf sie zu hinterfragen, würde er vermutlich zu dem Schluss kommen, dass das hier tiefer ging und anders war als die Beziehungen, die er für gewöhnlich einging. Nicht einmal mit Lilly hatte er sich so gefühlt. Und das mit ihr war definitiv etwas Besonderes gewesen. »Was ist los?«, fragte er Jule, statt seine Gedanken weiter in eine gefährliche Richtung abdriften zu lassen.

»Wir haben eine Einladung bekommen.«

»Wir?« Jetzt richtete Chris sich auch auf. »Von wem?«

»Von meinen Freunden. Du musst nicht hingehen«, ergänzte sie schnell, als wäre sie sich nicht sicher, wie weit er das zwischen ihnen gehen lassen wollte. »Aber sie haben ausdrücklich gesagt, dass sie sich freuen würden, wenn du mitkommst.«

»Dann danke für die Einladung.« Jule vergaß manchmal, dass sie diejenige war, die Regeln aufgestellt hatte und sich bemühte, ihre Gefühle nicht zu tief gehen zu lassen. Er hatte überhaupt kein Problem damit, Zeit mit ihren Freunden zu verbringen. Ben und Sam kannte er noch verschwommen aus seiner Schulzeit, und der Abend, den sie neulich im *Bootshaus* verbracht hatten, hatte Spaß gemacht. Felicia hatte er am gleichen Abend wie Jule kennengelernt, auf Lembergs Vernissage. Auch wenn er mit ihr nur ein paar flüchtige Begegnungen gehabt hatte, genoss er fast jeden Tag ihr Essen und hatte schon allein deshalb das Gefühl, sie irgendwie zu kennen. Jules kleiner Bruder hatte seine Kraftsportstation aufgebaut, und mit Lina stand er in Kontakt, weil sie ihm half, eine Kinderbetreuung in seiner Firma einzurichten. »Ich komme sehr gerne«, sagte er schlicht.

Jules Schultern sackten ein wenig herunter, als hätte sie nicht gewusst, wie er auf ihre Einladung reagieren würde. »Gut. Okay.« Sie beugte sich vor und drückte ihm einen Kuss auf das Kinn. »Morgen Abend. Grillparty am Strand.«

»Klingt super. Was kann ich mitbringen?«, fragte Chris und zog Jule wieder zu sich herunter, bis sie so an ihn geschmiegt lag wie zuvor.

»Nichts. Felicia ist ein bisschen zwanghaft, wenn es um das Essen geht. Und die Getränke habe ich im Griff. Und

Lorenz, der auch eingeladen ist. Er bringt sicher auch was mit.«

Chris grinste. Wenn sogar sein bester Freund zu dieser Party kam, konnte es nur ein toller Abend werden. »Aber mit leeren Händen kann ich nicht kommen«, widersprach er.

Jules Hand glitt über seinen Bauch und sorgte dafür, dass sich seine Muskeln zusammenzogen.

»Lenk mich nicht ab«, brachte er heraus, als ihre Finger in Richtung des Saums seiner Boardshorts wanderten.

»Du brauchst nichts mitzubringen«, wiederholte sie und begann, einen Pfad aus Küssen über seinen Oberkörper zu ziehen.

»Die Grillmarinade meiner Mutter«, ging ihm der letzte zusammenhängende Gedanke durch den Kopf.

Was er sofort bereute, denn Jule hörte auf, ihn zu küssen und hob den Kopf. »Was?«, fragte sie.

Chris schloss die Augen und seufzte. »Die Grillmarinade«, murmelte er. »Ich wollte dich nicht ablenken. Aber das Geheimrezept meiner Mutter ist echt gut.«

Jule schien der Themenwechsel nichts auszumachen. Sie legte ihre Hände auf seinem Brustkorb übereinander und stützte ihr Kinn darauf. Neugierig sah sie ihn an. »Du hast noch nie etwas von deiner Mutter erzählt.« *Oder von deinen Eltern überhaupt*, konnte Chris die unausgesprochene Ergänzung in ihrem Blick lesen.

»Weil es nicht viel zu erzählen gibt«, sagte er. »Sie leidet an Demenz und lebt in einer Seniorenresidenz, nicht weit von hier.«

»Dann hast du das Haus hier gekauft, um in ihrer Nähe zu sein?«, wollte Jule wissen.

Eigentlich hatte er es für sie gekauft. Aber da war es bereits zu spät gewesen. »Könnte man so sagen. Wenn ich hier bin, besuche ich sie immer.«

»Seit deiner Verletzung bist du noch nicht bei ihr gewesen.« Jule sah ihn ernst an. »Hast du dich nicht getraut, mich zu fragen, ob ich dich fahre?«

»Nein, ja … ich weiß nicht«, gab er zu. Seine Verletzung hatte seine Gedanken okkupiert. Abgesehen davon hatte Jule schon irgendwie recht. Es gab viele Dinge, bei denen er keine Probleme hatte, sie mit anderen zu teilen. Aber die Krankheit seiner Mutter und die Art, wie die Besuche bei ihr ihm regelmäßig das Herz brachen, waren etwas sehr Persönliches. Etwas, das er nur mit wenigen Menschen teilte. Ihm wurde bewusst, dass er Jule gern von ihr erzählen wollte. Wieder eines dieser Puzzleteilchen, die sich an die richtige Stelle setzten und das Bild von ihm und der Frau, die er in seinen Armen hielt, vervollständigte. Ein Bild, das verdammt viel von einer echten Beziehung hatte.

Bevor er etwas sagen konnte, lächelte Jule ihn an. »Ich mach dir einen Vorschlag: morgen Abend Grillparty in der alten Schule. Und am Sonntag fahre ich dich zu deiner Mutter.«

23

Jule schnitt ein Stück von ihrem Steak ab, das in einer dunklen Biermarinade eingelegt worden war – und fantastisch schmeckte.

Felicia hatte überraschend begeistert reagiert, als Jule ihr Chris' Vorschlag weitergeleitet hatte. Jule war sich nicht sicher gewesen, ob sie Chris einfach mit in den Zirkel ihrer Freunde aufnehmen wollte und deshalb nett zu ihm gewesen war. Aber ihre Freundin hatte ihr versichert, dass sie ganz wild auf jede Art von Rezept war, das sie noch nicht kannte. Und da sie im Sommer in der Kochschule sowieso ein paar Grillkurse eingeplant hatte, wollte sie die Marinade auf jeden Fall testen.

Nach ihrer Einladung zum Grillen hatte Jule die Sachen geholt, die sie auf dem Steg liegen gelassen hatte, und Chris geholfen, die Orthese wieder anzulegen und aufzustehen. Sie hatten es bis in sein Wohnzimmer geschafft, wo sie eng umschlungen auf die Couch gefallen waren, weil sie es einfach nicht schafften, die Finger voneinander zu lassen. Als sie irgendwann wieder in der Lage waren, von den Polstern zu krabbeln, hatte Jule sich einmal mehr eines von Chris' blauen Firmen-T-Shirts geklaut, während er Boxershorts angezogen hatte und darauf bestand, zum Anrühren der Marinade eine Küchenschürze zu tragen. Was angesichts seines nackten Oberkörpers lächerlich wirken müsste, stattdessen aber ziemlich sexy war. Und das lag vielleicht nicht zuletzt am »Kiss the cook«, das auf den Stoff gedruckt war. Eine Aufforderung, der Jule lachend alle paar Sekunden nachkam.

Viel war für die Marinade gar nicht zu erledigen gewesen. Sie hatte Zwiebeln geschnitten, während Chris sich an ein paar Knoblauchzehen zu schaffen gemacht hatte. Dann musste das Ganze nur noch mit braunem Zucker, ein paar Gewürzen, die Jule sich nicht gemerkt hatte, und Schwarzbier vermischt werden. Fertig. Chris hatte ihr die Marinade mitgegeben, als sie am nächsten Morgen in die alte Schule zurückgefahren war, damit Felicia ihre Steaks lange genug marinieren konnte.

Und jetzt saß sie hier, inmitten ihrer Freunde, neben Chris, der sofort in ihren Kreis aufgenommen worden war, und aß eines der leckersten Steaks ihres Lebens. Und das nicht, weil sie in einem teuren Sternerestaurant saß, sondern mit den perfekten Menschen am perfekten Ort.

Sie hatten Biertischgarnituren an den Strand gestellt, und Lina hatte ein paar ihrer unerlässlichen Windlichter und Lichterketten verteilt. Die Männer hatten für eine Weile einträchtig um den Grill herumgestanden, Bier getrunken und dem Fleisch beim Garwerden zugesehen. Selbst Niclas war bemüht gewesen, die betont lässige Haltung von Chris, Lorenz, Ben und seinem Cousin zu kopieren, was Jule und ihre Freundinnen dazu gebracht hatte, sich amüsierte Blicke zuzuwerfen.

Poldi und Elfriede hatten inzwischen genug Häppchen abgestaubt, dass sie sich mit vollen Bäuchen neben ihren Menschen zusammengerollt hatten und ein Nickerchen hielten.

»Hat Jule schon deine Songauswahl auf ihre Partyplaylist gesetzt?«, wollte Lina von Chris wissen.

Er blickte Jule von der Seite an. »Es gibt eine Partyplaylist?«, fragte er sie.

»Hm. Nachher wird getanzt«, erklärte Felicia, die ihnen gegenübersaß.

»Ihr tanzt immer, ganz egal, ob es Musik dazu gibt oder nicht«, erinnerte Jule ihre Freundin daran, dass sie ganz versessen darauf war, sich von Ben herumwirbeln zu lassen. »Und ja, es gibt eine Playlist, zu der jeder etwas beitragen kann, egal, was es ist«, erklärte sie Chris.

»Ganz egal?«, hakte er nach und zog mit einem Lachen die Augenbrauen hoch.

»Nachdem wir ein paar ausgewählte Luftgitarren-Stücke von Ben auf der Liste haben, ziemlich fragwürdigen Punk von Sam. Und da Lina sogar Helene Fischer beigesteuert hat, würde ich sagen, es ist wirklich völlig egal. Schlimmer kann es nicht werden.«

»Hey!«

»Banausin!«

»Du hast null Musikgeschmack!«

Ihre Freunde brachen gleichzeitig in Protestrufe und lautes Lachen aus.

Jule zückte ihr Handy und sah ihn erwartungsvoll an. Chris nahm es ihr aus der Hand. »Überraschung«, sagte er auf ihren Protestlaut hin und tippte ein bisschen bei Spotify herum. »Nicht kucken«, verlangte er, bevor er ihr das Handy zurückgab.

»Okay.« Sie legte es mit dem Display nach unten auf den Biertisch. »Lasst uns abräumen, und dann bin ich gespannt, was du zum kulturellen Teil des Abends beitragen kannst.« Sie beugte sich zu Chris hinüber und küsste ihn auf die Wange. Bevor sie sich wieder zurückziehen konnte, hakte er den Zeigefinger in den Ausschnitt ihrer Bluse und hielt sie zurück. Für einen richtigen Kuss. Der dauerte. Und dauerte.

Und ihr, verdammt noch mal, die Röte in die Wangen trieb, als Chris sie losließ und ihr bewusst wurde, dass ihre Freunde sie anstarrten. »Ähm …« Sie stand auf und räumte ein paar Teller zusammen. »Ist was?«, fragte sie in Felicias und Linas Richtung.

Die Freundinnen blinzelten sie an. »Nein … also … ja, abräumen. Wir sollten wirklich das Zeug reinbringen, damit wir endlich tanzen können«, pflichtete Felicia ihr bei und stand ebenfalls auf.

»Cool.« Niclas grinste breit. »Ich leiste dir Gesellschaft, Chris. Willst du noch ein Bier oder so? Soll ich dir mal den Bootsschuppen zeigen? Der ist echt mega.«

»Neue beste Freunde, was?« Ben boxte Jules Bruder gut gelaunt gegen die Schulter. »Überschlag dich nur nicht vor Hilfsbereitschaft.«

»Hey.« Niclas boxte zurück. »Ich habe die ganze Woche wie ein Verrückter für dich und Sam geschuftet. Für einen Hungerlohn, was schon fast an Sklavenarbeit grenzt. Da werde ich mir ja wohl jetzt mal ein paar Minuten freinehmen können und ein bisschen mit meinem Kumpel chillen dürfen.« Niclas stellte ein frisches Bier vor Chris ab und legte ihm die Hand auf die Schulter, als wären sie seit Ewigkeiten beste Freunde.

»Er wird dich seinen Tesla niemals fahren lassen«, ließ Sam ihn im Vorbeigehen wissen und verschwand dann mit einem Stapel Teller und einer Salatschüssel im Haus.

»Was?« Jule funkelte erst ihren Bruder und dann Chris an. »Das kommt überhaupt nicht infrage«, sagte sie, an beide gewandt. »Keine Autofahr-Experimente, verstanden?«

Chris schenkte ihr ein halbes Grinsen. »Keine Sorge. Meinen Tesla fährt niemand außer mir. Wenn du Auto fahren willst«, wandte er sich an Niclas, »versuch es doch mal mit so einer Kiste wie der deiner Schwester. Bei der Farbe übersieht dich auf der Straße zumindest niemand.«

»Die Kiste bringt dich immerhin zurzeit sicher von A nach B«, erinnerte Jule ihn.

Ihr Bruder rollte die Augen. »Der Jimny ist fast so peinlich wie Linas Kutsche«, befand er.

»Hey!« Lina warf ein Stück Brot nach ihm, das er aus der Luft fischte, bevor es ihn treffen konnte, und sich in den Mund schob. »Mein Auto ist vielleicht ein bisschen farbenfroher als andere, aber es ist zuverlässig und gutmütig.«

»Gutmütig, Alter! Ein Auto muss ein Biest sein«, erklärte Niclas ihr, als hätte sie keine Ahnung, worauf es ankam.

*

Irgendwie hatte Niclas es geschafft, die anderen davon zu überzeugen, dass er Chris das Bootshaus zeigen musste, während seine Gastgeber klar Schiff machten. Also humpelte Chris dem Teenager hinterher auf den Steg und dann in den Schuppen, in dem ein paar Paddleboards aufgestapelt waren. An der Wand hing ein altes Fischernetz, und in dem ausgesparten Bereich, in dem normalerweise die Boote lagen, schwappte nur der See in kleinen Wellen gegen die Pfosten, auf denen die Hütte stand.

»Jule und ich denken darüber nach, das Boot zu Wasser zu lassen.« Niclas wies mit dem Kinn in Richtung Decke, unter der ein altes Holzboot hing. »Felicia hat keine Verwendung dafür und hat gesagt, wir können es haben.« Er biss sich auf die Unterlippe, wahrscheinlich, um nicht zu begeistert zu klingen. »Ein Ruderboot ist zwar nicht so cool wie 'ne Jacht oder ein Motorboot, aber irgendwie schon gut, ein eigenes Boot zu haben.« Er schob die Hände in die Hosentaschen und sah Chris von der Seite an. »Was meinst du?«, fragte er und wirkte so, als sei ihm Chris' Meinung wirklich wichtig.

Chris stützte sich auf seine Krücken, entlastete sein Bein ein wenig und betrachtete das traurige Stück Holz unter der Decke ausgiebig. »Es wird sinken«, prophezeite er dem Teenager.

»Echt jetzt? Alter!« Niclas konnte seine Enttäuschung nicht verbergen.

»Ja, jedenfalls im ersten Moment.« Chris wies mit der Krücke auf die Spaltmaße zwischen den Planken. »Siehst du das? Da sind bestimmt drei Millimeter Luft. Da müsstest du die Rettungsweste die ganze Zeit im Blick haben, wenn du rausfährst. Oder einen wirklich großen Eimer dabeihaben, wenn du das Wasser schneller rausschöpfen willst, als es reinläuft.«

Niclas bohrte mit seinem nackten großen Zeh in die Holzdielen, auf denen er stand. »War ja klar, dass das nichts wird.«

»Hinbekommen können deine Schwester und du es schon. Ihr müsst das Boot sogar erst mal absaufen lassen. Es hat sicher schon ein paar Jahre kein Wasser mehr gesehen. Also versenkt es erst mal im See und lasst das Holz aufquellen. Die Spalten schließen sich dann sicher von selbst. Danach seht ihr am besten, ob irgendwo noch etwas abzudichten ist.«

»Wow. Du kennst dich echt aus, Alter.«

Chris stützte sich auf seine Krücken und zuckte leicht die Schultern. »Früher mal«, sagte er leise. Als er noch mit seinem Vater an Booten und allem anderen herumgebastelt hatte. Damals, als ihn nichts mehr interessiert hatte, als mit einem Boot auf den See hinauszufahren. Bis zu dem Moment, an dem das so unwichtig geworden war, wie etwas nur sein konnte.

»Vielleicht hast du ja Bock, uns zu helfen. Sieht eh so aus, als ob du ziemlich viel bei meiner Schwester rumhängst. Oder sie bei dir«, schlug Niclas vor.

»Ja. Vielleicht mach ich das«, blieb Chris vage. An einem Boot zu arbeiten würde verdammt viele Erinnerungen wieder hochholen. Es war merkwürdig genug, dass Jule ihn am nächsten Tag zu seiner Mutter fahren wollte. Ein Besuch, für den er ebenfalls nicht unbedingt Zeugen brauchte. Zeugen, bei denen er sichergehen konnte, dass sie jede Menge Fragen stellen würden, deren Beantwortung Vergangenheit aufwirbelte. »Wir sollten uns wieder unter die Partygäste mischen«, sagte er, als er hörte, wie Helene Fischer ihr *Herzbeben* zum Besten gab.

*

»Was zur Hölle läuft da zwischen euch?« Lina schloss die Klappe der Spülmaschine und drehte sich mit neugierig funkelnden Augen zu Jule um.

»Was?«

Die Freundinnen hatten gewartet, bis die Männer die Küche wieder verlassen hatten, bevor sie angefangen hatten, Jule zu grillen. »Lina meint damit, dass du uns erzählt hast, dass das zwischen dir und Chris eine lockere Sache ist und ihr nur Spaß miteinander habt.«

Ja, genau das hatte Jule ihren Freundinnen bei einem gemeinsamen Gin Tonic erzählt. »Und?«, fragte sie jetzt vorsichtig und bemühte sich, die verräterische Röte, die in ihr Gesicht kroch, wann immer sie an ihre Zeit mit Chris dachte, zu unterdrücken.

»Ihr habt nicht nur ein bisschen Spaß miteinander«, widersprach Lina.

»Was meinst du damit?« Jules Herzschlag beschleunigte sich.

»Ich meine gar nichts. Ich sehe euch nur zusammen.« Lina hielt Jule ihren Arm unter die Nase. »Dieser Kuss gerade eben.« Sie schüttelte den Kopf. »Ich hab jetzt noch Gänsehaut.«

Jule drückte den Arm ihrer Freundin, an dem sich kein bisschen Gänsehaut befand, wieder herunter. »Du übertreibst maßlos. Es wird Zeit, dass wir uns einen Gin Tonic gönnen, damit sich dein Blick wieder ein wenig klärt.« Sie scheuchte Felicia und Lina wieder nach draußen, wo Helene Fischer bereits alles gab. Ihr Herz bebte auch ein wenig nach dem, was Lina gesagt hatte. Denn es war wirklich tiefer in die Geschichte mit Chris verstrickt, als sie das erwartet hätte. Tiefer als guttat, wenn man nur einen gemeinsamen Sommer verbringen wollte. Sie strich sich über die Arme, an denen sie jetzt selbst eine Gänsehaut bekam. Zum Glück war sie ehrlich zu sich selbst. Sie wusste, dass sie die Sache mit Chris im Griff hatte und steuern konnte. Und selbst wenn das Ganze aus dem Ruder laufen sollte und die Gefühle ihrem Herzen ein paar Kratzer verpassten, würde sie es einfach reparieren.

Aber im Moment gab es keinen Grund, die Dinge schwarzzusehen. Chris und sie genossen ihre Zeit. Sie waren von Anfang an offen und ehrlich miteinander umgegangen, und so würden sie es beibehalten, bis sich ihre Wege trennten. Jule trat hinter Chris, der es sich wieder auf der Bierbank gemütlich gemacht und sein Bein hochgelagert hatte, und sah ihren Freunden dabei zu, wie sie wild im Takt der Musik herumhüpften.

Der Song wechselte zu etwas echt Schrägem, das Jule bisher nicht kannte. »Hast du das auf die Liste gesetzt?«, fragte sie Chris und legte ihm die Hände um die Schultern, als sie erkannte, dass das eine etwas abgefahrene Version von *Down Under* von *Men at Work* war.

»Luude«, nannte Chris den Namen des Interpreten. »Im ersten Moment vielleicht gewöhnungsbedürftig, aber beim Sport macht es riesigen Spaß. Und dem Rest der Schulhausgang scheint es auch zu gefallen.«

»Die sind nicht gerade wählerisch«, sagte Jule in dem Moment, in dem er sein Bier ansetzte. Chris verschluckte sich prompt und lachte. Sie ließ ihre Hände auf seinen Schultern liegen und bewegte sich ebenfalls zur Musik.

Chris schob seine warmen Finger über ihre und ließ sie eine Weile da liegen. Als der nächste Song einsetzte, wandte er den Blick zu ihr um. »Du musst nicht beim Pflegefall stehen bleiben«, sagte er. »Geh doch zu den anderen. Tanz und amüsiere dich.«

Jule lächelte ihn an. Sie spürte die Schmetterlinge, die durch ihren Bauch wirbelten und dachte an das, was Lina gerade zu ihr gesagt hatte. Doch, sie hatte alles im Griff. »Ich bin genau da, wo ich sein will«, sagte sie so leise, dass es über die Musik hinweg nur Chris hören konnte. »Und ich amüsiere mich.«

Chris verbrachte die Nacht bei Jule. Es fühlte sich perfekt an, in seine Arme geschmiegt aufzuwachen, den Duft seiner Haut einzuatmen. Eine Weile genoss sie diesen leichten Zustand, irgendwo zwischen Wachsein und Schlaf, mit geschlossenen Augen. Sie hörte Poldis Bellen und ein Platschen durch die offen stehenden Fenster. Wahrscheinlich war der Hund wieder einmal vom Steg in den See gesprungen, um mit den Enten zu spielen, die wie immer nicht besonders angetan von dieser Idee waren. Ihre Lippen verzogen sich bei der Vorstellung zu einem Lächeln, und sie presste sie auf Chris' Brustkorb.

Er bewegte sich träge neben ihr und zog Jule noch enger an sich, um seinen Kopf in ihre Halsbeuge zu legen. »Guten Morgen«, murmelte er und ließ seine Hand über ihren nackten Körper gleiten.

Viel später frühstückten sie im Bett. Chris lachte über die Cini Minis, die sie ihm in einer Schüssel servierte, nachdem sie Milch drübergekippt hatte. »So was Ekliges habe ich schon seit meiner Kindheit nicht mehr gegessen«, stellte er fest.

»Ja.« Jule verdrehte die Augen und tauchte ihren Löffel in die Milch, die bereits nach Zimt schmeckte. »Zu viele Kohlenhydrate. Zu viel Chemie. Blanker Zucker. Kein bisschen bio. Aber ich verrate dir was: Es schmeckt immer noch so verdammt gut wie in deiner Kindheit.«

Chris kostete skeptisch, schenkte Jule dann aber ein Grinsen. »Du hast recht«, sagte er. »Das hat was, auch wenn ich über die Inhaltsstoffe gar nicht nachdenken will.« Er zog sie für einen zuckersüßen Kuss an sich. »Aber ein Gourmet wird wirklich nicht mehr aus dir.«

Nach dem Frühstück ließen sie sich noch einmal in die Kissen zurückfallen. Eng aneinandergeschmiegt und ohne viele Worte begannen sie den Sonntag. Doch schließlich ließ sich die Welt außerhalb ihrer vier Wände nicht mehr ausschließen, auch wenn Jule das gern noch für eine Weile getan hätte. Sie hatte Chris versprochen, ihn zu einem Besuch bei seiner Mutter zu fahren. Also verließen sie das Bett kurz vor Mittag, damit sie Chris nach Hause fahren konnte. Er duschte und zog Jeans und ein Hemd an, bevor er sich abermals in ihren Jimny quetschte und sie zur Seniorenresidenz *Panoramablick* nach Tutzing navigierte, in der seine Mutter Helene lebte.

Jule kannte dieses Anwesen, auch wenn sie noch nie hier gewesen war. Zwei ihrer Klienten hatten Angehörige hier, und sie hatte in der Vergangenheit dafür gesorgt, dass Blumen und Pralinen hierhergeschickt worden waren. In einem Fall sogar mal eine Magnumflasche Champagner. Aber selbst war sie noch nie hier gewesen. Jule betrachtete den imposanten Gebäudekomplex mit dem weitläufigen Park, der eher an ein Schloss erinnerte als an eine Seniorenresidenz. Chris' Mutter war definitiv luxuriös untergebracht. Aber das wunderte Jule nicht. Auch wenn sie am Anfang ein etwas anderes Bild von ihm gehabt hatte, wusste sie inzwischen, dass Chris sich um die Leute kümmerte, die ihm wichtig waren und für die er sich verantwortlich fühlte.

Jule warf Chris einen Seitenblick zu. Er war immer stiller geworden, seit sie von seinem Bungalow aufgebrochen waren. Seit sie langsam über den knirschenden Kies des Parkplatzes auf das Altersheim zugingen, hatte er gar nichts mehr gesagt. Sie legte die Hand über seine auf der Krücke und drückte sie beruhigend, als er stehen blieb. »Schön hier«, sagte sie leise.

»Hm.« Chris setzte sich wieder in Bewegung, und schließlich betraten sie Seite an Seite das angenehm kühle Foyer des Gebäudes.

»Herr Thalbach«, grüßte die Dame hinter dem Empfangstresen ihn wie einen alten Bekannten mit einem warmen Lächeln. Dann nickte sie Jule zu und lenkte ihre Aufmerksamkeit dann sofort wieder auf Chris' Orthese und die Krücken. »Was ist Ihnen denn zugestoßen?«

»Hallo, Frederike.« Chris zuckte mit den Achseln, und Jule war sich sicher, wenn er sich nicht hätte abstützen müssen, hätte er mit der Hand eine wegwerfende Geste gemacht. »Kleiner Sportunfall«, spielte er die Verletzung runter. »Nicht der Rede wert.«

»Tut mir leid, das zu hören.« Noch ein mitfühlendes Lächeln. »Ich hoffe, Sie sind bald wieder fit.« Sie senkte den Blick auf den Computerbildschirm vor sich. »Ihre Mutter sitzt auf der Terrasse hinter dem Haus und genießt die Sonne.«

»Danke, Frederike.« Chris setzte sich wieder in Bewegung, und Jule folgte ihm durch das helle, freundliche Erdgeschoss. Hier und da saßen Grüppchen zusammen. Bewohner mit ihren Kindern und Enkeln. Zwei Frauen strickten Socken in unerträglich grellen Farben, und eine Herrenrunde spielte Doppelkopf.

Auf der Terrasse blinzelten sie gegen das grelle Sonnenlicht an. Chris blickte sich suchend um und hielt dann auf eine Frau zu, die allein an einem der Tische saß und auf das Stück Kuchen vor sich starrte. Sie wirkte geradezu zerbrechlich. Klein und schmal und mit einer Landkarte tiefer Falten im Gesicht. Trotzdem konnte Jule sehen, was für eine schöne Frau sie einmal gewesen war. Ihr weißes Haar rahmte ihr Gesicht in einem perfekten Bob ein. Die geblümte Bluse leuchtete in der Sonne, und ihre von Altersflecken übersäte Hand nestelte an einer Perlenkette herum, die sie um den Hals trug.

»Hallo, Mama«, sagte Chris, als er vor dem Tisch stehen blieb.

Seine Mutter sah auf und blinzelte ihn verwirrt an. Dann wanderte ihr Blick zu Jule, und ein Lächeln vertiefte für einen Moment die Runzeln in ihrem Gesicht. »Du musst Lilly sein«, sagte sie.

Lilly? Wer sollte das sein? Eine Verwandte? Eine Pflegerin? Chris hatte niemanden dieses Namens erwähnt. Bevor Jule etwas erwidern konnte, blickte Helene ihn wieder an und fragte: »Kennen wir uns?«

Chris ließ den Kopf sinken und atmete langsam aus. Er antwortete aber nicht. Was allerdings auch nicht nötig war, weil seine Mutter bereits wieder auf ihren Kuchen starrte. »Das ist Käsekuchen. Ich mag Schwarzwälder Kirsch viel lieber.«

Jule konnte das kleine Lächeln sehen, das Chris' Gesicht überzog. Als wäre er glücklich, dass es zumindest etwas gab, woran Helene sich erinnerte. Er ließ sich auf einen der Stühle seiner Mutter gegenüber sinken, und Jule setzte sich neben ihn. Chris hatte ihr erzählt, dass seine Mutter an Demenz litt. Aber dass die Krankheit bereits so weit fortgeschritten war, hatte sie nicht erwartet. Und so wirkte sie auf den ersten Blick auch nicht, mit der perfekten Frisur und der makellosen Kleidung. Der Perlenkette und der schmalen goldenen Armbanduhr.

Helene schien offenbar nicht zu erwarten, dass sie ebenfalls etwas zur Unterhaltung beitrugen. Sie erzählte zusammenhanglose Details aus ihrem Leben. Dinge, die ihr in den letzten Tagen passiert waren. Vermischt mit lange zurückliegenden Erinnerungen. Der schlecht gewürzte Lachs beim Mittagessen neulich verband sich mit einer Geschichte über einen Franz – Jule vermutete, Chris' Vater –, der sie zum Tanzen ausgeführt hatte.

Chris nickte mit einem angespannten Lächeln. Er drehte seine Kaffeetasse in den Händen, ohne davon zu trinken, und sah seiner Mutter dabei zu, wie sie ihren Kuchen aß und immer weiterredete. Jule konnte die Anspannung in seinem Körper fühlen. Sie schien fast mit den Händen greifbar. Wie furchtbar musste es sein, vor einem der Menschen zu sitzen, die man am meisten liebte, und sich im Klaren zu sein, dass diese Person einen vergessen hatte? Unter dem Tisch griff Jule nach Chris' Hand und drückte sie. Er hielt sie fest, und als sie sie zurückziehen wollte, hielt er sie einfach weiter fest.

Als sie sich schließlich verabschiedeten, bot Chris seiner Mutter an, sie auf ihr Zimmer zu bringen, aber sie wollte lieber noch ein wenig in der Sonne sitzen bleiben. Also machten sie sich ohne sie auf den Weg zurück ins Foyer, der der kürzeste Weg aus dem Seniorenheim zu sein schien.

»Servus, mein Sohn«, erklang Helenes Stimme leise hinter ihnen, und Chris fuhr so abrupt zu ihr herum, dass er fast das Gleichgewicht verloren hätte. Jule legte ihm die Hand auf den Rücken, um ihm zu helfen, sein Gleichgewicht zu halten. Seelisch und körperlich.

Der Blick seiner Mutter wirkte bereits wieder leer. »Servus Lilly«, ergänzte sie, und Jules Herz zog sich noch ein wenig weiter zusammen. Der winzige lichte Moment, in dem sie Chris erkannt hatte, war offenbar schneller vorbei gewesen, als er sich zu seiner Mutter hatte umdrehen können.

Langsam und schweigend legten sie den Weg zu Jules Wagen zurück. Erst als Chris sich auf dem Beifahrersitz angeschnallt hatte und Jule den Motor anließ, fragte sie ihn nach seinem Vater.

Chris rieb sich über das Gesicht, das so viel resignierter und müder wirkte als noch an diesem Morgen. »Das ist eine lange Geschichte«, sagte er.

Jule lächelte ihm aufmunternd zu. »Wie gut, dass Sonntag ist und ich gar nicht weiß, wohin mit meiner Zeit. Ich habe eine Idee.« Sie zog ihr Handy heraus und bat Felicia per WhatsApp um einen Krug ihres Zauberwassers. Dann schlug sie den Weg zur alten Schule ein, holte den Krug ab, den die Freundin für sie vorbereitet hatte, und fuhr weiter zu Chris' Haus.

Sie machten es sich auf den Deckchairs bequem und blickten auf den See hinaus. Jule goss ihnen die eisgekühlte Limonade ein und lehnte sich dann zurück. »Du musst mir nicht von deinem Vater erzählen. Aber wenn du über ihn reden möchtest, bin ich da.«

Chris schwieg so lange, dass Jule schon glaubte, er würde ihr nichts mehr erzählen. »Wir waren der Inbegriff einer glücklichen Familie«, sagte er dann leise, ohne Jule anzusehen. »Meine Eltern liebten sich. Und mich. Über alles. Meine Mutter hat Kekse für mich gebacken und mein Vater im Garten Fußball mit mir gespielt. Das Größte war für mich, wenn wir sonntags segeln gegangen sind. Nur wir drei. Das war einfach …«, er suchte für einen Moment nach dem richtigen Wort, »perfekt.« So wie er es sagte, konnte Jule deutlich hören, dass dieser Begriff wahrscheinlich nicht einmal ansatzweise beschrieb, wie Chris sich damals gefühlt haben musste.

»Meine Eltern haben auch ein Boot. Ich weiß genau, wie du dich gefühlt hast, wenn ihr rausgefahren seid«, teilte sie eine ihrer Erinnerungen mit ihm.

»Hm. Normalerweise hätten wir uns das gar nicht leisten können. Aber das Boot hatte meinem Großvater gehört, der wiederum Mitbegründer des Segelclubs war. Und da mein Vater jedem unter die Arme griff und bei allen Reparaturen und Instandsetzungen und was weiß ich noch allem zur Stelle war, konnten wir den Liegeplatz halten.« Chris drehte sein Glas in den Händen. Er war voll und ganz in seinen Erinnerungen versunken. »Mein Vater war der geborene Handwerker. Er hat alles repariert, was nicht niet- und nagelfest war.« Er blickte zu ihr herüber, und ein kleines Lächeln spielte um seine Lippen. »Deine Art erinnert mich ein bisschen an ihn«, sagte er, und Jules Herz zog sich schon wieder ein wenig mehr zusammen. »Meine Mutter war Hausfrau.

Viel Geld hatten wir nie, aber es hat mir nie an irgendetwas gefehlt. Und dann, als ich fünfzehn war, ist mein Vater gestorben. Herzinfarkt.« Mit einem großen Schluck leerte er sein Glas zur Hälfte.

Jule konnte sich vorstellen, dass diese Art von Erinnerungen einen staubtrockenen Rachen hinterließen, und goss ihm noch einmal nach.

»Es wäre schon schlimm genug gewesen, dass wir meinen Vater verloren hatten, aber die finanziellen Probleme, die damit einhergingen, haben meiner Mutter und mir regelrecht den Boden unter den Füßen weggezogen. Es gab keine Lebensversicherung. Keine Ersparnisse. Wir hatten von diesem Moment an schlicht nichts mehr. Die Witwenrente, die meine Mutter bekam, reichte vorn und hinten nicht. Schweren Herzens haben wir das Segelboot verkauft und alles versucht, um nicht auch noch das Haus zu verlieren.«

»Arbeitest du deshalb so hart?«, fragte Jule ihn leise. »Um deiner Mutter und dir selbst die Sicherheit zu geben, die ihr damals verloren habt?«

»Vielleicht.« Er zuckte mit den Schultern. »Zum Teil auf jeden Fall. Ich streite aber auch nicht ab, dass ein Workaholic in mir steckt.«

»Der Tod deines Vaters tut mir leid. Wie seid ihr durch diese Zeit durchgekommen?«

»Ich habe damals angefangen zu jobben. Ich habe jede Arbeit angenommen, die Kohle brachte. Und darüber hinaus habe ich mir vorgenommen, irgendwann genug Geld zu haben, um mir nie Sorgen machen zu müssen, was am nächsten Morgen auf den Tisch kommt, oder ob es noch für eine Tankfüllung reicht.« Er gab ein ungläubiges Lachen von sich.

»Heute habe ich keine Ahnung mehr, wie ich das alles hinbekommen habe. Ich habe mir die Biografien erfolgreicher Menschen angesehen und bin zu dem Schluss gekommen, dass Bildung der Weg ist. Abi und ein Studium. Mit den Aushilfsjobs meiner Mutter wäre das nie möglich gewesen. Also musste ich ein spektakuläres Abi hinlegen, um an ein Stipendium ranzukommen.«

»Du hättest BAföG beantragen können«, überlegte Jule und erntete dafür zum ersten Mal, seit sie heute zum Seniorenheim aufgebrochen waren, eines von Chris charmanten, hintergründigen Lächeln.

»Wenn ich in Deutschland studiert hätte, sicher. Aber ich wollte gleich ganz hoch hinaus. Für mich kamen nur die Staaten infrage. Ein paar Semester habe ich natürlich auch hier absolviert. Aber es war die richtige Entscheidung, in die USA zu gehen. Ich konnte eine Praktikumsstelle in einer der angesagtesten Werbeagenturen ergattern. Nach dem Studium haben sie mir eine Stelle angeboten, und ich bin eine ganze Weile geblieben. Das war eine irre Zeit. Ich habe mich voll in die Arbeit gestürzt und gemerkt, dass es nicht nur darum ging, Kohle zu scheffeln, sondern dass ich wirklich Spaß hatte an meinem Job. Es war blöd, so weit weg von meiner Mutter zu leben. Aber es war super, ihr den Alltag erleichtern zu können und dafür zu sorgen, dass sie sich nie wieder Gedanken um Geld machen musste. Ich hatte schon eine Weile damit geliebäugelt, nach Deutschland zurückzukommen, als bei meiner Mutter Demenz diagnostiziert wurde. Dieses Wissen hat mir die Entscheidung abgenommen.«

»Das tut mir leid, für dich und für deine Mutter. Aber deine eigene Firma hast du aufgezogen.«

»Hm. Davon hatte ich wirklich schon lange geträumt. Mit dem Wissen, das ich aus den USA mitgebracht habe, konnte ich mir vor allem bei amerikanischen Firmen einen Namen machen, die auf den europäischen Markt wollten«, erklärte er.

Jule nickte. »Weil du beide Seiten verstehst. Deshalb hast du jetzt auch diese geniale Idee für Carter Perry und seine Luxusuhren ausgedacht.«

»Mit deiner Hilfe. Aber ja, darauf läuft es am Ende hinaus. Ich kann mich gut in alle Beteiligten hineinversetzen, verstehe ihre Wünsche. Das hilft ungemein dabei, erfolgreich zu sein. Aber es bringt mir meine Mutter nicht zurück.«

»Es ist ein bisschen so, als hättest du beide Eltern verloren«, sagte Jule, als ihr wirklich bewusst wurde, wie er sich fühlen musste.

»Irgendwie schon. Ich habe dieses Haus für meine Mutter bauen lassen. Sie sollte hier noch ein paar schöne Jahre haben, bevor die Krankheit sie völlig vereinnahmt. Ich hätte sie von München aus jederzeit besuchen können. Aber dann hat sich ihr Zustand so rapide verschlechtert, dass es für sie nicht mehr möglich war, hier zu leben.« Er zuckte mit den Schultern. »Das *Panoramablick* ist wundervoll. Die Leute dort kümmern sich fantastisch um sie, und sie fühlt sich wohl. Und dieser Bungalow ist erst zu einem Wochenendhaus geworden und jetzt zu einer Invalidenunterkunft.« Einsamkeit schwang in jedem von Chris' Worten mit. Sein verlorener Blick, den er vermutlich nicht einmal selbst bemerkte, zerriss Jule das Herz.

Sie betrachtete den stolzen Mann, der so viel erreicht hatte, von der Seite. Am Anfang hatte sie ihn für kaltherzig und arrogant gehalten. Doch alles, was sie mit der Zeit über ihn gelernt hatte, schuf das Bild eines ganz wundervollen Menschen. Ihr Puls beschleunigte sich. Ein Mensch, dachte sie, in den sie sich verlieben könnte. Sie hielt den Atem an und wandte den Blick ab, um auf den See hinauszusehen. Wow! Das hatte sie nicht kommen sehen. Wo war das hergekommen? Jule horchte in sich hinein. Es stimmte. Sie hatte schon lange nicht mehr so viel empfunden wie für Chris. Langsam atmete sie aus, und ihr Herzschlag beruhigte sich wieder ein wenig. Das hier war Chris, nicht Bjarne. Er wollte mit ihr zusammen sein. Und er war so offen zu ihr. Spätestens nach diesem Gespräch musste sie sich keine Sorgen mehr machen, plötzlich mit einem Parallelleben konfrontiert zu werden, von dem sie keinen Schimmer gehabt hatte.

*

Chris lag lange wach in dieser Nacht. Seine Fingerspitzen glitten über Jules Rücken, die dicht an ihn geschmiegt tief und fest schlief. Er hingegen kam nicht zur Ruhe. Wie eine Achterbahn rasten die Gedanken durch seinen Kopf und jagten sich gegenseitig.

Er hatte sich vom ersten Moment an zu Jule hingezogen gefühlt. Aber dieses Wochenende hatte noch einmal alles zwischen ihnen verändert. Sie hatten so viel Zeit miteinander verbracht, und er hatte ihr Einblicke in ein paar der dunkelsten Schatten seines Lebens gewährt. Und Jule hatte verstanden. Er wusste nicht, ob sie als Concierge gelernt hatte, hinter die Fassaden der Menschen zu sehen und sie zu verstehen, oder ob das einfach eine ihrer Gaben war. Chris konnte jedenfalls von sich behaupten, sich schon lange niemandem mehr so geöffnet zu haben. Und das Ganze fühlte sich überraschend gut an. Mit Jule zusammen zu sein fühlte sich gut an.

Nur in einem Moment hatte ihm kurz der Atem gestockt. Als seine Mutter sie Lilly genannt hatte. Doch Jule hatte es offenbar ihrer Krankheit zugeschrieben, und er hatte den Moment verpasst, ihr von Lilly zu erzählen. Die Stunden, die sie vor dem Haus gesessen und über seine Vergangenheit geredet hatten, wären dafür perfekt gewesen, aber aus irgendeinem Grund, den er selbst nicht verstand, hatte er sich auch da nicht dazu durchringen können. Jetzt musste er auf den nächsten günstigen Moment warten. Aber wann war der Zeitpunkt für diese Art von Geschichte schon günstig?

24

Die alte Schule glich einem Ameisenhaufen, als sich Chris zwei Wochen später die Treppe zum Rektorenzimmer hinaufquälte. Jule trug seine linke Krücke und seine Messenger-Bag, in der er seinen Laptop und seine Präsentation verstaut hatte, während er sich am Geländer festhielt und immer erst das gesunde Bein auf die nächste Treppenstufe stellte und das andere dann nachzog.

Unter ihnen wirbelte Felicia durch ihre Küche und zauberte Häppchen, die perfekt zur geplanten Whiskey-Probe passen würden. Ben und Niclas tüftelten im Bootshaus noch an den Lichtreflexen herum, die sie für das Highlight seiner Präsentation brauchten, während Lina die engagierte Meerjungfrau betreute, bis sie ihren Einsatz bekam.

»Ich muss gestehen, dass ich mir ein bisschen Sorgen mache«, sagte Chris über die Schulter zu Jule. »Nicht, dass du das nicht alles bis ins letzte Detail geplant hast. Du bist die Beste, wenn es um solche Aktionen geht. Und in allem anderen auch«, ergänzte er. »Aber nicht zu wissen, was passieren wird …« Er ließ das Ende offen.

»Eben«, sagte Jule hinter ihm. »Ich bin die Beste. Bei diesen Aktionen und bei allem anderen auch«, wiederholte sie lachend. »Also vertrau mir. Die Wirkung wird definitiv noch umwerfender, wenn du dich genauso überraschen lässt wie deine Kunden.«

Sie hatten lange genug darüber diskutiert, ob das eine gute oder schlechte Idee war. Aber die Bewohner der alten Schule sahen das genau wie Jule. Und da sie in den letzten Wochen auch zu seinen Freunden geworden waren, hatte er beschlossen, einen Teil seines Kontrollzwangs abzugeben und zu vertrauen. Das war nichts, was ihm sonderlich leichtfiel. Entsprechend nervös hoppelte er jetzt die Treppe hinauf.

Als sie den Treppenabsatz des ersten Stockes erreichten, strich Jule ihm mit den Händen über die Schultern und rückte seine Krawatte noch einmal zurecht. »Du siehst verdammt gut aus«, sagte sie und küsste ihn auf die Wange. »Ich überlasse dich jetzt Matze und empfange deine Gäste vor dem Haus. Etwas, das Chris normalerweise selbst übernommen hätte. Aber die Orthese über der Anzughose zu tragen, fühlte sich bescheuert genug an. Da musste er sich nicht noch von Carter dabei zusehen lassen, wie er versuchte, in den ersten Stock zu kommen. Immerhin war er wenigstens wieder in die Klamotten geschlüpft, in denen er normalerweise seinen Tag bestritt.

Er humpelte weiter in das Rektorenzimmer, wo bereits Felicias Bekannter Matze dabei war, die Whiskeyprobe auf dem Balkon dahinter vorzubereiten. Dieser Raum war genau so, wie Chris ihn sich vorgestellt hatte, nachdem er die Bilder gesehen hatte. Ehrwürdig. Mit dem Geruch nach Leder und Bücherstaub. Carter Perry würde mit Sicherheit begeistert sein von der alten Schule. Chris packte seinen Laptop aus und schloss ihn an den Beamer an, den Jule bereits für ihn aufgebaut hatte. Sie hatten geplant, als Erstes die Präsentation zu machen und dann die Whiskeyprobe auf dem Balkon. Die mit einer Überraschung für Carter Perry – und ihn selbst – enden würde.

Nachdem er alles vorbereitet hatte und der Testlauf der Präsentation funktioniert hatte, trat Chris ans Fenster und wurde Zeuge davon, wie Carter mit zwei seiner Mitarbeiter und zwei Leuten von *Deep Blue Horizon* vorfuhr. Diesmal ohne seine Ehefrau, war Carter im besten Hotel der Gegend abgestiegen, in dem Jule früher gearbeitet hatte. Sie hatte ihre Kontakte spielen lassen und seinem Kunden über den jetzigen Concierge ein paar Annehmlichkeiten – inklusive der Limousine, die ihn gerade absetzte – zukommen lassen.

Carter ließ sich gut gelaunt von Jule ins Lehrerzimmer führen. Er flirtete mit ihr, was sie auf eine professionelle Art erwiderte. So, dass sie seinen Kunden nicht verprellte und Chris trotzdem keinen Grund zur Eifersucht hatte. Aber er konnte Carter nicht verdenken, dass er von Jule beeindruckt war. Sie sah umwerfend aus in ihrem steingrauen Hosenanzug und hohen Pfennigabsätzen, die Haare zu einem strengen Knoten zurückgebunden. Ihr Tablet steckte in einer schlichten schwarzen Hülle, und ihr Ohr war von einem unauffälligen Headset bedeckt.

Nachdem Chris seinen Kunden und alle anderen Anwesenden begrüßt hatte, hielten sie den üblichen Small Talk, der hauptsächlich daraus bestand, dass Carter ihn nach seiner Verletzung ausfragte und angemessen mitfühlend das Gesicht verzog, bevor er sich die Hände rieb und Chris erwartungsvoll ansah. »Ich kann die Präsentation gar nicht erwarten«, sagte er, und die Neugier zwischen seinen Worten war nicht zu überhören. »Miles hat das alles in den höchsten Tönen gelobt, sich aber geweigert, Details zu nennen.«

Danke, Kumpel, dachte Chris ironisch. *Das setzt mich jetzt zum Glück kein bisschen unter Druck*. Doch er hätte sich keine Gedanken machen müssen, wurde ihm wenig später klar. »Danke für Ihr Kommen, Carter. Und natürlich auch Ihnen allen noch einmal ein herzliches Willkommen.« Er startete die Präsentation und merkte sofort, dass er in seinem Element war. Das war der Teil seiner Arbeit, den er in den vergangenen Wochen schon beinahe schmerzlich vermisst hatte. Das Adrenalin, das durch seine Venen rauschte. Die Begeisterung für seine Idee, die er an die Anwesenden weitergeben konnte. Verdammt, hatte er das vermisst!

Carter nickte anerkennend, als er seine Vorstellung beendete, und bedankte sich mit einem Handschlag. »Das hat mir wirklich gut gefallen«, sagte er. »Aber die junge Dame, die uns herbegleitet hat, hat noch etwas von einer Überraschung gesagt.«

Chris nickte zu den Doppeltüren, die auf den Balkon führten. »Ich möchte die Präsentation mit einer kleinen Whiskeyprobe mit Blick über den See beenden. Wenn Sie mir Gesellschaft leisten möchten?« Er öffnete die Türen. »Der Blick von hier ist atemberaubend.« Während seine Gäste auf den großen Balkon hinaustraten, suchte Chris mit den Blicken den Garten ab. Er fand Jule in der Nähe des Steges stehen, die Finger an ihr Headset gelegt wie eine Geheimagentin beim Funken. Er sah, dass sie die Lippen bewegte. Dann blickte sie auf, und Chris konnte sogar auf die Entfernung das Lächeln sehen, das sie ihm schenkte. Was auch immer sie sich als Highlight dieses Nachmittages überlegt hatte, die Meerjungfrau, die sie für die Präsentation gebucht hatte, müsste eigentlich jeden Augenblick auftauchen. Wahrscheinlich würde sie aus dem Bootshaus heraus einmal um den Steg schwimmen.

»Was ist das?« Tom, einer von Carters Beratern, zeigte auf den See hinaus.

Etwa zweihundert Meter vom Ufer entfernt bewegte sich etwas im Wasser. *Oder jemand*, dachte Chris.

»Könnt ihr das erkennen?«, fragte ein anderer.

In diesem Moment schoss eine Schwanzflosse aus dem See auf und sorgte für ein überraschtes Raunen, als sich die Schuppen in einem Farbstrudel aus Blau, Grün und Silber im gleißenden Sonnenlicht brachen. Doch dann begriff Chris, dass es nicht die Sonne war, die für diesen funkelnden Effekt verantwortlich war, sondern ein Scheinwerfer, der immer auf die Stelle gerichtet wurde, an der die Meerjungfrau auftauchte, um Luft zu holen, um dann wieder unter der Wasseroberfläche zu verschwinden. Offenbar wurde der Scheinwerfer aus dem Bootshaus heraus gesteuert – und sorgte für eine wirklich spektakuläre Show.

Die Nixe näherte sich dem Bootssteg. Aus den Augenwinkeln nahm Chris einen Mann im Anzug wahr, der durch den Garten auf den Steg zuging. Der Typ sah nicht nur aus wie ein waschechter Security, er bewegte sich auch so. Er lief bis ans Ende des Steges und blieb mit leicht gespreizten Beinen an der Kante stehen. Die Arme vor der massigen Brust verschränkt, die Augen hinter einer verspiegelten Pilotenbrille versteckt.

Von seinem Platz auf dem Balkon konnte Chris nur die breiten Schultern, den Stiernacken und das geringelte Kabel sehen, das an seinem Ohrhörer befestigt war und im Kragen seines blütenweißen Hemdes verschwand. Er schien mit ausdrucksloser Miene auf den See hinauszustarren.

Der Schwanz der Meerjungfrau blitzte noch immer jedes Mal auf, wenn sie aus dem Wasser auftauchte. Jetzt, als sie näher kam, konnte man auch die muschelförmigen Schalen erkennen, die ihre Brüste verdeckten und in den gleichen Farben schimmerten wie ihre Flosse. Das platinblonde Haar wehte hinter ihr her, wann immer sie auf- und abtauchte. Sie näherte sich dem Bootssteg, und Chris wurde bewusst, dass Carter neben ihm gebannt auf das Wasser starrte.

Ein paar letzte Flossenschläge unter der Oberfläche, dann tauchte die Nixe direkt am Steg auf. Der Security gab seine stoische Haltung auf. Er kniete sich mit einem Bein auf die Holzplanken und hielt ihr ein kleines Kissen entgegen. Wieder wurde ein Funkeln von den Scheinwerfern eingefangen. Doch diesmal galt es der goldenen *Carter Perry Watch*, die die Frau von ihrem Handgelenk zog und auf das Polster bettete. Sie hob den Kopf und blickte direkt in Carters Augen. Für einen Moment verharrte sie, dann neigte sie leicht den Kopf und tauchte ab.

Carter starrte noch immer völlig fasziniert auf die Stelle, an der die Nixe verschwunden war. Währenddessen drehte sich der Security um und kam in Richtung Haus. Chris verlor ihn aus den Augen, und kurz darauf trat er auf den Balkon, das Kissen mit der Uhr vor sich her balancierend. Er nickte in die Runde, sprach aber nicht. Aus der Nähe sah er noch Furcht einflößender aus. Er überragte sie alle. Die Augen noch immer hinter der verspiegelten Brille verborgen und die Lippen ein schmaler Strich in einem unlesbaren Gesicht. Einzig das Namensschild an seinem Anzug, das ihn als Herrn Müller auswies, wollte irgendwie nicht recht zu diesem Aufzug passen. Er legte das Kissen in Carters ausgestreckte Hände, als handele es sich um ein Fabergé-Ei oder so was. Dann drehte er sich um und verschwand wortlos wieder.

Carter blickte einen Moment auf die Uhr, die noch feucht schimmerte, und dann zurück auf den See, wo die Meerjungfrau verschwunden war. Als er den Kopf wieder hob und Chris ansah, grinste er von einem Ohr zum anderen. »Was für eine Show. Sie haben sich wirklich selbst übertroffen.« Er schlug Chris begeistert auf die Schulter. »Darauf noch eine Runde von diesem Scotch.« Er zeigte auf die teuerste Flasche, von der sie probiert hatten, und Matze schenkte ihnen noch einmal ein. »Normalerweise mache ich keine Zusagen, ohne mir alles noch mal genau durch den Kopf gehen zu lassen«, wandte er sich an Chris, als sie die Gläser zu einem Toast hoben. »Heute mache ich eine Ausnahme.«

Chris traute sich nicht zu atmen. *Deep Blue Horizon* hatte bereits viele große, prestigeträchtige Kunden, aber Carter wäre definitiv die größte Nummer in Chris' Portfolio.

»Denn meine Meinung wird sich nicht ändern, wenn ich darüber schlafe«, fuhr Carter fort. »Wirklich gute Arbeit, Chris. Sie haben den Auftrag.« Er nickte in Richtung See. »Und fragen Sie diese Meerjungfrau, ob sie uns als Modell zur Verfügung steht. Ich will sie für diese Kampagne haben.«

Chris atmete langsam aus, stieß mit den anderen an und leerte sein Glas dann in einem Zug. »Danke, Carter«, sagte er. Sein Blick glitt zum Steg hinunter, wo Jule gerade im Bootshaus verschwand. Verdammt, diese Frau wusste, wie man eine Show abzog. Während sich seine Gäste noch einmal nachschenken ließen, zog er sein Handy aus der Tasche und rief den Chat mit Jule auf. *Du bist der Hammer*, schrieb er und schob das Handy zurück in die Tasche. Später würde er sich richtig bei Jule bedanken. Jetzt würde auch er sich erst noch einen Whiskey gönnen, denn seine Knie zitterten. Und das lag nicht an seiner Verletzung. Es lag daran, dass Jule und er gerade den absoluten Mega-Deal an Land gezogen hatten.

*

Du bist der Hammer. Jule grinste, als sie Chris' Nachricht auf ihrem Handy las. Es war natürlich nicht ihr Verdienst gewesen. Zumindest nicht allein. Alle Bewohner der alten Schule, Poldi und Elfriede ausgenommen, hatten geholfen, Chris' Präsentation zu einem vollen Erfolg zu machen. Jule hatte die Idee gehabt, die Nixe mit einem Scheinwerfer anzustrahlen, wenn sie aus dem Wasser auftaucht, um ein Funkeln auf ihre Schwanzflosse zu zaubern. Ben und Niclas hatten diesen Part übernommen, und dieser Spezialeffekt hatte einfach fantastisch funktioniert. Felicia hatte sich um die Häppchen für die Präsentation und die Whiskeyprobe gekümmert. Von ihr stammte auch die Idee, den Security Herrn Müller zu engagieren. Lina hatte die Aufgabe übertragen bekommen, sich um ihn zu kümmern, bis er seinen Auftritt am Steg hatte. Er war in ihrer Gegenwart rot angelaufen bis an die Ohrspitzen, und Jule war sich sicher gewesen, dass dieser Mann, der offenbar grundsätzlich nicht besonders viel sagte, dabei gewesen war, ihre Freundin um eine Verabredung zu bitten – doch dann hatte Lina ihn gefragt, ob er auch als Bodyguard arbeitete. Und hatte natürlich gleich mit ein paar Zitaten aus dem gleichnamigen Film aufgewartet. Bei »Frank Farmer, ständig am Rande des Risikos« hatte er Lina noch verwirrt angeblinzelt. Aber als sie ein »Nein, ich blute nicht. Er ist es … mein Bodyguard« nachschob und ihn fragte, ob er sich an diese Szene des Films erinnern könne, hatte er einen Schritt zur Seite gemacht und auf seinen Auftritt gewartet, ohne Lina auf eine Tasse Kaffee einzuladen.

Schade eigentlich, fand Jule. Vielleicht sollte sie den Security irgendwann noch mal für ein Event engagieren, bei dem Linas ausgeprägter Filmzitate-Tick nicht ganz so zum Tragen kam. Irgendwas mit Kindern vielleicht, überlegte sie, als sie die Treppe zum ersten Stock hinaufstieg. Das Rektorenzimmer hatten Felicia und Matze bereits wieder in Ordnung gebracht, nur Chris' Laptop und der Beamer standen noch auf dem Tisch. Ein Blick in das Lehrerzimmer zeigte Jule, dass ihr Bruder langsam aber sicher den ganzen Raum in sein höchstpersönliches Chaos verwandelt hatte. Aber auch hier war niemand. Also stieg sie noch eine Etage höher und öffnete ihre Wohnungstür.

Chris saß auf ihrer Couch – als gehöre er genau dort hin. Er hatte offenbar gerade seine Orthese abgenommen und rieb sich über sein verletztes Knie. Ihr Herz schlug ein wenig schneller, als er aufsah und sich ihre Blicke trafen.

»Alles okay?«, fragte sie und wies mit dem Kinn in Richtung seiner Verletzung. Dann schloss sie die Tür und lehnte sich mit dem Rücken dagegen.

»Hm. Jetzt schon. Diese Anzughose hat ein paar blöde Falten geworfen, die unter der Schiene gedrückt haben. Aber der Doc hat mir ja erlaubt, die Dinger hin und wieder abzunehmen.«

Er sah so verdammt gut aus, ging es Jule durch den Kopf. Seine Haare verstrubbelt, weil er sich vor lauter Begeisterung über diesen Deal vermutlich pausenlos hindurchgefahren war. Die Wangen leicht gerötet und dieses Glänzen in den Augen. Ganz abgesehen davon, dass dieser Mann in einem Anzug einfach immer fantastisch aussah. »Vielleicht solltest du diese Anzughose einfach ausziehen. Vorsichtshalber«, neckte sie ihn.

»Vielleicht solltest du einfach zu mir rüberkommen, damit ich mich richtig bei dir bedanken kann«, machte er einen Gegenvorschlag.

»Weil ich der Hammer war?« Jule hatte seine Nachricht nicht beantwortet. Weil sie wahrscheinlich nur etwas Plattes à la *du bist auch ganz schön Hammer* zustande gebracht hätte. Stattdessen stieß sie sich von der Tür ab und ging langsam auf ihn zu.

»Weil du dieses Ding einfach gerockt hast.« Chris griff nach ihrer Hand und zog sie neben sich. »Und weil das viel mehr war, als es deine Aufgabe als Concierge abdeckt.«

»Ich werde dir eine fette Rechnung stellen«, sagte sie mit einem breiten Lächeln.

»Das wirst du auf jeden Fall.« Chris lächelte ebenfalls. Doch dann wurde sein Blick ernst. Er strich Jule eine Haarsträhne hinter das Ohr, die sich aus ihrem Knoten gelöst hatte. »Das heute hat mir wahnsinnig viel bedeutet, und ich bin wirklich froh, dass ich dich an meiner Seite hatte. Danke, Jule.« Er küsste sie. Ganz zart auf den Mundwinkel. Was die Schmetterlinge in ihrem Bauch wie immer, wenn er das tat, Loopings fliegen ließ.

Was war das nur, dass so eine winzige Berührung so viel

mit ihr anstellte? »Ich habe dir wirklich gern geholfen. Wir alle«, erinnerte sie sich – und Chris – daran, dass die ganze Schul-Gang mit angepackt hatte. »Es macht Spaß, mit dir zusammenzuarbeiten«, flüsterte sie an seinen Lippen. »Und …«, kurz stockte sie, nicht sicher, ob das die richtigen Worte waren, doch dann stolperten sie über ihre Lippen, bevor sie sie aufhalten konnte, »… für dich da zu sein.«

»Jule …« Für einen Moment glaubte sie, Chris wolle noch etwas sagen, doch dann presste er einfach nur seine Lippen auf ihre und ließ den Kuss erzählen, wie dankbar er ihr war. Seine Hände strichen in ihr Haar, neigten ihren Kopf ein wenig, um den Kuss noch weiter zu vertiefen.

Jules Hände glitten unter seine Anzugjacke. Über den kühlen Baumwollstoff seines Hemdes, unter dem seine heiße Haut lag, die sie berühren wollte. Ohne den Kuss zu unterbrechen, schob sie ihm das Jackett von den Schultern und begann, an seiner Krawatte herumzuziehen. »Zu viel an«, murmelte sie, als der Kuss endete. Bevor sie sich in den nächsten stürzten.

Irgendwie schaffte sie es, ihm die Anzugjacke auszuziehen, doch dann verdammte sie ihre Position zwischen Sofalehne und Chris' Oberkörper dazu, ihm die Initiative zu überlassen und die quälende Langsamkeit seiner Liebkosungen zu ertragen, wo sie sich doch wünschte, dass er sich und ihr die Klamotten vom Leib reißen würde. »Bett«, murmelte sie zwischen zwei Küssen.

Chris küsste sie noch einmal, bevor er sich aufrichtete und von der Couch hochstemmte. Ganz automatisch sah er sich nach seinen Krücken um, doch Jule legte sich seinen Arm um die Schulter und stützte ihn für die wenigen Schritte.

Chris stöhnte frustriert. »Eigentlich sollte ich dich auf Händen tragen, nicht anders herum«, sagte er, als sie vor ihrem Bett stehen blieben.

Jule lachte, bevor sie ihm einen zarten Kuss aufs Kinn drückte. »Das ist Emanzipation«, flüsterte sie. »Du wirst deine Chance, dich zu revanchieren, schon noch bekommen.« Plötzlich wurde ihr bewusst, wie sehr sie sich wünschte, dass Chris und sie noch zusammen wären, wenn er sein Bein wieder voll belasten und sie wirklich auf Händen tragen konnte. Und darüber hinaus. Und länger. Sie schloss die Augen und ließ sich in den nächsten Kuss fallen, um diese Gedanken auszublenden. Chris und sie waren im Hier und Jetzt – darüber hinauszudenken, kam nicht infrage. Im nächsten Moment hatte seine Hand, die ihre Brust umschloss, alle Gedanken aus ihrem Kopf gewischt. Sie spürte nur noch die Lust, die er in ihr auslöste. Selbst wenn seine Finger wie jetzt noch von ihrer Bluse und dem BH von ihrer nackten Haut getrennt waren.

Jule trat einen halben Schritt zurück, um Chris betrachten zu können. Sie legte ihre Hand an seinen Hosenbund und ließ sie über seine flachen Bauchmuskeln und seinen Brustkorb nach oben fahren, bis sie sie auf sein schnell schlagendes Herz pressen konnte. Ihre Blicke trafen sich. So viele unausgesprochene Dinge schwebten zwischen ihnen. Jule schluckte. Sie griff nach Chris' Krawatte, wickelte sie sich um die Hand und zog ihn zu einem weiteren Kuss zu sich heran. »Immer noch zu viel an«, murmelte sie und begann, sein Hemd aufzuknöpfen, nachdem sie den Kuss lange genug unterbrochen hatte, um ihm die gelockerte Krawatte über den Kopf zu ziehen.

Chris Hände waren genauso fahrig wie ihre eigenen, in dem Verlangen, den anderen von seinen Kleidern zu befreien. Sie streichelten einander, neckten und reizten sich. Brachten den anderen zum Stöhnen oder Seufzen, wenn sie eine besonders sensible Stelle fanden und küssten.

Die Kleider landeten in einem Pool um sie herum, und als sie endlich nackt waren, schob Chris sie auf ihre Matratze und folgte ihr.

Seine Hände und Lippen glitten über Jules Haut. Liebkosten sie, erregten jede Zelle ihres Körpers. »Du bist so wunderschön«, murmelte er und ließ seine Lippen über das Grübchen neben ihrem Mundwinkel streichen. Über ihre Wangen. Als Jule die Augen mit einem genüsslichen Seufzen schloss, küsste er sie sanft auf die Lider. »So schön«, wiederholte er und folgte mit dem Mund dem schnell dahinjagenden Puls an ihrem Hals, über ihr Dekolleté. »Habe ich dir das heute schon gesagt?«

Jule stieß ein atemloses Lachen aus, als sich seine Lippen um ihre Brustspitze schlossen. »Du hast mir nur gesagt, dass ich der Hammer bin.«

»Das bist du auch.« Seine Finger glitten über ihren Oberköper, den Bauch. »Der absolute Hammer.«

Jule legte den Kopf in den Nacken und krallte ihre Hände in die Laken. Sie ließ all die Emotionen zu, die über sie hinwegfegten, als Chris ihren geheimsten Punkt fand und reizte. Er brachte sie an den Rand ihrer Beherrschung – und dann ließ er sie schweben.

*

Jule erreichte ihren Höhepunkt mit einem leisen, rauen Stöhnen. Ihre Muskeln entspannten sich, und sie hob die Lider wieder. »Du solltest mich jeden Tag absolut Hammer finden«, sagte sie und legte ihre Hand an seine Wange, als er ihre Schenkel mit einer behutsamen Bewegung spreizte. Genau das wollte er. Jule jeden Tag unglaublich finden. Ihrer Anziehung nachgeben. Sich mit ihr gemeinsam fallen lassen. Aber irgendwie schaffte er es noch nicht, diese Dinge auszusprechen und ihr solche Geständnisse zu machen. Also küsste er sie statt einer Antwort, verschränkte seine Finger mit ihren und schob sie neben Jules Kopf auf das Kissen. Diese Nacht gehörte Jule. Er würde sie zu seinem Mittelpunkt machen. Und manchmal konnte man die Dinge mit seinem Körper viel besser ausdrücken als mit Worten.

Chris schob sich in sie und genoss das atemberaubende Gefühl, mit Jule verbunden zu sein. Alles mit ihr fühlte sich besonders an. Er wollte diese kostbaren Momente so lange wie möglich auskosten, also widerstand er dem Drang, Jule und sich so schnell wie möglich in die Erlösung fallen zu lassen, und begann langsam, sich zu bewegen. Er küsste und liebkoste jeden Millimeter von Jules Haut, den er mit den Lippen erreichen konnte, und wiegte sie beide in diesem trägen Rhythmus, bis Jule einen frustrierten Laut ausstieß und ihre Schenkel um ihn schlang.

»Du bist zu langsam«, flüsterte sie an seinen Lippen und versuchte, ihn zu einem schnelleren Rhythmus anzutreiben. Ihr Körper drängte sich seinem entgegen. Haut auf Haut. Herz an Herz.

Jule hob die Lider, und Chris verlor sich in der bernsteinfarbenen Sehnsucht ihres Blickes. »Und du bist immer noch der absolute Hammer«, wisperte er zurück und ergab sich ihrem Drängen. Er konnte die Spannung spüren, die sich in Jules Körper aufbaute. Spürte in sich selbst diesen wilden Strudel, der jeden klaren Gedanken aus seinem Gehirn fegte. Gerade konnte er nur noch fühlen. Er *war* seine Gefühle. Und als Jule sich mit diesem kleinen, rauen Laut um ihn herum zusammenzog, ließ er sich von seinem Höhepunkt überrollen.

Er hatte keine Ahnung, wie lange er einfach liegen blieb, nachdem er auf Jule zusammengebrochen war. Das Gesicht in ihrer Halsbeuge vergraben. Eingehüllt in ihren Duft. An ihren Körper gepresst, der genau wie sein eigener immer noch unter kleinen Nachbeben erschauerte. Sie hatte ihre Hände fest um seinen Rücken geschlungen und wartete genau wie Chris darauf, dass sich ihr Herzschlag wieder einigermaßen normalisierte.

Als er sich schließlich hochstemmte und auf die Seite drehte, ließ Jule ihre Arme schlaff von seinem Rücken rutschen, folgte ihm dann aber sofort, bis sie sich an seine Brust schmiegen konnte. So als könne auch sie es nicht ertragen, wenn ihre Haut seine nicht berührte. »Du hast den Deal mit Carter Perry also bekommen?«, murmelte sie, und Chris spürte ihren warmen Atem über seinen Oberkörper streichen.

»Er war völlig begeistert«, sagte Chris und zog mit den Fingerspitzen kleine Kreise auf Jules Hüfte. »Er will unsere Kampagne und die Meerjungfrau gleich noch dazu.«

»Das klingt fantastisch.« Jule drehte den Kopf und küsste ihn auf die Stelle, unter der sein Herz schlug. »Und Anastasia – die Nixe – wird sich auch riesig freuen über dieses Angebot.« Träge wie eine Katze, die auf der sonnigen Fensterbank geschlafen hatte, streckte sie sich an seinem Körper. »Das sollten wir feiern.«

Chris stieß ein kleines Lachen aus. »Ich glaube nicht, dass meine Beine demnächst wieder in der Lage sein werden, mich zu tragen. Und das liegt nicht an meinem kaputten Knie.«

Jule drehte sich so, dass sie ihre flachen Hände auf seinen Brustkorb legen und ihr Kinn daraufbetten konnte. Sie schenkte ihm eines ihrer verhexten Grinsen. »Wir können feiern, ohne dass du das Bett auch nur für eine Sekunde verlassen musst. Diese Art von Party habe ich komplett drauf.« Sie zwinkerte ihm zu. »Ich bin schließlich der absolute Hammer.«

Chris ließ seine Hand von Jules Hüfte zu ihrem Po wandern. »So viel ist sicher.«

Er hätte Jules Art, seinen Erfolg zu feiern, hinterfragen können. Aber allein der Gedanke, dabei in ihrem Bett liegen bleiben zu können, hatte ihm gereicht, um die Idee gut zu finden. So war er eine Stunde später noch immer dort. Die Kissen in den Rücken gestopft und ein Glas Rotwein in der Hand, in dem sich die Lichterketten spiegelten, die sich um das Gebälk über ihm wanden.

Vor ihm lag ein großer Pizzakarton. Jule hatte ihre beiden Lieblingssorten geordert und kein Problem damit gehabt, nur in seinem Hemd vor das Haus zu gehen und das Essen auf eine Art entgegenzunehmen, die ganz klar sagte, dass sie gerade Sex gehabt hatte. Sex, der sich so angefühlt hatte, als hätte sich dabei die Erdachse um ein paar Millimeter verschoben. Dann hatte sie so lange durch die Fernsehkanäle gezappt, bis sie eine Rosamunde-Pilcher-Verfilmung gefunden hatte, und war zu ihm ins Bett zurückgekrochen. Als Highlight hatte sie eine Tüte Schokobons aus ihrer Nachttischschublade gezogen.

Noch vor ein paar Monaten hätte Chris die Augen verdreht bei dem Gedanken, den Abend damit zu verbringen, im Fernsehen eine Cornwall-Schmonzette anzusehen. Aber gerade eben konnte er sich nicht vorstellen, irgendwo anders lieber zu sein. Oder mit irgendjemand anderem zusammen als Jule.

25

Die nächsten Tage verschwammen in einem Wirbel aus Arbeit. Die Verträge mit *Carter Perry Watches* wurden aufgesetzt. Die Kampagne ging in die nächste Planungsphase. Und Jule und Chris waren zu einem eingespielten Team zusammengewachsen. Sie hatte ihn zu einer Besprechung nach München gefahren und hatte während seiner Termine ein paar der Dienstleister besucht, mit denen sie zusammenarbeitete, und bei zweien ihrer Freunde von den Goldenen Schlüsseln vorbeigeschaut. Am Abend hatte er sich mit einem schönen Essen in einem noblen Restaurant bei ihr bedankt und amüsiert festgestellt, wie sie versucht hatte, sich unauffällig Notizen zu dem Lokal zu machen, um es ihren Klienten weiterzuempfehlen. Schließlich hatte er ihr lachend erklärt, dass sie die Romantik des Abends nicht zerstören würde, wenn sie ihr Cardex herausholte und sich alles notierte, was ihr wichtig war, und sich dann wieder auf ihn und das Essen konzentrierte.

Das Zusammensein war zu einer Selbstverständlichkeit zwischen ihnen geworden. Ohne groß darüber geredet zu haben, verbrachten sie so viel Zeit wie möglich gemeinsam. Wobei Jule darauf achtete, ihren Bruder nicht noch einmal hängen zu lassen – wie sie es formuliert hatte. Sie band ihn ein, sooft das möglich war. Was unter anderem damit geendet hatte, dass sie zu dritt segeln waren und den Abend mit Pizza gemeinsam auf der Terrasse vor seinem Haus hatten ausklingen lassen. Nach wie vor verbrachte Jule nicht jede Nacht bei Chris, aber sie schaute auch mal in der Mittagspause vorbei. Auf einen Kaffee. Ein paar Küsse. Einige Momente waren so sinnlich gewesen, dass er sie für immer als die Mittagspausen aus dem Paradies in Erinnerung behalten würde.

Er genoss jede Minute, die er mit Jule verbrachte. Er wollte sie um sich haben. Und vor allem wollte er nicht, dass das zwischen ihnen endete, wenn sein Knie wieder verheilt war und er nach München zurückkehrte.

Auch wenn die Beziehung zwischen Jule und ihm unter permanentem Hochdruck-Einfluss lag, schlug das stabile Sommerwetter zum ersten Mal seit Wochen ein paar Kapriolen. Die Luft war bereits an diesem Morgen schwül gewesen, als Chris seine Krankengymnastik-Übungen gemacht und anschließend ein bisschen an seinem Fitnessmonster trainiert hatte. Sehnsüchtig hatte er zum See geblickt, als er in sein Bad gehumpelt war. Wie herrlich es sich angefühlt hätte, einfach in das kühle Nass zu springen. Aber schwimmen war noch lange keine Option, und seine Übungen konnte er im Wasser auch nur mit Jules Hilfe machen.

Während Chris den Tag über ein paar Online-Besprechungen abgehalten hatte, waren dunkle Wolken am Himmel aufgezogen, die inzwischen so tief hingen, dass sie aussahen, als schrammten sie an der Bergkette der Alpen lang.

»Das sieht ein bisschen so aus, als würde es gleich zu regnen anfangen, einfach nur, weil die Bergspitzen die Wolken aufschlitzen«, sagte Jule von der Kücheninsel aus. Sie klappte ihr Tablet zu, auf dem sie sich ein YouTube-Tutorial angesehen hatte, in dem es um Bootsreparaturen ging. Niclas und sie hatten inzwischen ernsthaft vor, dem alten Ruderboot in Felicias Bootshaus wieder neues Leben einzuhauchen. Jetzt schenkte sie ihnen mit einem Blick nach draußen je ein Glas Rosé ein und kippte ein paar Eiswürfel hinterher.

»Das trifft es ziemlich gut«, stimmte Chris ihr zu. »Ein Wetter, das danach schreit, auf der Couch zu sitzen und bei einem kalten Glas Wein zuzusehen, wie die Welt über dem See untergeht.«

»Gut, dass wir alles haben, was wir für diesen Abend brauchen.« Jule trug die Gläser zur Couch, kuschelte sich an seine Seite und stieß mit ihm an. Wie auf Kommando zuckte ein riesiger Blitz über den Himmel, und mit dem Donnergrollen zwei Sekunden später öffneten sich die Schleusen. Regen, der ein bisschen an die Sintflut erinnerte, wurde von Sturmböen gegen die bodentiefen Fenster geschleudert. Es war dunkel genug, dass Jule die dicken Stumpenkerzen auf dem Couchtisch anzündete. Dieser Abend hatte tatsächlich etwas von einem warmen, sicheren Kokon in einer völlig aus den Fugen geratenen Welt.

Erst Jules Handy spülte wieder ein wenig Wirklichkeit in diese Blase, als es neben ihr zu klingeln begann. Sie warf einen Blick auf das Display und richtete sich auf. »Da muss ich rangehen«, sagte sie, schnappte sich ihr Handy und ging zum Küchentresen hinüber, wo sie ihr Cardex wieder aufklappte. »Herr Behringer. Schön, von Ihnen zu hören. Wie geht es Ihnen?«

Jule lauschte einen Moment, dann richtete sie sich auf und

sagte »Nein.« Ein Wort, das Chris noch nicht oft aus ihrem Mund gehört hatte. »Tut mir wirklich leid, aber das kann ich nicht tun.« Sie erhob sich von ihrem Barhocker und ging zur Fensterfront hinüber, während sie weiter zuhörte. »Ganz einfach weil das nicht meinen moralischen Vorstellungen entspricht. Nein, wirklich, es freut mich, dass Ihre Bekannten von meiner Arbeit schwärmen und alle mich empfehlen, aber in diesem Fall kann ich Ihnen leider nicht behilflich sein. Das ist nicht mit meiner persönlichen Arbeits- und Lebensphilosophie kompatibel.« Wieder lauschte sie einen Moment und nickte dann, selbst wenn ihr Gesprächspartner sie nicht sehen konnte. »Ja, das tut mir auch leid. Trotzdem einen schönen Abend.« Sie legte auf und blieb am Fenster stehen, den Blick in das Unwetter gerichtet.

»Ist alles okay?«, fragte Chris. Im spärlichen Licht der Kerzen war Jules Spiegelbild in der Fensterscheibe nur ein verschwommener Schemen, sodass er ihren Gesichtsausdruck nicht lesen konnte.

»Das war ein Kunde, der mich darum gebeten hat, ein besonderes Schmuckstück für seine Geliebte zu finden und ihr zu liefern, weil seine Ehefrau ihn so in Beschlag genommen hat, dass er sie nicht selbst besuchen kann.« Ein Blitz zuckte auf und erhellte für eine Sekunde Jules rechte Körperhälfte, bevor sie wieder in die Dunkelheit des Abends getaucht wurde. Der Donnerschlag, der unmittelbar darauf folgte, ließ sie zusammenzucken. »Die meisten Concierges hätten wahrscheinlich gar kein Problem mit so einem Auftrag. In gewisser Weise ist es sogar Alltag. Aber ich mache so etwas nicht.«

»Weil es unmoralisch ist«, wiederholte Chris ihre Worte.

»Ganz genau.«

Er wäre gern zu ihr gegangen und hätte sie in den Arm genommen, so verloren stand sie vor der Glaswand. Aber bis er sich aufgerappelt und zu ihr gehumpelt wäre … »Da steckt eine Geschichte dahinter«, sagte er stattdessen. »Eine persönliche.«

»Hm.« Einen Moment schwieg Jule, während der nächste Blitz aufflammte und der Donner das Haus erzittern ließ. »Ich bin vor ein paar Jahren auf einen verheirateten Mann hereingefallen. Kurze Geschichte. Böses Ende«, erzählte sie, zuckte die Schultern. Dann drehte sie sich zu Chris um und lächelte ihn an. Inzwischen kannte er sie gut genug, um zu wissen, dass dieses Lächeln nicht so echt war, wie sie ihn glauben machen wollte. Hinter dieser Geschichte steckte eindeutig mehr, als es diese paar Worte zusammengefasst hatten.

»Im Endeffekt hat mich diese Situation hierhergebracht. Wahrscheinlich wäre ich sonst nie von der Ostsee nach Starnberg gegangen. Und hier bin ich schließlich glücklich. Aber damals hätte ich mir gewünscht, dass alles anders gelaufen wäre und ich nicht plötzlich seiner schwangeren Frau gegenübergestanden hätte.«

Chris schluckte und streckte die Hand nach Jule aus. »Komm her«, sagte er und zog sie zu sich auf die Couch, als sie zu ihm zurückkehrte. »Das muss wirklich eine beschissene Situation gewesen sein.« Er legte den Arm um Jule, die sich an ihn kuschelte. Sein schlechtes Gewissen war bei ihrer Erzählung angesprungen wie bei einem Kickstart. »Hast du den Typen geliebt?«, fragte er leise.

Jule seufzte. »Zumindest habe ich das damals geglaubt. Wenn man es genau nimmt, war mein Herz wahrscheinlich nicht gebrochen. Ich habe mich verarscht und benutzt gefühlt. Schmutzig und hintergangen. Damals habe ich mir geschworen, dass mir das nie wieder passiert. Was einschließt, dass ich für diesen Typ Mensch nicht arbeite.«

Chris öffnete den Mund, nicht sicher, was er sagen sollte. Aber er musste … irgendwie …

»Hast du noch Eiscreme?«, fragte Jule und richtete sich auf. Der Moment, in dem er hätte etwas sagen können, schien vorbei, als Jule sich von der Couch erhob, ohne seine Antwort abzuwarten, und noch einmal zur Küchenzeile hinüberging.

Als sie begann, im Tiefkühlfach herumzusuchen, griff Chris mit klopfendem Herzen nach seinem Handy und rief den Chat mit Lilly auf. *Du hast gesagt, du bist demnächst in Europa. Melde dich bei mir. Wir müssen wirklich reden. DRINGEND*. Er schloss das Chatfenster und legte das Handy zurück, als Jule mit einer Packung *Ben & Jerry's* und zwei Löffeln zu ihm zurückkam.

Melde mich morgen bei dir, sah er Lillys Antwort auf seinem Display aufblinken, also drehte er das Handy vorsichtshalber um und nahm dann den Löffel entgegen, den Jule ihm hinhielt.

*

Der nächste Morgen zog frisch und freundlich über dem Alpenpanorama auf. Die Luft war klar wie Glas, und nur ein paar zarte Wolkenbänder segelten noch über den ansonsten strahlend blauen Himmel. Jule war in Chris' Armen aufgewacht. Schon in ihrem Traum hatten sie die Finger nicht voneinander lassen können. Als sie die Augen aufschlug, wurde ihr klar, dass sie nicht geträumt hatte. Chris erforschte ihren Körper mit den Lippen und Fingerspitzen, weckte sie auf die sinnlichste Art, die Jule sich vorstellen konnte, und liebte sie auf diese träge Art, mit der ein perfekter Tag begann. Mit einem Höhepunkt, der nichts von der drängenden Lust hatte, mit der sie manchmal ins Bett getaumelt waren. Das hier erinnerte eher an ein warmes Kaminfeuer. Beständig. Kräftig und ruhig zugleich. Und so, als ob Chris und sie schon seit Jahren ein Paar wären, das einander in- und auswendig kannte.

Nach einer gemeinsamen Dusche und einem Kaffee am Küchentresen überredete Chris sie, seine Krankengymnastik-Übungen im See zu machen. Da Jule keinen Bikini dabeihatte und sie hier sowieso von niemandem gestört wurden, sprangen sie einfach nackt ins Wasser. Sie genossen diesen Morgen wirklich in vollen Zügen. Tollten herum, dass vermutlich sogar Poldi neidisch geworden wäre. Und als sie Chris schließlich aus dem Wasser half, war es höchste Zeit, in den Alltag einzutauchen.

Sie kehrten über den vom Regen noch nassen Rasen ins Haus zurück. Jule schenkte ihnen noch einmal Kaffee ein und nahm ihren mit ins Schlafzimmer, um sich die Haare zu föhnen und in Jeans, Chucks und ein weißes Tank-Top zu schlüpfen. Als sie ihre leere Tasse in die Küche brachte, war Chris bereits in die Online-Ausgabe der Tageszeitung vertieft. Er blickte nur kurz auf, um Jule an sich zu ziehen und zu küssen. Als sie sich von ihm losmachte, zog er sie zu einem weiteren Kuss zu sich heran, so als wollte er sie einfach nicht gehen lassen.

Lachend griff Jule nach ihrer Handtasche. »Ich muss wirklich los«, sagte sie, drückte ihm einen letzten Kuss auf die Wange und brachte genug Abstand zwischen Chris und sich, um nicht noch einmal schwach zu werden. Was viel leichter gesagt als getan war.

»Telefonieren wir später?«, fragte er.

»Hm. Ich wollte heute Nachmittag mit Niclas eine Runde mit den Paddleboards drehen. Wenn du mich nicht erreichst, rufe ich dich zurück.«

»Alles klar. Bis später.« Da sie bereits genug Abstand zwischen sich und ihn gebracht hatte, warf er ihr einen Luftkuss zu.

Jule hatte die Haustür schon fast erreicht, als sie das energische Klopfen gegen das Holz hörte. »Erwartest du jemanden?«, fragte sie über die Schulter. Abgesehen von der Haushälterin, die zweimal die Woche kam, und den Gärtnern, die sich regelmäßig um den Rasen kümmerten, klingelten Gäste normalerweise am Tor, statt an die Tür zu klopfen.

»Nein.« Chris war schon wieder halb in seine Zeitung vertieft.

Also öffnete Jule. Und starrte die Frau an, die sie noch nie zuvor gesehen hatte. Und die definitiv weder nach Haushälterin noch nach Gartenarbeit oder irgendeinem Lieferdienst aussah, sondern eher nach Geschäftsfrau. Einer sehr erfolgreichen Geschäftsfrau. Was Hosenanzüge betraf, schien sie jedenfalls einen ähnlichen Geschmack wie Jule zu haben. Der nächste Gedanke, der ihr durch den Kopf ging, war die Tatsache, dass diese Frau unglaublich attraktiv war. Ihre Augen machten dem Himmel über ihnen Konkurrenz, und ihre blonden Beach Waves fielen ihr bis über die Mitte des Rückens – wie sie feststellte, als ihr Gegenüber sich mit einem freundlichen Lächeln, einem »Hallo« und zwei vollen Einkaufstüten an ihr vorbeischob. »Da bist du ja«, rief sie, und Jule sah, wie Chris mit Blick auf sein Tablet erstarrte. »Lilly?«, brachte er tonlos heraus und hob den Kopf dann in Zeitlupe.

»Das Tor habe ich noch aufbekommen. Aber irgendwie scheine ich keinen Zugang mehr zum Haus zu haben«, plauderte sie gut gelaunt, als sie die Taschen abstellte und aus ihrem Jackett schlüpfte. Achtlos warf sie es auf den Küchentresen und schlang Chris die Arme um den Nacken. »Was machst du denn für Sachen?«

Jule stand noch immer an der offenen Haustür und starrte die beiden an. Wieso hatte eine so verdammt schöne Frau den Code zum Tor und offenbar zumindest früher einen Zugang zum Haus gehabt? War sie eine alte Freundin? Sie schluckte das saure Gefühl, das in ihrem Hals aufstieg, hinunter. Chris und sie waren immer ehrlich zueinander gewesen. Sie hatten keine Geheimnisse voreinander. Es gab einen Grund, warum sie noch nie etwas von dieser Frau gehört hatte. Lilly. Hatte er mal eine Lilly erwähnt? *Er nicht*, traf sie die Erinnerung wie ein Blitz, *aber seine Mutter*.

Chris' Blick traf sie über die Schulter dieser Lilly hinweg – und Jules Herz taumelte. Auch wenn ihr Körper stocksteif stehen blieb. Sie müsste gehen, aber sie schaffte es nicht, einen Fuß vor den anderen zu setzen. Genauso wenig wie sie es schaffte, den Blick von Chris und der Frau abzuwenden.

Diese Lilly schien zu merken, dass Jule sie anstarrte, und drehte sich mit einem freundlichen Lächeln zu ihr um. »Oh«, sagte sie. »Sie sind ja noch da. Hätten Sie heute Dienst hier im Haus gehabt?«, fragte sie und griff nach ihrer Handtasche.

»Dienst …?« Jule verstand nicht ganz, was die Frau meinte, die gerade ihre Geldbörse aus der Tasche zog und einen Fünfziger herausnahm. Sie ignorierte das »Lilly, nicht!«, das Chris hinter ihr ausstieß, und hielt Jule den Schein entgegen. »Vielen Dank für Ihre Mühe. Aber heute brauchen wir Sie nicht mehr.« Sie zwinkerte ihr zu. »Hat ein bisschen gedauert, aber jetzt ist die liebe Ehefrau da und hat sich ein paar Tage freigenommen, um sich um ihre bessere Hälfte zu kümmern.«

Jule starrte auf den Geldschein, den diese Lilly jetzt mit einer etwas ungeduldigen Geste vor ihrer Nase herumwedelte. Chris hatte hinter ihr die Ellenbogen auf den Küchentresen gestützt und sein Gesicht in den Händen vergraben. *Ja, du Mistkerl, an deiner Stelle würde ich auch nicht dabei zusehen wollen, wie deine Frau – Ehefrau – deiner dummen Geliebten ein Trinkgeld gibt und sie aus dem Haus komplimentiert.*

»Hallo?« Lilly hörte auf, mit dem Geldschein vor ihrem Gesicht herumzufuchteln, um Jules Aufmerksamkeit auf sich zurückzulenken. »Sie sind doch das Hausmädchen?«, fragte sie, freundlich, aber entschieden.

»Nein«, sagte Jule.

Der Blick der Frau wurde etwas unsicher. »Dann sind Sie die Krankenpflegerin? Physiotherapeutin?«

»Nein. Ich bin Concierge«, erwiderte Jule. Offenbar nicht mehr und nicht weniger. Abgesehen von ein bisschen Spaß, den sich ihr – verheirateter – Auftraggeber nebenbei mit ihr gegönnt hatte.

»Ah!« Lilly holte einen zweiten Fünfzigeuroschein aus ihrem Geldbeutel und erweiterte das Trinkgeld. »Von Ihnen habe ich schon viel gehört.«

»Von ihm?«, konnte Jule sich die Frage nicht verkneifen.

Ihre Stimme klang, als wären ihre Stimmbänder einem Reibeisen zu nahe gekommen. Aber verglichen mit dem kaum zu beherrschenden Bedürfnis, dieser schönen Frau vor die Marken-High-Heels zu kotzen, war das eine Kleinigkeit.

Lilly blickte sich zu Chris um und sah dann wieder Jule an. »Nein, von seiner Assistentin. Sie hat erwähnt, dass Sie ganz fantastische Arbeit für Chris leisten.«

»Geleistet haben«, korrigierte Jule sie. »Dieser Job ist beendet.« Mit dem letzten bisschen Stolz, das ihr noch geblieben war, drehte sie sich auf dem Absatz um und verließ das Haus. Sie schaffte es zu ihrem Wagen. Sie schaffte es durch das Tor. Und ein Stück die Straße hinunter. Als sie den Druck in ihrer Brust nicht mehr aushielt, fuhr sie rechts ran, legte den Kopf auf das Lenkrad und ließ die Tränen zu, die sich nicht mehr zurückhalten ließen. »Hey, Siri«, schluchzte sie. »Ruf Felicia an.«

*

»Hm.« Chris hörte, wie Lilly kurz stutzte. »Ein bisschen merkwürdig ist diese Frau schon. Aber MaLu schwärmt in den höchsten Tönen von ihr.«

Er hätte sich bewegen und Jule folgen müssen. Aber mit diesem verdammten Knie war es absolut sinnlos, der sportlichsten und vor allem schnellsten Frau, die er kannte, hinterherzurennen. Chris stützte noch immer die Ellenbogen auf den Tisch und hielt sein Gesicht zwischen den Händen. Mit geschlossenen Augen. Er hatte Jules Abgang nicht sehen wollen. Die Wut, die mit Sicherheit in ihren Augen gefunkelt hatte. Aber auch den Verrat und die Enttäuschung, die er dahinter entdeckt hätte. Im Moment hätte es nicht einmal etwas gebracht, mit Jule zu reden. Sie war viel zu stur, um ihm zuzuhören. Und zu verletzt, gestand er sich selbst ein. Zumindest im Moment. Er konnte nur hoffen, dass er ihr von Lilly erzählen konnte, wenn sie sich wieder ein wenig beruhigt hatte, und dass sie verstand, dass alles ganz anders war, als sie im Moment glaubte.

Lilly schien es nicht zu stören, dass er auf ihren Kommentar nichts erwidert hatte. Sie begann um ihn herumzuwuseln. Den Geräuschen nach packte sie die Einkaufstüten aus, die sie hereingeschleppt hatte. »Ich koche dir dein Lieblingsessen«, sagte sie und lachte. »Na ja, nicht das Lieblingsessen, das deine Mutter dir immer gekocht hat. Diesen Braten mit hausgemachten Nudeln. Aber Chili con Carne. Das hast du doch immer gemocht, wenn ich es gekocht habe.« Wieder dieses Lachen, das ihn früher ganz automatisch dazu gebracht hatte, ebenfalls zu lächeln. Und das ihm jetzt deutlich machte, wie sehr er es verbockt hatte. »Und da du es gemocht hast, ist es sozusagen dein Lieblingsessen von mir.« Sie kicherte. »Und weil es das einzige Gericht ist, das ich zubereiten kann, versteht sich.«

»Warum bist du hier, Lilly?«, fragte Chris. Er öffnete die Augen und starrte auf die glatte Betonfläche des Küchentresens vor sich.

»Was das betrifft, habe ich sowieso noch ein Hühnchen mit dir zu rupfen. Wieso erfährt das kleine Frauchen nichts von der schweren Verletzung?« Lilly meinte das witzig, das war Chris schon klar. Sie waren immer locker und humorvoll miteinander umgegangen, auch nachdem sie getrennte Wege gegangen waren. Sie waren Freunde. Geschäftspartner.

Aber im Moment hatte Chris das Bedürfnis, ihr einfach den Mund zuzuhalten. »Ein Glück für dich, dass ich jetzt da bin und mich um den armen, kranken Schatz kümmern kann.« Sie kniff ihn in die Wange.

Chris schob ihre Hand zur Seite. »Lass das doch.«

»Früher wäre ich die Erste gewesen, die du angerufen hättest, nachdem du von diesem Boot gefallen bist«, hielt sie ihm vor und rumorte weiter hinter ihm herum.

Früher hätte die Frau, für die sein Herz schlug, auch nicht am Ufer gestanden und dabei zugesehen, wie er aus dem Wasser gefischt wurde. Nur um ihm anschließend eine Rettungsdecke umzulegen und ihm Schokobons ins Krankenhaus zu bringen. »Warum bist du hier?«, fragte Chris noch einmal.

»Das habe ich doch gerade gesagt. Hörst du mir nicht zu?«

Endlich schaffte er es, den Kopf zu heben und die Frau anzusehen, mit der er verheiratet war. Auf dem Papier. Lilly sah gut aus. Man erkannte die erfolgreiche Geschäftsfrau, die in ihr steckte, auf den ersten Blick. Lilly war einfach perfekt. Nur nicht für ihn. »Ich höre dir zu. Ich frage mich nur, was du hier willst. Seit Wochen versuche ich, mit dir zu reden. Du hast nie Zeit, und jetzt stehst du plötzlich unangekündigt in meinem Haus.«

Lilly stemmte die Hand, in der sie noch eine Dose Kidneybohnen hielt, in die Hüfte und funkelte ihn an. »Ich dachte, du freust dich, mich zu sehen. Seit wann ist das denn ein Problem zwischen uns, wenn ich dich besuchen komme? Du wolltest mich sprechen, ich war in der Gegend und … Oh!« Sie blinzelte und stellte die Bohnenkonserve auf den Tresen. »Oh!«, wiederholte sie. »Das war … Sie ist gar nicht deine Concierge?«

»Jule ist meine Concierge. Aber eben …« *so viel mehr als das*. Die Worte lagen ihm auf der Zunge, aber er schaffte es nicht, sie auszusprechen.

»Du und sie? Das ist … wow!«

»Was soll das denn jetzt heißen? Wow?«

Lilly ging um den Küchentresen herum und setzte sich ihm gegenüber. Das Lachen war aus ihrem Gesicht verschwunden und hatte einem ernsten Gesichtsausdruck Platz gemacht. In ihrem Blick schimmerte Schuldbewusstsein. »Das heißt, dass ich gar nicht darüber nachgedacht habe, dass es eine Frau in deinem Leben geben könnte. Du spielst die ganze Zeit den einsamen Wolf. Sogar Miles sagt manchmal, dass er sich Sorgen darum macht, dass du vereinsamst.«

»Wie schön, dass du dich mit meinem besten Freund über mein Seelenleben austauschst«, knurrte Chris. Diese Situation, in der er festsaß, machte ihn von Minute zu Minute wütender. Er konnte gar nicht glauben, dass erst in der letzten Nacht ein Gewitter über den See gefegt war und er erfahren hatte, dass verheiratete Männer für Jule so tabu waren, dass sie sie nicht mal als Kunden annahm. Noch vor einer Stunde hatten sie seine Krankengymnastik im See gemacht. Nackt. All das schien so weit weg, als wäre es in einem anderen Leben passiert. Abgesehen von dem Gedanken, was passiert wäre, wenn Lilly eher aufgetaucht und sie bei ihrem FKK-Training überrascht hätte. Daran wollte Chris noch nicht einmal denken.

»Hey.« Lilly griff nach seiner Hand und drückte sie, bevor sie ihre Finger wieder zurückzog. Eine Geste, die unter der Wut, die durch seinen Körper tobte, ein geschwisterliches Gefühl auslöste. Freundschaft. Nicht dieses erotische Prickeln, das nahezu jede von Jules Berührungen in ihm wachrief. »Es tut mir leid, dass ich da in was reingeplatzt bin. Aber das lässt sich doch wieder hinbiegen. Wir können unsere Situation doch erklären«, sagte sie im Brustton der Überzeugung. »Du wolltest mich so dringend sprechen, aber ich war so beschäftigt. Und dann hat sich plötzlich ein dreitägiges Loch in meinem Terminplan aufgetan. Ich war sowieso schon in Frankfurt, also habe ich mir gedacht, ich komme einfach persönlich bei dir vorbei. ich bin in die Firma gefahren, aber MaLu hat mir gesagt, dass du hier bist. Ausgeknockt und allein.«

»Entschuldige bitte, dass ich mein Liebesleben nicht mit meiner Assistentin bespreche«, konnte Chris sich einen sarkastischen Kommentar nicht verkneifen.

Lilly kicherte. Und zum ersten Mal, seit sie seine Beziehung zu Jule gecrasht hatte, konnte er den Mundwinkel zu einem halben Lächeln heben. Dann wurde sie wieder ernst. »Ist es das?«, fragte sie. »Ein Liebesleben? Nicht einfach nur Sex? Keine Affäre?«

Chris rieb sich über das Gesicht. Er spürte die Bartstoppeln unter seinen Handflächen. Und als er sich anschließend durch die Haare fuhr, merkte er, dass er sich an diesem Morgen auch noch nicht gekämmt hatte. »Wir stehen noch ganz am Anfang, Jule und ich«, gab er zu. »Aber ich empfinde verdammt viel für sie.« Er hatte sich in Jule verliebt. Bis über beide Ohren. Nur wollte er das als Erstes der Frau erzählen, die es betraf, und nicht der Frau, die er endlich hinter sich lassen musste. Er griff nach Lillys Hand und sah ihr in die Augen. »Ich möchte die Scheidung.«

26

Das Wasser des Sees schwappte in trägen Wellen gegen den Steg, der für männliche Wesen tabu war. Abgesehen von Poldi, der sich an Jule gekuschelt hatte und ihr seit Stunden erlaubte, in sein Fell zu heulen. Lina und Felicia hatten gerade angefangen, ein wenig in der Bücherei zu renovieren, als Jule sie angerufen hatte. Die Freundinnen hatten daraufhin alles stehen und liegen gelassen und sie abgeholt. Felicia hatte Jule dazu gebracht, auf den Beifahrersitz zu rutschen, und den Jimny dann heimgefahren, während Lina ihnen in ihrem bunten VW gefolgt war. Dann hatten sie sich an einen von Jules Lieblingsplätzen zurückgezogen. Mit allem, was in einer Situation wie dieser ins Survival-Kit gehörte.

»Vielleicht sollte ich mir einfach einen Hund zulegen«, brachte sie mit rauer Stimme heraus. »Oder eine Katze. Ich könnte eine alte Katzenlady werden.« Jule hasste es, so selbstmitleidig zu klingen. Sie hasste es, so zu *sein*. Aber Chris hatte es neben ein paar anderen Dingen offenbar geschafft, ihre hässlichsten Seiten an die Oberfläche treten zu lassen.

»Hey!« Felicia, die links von ihr lag, versuchte, ihr mit dem Ellenbogen in die Rippen zu bohren, traf aber Jules Hüfte. Was möglicherweise daran lag, dass sie alle drei zu viele Gin Tonics intus hatten. Jule, um den Schmerz zu betäuben. Ihre

Freundinnen aus reiner Loyalität. »Ich habe Elfriede. Und bin trotzdem keine alte Katzenlady.«

»Weil deine Katze ein eigenes Liebesleben hat und sich von einem albernen Schäferhund anbeten lässt.« Lina, die auf Jules anderer Seite lag, drehte sich auf die Seite und stützte ihren Kopf auf die Hand. Eine ihrer bunten Haarspangen glitzerte in der Sonne. »Wir sollten uns lieber etwas für Chris ausdenken. Ich finde, dass er richtig leiden sollte. Wie wäre es, wenn du Herrn Müller anrufst, Licie? Er könnte Chris so richtig vermöbeln. So nach dem Motto« – sie richtete sich ein wenig weiter auf und sprach mit einer Imitation von Don Vito Corleones Stimme weiter: »Das ist eine sizilianische Botschaft. Sie bedeutet, Christian Thalbach liegt jetzt bei den Fischen.«

Jule musste tatsächlich lachen. Dieses Filmzitat aus dem Paten war gut gewählt. »Wir können Chris nicht von Herrn Müller vermöbeln lassen«, sagte sie dann und seufzte. »Das wäre unfair, weil er nur ein funktionierendes Knie hat.«

»Das stimmt.« Lina nickte. »Fair muss ein Kampf auf jeden Fall bleiben.«

»Und außerdem kommt Herr Müller aus Tutzing und nicht aus Sizilien«, ergänzte Felicia.

»Auch ein Argument.« Jule blickte in den blauen Himmel, über den gemächlich zwei Schäfchenwolken segelten. Poldi blieb an ihrer Seite, auch wenn sie aufgehört hatte zu heulen. Wofür sie dankbar war. Sie war nicht der Typ, der die Fassung verlor. Okay, sie war auch nicht der Typ, der sich das Herz brechen ließ, aber jetzt war es trotzdem passiert. Und diesmal würde vermutlich nicht einmal Sekundenkleber oder Panzerklebeband reichen, um den Schaden zu reparieren.

Felicia verschränkte ihre Hand mit Jules. »Weißt du denn, warum er nichts von seiner Frau erzählt hat?«

»Ich habe keine Ahnung.« Jule hatte das Bedürfnis, noch einen Gin Tonic zu trinken, weil der Nebel, der ihre Gedanken und Empfindungen irgendwie zugedeckt hatte, begann, sich zu lichten und all der Schmerz zurückkehrte. Aber dazu müsste sie sich bewegen. Was ihr im Moment noch anstrengender vorkam. »Selbst wenn er es am Anfang verschwiegen hätte, gab es Möglichkeiten, es mir noch zu erzählen. Als seine Mutter mich mit dieser Lilly verwechselt hat. Gott! Ich habe ihm erst gestern Abend erzählt, dass ich nicht einmal für Ehebrecher arbeite, geschweige denn, mich auf sie einlasse. Und er hat einfach … gar nichts gesagt.«

Lina seufzte und hielt Jule die Packung mit den Smarties hin. »Vielleicht sollten wir es doch mal mit einer sizilianischen Methode versuchen. Nur ganz kurz.«

»Deine gewalttätige Seite macht mir Angst.« Jule schüttelte sich ein paar Smarties in die Hand und kippte sie auf einmal in den Mund.

»Wenn jemand meine Freundinnen verletzt, kenne ich keine Gnade.« Lina spannte ihren Bizeps an, der zugegebenermaßen nicht mal im Ansatz mit Jules durchtrainiertem Körper mithalten konnte.

Felicia lachte auf Jules anderer Seite und tippte Lina über sie hinweg mit dem Zeigefinger gegen die Stirn. »Du solltest lieber auf böses Superhirn machen als auf Kraftprotz.«

Die Freundinnen kabbelten sich noch ein bisschen weiter, und Jule schloss die Augen. Sie ließ die Neckereien über sich hinweggleiten. Das Lachen. Gemeinsam mit dem Wind, der über den See ging und die Sonne auf eine erträgliche

Wärme herunterkühlte. Sie spürte das entspannte Klopfen des Hundeherzens unter ihrer Hand, die sie in Poldis Fell vergraben hatte. Die Ereignisse der vergangenen Stunden, der Alkohol und die Tränen, all das begann, seinen Tribut zu fordern. Erschöpfung senkte sich über sie wie eine schwere Decke, unter der sie sich nicht mehr bewegen konnte. Das Plätschern der Wellen unter ihr ließ sie wegdriften. In einen Traum. In dem es keinen Chris gab. Keine Liebe. Kein gebrochenes Herz.

*

»Ich liebe es, durch die Welt zu reisen. Aber ich vergesse dabei immer wieder, wie wunderschön es hier ist.« Lilly stellte die beiden Kaffeebecher, die sie trug, auf dem Terrassentisch ab, an den Chris schon vorausgehumpelt war. Sie setzte sich und lehnte sich mit geschlossenen Augen zurück, um die frische Seeluft tief einzuatmen. »Wenn ich an deiner Stelle wäre, würde ich vermutlich viel mehr Zeit hier verbringen als in München.«

»Ich habe in den letzten Wochen viel mehr Zeit hier verbracht, als ich mir jemals hätte vorstellen können. Aber ich muss dir recht geben. Ich habe es wirklich genossen.«

»Was sicher auch an deiner Concierge liegt«, sagte Lilly. Sie öffnete die Augen und zwinkerte ihm zu.

»Ihr Name ist Jule.« Chris mochte es nicht, dass Lilly sie nur »die Concierge« nannte. »Sie hat mit Sicherheit einen großen Teil dazu beigetragen, dass ich mich hier plötzlich zu Hause fühle.«

»Okay.« Lilly griff nach ihrem Kaffeebecher und nippte

daran, ohne Chris anzusehen. »Ich muss gestehen, dass es merkwürdig ist, über unsere Scheidung zu reden. Natürlich war klar, dass das irgendwann kommen musste«, fuhr sie fort, bevor Chris etwas sagen konnte. »Eigentlich ist sie längst überfällig. Aber irgendwie hat sich das angefühlt, als ob wir durch unsere Ehe immer noch eine Verbindung haben.« Sie blickte auf ihre Hände. »Ich glaube, ich habe Angst«, sagte sie dann leise. »Angst, dass ich so allein und einsam bin, wie ich mich manchmal fühle, wenn es dich nicht mehr in meinem Leben gibt.«

»Lilly.« Chris wartete, bis sie aufsah. »Zwischen uns wird sich nichts ändern. Wir bleiben Freunde. Ich bin immer für dich da. Ich möchte nur …«, er stockte, überlegte, welche Worte es am besten trafen, »frei sein«, sagte er dann genauso leise wie Lilly zuvor.

Lilly nickte mit einem Lächeln, das zwischen Traurigkeit und Nostalgie schwankte. »Ich kann dich absolut verstehen. Es wird wirklich Zeit loszulassen.« Sie nippte an ihrem Kaffee, und im nächsten Moment kehrte der grundoptimistische, fröhliche Ausdruck in ihr Gesicht zurück, in den er sich vor all den Jahren in einem amerikanischen Uni-Coffee-Shop verliebt hatte. »Also.« Sie klatschte in die Hände. »Ich will alles über diese Jule wissen. Wenn eine Frau meinen Mann haben will, sollte sie schon etwas Besonderes sein.«

»Oh, das ist sie. Mehr als besonders, wenn du mich fragst.« Chris grinste über den Rand seiner Tasse an. »Sie ist der absolute Hammer.«

»Oh là là.« Lilly lachte und schüttelte die Hand, als hätte sie sich verbrannt. »Also klug und heiß.«

»Und noch so vieles mehr.« Er seufzte. »Sie ist jemand,

der sich um die Leute kümmert. Der da ist und zupackt, ob man will oder nicht. Ich habe eine Weile gebraucht, um das zu kapieren, aber …«

»… sie ist keines der bedürftigen Schäfchen, die du um dich scharst, um ihnen zu helfen«, vollendete Lilly seinen Satz. »Sie ist nicht deine Mutter. Nicht ich. Oder die Mitarbeiter deiner Firma, für die du die Verantwortung übernimmst. Zum ersten Mal seit, seit… ich weiß nicht seit wann, ist jemand für dich da.«

Chris wusste, seit wann. Seit sein Vater gestorben war. Und das war inzwischen fast zwanzig Jahre her. »Manchmal weiß sie, was man will oder braucht, bevor einem das selbst bewusst ist.«

Lilly tippte sich nachdenklich mit dem Zeigefinger gegen das Kinn. »Aber wenn sie so empathisch ist, dann musst du ihr doch nur von unserer Abmachung erzählen, und alles ist gut. Ich meine, an ihrer Stelle wäre ich auch nicht begeistert gewesen, mir gegenüberzustehen. Aber das ist doch alles nur ein dummes Missverständnis. Das lässt sich mit ein paar Sätzen aus dem Weg räumen. Wir lassen uns endlich scheiden. Und von da an seid ihr selbst dafür verantwortlich, ob ihr es verbockt oder nicht.«

»Ganz so einfach ist es leider nicht. Erst einmal muss ich Jule überhaupt dazu kriegen, mir zuzuhören. Stur sein kann sie nämlich auch. Außerdem gibt es für sie nicht viel, das schlimmer ist als sich auf einen verheirateten Mann einzulassen. Das ist ihr schon mal passiert. Und dann stand plötzlich die Ehefrau vor ihr.«

Lilly sog scharf Luft durch die Zähne. »Autsch. Das fällt in die Kategorie Déjà-vu.« Sie setzte sich so, dass sie ihre Arme auf den Tisch stützen und Chris voller Tatendrang ansehen konnte. »Ich bin noch zwei Tage hier. Also lass uns einen Schlachtplan entwerfen.«

Bevor Chris antworten konnte, gab sein Handy das Signal einer eingehenden Nachricht ab. Er griff danach, und sein Puls beschleunigte sich bei der Hoffnung, dass die Nachricht von Jule war.

War sie nicht. Niclas hatte ihm geschrieben. Da bereits auf dem Vorschautext auf dem Display das Wort »Arschloch« auftauchte, müsste er sich gar nicht die Mühe machen, die Nachricht zu öffnen. Er tat es trotzdem. *Du Arschloch*, stand da. *Lass deine dreckigen Pfoten von meiner Schwester, oder du kriegst es mit mir zu tun*. Ein trauriges Lächeln schlich sich in sein Gesicht. Vor ein paar Tagen hatten Niclas und er noch darüber gefachsimpelt, wie sie das Boot im Bootshaus der alten Schule wieder seetüchtig bekommen würden. Jetzt beschützte er seine Schwester. Mit Jules Freunden würde es ihm nicht anders ergehen. Sie hatten ihn in ihren Kreis aufgenommen. Hatten ihm völlig selbstlos geholfen. Aber jetzt würden sie sich um Jule scharen wie ein Löwenrudel um ihr Junges. »So leicht wird das nicht werden«, warnte er Lilly. »Das kann ich dir schon mal verraten.«

*

Jule schreckte aus dem Schlaf. Sie brauchte einen Moment, weil sie glaubte, auf dem Steg hinter der alten Schule eingenickt zu sein und jetzt in ihrem Bett lag. In der Dämmerung. Und sie war nicht allein.

Vorsichtig spähte sie über die Bettkante und fuhr mit

einem erschrockenen Aufschrei zurück, als sich im gleichen Moment jemand vom Fußboden aufrichtete. »Nicky!«

»Nic«, korrigierte er seinen Spitznamen wie immer.

»Was machst du hier?« Sie warf noch einen Blick über die Bettkante. »Mit der Isomatte und einem Schlafsack.«

»Auf dich aufpassen«, antwortete er und rieb sich über das Gesicht, als könne er so den Schlaf aus seinem Kreislauf vertreiben. Da das nicht zu funktionieren schien, wühlte er in seinem Rucksack, den er neben ihrem Bett abgestellt hatte, und fischte eine Dose Red Bull heraus, die er aufriss. Der Geruch nach flüssigen Gummibärchen erfüllte mal wieder den Raum, und Jule verzog angewidert das Gesicht.

Niclas störte das wenig. Er trank einen großen Schluck und stellte die Dose dann zur Seite. »Ben hat dich hochgetragen. Du warst völlig ausgeknockt gestern.« Er zuckte mit den Schultern. »Da hielt ich es für eine gute Idee, ein Auge auf dich zu haben.« Mit sich selbst in der Rolle des Beschützers offenbar zufrieden, verschränkte er die Arme vor der Brust. »Ich habe dem Arsch übrigens geschrieben, was ich von ihm halte«, informierte er Jule. »Ich meine, er wollte doch mit uns das Boot restaurieren und so. Was für ein Problem hat der denn?«

Jule setzte sich auf und zog die Beine an. Sie legte ihr Kinn auf den Knien ab und sah ihren Bruder einen Moment nachdenklich an. »Ich weiß nicht, was in seinem Kopf vorgegangen ist. Aber eines weiß ich sicher: Wir brauchen Chris nicht in unserem Leben. Und jetzt geh ich joggen. Wir haben heute schließlich jede Menge zu tun.«

»Echt jetzt? Ich meine, ist das nicht ein Trauertag oder sowas? Wo wir einfach nur rumhängen und dich bemitleiden?«

Niclas warf ihr einen Blick zu, als wäre er mindestens so enttäuscht von ihr wie von Chris, weil aus dieser Geschichte nicht einmal ein freier Tag raussprang.

»Keine Chance. Arbeit war schon immer die beste Medizin.«

Ihr Bruder ließ sich mit einem Stöhnen nach hinten fallen, und Jule stieg über ihn hinweg.

»Und roll deine Matte und deinen Schlafsack ein und zieh wieder ins Lehrerzimmer. Ich will hier meine Ruhe haben«, rief sie über die Schulter, bevor sie die Badezimmertür hinter sich schloss.

Ganz so gelassen, wie sie ihrem Bruder gegenüber getan hatte, nahm Jule die Ereignisse des vergangenen Tages nicht, auch wenn es ein guter erster Schritt gewesen war, eine Nacht lang durchzuschlafen. Als sie fünf Minuten später in ihren Laufklamotten vor dem Haus stand, schaltete sie statt einer Playlist die Zombie-Apokalypse ein, die ihr Bruder auf ihrem Handy installiert hatte. Lieber auf der Flucht vor ein paar Untoten durch Starnberg rennen, als die Gedanken fließen zu lassen und sie die ganze Zeit nicht von Chris loszubekommen.

Wirklich hilfreich waren die Zombies allerdings auch nicht. Genauso wenig konnte sie sich auf die YouTube-Tutorials konzentrieren, die sie sich markiert hatte, um sich mit dem Thema Klamottenrecycling zu beschäftigen. Also beschloss Jule, beim Renovieren der Bücherei mit anzupacken, um sie in ein Kinderparadies zu verwandeln. Sie hatte ihren Teil sowieso noch nicht beigetragen. Aber vorher würde sie nach dem alten Ruderboot kucken. Sie hatte bis jetzt keinen Chris gebraucht, um irgendetwas zu reparieren. Das würde sich jetzt nicht ändern.

Also joggte sie den Bootssteg hinunter und betrat das Bootshaus über den schmalen Steg, der sich an der Seite entlangschlängelte. Als sie auf der Plattform im vorderen Bereich stand und nach oben sah, biss sie sich nachdenklich auf die Unterlippe. Wie schwer konnte es schon sein, ein Boot wieder seetüchtig zu bekommen? So viel mehr Ahnung von Booten hatte Chris sicher auch nicht. Sie war schließlich am Meer aufgewachsen. Zusammen mit ihrem Bruder würde sie das schon hinbekommen. Sie griff nach dem Tau, das an der Bootshaus-Wand verankert war und zu dem Flaschenzug führte, der das Boot unter dem Dach festhielt. Jule stemmte sich mit ihrem ganzen Gewicht gegen das schwere Boot und ließ es so langsam wie möglich herunter. Es setzte mit einem platschenden Laut auf der Wasseroberfläche auf und lag dann ruhig auf dem See.

Jule atmete tief durch. »Geht doch«, murmelte sie – und legte dann den Kopf schief, weil sie das Gefühl hatte, dass das Boot ein wenig Schlagseite bekam. Im nächsten Moment war es schon ein wenig mehr. Sie machte einen Schritt nach vorn und sah das Wasser, das durch unzählige Ritzen in den Innenraum floss und es füllte.

Um das Boot alleine aus dem Wasser zu ziehen, wäre es auch ohne den Swimmingpool, der sich gerade im Inneren bildete, zu schwer gewesen. Also blieb Jule einfach stehen, das Tau in der Hand, an dem der Kahn befestigt war, und sah dabei zu, wie es auf den Grund des Sees sank. War das nicht ein perfektes Sinnbild ihres Lebens, das auf Grund gelaufen war? War es nicht genau das, was zwischen Chris und ihr geschehen war? Sie waren einfach so gesunken. Hoffnungslos. Dass dieses Boot sich nicht hatte reparieren lassen, war zudem genauso Chris' Schuld wie alles andere auch. Er hatte ihr die Gabe genommen, Dinge zu reparieren. Genauso wie ihre Menschenkenntnis. Wie hatte er es nur geschafft, sie so zu hintergehen? Es war nicht nur ein Talent, es war ihr Beruf, Menschen zu lesen. Zu sehen, was sie brauchten. Was sie wollten. Sie hatte geglaubt, in Chris' Augen lesen zu können. Alles, was er sich von ihr wünschte. Und alles, was sie ihm bedeutete. Mit der Faust rieb sie über den Schmerz, der in ihrem Brustkorb tobte. So falsch hatte sie in ihrem ganzen Leben noch nie gelegen. Doch im Gegensatz zum letzten Mal, als sie so reingelegt worden war, konnte sie diesmal nicht einfach alles stehen und liegen lassen und auf ein Kreuzfahrtschiff verschwinden. Sie hatte eine Firma. Verantwortung. Freunde. Und ihren Bruder, der auf sie zählte. Diesmal würde sie das einfach durchstehen müssen. Arbeit war die beste Medizin, hieß es immer. Und wenn nicht das, so lenkte sie sie wenigstens ab.

Die alte Schule war wie eine Wunderkiste, die zauberhafte kleine Überraschungen bereithielt. Nicht nur der Garten, um den Ben sich kümmerte, seit sie eingezogen waren, war ein Schmuckstück. *Die Küchennachhilfe*, Felicias Kochschule, war schon fantastisch gewesen, bevor sie zu einer WG geworden waren. Genau wie das Rektorenzimmer, in dem Chris seine Präsentation abgehalten hatte. Aber Jule war dabei gewesen, als sie den Gerümpelraum, wie sie den Saal für Feiern und Events nannten, der auf der anderen Seite von Felicias Profiküche lag, auf Vordermann gebracht hatten.

Über die kleine Bücherei, die es schon zu den Zeiten gegeben hatte, als durch dieses Schulhaus täglich Dutzende Kinderfüße getrappelt waren, hatte sich Jule allerdings noch nie viele Gedanken gemacht. Sie lag im Erdgeschoss, dem Gerümpelraum gegenüber, und war noch immer jeden Donnerstagnachmittag für die Nachbarschaft geöffnet, die sich nach wie vor etwas zum Lesen holte oder Bücherspenden vorbeibrachte. Den größten Teil der Zeit war der Raum allerdings zu, und die Bücher staubten einsam vor sich hin. Bis Lina beschlossen hatte, daraus ihre Begegnungsstätte für ihre »Mäuse und Dachse« zu machen. Platz war hier genug. Und welche Umgebung war besser als Geschichten? Ein paar Wochen lang hatte Lina die Bücherei genutzt, wie sie war. Doch dann hatten sie sich darauf geeinigt, dass sie ein wenig aufpoliert werden musste, und beschlossen, für zwei Wochen dichtzumachen, alles zu renovieren, damit Lina anschließend voll durchstarten konnte.

Die Wände hatten Jules Freundinnen bereits in dem gleichen hellen Grauton gestrichen, den auch die anderen Räume im Erdgeschoss trugen. Strahlend weiße Fußleisten setzten sich vom honiggelben, knarzenden Dielenboden ab. Jule war die Aufgabe zuteilgeworden, die Bücherregale, deren Inhalt komplett ausgeräumt und in Stapel auf den Boden sortiert worden war, in einem dunklen Nussbaum-Ton zu streichen. Sie wirkten alle ein wenig Vintage, weil sie entweder schon seit Ewigkeiten in dieser Bibliothek standen oder aus dem Keller der alten Schule heraufgeschleppt worden waren. Jule war dankbar für diese Aufgabe. Denn solange sie sich beschäftigen konnte, musste sie nicht an Chris denken. Oder an seinen Betrug. Dummerweise war Regalestreichen eine

Aufgabe, die eher dazu geeignet war, die Gedanken schweifen zu lassen. Also ließ sie die Playlist auf ihrem Handy laufen und bemühte sich, sich auf die Texte der Songs zu konzentrieren und über Linas Projekt nachzudenken. Sie konnte den fertigen Raum bereits vor ihrem inneren Auge sehen und wusste, das würde großartig werden. Lina würde nicht nur einen wundervollen Ort für Kinder, sondern eine echte Begegnungsstätte schaffen.

Jule tauchte gerade den Pinsel in die Farbe, als sie durch die Fenster den schwarzen Audi vor der Schule vorfahren sah. »Das darf ja wohl nicht wahr sein«, murmelte sie, als Chris' Frau aus dem Wagen stieg. Genauso perfekt wie am Tag zuvor, in einem blassgrünen Hosenanzug, die Haare zu einem lockeren Knoten am Hinterkopf zusammengesteckt und die gleichen mörderischen High Heels.

Jules Herz schlug ihr bis zum Hals. Sie tauchte den Pinsel noch einmal in die Farbe und bemühte sich weiterzustreichen. Gleichmäßig, ruhig, ermahnte sie sich im Stillen. Nicht diese abgehackten, kantigen Bewegungen, mit denen sie gerade über das Holz wischte. Aus den Augenwinkeln beobachtete sie, wie Lilly erst am Tor und dann an der Haustür klingelte. Niemand öffnete ihr. Dabei war zumindest Lina in ihrer Wohnung und nähte Kissenbezüge für die Kinderecke in der Bücherei. Jules Beschreibung von Chris' Frau war aber offenbar eindeutig genug gewesen, dass ihre Freundin sie sofort erkannt hatte und es vorzog, sie nicht ins Haus zu lassen. Denn eines war klar: Ihr Auftauchen hier konnte nichts Gutes bedeuten. Vielleicht wollte sie Jule nur zur Rede stellen. Aber es war durchaus möglich, dass sie vorhatte, ihr die Augen auszukratzen.

Als niemand öffnete, blieb Lilly einen Moment unentschlossen stehen, und Jules Herzschlag beruhigte sich wieder ein wenig. »Geh weg«, murmelte sie. »Geh weg.« Wie ein Mantra.

Doch offenbar war die Frau noch nicht gewillt aufzugeben. Statt zu ihrem Wagen zurückzugehen, lief sie auf dem schmalen Kiesweg um das Haus herum. Auf der Terrasse hinter der Kochschule war niemand, aber die Fenstertür, die zur Bücherei führte, stand offen, um frische Luft herein- und die Farbdämpfe hinauszulassen. Jule dachte darüber nach, hinzurennen und sie zu schließen. Aber da bog Lilly bereits um die Hausecke, also würde sie der Attacke nicht entgehen können. Sie strich einfach weiter und wandte der offenen Tür den Rücken zu, an deren Türrahmen Chris' Frau gerade klopfte.

»Jule?«, fragte sie.

Sie antwortete nicht, sondern strich weiter das Regal.

»Jule, bitte. Können wir reden?«

»Nein. Können wir nicht.« Nun fuhr sie doch herum. Den Pinsel in der Hand wie eine Waffe, was ihr Gegenüber einen Schritt zurückweichen ließ, nachdem sie den Raum ungebeten betreten hatte. Ja, Nussbraun würde sich auf dem hübschen grünen Hosenanzug nicht besonders gut machen. »Wenn Sie etwas zu klären haben, erledigen Sie das mit Chris. Ich habe bis gestern noch nie etwas von Ihnen gehört. Und ehrlich gesagt, will ich auch jetzt nichts von Ihnen hören.« Sie warf den Pinsel in den Farbtopf. »Ziehen Sie mich da, verdammt noch mal, nicht mit rein«, fauchte sie und stürmte an der Frau vorbei nach draußen.

Einen Moment blieb sie stehen, nicht sicher, was sie als

Nächstes tun sollte. Doch dann trugen ihre Füße sie mit wütenden Schritten ganz von selbst zum Steg.

*

Lilly zog ihr Handy aus der Tasche und drückte die Kurzwahltaste. »Jule ist unterwegs. Sie hat genau so reagiert, wie du es vorhergesagt hast.« Mit einem wehmütigen Lächeln legte sie auf und sah sich in der halb fertig renovierten Bücherei um. Diese Frau würde Chris einiges abverlangen. So viel war sicher. Aber wahrscheinlich war es genau das, was er brauchte.

*

Chris wartete auf dem See. Er hatte sich Lorenz' Motorboot ausgeliehen und war, nachdem er es umständlich geschafft hatte, hineinzuklettern, in Richtung alte Schule getuckert. Momentan hielt er sich weit genug draußen, um vom Ufer aus nicht sofort erkannt zu werden, und hatte den Motor abgestellt.

Natürlich hatte er nicht mit hundertprozentiger Sicherheit sagen können, ob Jule so reagierte, wie er glaubte. Aber der Anruf von Lilly hatte seine Vermutung bestätigt. Erst hatte er vorgehabt, sich von Lilly zur alten Schule fahren zu lassen. Aber solange Jule festen Boden unter den Füßen hatte, würde sie ihn abhängen und ihm ausweichen. Ausgerechnet seine Ehefrau würde sie wohl kaum davon überzeugen können, mit ihm zu reden.

Aber wenn Lilly allein bei ihr auftauchte, würde Jule das Weite suchen, weil sie die Frau nicht verletzen wollte, die nichts dafür konnte, dass sie etwas mit deren Mann angefangen hatte. Sie würde sich einen Ort suchen, an dem sie allein war, an dem sie ihre Wunden lecken konnte. Und dafür blieb nur der See.

Er sah, wie sie mit langen, wütenden Schritten den Steg entlanglief und ein Paddleboard aus dem Bootshaus holte. Im nächsten Moment war sie auf dem Wasser und hielt, ohne es zu ahnen, direkt auf ihn zu. Chris musste nur abwarten, bis sie nahe genug war. Geduldig lehnte er sich zurück und sah ihren starken, flüssigen Bewegungen zu, die sie zu ihm brachten.

Sie war noch fast zwanzig Meter von ihm entfernt, als sie aufblickte. Ihre Bewegungen stockten, als sie ihn erkannte. Dann ließ sie das Paddel resigniert sinken. »Was willst du?«, rief sie zu ihm herüber. Aufrecht. Das Kinn stolz gehoben.

Verdammt, dieser Anblick brachte sein Herz dazu, schnell und laut zu klopfen. Vor lauter Glück, weil Jule den Weg in sein Leben gefunden hatte. Vor Überwältigung, weil sie ihm so viel bedeutete. »Du kannst dortbleiben, und wir brüllen über den See, dass bis Tutzing jeder zuhören kann. Oder«, er hob die Arme in einer unschuldigen Geste, »du kommst ein bisschen näher und wir reden ganz normal miteinander.«

»Ich will überhaupt nicht mit dir reden«, rief sie. »Ich könnte einfach umdrehen und zurückpaddeln.«

»Heute bin ich ausnahmsweise mal schneller als du. Ich würde dir den Weg abschneiden. Und es ist mir egal, ob du mit mir reden willst. Ich möchte nur, dass du mir zuhörst. Denn ich habe jede Menge zu sagen. Bitte«, sagte er leiser. Das Wasser und der Wind würden seine Worte auch so zu ihr transportieren.

Jule zögerte einen Moment, dann seufzte sie und tauchte ihr Paddel wieder ins Wasser, um näher an ihn heranzugleiten. Störrisch wie sie war, hielt sie trotzdem noch ein paar Meter Abstand, als sie sich im Schneidersitz auf das Brett setzte und ihn herausfordernd ansah. »Ich höre. Vielleicht kannst du es kurz machen. Ich habe noch ein paar Regale zu streichen, sobald deine Ehefrau von unserem Grundstück verschwunden ist.«

»Meine künftige Ex-Frau«, korrigierte Chris.

Jule schnaubte. »Wird das jetzt die ›Wir leben schon ewig getrennt und lieben uns nicht mehr‹-Nummer? Dieses ›Eine Scheidung ist nur noch eine Frage der Zeit‹?«

Chris fuhr sich durch die Haare. »Irgendwie schon. Aber nicht so, wie du denkst«, fügte er schnell hinzu, als sie sich erheben wollte, um wegzupaddeln. »Warte, bitte, Jule. Du kannst danach machen, was du willst. Aber lass mich bitte erzählen, wie wir in diese Situation schlittern konnten.«

Jule ließ sich wieder auf das Board sinken und benutzte das Paddel, um den Abstand zu ihm wieder etwas zu vergrößern, weil sie auf ihn zutrieb.

Als sie auf seine Bitte nichts erwiderte, begann Chris einfach zu erzählen. »Lilly und ich haben uns beim Studium in den Staaten kennengelernt. Zwei Deutsche mit Stipendien, das schafft sofort eine Verbindung. Wir hingen zusammen rum und haben uns ziemlich schnell ineinander verliebt. Nachdem wir unsere Abschlüsse hatten, habe ich ihr einen Antrag gemacht und sie geheiratet. Wir waren glücklich zusammen. Zumindest eine Zeit lang. Doch irgendwann haben wir erkannt, dass die Gefühle, die uns verbinden, eher etwas mit Freundschaft zu tun hatten als mit Liebe. Wir standen uns immer nahe und tun es noch. Aber das, was zwischen uns ist, reicht nicht, um gemeinsam alt zu werden. Eine Familie zu gründen. All diese Dinge. Nach ein paar Jahren haben wir uns getrennt. Zivilisiert und freundschaftlich.«

»Und habt aus Versehen vergessen, euch scheiden zu lassen?«

Jules Ton klang wie Säure.

Während er gesprochen hatte, war ihr Board weiter an das Motorboot herangetrieben. Und diesmal nutzte Chris die Chance, bevor Jule wieder Abstand zwischen sie bringen konnte. Er griff nach ihrer Hand und verschränkte seine Finger mit ihren, bevor er sie auf die Reling legte. »Nein«, sagte er. »Das haben wir nicht vergessen. Wir haben uns ganz bewusst nicht scheiden lassen. Als wir uns getrennt haben, war ich in den USA schon ziemlich erfolgreich. Sie war gerade dabei, ihre eigene Firma aufzubauen. Wir sind Freunde, Jule«, erinnerte er sie noch einmal. »Ich habe ihr angeboten, ihr Back-up zu sein. Finanziell und mental. Zumindest für die erste Zeit.« Er rieb mit dem Daumen über ihre verbundenen Hände. »Lilly hat BWL studiert. Sie hat eine Unternehmensberatung gegründet, die amerikanischen Firmen hilft, in Europa Fuß zu fassen. Und sie ist fantastisch in diesem Job. Rechtliche Probleme, Sprachbarriere, der Kontakt zu wirtschaftlichen Subunternehmern – sie ist die perfekte Strippenzieherin, und ihre Kunden lieben sie dafür. Im Endeffekt hat das dazu geführt, dass sie die ganze Zeit durch die Gegend jettet und ich zu einer Art stillem Teilhaber ihrer Firma geworden bin.«

»Aber dazu müsstest du nicht mit ihr verheiratet sein,

oder?« Die Säure in ihrer Stimme hatte sich in Bitterkeit verwandelt.

»Stimmt. Wir hätten uns schon längst vollständig trennen müssen. Aber wir haben es einfach nicht getan. Nicht aus sentimentalen Gründen«, beruhigte er Jule. »Es lag wahrscheinlich einfach daran, dass wir zwei Workaholics waren, die nur an ihre Arbeit gedacht haben. Wir haben gar keinen Termin für eine Scheidung gefunden«, versuchte er sich an einem Witz, aber Jule reagierte nicht darauf. »Es war gar nicht wichtig, ob ich verheiratet war oder nicht«, fuhr er fort, »weil es in meinem Leben gar niemanden gab, für den das eine Rolle spielen könnte. Bis du gekommen bist.«

Jule wich seinem Blick aus. »Du willst mir also erzählen, dass du dein berufliches Helfersyndrom an ihr ausgelebt hast, genau wie du dich um die Leute in deiner Firma kümmerst. Das ist alles?«

»Bis ich die eine Frau getroffen habe, bei der plötzlich alles andersherum war. Die Frau, die mir geholfen hat. Die mir gezeigt hat, wer ich einmal war. Und wer ich vielleicht wieder sein könnte. Die selbst wahnsinnig viel arbeitet, aber trotzdem die perfekte Balance zwischen ihrem Job und dem Leben findet.« Er hob ihre verbundenen Hände an seine Lippen und küsste ihre Fingerknöchel. »Jule, ich habe das nicht kommen sehen. Aber ich habe mich rettungslos in dich verliebt.«

Sie erwiderte die Worte nicht. Das wäre wahrscheinlich auch zu viel verlangt gewesen. Stattdessen sagte sie: »Das hat dich nicht daran gehindert, mich zu belügen. Du hattest so lange die Möglichkeit, mir davon zu erzählen.«

»Ja, und es tut mir unendlich leid, dass ich die Kurve nicht gekriegt habe. Am Anfang habe ich gar nicht an Lilly gedacht.

Und als mir dann klar wurde, wie ernst es mir mit dir ist, habe ich versucht, Lilly an die Strippe zu bekommen, um endlich Nägel mit Köpfen zu machen und unsere Scheidung einzureichen. Aber dann stand sie einfach in meinem Haus, statt mich zurückzurufen. Jule, du kannst dir nicht vorstellen, wie leid mir das tut. Ich weiß noch immer nicht, wie ich dir von ihr hätte erzählen sollen. Besonders nach dem, was du mir letzte Nacht anvertraut hast.«

Jule schwieg mehrere Herzschläge lang und zog mit ihrer freien Hand Kreise im Wasser neben ihrem Brett. »Danke für deine Ehrlichkeit«, sagte sie schließlich. »Ich habe an mir gezweifelt. An meiner Fähigkeit, in den Menschen zu lesen. Aber was du da sagst, kann ich verstehen.«

»Und kannst du mir auch verzeihen?«, fragte Chris leise.

»Ich muss das erst einmal sacken lassen.«

»Das verstehe ich.« Chris schluckte seine Enttäuschung herunter. Er durfte nicht erwarten, dass sich Jule ihm sofort überglücklich an den Hals warf. »Lass dir alle Zeit der Welt. Ich laufe ja nicht weg.« Was für ein schlechter Witz. Er verdrehte innerlich die Augen über sich selbst.

»Das Problem ist, dass ich dich auch liebe, Chris.« Endlich blickte sie auf, und in ihrem Blick konnte er all ihre Gefühle lesen. Ihre Zweifel. Die Angst. Und die Liebe. »Ich hätte wirklich Lust, dich von Bord zu schubsen und abzuhauen. Und ich überlege, ob du meine Liebe verdient hast. Aber ich kann nicht ändern, wie ich für dich empfinde.« Sie beugte sich vor, und ihre Lippen verharrten nur Millimeter vor seinen. »Brich mir nicht das Herz«, flüsterte sie.

»Werde ich nicht, versprochen. Dafür liebe ich dich viel zu sehr«, erwiderte Chris.

»Gut«, murmelte sie. »Denn an Land bin ich immer noch schneller als du. Und ich würde dir so was von in den Hintern treten.«

»Hm.« Er strich ihr eine Haarsträhne hinter das Ohr, die der leichte Wind zwischen sie wehte. »Oder dein Bruder. Oder deine Freunde.« Und dann küsste er sie.

Epilog

Der See lag still da, als hätte jemand eine Decke aus Seide darübergelegt, die in allen Schattierungen zwischen Orange und Rot schimmerte. Ein Spiegel des Himmels, an dem gerade die Sonne als Feuerball hinter den gezackten Spitzen der Alpen verschwand. Jule atmete tief durch und lehnte ihren Kopf an Chris' Schulter, als er hinter sie trat und die Arme um ihre Mitte schob.

»Was für ein Abend«, murmelte er und küsste ihre nackte Schulter neben dem Neckholder ihres bodenlangen Hippie-Kleides. Über den Lärm hinweg, der um sie herrschte und kein bisschen zu dem ruhigen Anblick vor ihnen passte, konnte Jule ihn kaum verstehen.

Sie drehte sich um und lächelte ihn an. »Bist du glücklich?«, fragte sie, ihre Lippen dicht neben seinem Ohr, bevor sie sie auf den Puls an seinem Hals presste.

»Hm.« Er zog sie noch fester in seine Arme, als Helene Fischer zu singen anfing. »Abgesehen von dieser Musik? So glücklich wie noch nie in meinem Leben.« Bevor Jule ihn noch einmal küssen konnte, lehnte er seinen Kopf ein wenig zurück und grinste sie an. »Komm mit.« Er löste sich von ihr und griff nach ihrer Hand. Die Finger ineinander verschränkt, zog er sie zum Bootssteg, wo neben Lorenz' Jacht und Sams Motorboot das Ruderboot aus dem Bootshaus der alten Schule vertäut lag.

Chris half Jule in das knallrot gestrichene Holzboot und folgte ihr etwas umständlicher. Inzwischen durfte er sein Bein wieder belasten und war nicht mehr auf die Krücken angewiesen. Zum Schutz der Bänder an seinem Knie trug er seine Orthese aber nach wie vor.

Jule löste das Tau vom Steg und stieß das Boot mit einem kräftigen Stoß ab. »Mein Bruder wird die Krise kriegen, wenn wir mit seinem Boot abhauen.« Jule blickte zu der bunten Party auf der Wiese vor Chris' Bungalow hinüber, aber Niclas schien ihre Flucht auf den See hinaus noch nicht bemerkt zu haben.

Chris und ihr Bruder hatten Jule nach ihrer Titanic-Aktion versichert, dass es gar nicht schlimm gewesen war, dass sie das alte Ruderboot im See versenkt hatte, weil es – wie sie es nannten – sowieso erst einmal wässern musste. Nach ein paar Tagen hatten sie es geborgen und zu Chris' Bungalow transportiert, wo sie es erst hatten trocknen lassen und dann gemeinsam in der Werkstatt restauriert hatten. Das alte Boot war zu Niclas' Sommerprojekt geworden. Und als dann auch noch Ben einen Außenbordmotor angeschleppt hatte, der vermutlich nicht viel jünger als der Holzkahn selbst war und den sie an das Ruderboot montiert hatten, war Jules Bruder gar nicht mehr aus dem Boot herauszubekommen.

Und deshalb war Niclas auf Chris' Einladung hin auch nicht mit allen anderen im Auto mitgefahren, sondern mit seinem Boot über den Starnberger See hergeschippert.

Chris grinste sie an und zog die Kordel, um den Außenborder zu starten. Stotternd erwachte er zum Leben, und sie tuckerten in genau dem Moment auf den See hinaus, in dem Niclas Wind davon bekam, dass sie das Boot geklaut hatten, und zum Steg gerannt kam. »Hey!«, brüllte er und lachte. »Bringt das Baby heil zurück!«

Jule winkte lachend zurück. Sie war dankbar, dass sie den Sommer mit ihrem Bruder hatte verbringen können, auch wenn sie einige Startschwierigkeiten gehabt hatten. Inzwischen hatten sie es sogar ein paar Mal geschafft, mit ihren Eltern zu skypen. Und vorgestern hatte ihre Mutter sie mit der Nachricht überrascht, eine Familientherapie machen zu wollen, was sowohl eine Eheberatung als auch Gespräche mit Niclas bedeutete. Ihr Bruder hatte darüber zwar die Augen verdreht, aber Jule war sich sicher, dass er sich insgeheim freute, dass sie als Familie noch mal eine Chance bekamen. Abgesehen davon hatte er Pläne für seine Rückkehr nach Kiel. »Feenstaub verbreiten« nannte er seine Vision. Er wollte sich zu Hause sein Taschengeld aufbessern, indem er nach Jules Vorbild kleine Jobs übernahm, den Nachbarn half und gemeinsam mit ihrem Vater Haushaltsgeräte reparierte. Sie war froh, dass er die Kurve bekommen hatte, und war schon jetzt gespannt, was Niclas alles auf die Beine stellen würde.

Sie waren noch gar nicht weit rausgefahren, als Chris den Motor wieder ausschaltete und sich dann wieder zu Jule umdrehte.

»Weit sind wir nicht gekommen«, stellte sie fest.

Chris rutschte auf den Boden und zog Jule dann zwischen seine gespreizten Schenkel, sodass sie ihren Rücken an seine Brust lehnen und er seine Arme um ihre Mitte legen konnte. »Ich wollte auch nicht den See umrunden«, erwiderte er. »Sondern nur ein paar ruhige Momente mit dir genießen.«

Jule blickte zum Bungalow hinüber. Auf der Terrasse baumelten Lichterketten mit dicken Glühbirnen in der sanften Brise, die vom See herüberwehte. In einem großen Feuerkorb brannte Holz, und der Duft der Leckereien auf dem Grill war bis hierher zu riechen. Genau wie die Musik, zu der alle wild tanzten – außer Felicia und Ben, die mal wieder in ihren ganz eigenen inneren Song versunken waren und eng umschlungen Stehblues tanzten. Was natürlich auch daran liegen konnte, dass Ben erst am Tag zuvor aus Norwegen zurückgekommen war und die beiden sich furchtbar vermisst hatten. Und Poldi, der beleidigt neben dem Grill lag, weil er von seiner liebsten Elfriede getrennt worden war und bis jetzt höchstens zwei Würstchen abgestaubt hatte. »Wir verpassen gerade eine wilde Party«, murmelte Jule. Doch statt Sam und Lina bei ihren ziemlich speziellen Dance-Moves zuzusehen, drehte sie sich in Chris' Armen so weit um, dass sie ihn küssen konnte.

»Ich vermisse gerade gar nichts«, flüsterte er an ihren Lippen und hauchte erst einen zarten Kuss auf ihren Mundwinkel, bevor sie in einen tiefen, zärtlichen Kuss versanken.

Danach blieben sie eng aneinandergeschmiegt sitzen und blickten zu ihren fröhlichen, ausgelassenen Freunden hinüber, während hinter ihnen die Sonne hinter die Berge sank. Wer hätte gedacht, dass dieser kühle, stille Bungalow innerhalb eines Sommers zu einem echten Zuhause mutieren würde? Oder dass Chris herausfinden würde, dass man sein Leben auch genießen konnte, ohne die Scheuklappen eines Workaholics zu tragen? Natürlich arbeitete er, genau wie Jule, noch immer viel. Er war jetzt Teilzeit-Münchener, wie er es nannte. Die halbe Woche verbrachte er in seinem

Büro in der Stadt und den Rest der Zeit mit Jule in seinem Bungalow, wenn er nicht gerade auf Geschäftsreise war.

Jule genoss jeden Moment mit ihm. »Herzlichen Glückwunsch«, wisperte sie, bevor sie ihre Lippen abermals sanft über seine gleiten ließ. Sie spürte sein Lächeln, als er begriff, was sie meinte. Alle dachten, dass diese Party stattfand, weil Chris mit den *Carter Perry Watches* einen Wahnsinnsdeal an Land gezogen hatte und bald der erste atemberaubende Meerjungfrauen-Spot über die Fernsehbildschirme flimmern würde. Das war auch Grund genug gewesen, alle einzuladen, die bei der Präsentation des Projekts geholfen hatten. Ganz zu schweigen davon, dass er endlich einmal Danke sagen wollte für die Reparatur seines Steges und die Unterstützung aus der alten Schule, als er mit seinem verletzten Knie dringend Hilfe gebraucht hatte.

Was die anderen nicht wussten, war, dass Chris gestern auch seine Scheidungspapiere eingereicht hatte. Selbst wenn Lilly eine tolle Frau war, wie Jule sich hatte eingestehen müssen, nachdem sie sie näher kennengelernt hatte, war sie doch froh, dass dieses Kapitel bald abgeschlossen sein würde.

»Ich liebe dich – und die Tatsache, dass du bald ganz frei sein wirst«, murmelte sie zwischen weiteren Küssen.

»Und ich liebe dich«, gab Chris zurück. »Weil du der Hammer bist.«

Danke

Liebe Frau Schöbel: Cheerio! (Nicht nur aus New York! ;-))

Danke für die Zusammenarbeit auch an diesem Buch, liebe Dr. Nora Haller. Und dir, liebe Dr. Diana Mantel, wie immer tausend Dank für deine wunderbare Redaktion. Es war auch dieses Mal ein riesiges Vergnügen, mit dir an diesem Buch zu arbeiten.

Concierges kannte ich bisher nur aus dem Fernsehen. Danke, liebe Ute Löffler, dass Sie mir Ihren spannenden Beruf ein wenig nähergebracht haben.

Lieber Jörg, ich wusste nicht, dass Teslas beim Blinken pupsen können ;-) Und auch sonst war mir dieses Auto ein echtes Mysterium … bis jetzt. Danke!

Solange man seinen Trainer mit Fragen zu den Verletzungsmustern seiner Protagonisten löchert, kann er einen nicht mit fiesen Planks, Burpees oder Liegestützen quälen. Ich wette, das hast du gar nicht gemerkt, Hendrik Ehnert. Ich habe auf diese Weise mindestens 3 Millionen Kniebeugen umschifft. ;-) Vielen Dank für deine Hilfe. Und dir, liebe Nicole Hoffmann-Ehnert, für dein Fachwissen und die vielen Infos und Tipps, die du mir zu Chris' Verletzung und Heilung gegeben hast. Ich hoffe, Jule erweist sich mit deiner Hilfe als würdige Aushilfs-Physiotherapeutin. ;-)

Meine Hasengang! Danke euch! Für alles! Man weiß ja so wenig … aber mit euch lernt man immer ein bisschen was dazu! Soulsister Leonie Lastella: Keine Geschichte schafft es in ein Buch, wenn sie nicht vorher den Weg durch eine Hotelzimmer-Plotting-Session genommen hat! Danke für meinen Platz auf der Handy-Favoritenliste ;-) Und dafür, dass ich jederzeit zum Telefon greifen und »Hilfe!« rufen kann. Lucinde Hutzenlaub: wann gehen die #Lucyladies wieder on tour? Ich wäre bereit für das nächste Abenteuer! Kristina Günak: Danke für Braunschweig, Rat, Tat, Apple-für-Dummies-Kurse und Canva.

Danke auch dir, liebe Nicole Wellemin, für deine Plot-Unterstützung, die ich nicht mehr missen möchte.

Und vor allem danke, liebe Leserinnen und Leser, dass ihr Jule, Chris und mich wieder nach Starnberg begleitet habt. (Pssst! Lina und Eric warten schon auf euch. Wer Eric ist? … Tja … ☺)

Die alte Schule am See 3

WO DIE LIEBE DICH KÜSST

JANA LUKAS

1

Die Wolken hingen wie dunkelgraue Zuckerwatte über den Gipfeln der Alpen. Dort, wo der Wind kleine Lücken in die dicke Schicht gerissen hatte, blitzte das verwaschene Blau des Himmels durch. Die frische Brise wirbelte Wellen über die bleifarbene Oberfläche des Starnberger Sees. Nicht unbedingt das Wetter, das man im Hochsommer erwartete, aber Lina Kirchleitner machte das nichts aus. Die vergangenen Tage waren drückend heiß gewesen, und das Sommergewitter, das sich an diesem Morgen über Starnberg entladen hatte, war genau das, was die Stadt gebraucht hatte, um aufatmen zu können. Jetzt war die Luft wieder klar wie Glas. Und die Sonne würde sicher auch bald wieder über die Bergkämme der Alpen schauen.

Gut gelaunt schob Lina den Zwillingskinderwagen, in dem die sechs Wochen alten Mädchen Evi und Franzi friedlich schliefen, über den Gehweg. An der nächsten Kreuzung würde sie mit den Geschwistern der beiden, Paul und Gustav – vier Jahre alt und ebenfalls Zwillinge –, die Straße überqueren und zur Uferpromenade des Sees hinunterlaufen. Die Jungen hielten sich an den Händen, hüpften in einem mehr oder weniger gleichen Rhythmus vor dem Kinderwagen her und sangen laut und glücklich ein Lied, das sie sich offensichtlich erst während des Singens ausdachten. Sie waren anbetungswürdig, genau wie ihre kleinen Schwestern. Mitunter brachten sie allerdings auch die Energie einer kleinen Bison-Herde auf. Es war also egal, wie das Wetter war. Sogar ein verregneter Morgen war draußen besser, als diese kleinen Rabauken in geschlossenen Räumen beaufsichtigen zu müssen.

Lina seufzte. Da war er wieder, dieser Gedanke an eigene Kinder, den sie während ihrer Arbeit normalerweise nicht zuließ. Sie schob ihn in die Schublade in ihrem Kopf zurück, wo er hingehörte. Es war das eine, sich bei ihren Freundinnen auszuheulen, dass es mit ihrer Familienplanung einfach nicht so klappte, wie sie sich das vorgestellt hatte. An ihrem Arbeitsplatz hatten sie allerdings nichts verloren. Sie betrieb ihren Nanny-Service schließlich nicht, um sich mit Kindern zu umgeben, weil sie selbst noch keine bekommen hatte. Nein, sie wollte für die Kleinen da sein, ihnen die Aufmerksamkeit und Zuneigung schenken, die sie von ihren manchmal viel zu sehr mit ihrer Karriere oder sich selbst beschäftigten Eltern nicht bekamen. Sie wollte Familien helfen, die in stressigen Situationen ein wenig Unterstützung gebrauchen konnten. So wie Nora, die Mutter dieser beiden Zwillingspärchen, die gar nicht mehr wusste, wie sich mehr als zwei Stunden Schlaf am Stück anfühlten, mit ihren kleinen Mädchen und den aufgeweckten Jungs, die vor ihr her zur Fußgängerampel rannten und gerade lautstark darüber stritten, wer auf den Signalknopf drücken durfte. »Langsam, ihr zwei«, rief sie Paul und Gustav hinterher. »Einer kann jetzt drücken, einer auf dem Rückweg.«

Lina würde einen Spaziergang am See entlang machen und dann dafür sorgen, dass Paul und Gustav sich auf dem

Spielplatz ordentlich austobten, während ihre Mutter ein ausgedehntes Mittagsschläfchen hielt und sich dann eine ausgiebige Dusche gönnen würde, bei der sie von niemandem unterbrochen wurde. Dieser Auftrag hatte sich spontan ergeben, weshalb Lina gar nicht erst eine ihrer Mitarbeiterinnen damit beauftragt, sondern sich gleich selbst darum gekümmert hatte. Im Kopf ging sie bereits das Angebot für ein bisschen Entlastung durch, das sie der Familie machen würde. Rosa wäre eine gute Nanny für die Kinder. Außerdem passte ihr löchriger Stundenplan an der Uni gut zu Noras Tagesablauf. An den Abenden war schließlich Noras Mann zu Hause um sie zu unterstützen.

Lina hörte den Wagen hinter sich, während sie im Kopf die Details ihres Angebots kalkulierte. Ganz automatisch ging ihr Blick zu Paul und Gustav, um sicherzugehen, dass sie auf dem Gehweg geblieben waren. Die beiden Jungen standen an der Ampel und drückten abwechselnd enthusiastisch auf das Fußgängersignal.

Drei Vormittage pro Woche würden Nora auf jeden Fall sehr … Lina machte instinktiv einen Satz zur Seite, als der alte Geländewagen an ihr vorbeifuhr und eine Pfütze erwischte. Eine riesige Pfütze – die Lina in einer zwei Meter hohen Regenwasserfontäne verschwinden ließ. »Verdammte Schafscheiße!«

Paul und Gustav drehten sich zu ihr um und starrten sie mit weit aufgerissenen Augen an. Der alte, abgerissene Geländewagen hielt am Straßenrand. Und ihr wurde plötzlich bewusst, dass sie vor den Kindern geflucht hatte wie ein Bauarbeiter. Hoffentlich ging das …

»Schaf…«, brüllte Paul in diesem Moment begeistert.

»…Scheiße«, ergänzte Gustav mit funkelnden Augen.

Die Fahrertür des Geländewagens wurde aufgeschoben. Lina warf einen Blick in den Kinderwagen. Die Mädchen hatten den Pfützenangriff seelenruhig verschlafen, und der Wagen selbst hatte Gott sei Dank nur ein paar Spritzer des dreckigen Wassers abbekommen.

»Schaf…«

»…Scheiße.«

Die Jungen entschieden, dass das offenbar der richtige Moment war, ihre Optik der Linas anzupassen und sprangen im gleichen Moment in eine Pfütze auf dem Gehweg, in dem die Gestalt des Fahrers am Heck des Wagens auftauchte. Ein Waldschrat, das war das Erste, was Lina beim Anblick des Mannes einfiel. Haare, die in ungekämmten Locken über den Kragen eines verschlissenen Flanellhemdes fielen. Ein dichter Bart, der alles andere als gepflegt wirkte. Jeans voller Risse und Löcher und dazu abgetragene Stiefel. Optisch passte dieser Mann perfekt zu seinem rostigen alten Wagen.

Lina wischte sich wütend die braune Brühe aus dem Gesicht. Ein Waldschrat hatte ihre Klamotten ruiniert. Ihre Schuhe. Und – verdammt noch mal – ihr korrektes Verhalten Kindern gegenüber.

»Schaf…«

»…Scheiße.«

Wütend funkelte sie den Typen an.

*

»Mist!« Eric Fuchs hatte weder die Pfütze am Fahrbahnrand noch die Frau und ihre Kinder auf dem Gehsteig wirklich wahrgenommen. Er war die Nacht durchgefahren und inzwischen seit zehn Stunden unterwegs. Ihm fehlten nur noch ein paar Kilometer, bis er endlich zu Hause war und das Schlafdefizit der vergangenen Nacht – und der vergangenen Monate – aufholen konnte. Als die Wasserfontäne unter den Reifen seines alten Defenders aufspritzte, zuckte er erschrocken zusammen. Er hatte die Frau voll erwischt.

Eric bremste und fuhr vorsichtig an den Straßenrand, um nicht auch noch die beiden kleinen Jungen, die offenbar zu der Frau mit dem Kinderwagen gehörten, nass zu spritzen. Er stieg aus und ging um den Wagen herum. Die Frau sah wirklich erbärmlich aus. Die leuchtend bunten Streifen, die ihr Kleid noch vor ein paar Sekunden geziert hatten, waren von einem gedämpften Braunton überzogen. Genau wie ihre weißen Chucks. Die Klamotten klebten an ihrem Körper und die blonden Haaren an ihrem Kopf. Sie sah aus wie der sprichwörtliche begossene Pudel. Wenn sie ihn nicht so wütend anfunkeln würde, wäre das fast witzig.

Gerade öffnete er den Mund, um sich zu entschuldigen, als die Frau ihn auch schon anbrüllte. »Sind Sie von allen guten Geistern verlassen? Oder vielleicht blind?«

»Es tut mir wirklich leid, dass ich …«, versuchte Eric die Pause, in der sie empört Atem holte, zu nutzen.

»Es tut Ihnen leid?« Sie wischte sich Schmutzwasser aus dem Gesicht. »Mir tut es leid, dass Ihr hässliches Auto nicht in diesem Schlagloch versunken ist!«, fauchte sie.

Eric hob die Hände. »Ich habe die Pfütze wirklich nicht gesehen.«

»Dann sollten Sie es mal mit einem Augenarzt probieren«, konterte sie umgehend, was ihre Jungs, die bis gerade eben einen »Schafscheiße«-Singsang von sich gegeben hatten, während sie durch die Pfützen auf dem Gehweg hopsten, dazu veranlassten, zu »Augen…« und »…Arzt« zu wechseln. Besonders gut schien ihnen das Wort nicht zu gefallen, denn sie wechselten ruck, zuck zu »Schafscheiße« zurück.

Die Frau blickte zu ihnen hinüber und presste die Lippen zu einer schmalen Linie zusammen. »Das ist Ihre Schuld«, fauchte sie.

Langsam platzte Eric der Kragen. Gerade war er nur noch müde und wollte endlich nach Hause. Er hatte ihr doch gesagt, dass es ihm leidtat. »Gibt es noch etwas, wofür Sie mich verantwortlich machen wollen? Den Klimawandel vielleicht? Oder für das Bienensterben? Tun Sie sich keinen Zwang an.« Er drehte sich zu seinem Wagen um. »Aber vielleicht liegt das Verhalten Ihrer Kinder einfach nur daran, dass Sie sie schlecht erzogen haben«, knurrte er über seine Schulter. Dann riss er die Fahrertür auf, kletterte auf den Sitz und zog die Tür dann mit einem lauten Knall zu. Wütend startete er den Defender und gab Gas.

Die Frau blieb mit geballten Fäusten, eingehüllt in die Abgaswolke des Geländewagens, am Straßenrand zurück. Den Blick aus den zusammengekniffenen blauen Augen spürte er noch in seinem Nacken, als er kurz darauf vor seinem künftigen Heim vorfuhr.

Sein Elternhaus – oder die Familienvilla, wie seine Schwester Charlotte sie lieber nannte – sah noch genauso aus wie an dem Tag, an dem er es vor fünfzehn Jahren verlassen hatte. Und bei jedem seiner kurzen Heimatbesuche danach.

Er ließ den Defender auf das abschüssige Grundstück rollen. Die dreistöckige Villa war am Ufer des Starnberger Sees in den Hang gebaut worden, sodass man von allen Stockwerken einen spektakulären Blick über den See und die Kette der Alpen dahinter hatte. Zumindest wenn das Wetter besser war als heute und die Wolken und der aufgewühlte See nicht einem einzigen Wirbel aus Grautönen glichen.

Aber nach einem dreiviertel Jahr im Permafrost Alaskas hatte er keinen Grund, sich über dieses Wetter zu beschweren. Er drehte den Zündschlüssel und stieg aus. Im Untergeschoss, aber immerhin mit Zugang zum Garten, lag die ehemalige Haushälterinnen-Wohnung, die seine Schwester vor Jahren in ein Gästeapartment hatte umbauen lassen, und die jetzt sogar über eine ziemlich schicke Holzterrasse verfügte.

Seine Schwester hatte ihn offenbar gehört. Ihr Gesicht erschien an einem der Fenster im Erdgeschoss. Missbilligend, wenn er das richtig deutete, wanderte ihr Blick zwischen seinem Wagen und ihm hin und her, bevor sie sich abwandte.

Eric seufzte. »Und los geht's«, sagte er leise zu sich selbst.

Doch schon im nächsten Moment spürte er das Grinsen, das sich in seinem Gesicht ausbreitete, als seine Nichte Anabelle aus der Einliegerwohnung geschossen kam und in seine Arme sprang. »Onkel Eric! Da bist du ja endlich!« Sie schlang ihre Arme um seinen Hals, drückte ihn und schien ihn gar nicht mehr loslassen zu wollen. »Ich habe schon die ganze Zeit auf dich gewartet.«

»Hey, Pochemuchka«, begrüßte Eric seine Nichte mit dem Spitznamen, den er ihr schon vor ein paar Jahren gegeben hatte. Das russische Wort stand für jemanden, der viele Fragen stellte. Und Erics Nichte war nicht nur ein kleiner Schlaumeier, sie hatte praktisch in dem Moment angefangen, ihr Umfeld mit Fragen zu löchern, in dem sie ihre ersten Worte gesagt hatte.

»Annabelle, lass deinen Onkel in Ruhe«, befahl Charlotte, die mit säuerlicher Miene hinter ihrer Tochter aus dem Haus trat.

Erics Nichte gehorchte, sprang vor ihm auf den Rasen und schenkte ihm ein zahnlückiges Grinsen. Sie war heute offenbar das einzige weibliche Wesen, das ihn leiden konnte.

Charlotte hatte ihm zwar angeboten, in die Gästewohnung zu ziehen, nachdem ihm klar geworden war, dass er in München so schnell keine bezahlbare Wohnung finden würde, aber ihr Blick zeigte ihm deutlich, dass sie dieses Angebot bereits bereute. »Hallo, große Schwester.« Er grinste sie breit an.

Mit einem Seufzer überwand Charlotte sich dazu, einen Luftkuss neben seine Wange zu hauchen. »Hallo, Eric. Willkommen zu Hause.« Es war nicht so, dass seine Schwester ihn nicht mochte. Sie konnte nur einfach nichts mit ihm anfangen. Eric passte eben nicht in ihre Welt. Und zu den warmen, fürsorglichen Menschen hatte sie ebenfalls noch nie gehört. Es überraschte Eric immer wieder, was für eine wundervolle, warmherzige Tochter ein Ehepaar wie Charlotte und Vincent von Rabenstein hatte in die Welt setzen können.

Charlotte ließ ihren Blick mit hochgezogenen Augenbrauen über seine Erscheinung wandern. Von oben nach unten. Und wieder zurück. »So wie du aussiehst, willst du dich vermutlich erst einmal frisch machen.« Mit einer diffusen Bewegung wies sie in Richtung seines Bartes und der zu langen Haare. »Duschen, rasieren und so. Frische Kleidung hast du wahrscheinlich dabei. Ansonsten hat die Wohnung auch eine Waschmaschine.«

Eric konnte sich ein Grinsen nicht verkneifen. Seine Schwester war so ein unglaublicher Snob. Seine Klamotten waren vielleicht etwas ausgeblichen und zerknittert, aber sie waren sauber. Im Gegensatz zu denen der Frau, die er vorhin mit Pfützenwasser eingedeckt hatte. Schuldbewusst schob er den Gedanken zur Seite. »Ich bin schon ganz gespannt, was du in der Wohnung alles verändert hast.«

»Hm.« Seine Schwester machte auf dem Absatz kehrt und kehrte ins Innere des Hauses zurück. »Zieh die Schuhe aus«, sagte sie über die Schulter. »Und dann wäre es super, wenn du diesen Schrotthaufen«, sie nickte in Richtung seines Defenders, »hinter den Garagen parken könntest.«

Eric verdrehte die Augen und streckte Charlotte hinter ihrem Rücken die Zunge raus. »Und da wundert sich noch jemand, warum ich Steine lieber mag als Menschen.«

Seine Nichte kicherte neben ihm. Sie schob ihre kleine Hand in seine und zog ihn hinter ihrer Mutter her in sein künftiges Zuhause. Eric trat über die Schwelle. Und vergaß, natürlich ganz aus Versehen (und höchstens mit einem winzigen bisschen Absicht), seine Bergstiefel auszuziehen. Weil das Charlotte rasend machen würde. Und weil das hier seine Wohnung war – und seine Schwester schlicht nichts anging.

*

Lina hatte sich nach ihrer unfreiwilligen Straßenrand-Dusche noch einmal unter ihre eigene Dusche gestellt und die bräunliche Brühe von ihrem Körper gespült. Dann war sie in Shorts, ein Top und Flip-Flops geschlüpft, hatte ihre noch feuchten Haare auf ihrem Kopf zu einem Knoten zusammengebunden und sich ihren Laptop unter den Arm geklemmt.

Die Sonne war tatsächlich zurückgekehrt und ließ die feuchte Luft um Lina herum dampfen, als sie sich im Garten der alten Schule – in der sie wohnte – auf ihren Lieblingsplatz zurückzog: eine kleine Steinbank unter einer großen Tanne. Vor dem Sitzplatz blühten niedrige Pflanzen, die sauber in den Rindenmulch eingesetzt waren, dahinter schufen Gräser und Hortensien eine Wand, die die Sitzecke fast wie einen Kokon wirken ließ, der Lina vom Rest der Welt trennte. Weil sie nicht anders konnte, hatte sie eine LED-Lichterkette in die Äste über sich gehängt und ein paar Feenlichter um ihren Platz herum verteilt, die diesen Ort in der Dämmerung in Magie verwandelten – jedenfalls aus ihrem Blickwinkel. Die Hüllen für die Sitzkissen der Bank, die das Grün der Gräser und das Blasslila der Blüten um sie herum aufnahmen, hatte sie selbst genäht. Von hier aus konnte sie den See zwar nur zwischen den Bäumen hindurchblitzen sehen, aber der Platz erinnerte sie an den Wald hinter ihrem Elternhaus, in dem sie früher gemeinsam mit ihren Geschwistern jede freie Minute verbracht hatte.

Sie machte es sich auf der Bank bequem, lehnte den Rücken gegen den warmen Stamm der Tanne und legte die Füße hoch. Dann klappte sie ihren Laptop auf und begann, Mails zu beantworten und Angebote zu angefragten Dienstleistungen zu verschicken.

Als sie den Blick hob, sah sie ihre Freundinnen Felicia und Jule auf sich zukommen. Begleitet von der orange getigerten Katze Elfriede, der heimlichen Herrscherin der alten Schule, die majestätisch durch das hohe Gras streifte, und ihrem Verehrer, Schäferhundmischling Poldi.

Felicia setzte sich zu ihr auf die Bank, als Lina den Laptop zuklappte und die Beine anzog, und reichte ihr eines der beiden Gläser Zauberwasser – Linas Lieblingslimonade –, die die Freundin in ihrer Kochschule nach einem Geheimrezept herstellte.

Jule ließ sich im Schneidersitz zu ihren Füßen nieder. »Cheers«, sagte sie und hob ihr Glas.

Lina hob ihr Glas ebenfalls zum Toast und nippte an dem eiskalten, erfrischenden Getränk. »Danke«, sagte sie in die Runde. »Das ist genau der richtige Moment für eine Pause.«

Jule trank ebenfalls einen Schluck und stellte ihr Glas zur Seite. »Was war vorhin los?«, fragte sie. »Du hast ausgesehen, als wärst du in eine Pfütze gesprungen, als du nach Hause gekommen bist. Von Kopf bis Fuß voller Schlamm.«

Lina verdrehte die Augen. »Frag nicht. Mein Vormittag war eine Katastrophe.« Sie streckte die Hand aus, um Poldi, der es sich neben ihr auf dem sonnenwarmen Mulch gemütlich gemacht hatte, durch das Fell zu streichen. »So ein Verkehrsrowdy hat mich voll erwischt.«

Lina genoss es, mit ihren Freundinnen hier zu sitzen. Jule und sie waren im Frühling in das alte Schulhaus, das Felicia gehörte und das eher an eine Villa im Knittl-Stil erinnerte, gezogen. Ein paar Monate war das erst her, aber Lina konnte schon jetzt sagen, dass das eine der besten Entscheidungen ihres Lebens gewesen war. Nicht nur, weil die Wohnung, die sie hier gefunden hatte, günstig genug war, um zum schmalen Geldbeutel einer Jungunternehmerin zu passen, die ihr Geschäft gerade erst gestartet hatte. Ihr kleines Apartment im ersten Stock hatte mit seinen nicht ganz geraden Böden, dem Stuck an der Decke und dem wundervollen Erkerfenster jede Menge Charme. Sie konnte die Bücherei, die sie in den vergangenen Wochen renoviert hatten, für ihr Projekt *Mäuse und Dachse* nutzen, das Kinder und Senioren zusammenführte. Aber vor allem hatte Lina hier neue Freunde gefunden. Felicia, die Inhaberin einer Kochschule und eines fantastischen Caterings war. Und Jule, die als Privat-Concierge die Träume der Schönen und Reichen am Starnberger See erfüllte. Blieb noch Poldis Herrchen, Ben, ein Landschaftsarchitekt, der gemeinsam mit ihnen hier eingezogen war und den zugewucherten Park der alten Schule in einen verwunschenen Garten verwandelt hatte.

»Dummerweise war ich gerade mit den Kindern von Nora Berghammer unterwegs.« Lina verzog das Gesicht bei der Erinnerung an den Moment, als die eisige Wasserfontäne sie getroffen hatte. »Ich bin so erschrocken, dass ich mich zu einem kleinen Fluch habe hinreißen lassen, den die Jungs natürlich sofort aufgeschnappt und nach Hause getragen haben. Ganz abgesehen davon, dass sie nach diesem Zwischenfall der Meinung waren, dass sie ebenfalls in einer Pfütze herumtanzen durften, bis sie von oben bis unten aussahen wie ich.« Ein Blick in die Gesichter ihrer Freundinnen verriet ihr, dass sie sich beherrschen mussten, um nicht zu lachen. Felicia hatte ihre Brauen konzentriert zusammengezogen und starrte neben Linas Kopf in den Garten. Jules Mundwinkel zuckten. »Das ist nicht witzig.« Lina wies mit dem Glas in der Hand nacheinander auf ihre Freundinnen. »Ich musste mich bei der sowieso schon total gestressten Mutter für die kleinen Schmutzfinken entschuldigen. Und für das Schimpfwort, das sie heute gelernt – und definitiv nicht mehr vergessen haben. Ganz im Gegensatz zu der Regel, dass sie nicht mit ihren dreckigen Gummistiefeln ins Haus rennen und auf die Couch springen dürfen.«

Jule und Felicia konnten nicht mehr an sich halten und brachen wie auf Kommando in prustendes Lachen aus. Lina kannte diese Heiterkeitsanfälle. Oft genug war sie ihnen selbst erlegen. Nur … eben nicht heute. Wenn es um ihren Nanny-Service ging, verstand sie keinen Spaß.

»Wasser hat nun mal eine magische Anziehungskraft. Besonders, wenn es vom Himmel fällt«, sagte Felicia, nachdem sie sich wieder ein bisschen beruhigt hatte. »Ich finde es immer toll, wenn Ben mit mir im Regen tanzt.«

»Pff.« Lina trank einen Schluck Zauberwasser. »Ben und du, ihr tanzt überall und ständig miteinander. Das hat rein gar nichts mit Regen oder Wasser zu tun«, brachte sie die Tatsachen auf den Punkt. Denn der Landschaftsarchitekt, der mit Jule und ihr zusammen in die alte Schule eingezogen war, hatte das Herz ihrer Vermieterin im Sturm erobert.

Lina blickte zu Jule hinüber, die noch immer breit grinste. Auch sie schwebte seit ein paar Wochen auf Wolken. Sie hatte erst für Christian Thalbach, den Besitzer einer exklusiven Werbeagentur aus München, gearbeitet und sich dann in ihn verliebt.

Blieb nur Lina selbst, die sich zwar nach der großen Liebe sehnte, sich aber nicht einfach mit dem erstbesten Mann zufriedengab, der ihr über den Weg lief. Sonst könnte sie ja zum Beispiel die Einladungen von Sebastian Kufer annehmen, einem der geschiedenen Väter, dessen Sohn Lennard sie regelmäßig betreute. Und der es nicht müde wurde, sie um eine Verabredung zu bitten. Dafür war ihm jede Schmeichelei recht, weshalb Lina inzwischen wusste, wie groß sein Haus und sein Pool waren, wie viele Autos er besaß und dass er ohne Probleme jederzeit einen Privatjet ordern könnte, um eine Verabredung mit ihr in Paris mit Blick auf den Eiffelturm stattfinden zu lassen – oder wo auch immer. Aber wenn Lina den Mann ansah, der zugegebenermaßen wirklich attraktiv war, passierte nichts mit ihr. Keiner der Schmetterlinge, die irgendwo tief in ihrem Bauch schlummerten, erwachte. Bei dem Gedanken, ihn zu küssen, zog sich kein aufgeregtes Kribbeln über ihre Haut. Es passierte einfach gar nichts. Und Lina würde keine Beziehung führen nur um einer Beziehung willen. Sie wollte das wilde Herzklopfen, das mit dem Verliebtsein einherging. Die großen Gefühle und Gesten, wie sie in den Filmen vorkamen, die sie für ihr Leben gern sah. Sie seufzte. »Ich habe zwar keine Lust, wie Ben und du im Regen zu tanzen. Oder mich überhaupt Regenwasser auszusetzen«, konkretisierte sie. »Aber ich würde mich so gern mal wieder Hals über Kopf verlieben. So richtig albern sein vor Glück.«

Felicia griff nach ihrer Hand und drückte sie leicht. »Mit einer tollen Beziehung auf Augenhöhe«, ergänzte sie.

»Und spektakulärem Sex.« Jule prostete ihr von ihrer Position auf dem Boden noch einmal zu.

Lina nickte. »Genau. All diese Dinge würde ich gern mal wieder spüren. Ihr wisst schon. So ein richtiger Bähm-Moment.«

»Kommt jetzt wieder ein Filmzitat?« Jule grinste sie an.

Lina lachte. Sie war zugegebenermaßen ein echter Film-Freak, und obwohl sie es nicht darauf anlegte, vergaß sie viele Sätze, die in Filmen gesprochen wurden, nicht mehr. Besonders, wenn sie sie beschäftigten. »Zu diesem Thema? Dutzende.« Sie überlegte kurz. »Wie wäre es zum Beispiel mit ›Die Geschichte prägt nur einen Moment, die Liebe dagegen ein ganzes Leben‹.«

Felicia seufzte und legte sich die Hand auf das Herz. »Das ist wundervoll. Aus welchem Film ist das?«

»*Wie ein einziger Tag*«, antwortete Lina.

»Ah.« Jule gab einen Laut von sich, der an ein zufriedenes Schnurren erinnerte. »Ryan Gosling.« Jetzt legte auch sie die Hand auf ihr Herz und ließ sie flattern. »Wenn ich einen Film mit ihm schaue, kann ich mich danach auf keinen Fall mehr an irgendwelche Zitate erinnern.«

»Aber im Ernst«, sagte Felicia. »Dieses Jahr hat uns ja gelehrt, dass aus den merkwürdigsten Begegnungen die besten Freundschaften und manchmal sogar die große Liebe werden kann«, spielte sie auf ihre Beziehung mit Ben an, die sie sich noch vor ein paar Monaten nicht im Traum hätte vorstellen können.

Jule nickte. »Vielleicht ist dieser Pfützenraser ja …«

»Auf keinen Fall«, unterbrach Lina sie. »Dieser Typ war ein schrecklicher Waldschrat mit zerzaustem Vollbart.«

»Vollbart ist in«, sagten Felicia und Jule gleichzeitig und mussten lachen.

Lina verdrehte die Augen. »Ja, hipstermäßige Vollbärte. Und bei Männern, denen das steht. Aber dieser Typ sah aus wie ein kanadischer Holzfäller … oder … Bärenjäger. So, als hätte er die letzten drei Jahre allein im Wald verbracht.« Er hatte ein bisschen aus der Welt gefallen gewirkt. Zumindest aus ihrer. Und das war ganz sicher nicht das Partnermaterial, nach dem sie suchte.